Editora Appris Ltda.
1.ª Edição - Copyright© 2023 dos autores
Direitos de Edição Reservados à Editora Appris Ltda.

Nenhuma parte desta obra poderá ser utilizada indevidamente, sem estar de acordo com a Lei nº 9.610/98. Se incorreções forem encontradas, serão de exclusiva responsabilidade de seus organizadores. Foi realizado o Depósito Legal na Fundação Biblioteca Nacional, de acordo com as Leis nos 10.994, de 14/12/2004, e 12.192, de 14/01/2010.

Catalogação na Fonte
Elaborado por: Josefina A. S. Guedes
Bibliotecária CRB 9/870

C837a
2023
	Costa, Alexandra Inocêncio
	   Amor ou Sangue / Alexandra Inocêncio Costa. – 1. ed. – Curitiba : Appris, 2023.
	    312 p. ; 23 cm.
	
	   ISBN 978-65-250-4695-2
	
	    1. Ficção brasileira. 2. Destino e fatalismo. 3. Desejo na literatura. I. Título.
	
	                                                CDD – B869.3

Editora e Livraria Appris Ltda.
Av. Manoel Ribas, 2265 – Mercês
Curitiba/PR – CEP: 80810-002
Tel. (41) 3156 - 4731
www.editoraappris.com.br

Printed in Brazil
Impresso no Brasil

Alexandra Inocêncio Costa

Amor ou Sangue

FICHA TÉCNICA

EDITORIAL	Augusto V. de A. Coelho
	Sara C. de Andrade Coelho
COMITÊ EDITORIAL	Marli Caetano
	Andréa Barbosa Gouveia - UFPR
	Edmeire C. Pereira - UFPR
	Iraneide da Silva - UFC
	Jacques de Lima Ferreira - UP
SUPERVISOR DA PRODUÇÃO	Renata Cristina Lopes Miccelli
ASSESSORIA EDITORIAL	Priscila Oliveira da Luz
REVISÃO	Monalisa Morais Gobetti
	Nathalia Almeida
PRODUÇÃO EDITORIAL	Bruna Holmen
DIAGRAMAÇÃO	Yaidiris Torres
CAPA	Sheila Alves

Dedico este livro à minha família.

Uma vida com grandes realizações acontece no convívio com outras pessoas, onde lutas são vencidas com apoio de quem você ama e que te ama.

Todas as situações que vivemos são fases e cada uma delas ensina-nos que podemos vencer com fé, paciência nas atitudes valiosas, sabedoria na nobreza de ideia e amizade.

Tudo se resume ao amor.

Sumário

CAPÍTULO 1
DIANDRA E KEIKO 11

CAPÍTULO 2
A GRANDE DECISÃO 14

CAPÍTULO 3
O NASCIMENTO DE KEIKO 18

CAPÍTULO 4
QUESTIONAMENTOS 22

CAPÍTULO 5
FUGA E ESCLARECIMENTOS 24

CAPÍTULO 6
REESTRUTURANDO A FAMÍLIA 30

CAPÍTULO 7
ROLY, AMA DE LEITE 33

CAPÍTULO 8
DIANDRA ESTÁ DOENTE 40

CAPÍTULO 9
A MORTE DE DIANDRA 46

CAPÍTULO 10
Erlan e Arline 50

CAPÍTULO 11
O REGISTRO 58

CAPÍTULO 12
Doutora Elisa...64

CAPÍTULO 13
VIVIANE E A MÃE 74

CAPÍTULO 14
UMA AJUDANTE: DONA LAURA.............................77

CAPÍTULO 15
A LISTA! 80

CAPÍTULO 16
O ACIDENTE 85

CAPÍTULO 17
O exame de Keiko...96

CAPÍTULO 18
A doença de Keiko...103

CAPÍTULO 19
O CONVITE DO MESVERSÁRIO 106

CAPÍTULO 20
Elisa em Incaiti...113

CAPÍTULO 21
NA SORVETERIA COM VIVIANE E A MÃE 124

CAPÍTULO 22
ELISA FALA DO EX 130

CAPÍTULO 23
O evento: encontro com Keila.............................136

CAPÍTULO 24
A PRIMEIRA VEZ 142

CAPÍTULO 25
A doença de dona Pacha 147

CAPÍTULO 26 -
NO HOSPITAL 153

CAPÍTULO 27
A morte de dona Pacha 158

CAPÍTULO 28
Keila em Incaiti... 162

CAPÍTULO 29 -
A AGRESSÃO.. 176

CAPÍTULO 30 -
O rompimento com Elisa.. 182

CAPÍTULO 31
Procurando por Keila... 187

CAPÍTULO 32
O encontro com Viviane... 197

CAPÍTULO 33
ODALIS 201

CAPÍTULO 34
O MISTÉRIO REVELADO.. 204

CAPÍTULO 35 -
A NOTÍCIA DO CASAMENTO 214

CAPÍTULO 36 -
Keila e Viviane na casa de Richard........................... 217

CAPÍTULO 37 -
PROCURANDO UM ADVOGADO 235

CAPÍTULO 38 -
A ORDEM DE TUTELAR... 239

CAPÍTULO 39 -
Irmãs: Keiko e Viviane... 244

CAPÍTULO 40
Senhor Einar no hospital..253

CAPÍTULO 41 -
O TRIBUNAL E A PRISÃO..259

CAPÍTULO 42
RICHARD SAI DA PRISÃO..271

CAPÍTULO 43
UM ENCONTRO DE FAMÍLIA..275

CAPÍTULO 44 -
RESOLVENDO O CASO..283

CAPÍTULO 45 -
O ciúme de Keila..289

CAPÍTULO 46 -
A SENTENÇA..292

CAPÍTULO 47
Keila sai da casa de Odalis..296

CAPÍTULO 48 -
MORANDO COM O VOVÔ..303

CAPÍTULO 49 -
REAFIRMANDO O AMOR..305

CAPÍTULO 50
EU ACEITO..309

Capítulo 1
Diandra e keiko

A caminhonete derrapava, mas com habilidade de manobras rápidas, Richard buscava os melhores lugares na estrada da pequena Vila Incaiti para passar com o carro. A chuva estava forte e o rapaz de apenas 28 anos tinha percorrido aquela estrada muitas vezes. Desde que nasceu passava por ali com o pai, Einar, e a mãe, Pachacuti.

O rapaz seguia com cuidado, pois Incaiti era uma cidade rodeada de formações rochosas peculiares e os motoristas não podiam descuidar-se nas curvas. Richard foi buscar na cidade próxima alguns itens para o restaurante dos pais e foi pego no meio do caminho por uma forte chuva e, sem opção de parar, ele guiava com cautela, porém em uma curva o carro derrapou e foi lançado contra o grande paredão de rochas. Richard não teve o que fazer senão parar e esperar um pouco até que a chuva forte cessasse. Mesmo sabendo que o local era perigoso, considerando o ocorrido, aquela era a melhor decisão, parar e esperar um pouco. Ligou o pisca-alerta e ficou a esperar.

Ao escutar o rádio e observar o celular com algumas mensagens de dona Pachacuti, a "dona Pacha", como todos a chamavam, o filho viu mais uma grande lista de coisas que deveria comprar, mas ele não estranhou, sabia que isto iria acontecer, pois a mãe sempre se lembrava de algo que ficava faltando na lista principal, e mesmo que Richard sempre anotasse tudo, o rapaz não estranhava que mais itens fossem acrescentados posteriormente, pois a mãe sempre mandava mensagens pedindo mais coisas. O rapaz esboçou um sorriso, mas foi interrompido por batidas no vidro da caminhonete.

Richard não acreditou ao observar do lado de fora da caminhonete uma moça toda molhada, com cabelo bagunçados, aspecto estranho e com uma mochila nas costas. O rapaz imediatamente desceu do carro e disse:

— Moça, o que você faz aqui na estrada sozinha nesta chuva?

— Preciso de ajuda! Não estou bem!

Ao observar melhor, Richard viu algo que o impressionou ainda mais: a moça estava grávida e parecia que iria ter o bebê naquele momento. Rapidamente o rapaz abriu a porta da caminhonete, ajudou a moça a subir no carro e, mesmo com a chuva forte, ele conseguiu tirar o carro da proximidade daquela grande muralha de pedra e decidiu voltar para a vila.

A moça, vendo o rosto assustado de Richard, comentou calmamente:

— Ainda falta um pouco, mas a hora está bem próxima! Meu nome é Diandra.

Richard, sem tirar os olhos da estrada, comenta:

— O meu é Richard.

O rapaz apressou um pouco mais na direção, pois mesmo aquela moça tentando tranquilizá-lo, ele não se sentiu nada calmo, pois lhe pareceu que ela estava sentindo muita dor.

Diandra, uma moça de cabelos negros e olhos azuis, apertava as mãos na barriga, e os lábios presos entre os dentes não deixavam escapar nenhum grito, porém os gemidos ocultos eram sentidos pelo rapaz, que dirigia com espanto. Assim ele acelerou e fez que a habilidade dele em dirigir viesse para fora e com destreza. Naquela estrada com muita lama, ele destemidamente retornou para casa.

Uma grande freada foi dada em frente ao Restaurante El Sabor Incabolivi; o rapaz saiu da caminhonete, correu até Diandra para ajudá-la a descer e deu um grito em direção ao restaurante:

— Mãe, ajuda!

Dona Pacha veio depressa e, ao ver a moça, disse:

— Filho, o que está acontecendo? Esta moça vai dar à luz?

— Falta um pouco ainda! — Diandra responde, segurando a barriga com força.

— Não falta, filha! Você precisa ir para o hospital.

— Hospital não! Por favor! Sei que aqui em Incaiti tem uma parteira, por favor, chame-a, não posso ir ao hospital!

— Sim, tem! A comadre Magaly.

— Quero ter meu bebê com ela e nada de hospital, por favor! Por favor! — A moça, ao dizer isto, foi sucumbindo ao chão, pois as dores eram intensas e realmente a hora do parto se aproximava.

Richard, ao ver que Diandra estava fraca e sentindo muita dor, segurou-a no colo e carregou-a para os fundos do restaurante, onde era a morada dele com os pais.

Senhor Einar, vendo o tumulto na garagem e percebendo que a esposa não retornou para o restaurante, foi ver o que estava acontecendo e ao entrar em casa viu Richard sair correndo.

— Aonde você vai, filho?

— Na casa da dona Magaly!

— Para quê? O que está acontecendo? Cadê sua mãe?

Richard nenhuma resposta deu ao pai, somente saiu apressadamente.

— Estou aqui no quarto! — Dona Pacha grita ao marido.

Ao entrar no quarto de hóspedes e ver dona Pacha e uma moça toda molhada e parecendo que iria dar à luz naquele instante, o senhor Einar ficou surpreso, mas controlou-se e falou para a esposa:

— O que posso fazer para ajudar?

— Ainda não sei nem o que eu posso fazer para ajudar! — Exclama a esposa com os olhos preocupados pela situação da moça.

Uma pergunta para a esposa veio do senhor Einar:

— Ela vai ter o bebê aqui?

Capítulo 2
A grande decisão

O pai de Richard era um homem sensato e a pergunta sobre o nascimento de um bebê em sua casa soou para a esposa como um prelúdio de uma decisão muito importante e dona Pacha entendeu e respondeu decididamente:

— Sim, por favor! Por favor! — Diandra é quem responde à pergunta feita por senhor Einar para a esposa. A moça exclamava e chorava muito, olhando para os pais de Richard, dona Pachacuti de 52 anos e o senhor Einar de 56 anos.

— Tudo bem, mocinha! Não iremos te levar a nenhum lugar. — Senhor Einar falou rapidamente e a decisão de ajudar foi selada.

Os olhos de Diandra derramavam lágrimas de dor e a moça comenta usando as forças que ainda restavam:

— Minha filha se chamará Keiko.

— Uma menininha! — Dona Pachacuti exclama.

Neste momento Richard chega com dona Magaly, que orienta todos:

— Preciso de espaço e aconselho que os homens retornem para os afazeres no restaurante, assim poderei trabalhar. Não se preocupem. Tudo dará certo!

A mãe de Richard comenta aos homens:

— Vocês entenderam?

— Sim! Estamos indo.

Richard, olhando aquela moça deitada na cama com os lençóis brancos, mas suja de barro e marcas de chuva, aparentando sentir muita dor, compadeceu-se, porém mais nada ele podia fazer.

Os dois, pai e filho, retornam ao restaurante, que por sinal estava cheio por ser época de férias. Muitos turistas que vinham visitar as redondezas e passavam por Incaiti, almoçavam no conhecido restaurante de dona Pacha, a descendente dos Incas que se casou com um boliviano cheio de atitude e que levaram, junto com o filho, o lugar ao nível de ser conhecido por muitos turistas aventureiros que vinham curtir os museus, bares, restaurantes e pontos turísticos da grande cidade próxima a Incaiti.

Todos os turistas faziam questão de passar pelo vilarejo no trajeto da viagem de aventura para aproveitar a tranquilidade e saborear uma deliciosa comida e também visitar a prainha Balde da Paz de Incaiti. Eles também vinham para ter oportunidade irem até o lago Titicaca que se localiza perto de La Paz entre a Bolívia e o Peru.

— O que está acontecendo na sua casa, Richard? — Perguntou Arline, a funcionária do restaurante.

— Depois explico! Hoje estamos lotados, Arline, vamos trabalhar para que nossos turistas possam ir embora rápido. — O rapaz muda de assunto para não despertar curiosidade, porém a moça conhecia o patrão e amigo muito bem, sabia que algo estava errado, mas não prolongou o assunto fazendo mais perguntas:

— Sim! Vamos, Arline. O pessoal está agitado hoje — comenta o esposo de Arline, que já ia chegando à cozinha trazendo uma bandeja e pegando mais alguns pratos para servir aos clientes.

— Vou ajudar Erlan. — Richard coloca o avental de servir e sai com uma bandeja para pegar as bebidas no freezer e levar até as mesas.

Senhor Einar volta para o caixa e mesmo apreensivo com o que estava acontecendo em sua casa, começa a conversar com clientes que estavam esperando para acertar as contas. O proprietário do restaurante, sempre simpático, pede desculpas pela demora e segue com o trabalho recebendo e passando troco aos clientes.

Senhor Haziel, juntamente com a esposa, Tatiana, e as gêmeas, Lavínia e Luísa, ao saírem do restaurante, agradecem pela refeição deliciosa e comentam:

— Einar, cada vez que passamos pela vila, a parada obrigatória da minha família é aqui, somos seus fregueses fiéis, pois a qualidade de tudo feito aqui é de excelência. As gêmeas amam Frango Inca com chocolate e eu não vivo sem o Singani. — O pai de família sorri alegremente e comenta:

— Eu não vi a Pacha hoje, senhor Einar! Agradece ela pela Sopa de Nani. Estava maravilhosa como sempre. — Tatiana fala para o pai de Richard.

— Ela está resolvendo umas coisinhas em casa, mais tarde estará no restaurante. Falo para ela! Obrigado pela preferência. Voltem sempre! Tchau, meninas! —Adeusinhos foram dados para as pequeninas do casal. Lavínia e Luísa, duas menininhas lindas, de 5 anos, com olhos sapecas e cabelinhos enroladinhos e amarrados com fitas vermelhas e vestidinhos iguais floridos.

Einar sabia que o elogio de Tatiana era feito de coração, pois o casal de empresários era cliente de anos, frequentavam o restaurante antes mesmo do nascimento das gêmeas. Os dois haviam passado a lua de mel no vilarejo, fugindo da loucura da cidade grande, e desde então uma amizade foi construída.

Richard passava entre as mesas, entregava Chica e Singani para os clientes e anotava na comanda, mas a atenção do rapaz estava toda voltada para a casa. Erlan observou o amigo e comentou:

— Richard, você está disperso, preocupado. O que está acontecendo?

— Está tudo bem, amigo! Eu estou pensando nas compras que não deu para fazer, pois a chuva estava forte e tive que voltar para casa.

— Tudo bem! Eu vou com a Arline mais tarde na cidade e trago o que precisar. Envia as listas da sua mãe para mim pelo WhatsApp, que dou um pulo nas lojas e trago tudinho!

— Vocês irão quebrar um galho mesmo! Obrigado!

— Não tem de quê! Eu preciso mesmo ir à cidade comprar um pano para Arline fazer um vestido para a festa da vila do mês que vem. Tudo bem! Mas vê se passa todas as listas que sua mãe enviou, porque ela fica brava quando se esquece de comprar algo.

Arline, que escuta o esposo conversando com o amigo, dá um sorriso de forma divertida e continua no fogão terminando de finalizar alguns pratos: Silpancho, Pique a lo macho, Fricassê e Tabulet, iniciados por dona Pacha.

Na casa do rapaz as coisas estavam estabilizadas, pois dona Magaly tinha cuidado de acomodar a grávida e acalmava a moça para que o momento exato chegasse.

Diandra sabia que a hora viria e que tinha que conversar com dona Pacha e contar toda a verdade, o porquê de estar ali. Havia fugido da família e não sabia para onde ir, e quando um ônibus passou, logo depois de fugir do acidente que tinha sofrido, ela entrou.

Diandra, sem saber o destino do ônibus, esperou que o veículo parasse em uma rodoviária, e assim, da mesma forma que pegou aquela condução que seguia para uma das cidades históricas próximas à grande cidade, a moça desceu do ônibus e começou a andar sem rumo, indo parar na estrada que levava até o percurso para Incaiti, pois a moça já tinha visitado o vilarejo e conhecia o local. Porém Diandra não esperava que o céu fosse despencar em chuva, então a grávida esperava que uma alma boa aparecesse, pois a chuva intensa começou e tudo se complicou quando as dores começaram. Foi nesse momento que avistou a caminhonete de Richard.

A moça ia começar a falar, mas foi interrompida por dona Magaly, que aconselhou que ela guardasse todas as energias para o momento do parto. As dores aumentavam cada vez mais e dona Pacha, segurando a mão de Diandra, tenta acalmá-la:

— Fique tranquila. Tudo sairá bem! Vai dar tudo certo! Seu bebê nascerá logo!

Diandra chorava e nada comentava, pois percebeu na fala da mãe de Richard preocupação.

Dona Magaly chamou Pachacuti em um canto do quarto e disse baixinho:

— Esta moça está muito fraca. Estou temendo pela vida dela e do bebê. Por que o Richard não levou Diandra para o hospital?

— Não sei, comadre! Mas aqui em casa esta moça pediu demais para não ser levada ao hospital e ela pediu uma parteira, implorando para que não a levássemos ao hospital e ela até sabia que Incaiti tinha parteira.

No restaurante alguns clientes pediam sobremesas e as Tortas de Três Leches e flan saíam sem parar. Richard e o pai ansiavam para que o expediente do almoço acabasse rápido, pra eles irem para casa, mas os clientes pareceram querer demorar um pouco mais e eles nada podiam fazer, pois não queriam despertar curiosidade nas pessoas.

Capítulo 3
O nascimento de Keiko

O momento do nascimento de Keiko chegou e dona Magaly, sendo uma senhora experiente e velha parteira, trouxe a linda bebezinha para o mundo. Diandra recebeu a filha nos braços e um beijinho foi dado na testa da pequenina.

A bebezinha parecia saudável, porém a mãe estava muito debilitada e cansada. Dona Magaly alertou Pachacuti que deveria levar aquela moça e a filha para um hospital, pois a moça aparentava desnutrição e também foi observado, tanto por dona Pacha quanto por Magaly, que Diandra tinha alguns machucados e marcas roxas nos braços e pescoço, que eram hematomas estranhos. Nada foi perguntado para a moça, mas observaram também algumas espécies de perfurações nos braços como se fossem de injeção.

Diandra chorava ao segurar Keiko e agradeceu:

— Não tenho como pagar a vocês pelo que fizeram. Desejo que vocês sejam abençoadas com saúde e prosperidades!

— Querida, ver você e sua bebê no colo é pagamento suficiente, pois desde que minha mãe me ensinou a trazer bebês ao mundo, nunca cobrei por ajudar e decidi ajudar muitos bebês — falou dona Magaly com todo o carinho na voz.

— Verdade! Ver você com sua filha é algo que me alegra muito, filha, e isto, por si só, paga, pois foi uma imensa alegria presenciar uma benção tão linda vir ao mundo! — Dona Pacha fala e acaricia a cabecinha de Keiko com muito amor e carinho.

Neste momento o restaurante estava um pouco mais vazio e o senhor Einar pediu para Richard ver como estavam as mulheres em casa. O rapaz saiu apressado e foi saber como estava tudo.

Ao abrir a porta do quarto e ver a mãe, dona Pacha, que segurava Keiko nos braços, o rapaz ficou tão comovido que seus olhos se encheram de lágrimas, pois um bebezinho era o que a mãe dele ansiou por muitos anos, e nunca pôde ter. Com a idade, esse desejo pareceu ter sido esquecido.

Richard era um homem de porte físico mediano, com estatura de 1,70m, cabelos pretos, lisos, com topete superdefinido e comprido com lateral e leve degradê, e olhos com tons acobreados. Apesar dos pais serem uma junção de descendentes de incas e bolivianos, Richard tinha traços definidos firmes, pois havia puxado uma parte da família que vinha do lado da mãe e deixava qualquer moça do vilarejo a olhá-lo quando ele passava, e até as clientes do restaurante jogavam charme para ver se conseguiam fisgar um dos solteiros mais lindos que elas podiam encontrar nas redondezas.

Richard era um homem incrivelmente bonito e, mesmo sendo um adulto comprometido com o trabalho, responsável, trabalhador, estudioso e com muitas outras qualidades, uma que se destacava era a sensibilidade ao próximo, pois sempre ajudava as pessoas. E ao ver aquela bebezinha no colo da mãe e pensar que tudo tinha dado certo, ficou emocionado e lágrimas encheram os seus olhos.

— Mãe, eu posso entrar? — Ele falou baixinho, pois observou que Diandra estava dormindo.

— Não, filho, eu vou sair para a sala. Vamos deixar esta mamãe lutadora descansar. — Dona Pachacuti, saindo com Keiko no colo, Richard próximo as duas levando a mão de leve até a cabecinha do bebê, ele diz:

— Que bebê lindo!

— Sim, filho! O nome dela é Keiko.

— Ela! Nossa! Uma princesinha!

— Sim, uma princesinha! — Dona Magaly, que vai saindo do quarto e encostando a porta, exclama baixinho e depois continua:

— Rapaz, que loucura foi esta de trazer esta moça para cá?! Se você não tivesse me encontrado, as duas estariam em apuros: bebê e mãe.

— Verdade, filho! Por que você não as levou para o hospital na cidade?

— Mãe, o carro estava fora da estrada e eu ainda estava aqui bem perto da vila, demoraria muito ir até a cidade e fiquei preocupado, pois parecia que a mamãe desta lindeza estava sentindo muito dor. — O rapaz comenta pegando Keiko no colo com muito cuidado e com os olhos cheios de carinho.

— Como assim?! O carro estava fora da estrada?!

— Não tive tempo de comentar, mas a chuva provocou uma derrapagem e bati a caminhonete no paredão. O pai ainda nem viu a lateral da caminhonete, mas vai ver com certeza!

— Rapaz, você é muito habilidoso! Se você que conhece estas estradas, com suas idas e vindas da época da faculdade e das compras de sua mãe na cidade, deixou a caminhonete derrapar, ainda bem que nenhum outro motorista se aventurou em ir à cidade. — Dona Magaly exclama balançando a cabeça e saindo para ir embora.

— Comadre, você já vai?

— Sim. E voltarei amanhã para ver como está aquela mamãe mocinha. Outra coisa, Pacha, você observou como ela é nova, uma criança, aparenta ter pouca idade e algo estranho aconteceu, pois o estado físico dela não é algo normal, mas o parto ocorreu tudo bem.

— Sim, observei, mas amanhã iremos saber mais.

— Até logo. Cuidem desta princesinha! Amanhã bem cedo, vejo vocês.

— Até logo! — Senhor Einar responde pela família entrando em casa no mesmo instante que dona Magaly está saindo.

O pai de Richard vai até o filho e com um sorriso diz:

— Que preciosidade!

— Keiko — Dona Pacha fala.

— Filho, eu vi a caminhonete! Você está bem?

— Sim, pai! Não foi exatamente uma colisão lateral, a caminhonete saiu da estrada e passou encostando-se ao paredão, mas consegui tirar a tempo então somente a parte da carroceria ficou arranhada.

— Tudo bem, filho! — O pai diz para Richard com olhar de carinho e alívio.

Dona Pacha, que vê pai e filho em volta da pequenina Keiko, diz rapidamente:

— Preciso levar esta mocinha para que seja amamentada. — Pegando Keiko com todo o carinho da mão do filho, dona Pachacuti leva a pequenina para o quarto onde Diandra estava.

— Agora o que faremos, pai, com esta moça e a filhinha dela?

— Não sei! Sua mãe decidirá. Eu penso que deveríamos levar esta moça para a cidade e procurar a família dela, mas me pareceu que ela estava com muito medo e vamos ver o que podemos resolver. Amanhã iremos decidir juntos como família, mas agora vamos voltar para o restaurante filho, pois o Erlan e a Arline vão para a cidade e, agora que a chuva parou, provavelmente teremos mais clientes que passarão pela vila no horário do café da tarde e as Quelitas, Saltenas Bolivianas e os Queque de Racacha estão prontinhos para serem vendidos aos turistas que seguirão viagem até a cidade.

— Sim, pai, vamos voltar.

Pai e filho, retornando ao restaurante, encontram algumas pessoas que saíam com guloseimas para beliscarem dentro dos carros no percurso até a cidade e Richard avisa para Erlan:

— Enviei as listas da minha mãe para você. Divirta-se buscando cada coisa! — O rapaz sorri para o amigo e vai seguindo em direção à cozinha do estabelecimento para embalar mais algumas guloseimas e colocar na vitrine.

Senhor Einar vai para o caixa e escuta Erlan dizer:

— Seu filho tinha que ter se formado comediante e não em administrador, senhor Einar!

— Mas deste jeito não teríamos quem administrasse o restaurante. Richard é meu braço direito, cabeça, pernas e tudo! — O pai sorri para o empregado, que sai sacudindo um boné.

Logo depois a esposa de Erlan sai da cozinha em direção ao caixa do restaurante e, escutando um restinho do diálogo, diz:

— O que seria de todos nós sem o Richard, isto sim!

— Nossa! Meu bem, eu estou aqui para resolver todos os seus problemas! — Exclama Erlan com uma pontinha de ciúmes de Richard.

— Eu sei! Eu sei, meu bem! Mas foi o Richard quem fez nosso restaurante vir para o século atual e assim conseguimos prosperar. Ele merece muito crédito.

— Tá bom! Concordo! Vamos para o carro, amor, pois sei que levarei mais tempo para chegar à cidade, porque a estrada deve estar lama pura. Vamos antes que anoiteça e as lojas da cidade fechem.

Capítulo 4
Questionamentos

Na casa de dona Pacha um ato de puro amor estava sendo consumado, pois Keiko estava sendo amamentada e pela primeira vez mãe e pequenina estavam tranquilas.

Dona Pacha viu tudo com muito carinho e sem perguntas disse somente:

— Minha querida, você e sua bebezinha podem ficar conosco o tempo que precisarem. Não se preocupe, mas teremos que ir até o cartório registrar esta princesa. Estou com a declaração de nascido vivo que Magaly me deu em relação à Keiko. Creio que amanhã poderemos fazer isso.

— Sim, faremos. — Diandra responde com voz fraca.

A noite veio e todos estavam em casa, pois depois de Richard receber as encomendas da mãe trazidas por Erlan e a esposa, fechou o restaurante e foi jantar com a família.

Dona Pacha tinha feito um jantar especial com salada de quinoa, o prato que toda a família gostava. A mãe de Richard serviu um prato generoso, levou ao quarto e ofereceu para Diandra. A moça não aceitou, pois comentou que não conseguiria comer, pois o estômago doía muito e ela estava com muita náusea.

Dona Pachacuti ficou muito preocupada, pois observou melhor a garota e viu que o olhar era fundo e aparentava estar muito fraca, porém ela não insistiu. Deixou somente um suco na mesinha próxima à cama onde Diandra estava com Keiko.

Na sala de jantar, senhor Einar e Richard estavam muito curiosos para saber como as hóspedes estavam e dona Pacha, chegando para também saborear o jantar, disse de forma decepcionada:

— Ela não quis comer nada! Estou preocupada com esta moça!

— Mãe, deve ser por causa de tudo que ela viveu. A chuva estava muito forte quando ela chegou à caminhonete. Eu não acreditei vendo como estava molhada, e ao pensar sobre isso chego à conclusão que essa moça fez uma grande loucura. Será que veio andando de onde? Será que pegou carona como fez comigo? Por que uma grávida passaria por tudo aquilo tão próximo ao momento de dar à luz? Não estava passando nenhum carro na estrada e o horário do ônibus não condiz com a hora que ela apareceu perto da caminhonete. Estranho demais o aparecimento desta moça em uma estrada no meio do nada no temporal em pleno momento de ter um bebê!

— Não sei o que te dizer, filho, pois também tenho muitas perguntas e dúvidas que somente ela poderá esclarecer, mas amanhã conversaremos com ela. — Diz a mãe de Richard.

— Você tem que conversar mesmo com ela, pois esta mocinha e aquela princesinha, mesmo sendo bem-vindas aqui, devem explicações, pois somos totais desconhecidos para ela e a situação é muito estranha mesmo. — Diz senhor Einar.

— Farei isto cedinho! Agora vamos jantar.

Depois do jantar, todos foram para os quartos procurar descanso, pois o dia havia sido de muito trabalho e fortes emoções.

Capítulo 5
Fuga e esclarecimentos

Na madrugada, com apenas a luz da cozinha ligada, fazendo uma penumbra em toda a casa, Richard vai até a cozinha tomar um copo com água e escuta um barulho vindo da porta da sala, e ao ir olhar, vê Diandra com a pequenina Keiko no colo saindo nas pontas dos pés de casa, aparentando estar fugindo.

A moça mal conseguia manter-se em pé direito, apoiava-se na parede da sala e com a mochila nas costas e a bebê no colo, estava fugindo sem nada dizer ou nem mesmo se despedir. Richard, indo até ela, interrompendo-a de seguir em direção ao portão, disse:

— Aonde você pensa que vai?

— Vou embora.

— Não vai não!

— Vou sim! Tenho que ir.

— Já disse que não! Dê-me a Keiko aqui e volte para dentro agora. Mãe, pai, me ajudem aqui! — O rapaz gritou.

Os pais de Richard, ao escutarem o grito do filho, saíram ao encontro do rapaz e da moça que segurava Keiko, não deixando que Richard pegasse a pequenina.

— Tenho que ir embora, antes que eles me encontrem.

— Eles te encontrem?! — Senhor Einar falou chegando próximo ao filho e observando bem de perto aquela garota misteriosa.

— Minha filha, do que você está falando?

— Preciso ir! Preciso ir! — Diandra falava e chorava ao mesmo tempo segurando Keiko com força.

— O que está acontecendo? — Richard fala forte.

Diandra, ao ver que o rapaz ficou exaltado e demostrava estar nervoso, respondeu como um grito.

— Eles irão pegar minha filha e me internar de novo!

— Eles?! Internar?! Quem? Por que te internar?

— Por causa de dinheiro! Tudo é por causa de dinheiro! Porque eu só faço coisa errada! Eu não sou boa pessoa! Todos me odeiam! — Diandra chorava copiosamente e falava coisas sem sentido, o que demostrava um total descontrole de sua parte.

Todos parados na saída da sala que seguia para o quintal na penumbra da madrugada deixou dona Pacha muito atordoada, o que fez sua pressão baixar. Assim a senhora falou ao seu marido:

— Einar, eu não estou me sentindo bem!

— Pacha, o que está acontecendo?

De repente a mãe de Richard começa a desmaiar e Diandra, mesmo querendo fugir, ao ver tudo que acontecia com dona Pacha, fala rapidamente:

— Leve ela para a sala e a acomode no sofá. A pressão deve ter baixado.

Todos foram para dentro de casa. As luzes foram acessas e Keiko foi rapidamente dos braços de Diandra para os de Richard, que ficou a olhar a moça, que aparentava saber exatamente o que dizia e fazia. Dona Pacha sentou-se no sofá e a moça, pertinho dela, começou a conversar, e com a mão passou a medir sua pulsação.

— A senhora teve uma queda de pressão. Desculpe-me pelo incômodo! A culpa foi minha, por trazer preocupação para sua família. Por tudo que fizeram por mim e por minha filha, sei que são pessoas boas e não merecem que eu esteja aqui trazendo meus problemas, por isso preciso ir embora.

— Minha filha, vocês não são problemas de forma nenhuma! Não quero que você vá embora.

— Não posso ficar! Vocês têm que entender. — Diandra fala e olha para todos. Principalmente para Richard, que segurava Keiko com tanto carinho e cuidado.

— Você não pode ficar por quê? Não entendemos! — Senhor Einar exclama.

— Provavelmente virão atrás de mim — Diandra fala levantando-se do sofá de onde estava com dona Pachacuti e pegando a filha no colo, tirando-a do rapaz que tão cuidadosamente a segurava enrolada em uma manta cor-de-rosa. Fez gesto que seguiria com a ideia de ir embora. A moça cambaleava devido à fraqueza, porém, como uma mãe leoa, protegia a filha e queria fugir de algo que era desconhecido para a família de Richard.

Richard olha para a moça e nada entende, mas tanto ele quanto os pais entenderam que Diandra estava decidida a seguir com a ideia de ir embora e ele precisava fazer algo, dizer algo:

— Vou notificar a polícia que você esteve aqui ontem e está pela estrada ou na vila e sobre o nascimento de Keiko.

— Não, por favor! — Diandra, muito próxima de Richard, olhando-o, implora.

— Se você não nos contar tudo agora mesmo, eu irei fazer a ligação e, mesmo que você fuja, a polícia te encontrará, pois você não conseguirá ir muito longe no estado em que está.

— Filho! — Dona Pacha exclama.

— Deixa, mulher. Ele resolve! — Senhor Einar concordava plenamente com o filho, porque aquela moça e aquela bebezinha haviam trazido alguma modificação para a família e ele sentia que suas vidas estavam mudando e o futuro estava sendo traçado naquele momento.

— Se você viu que somos pessoas boas como comentou, talvez possamos te ajudar mais. — Richard fala com tom firme e decidido. Vai até Diandra e pega Keiko no colo como se fosse algo que ele dominasse.

Diandra, ao olhar aquela atitude do rapaz e perceber que todos demostravam muita preocupação por ela e a filha, voltou a sentar-se próximo de dona Pachacuti e disse:

— Irei contar sobre minha história. Eu Tenho 20 anos, sou estudante de enfermagem e descobri que estava grávida e meu namorado me aceitou, apesar da gravidez. Fugi com ele e escondi da minha família e estava fugindo novamente ontem, pois minha família me encontrou e me internou em uma clínica de recuperação para controle de toxicodependência. Mas com a chuva, o carro capotou e a última coisa que escutei do meu namorado antes dele morrer foi que ele amava a mim e a minha filha. — A moça, ao contar um pouco sobre si, colocou o rosto entre as mãos e começou a chorar e nada mais conseguia dizer.

Dona Pachacuti, que estava sentada ao lado de Diandra, abraçou a garota e falou baixinho:

— Não se preocupe minha filha, estamos com você.

Senhor Einar e Richard somente entreolharam-se perplexos e nada comentaram, pois a situação era inusitada e totalmente diferente de difícil compreensão com fulga, morte e nascimento.

Diandra, reunindo forças, diz:

— Desde que cheguei aqui, vejo os cuidados que vocês estão tendo comigo e também com minha filha. Há muito tempo que ninguém cuida de mim! A senhora sempre me chamando de filha é algo que meu coração sentiu, pois minha mãe morreu assim que completei 18 anos e fiquei sozinha. Meu pai eu nunca conheci, pois no mundo era só eu e ela, até que arrumei um namorado, que também era como eu, sozinho no mundo, e começamos a morar juntos, porém em um momento de briga com ele, fiz uma loucura e minha vida virou de ponta cabeça, mas agora ele morreu. — Diandra chorava e foi amparada por dona Pachacuti.

— O que você está nos contando sobre seu namorado é algo muito triste! Mas se você estava internada, era para o seu bem! Por que você deseja tanto fugir? — Senhor Einar interrompe o abraço da esposa com Diandra.

Diandra percebeu que o senhor Einar não engoliria facilmente qualquer explicação, então a moça pensou por um tempinho e começou a contar uma história.

— Vou explicar melhor desde o começo. Há alguns meses, umas pessoas apareceram na minha casa e se identificaram como sendo da parte do meu pai, pensei que ele ainda estava vivo, mas ele tinha falecido e foi então que tudo ficou estranho, pois tem uma herança, algo que não quero, mas em que, aparentemente, minhas irmãs por parte de pai têm muito interesse e eu fui enrolada em uma armadilha. Eu estava fazendo um estágio em um hospital e tramaram contra mim colocando medicamentos e drogas no meu armário e alegaram que eu estava usando e mesmo negando, afirmando que nunca usei drogas, fui internada em uma clínica para tratamento. Foi lá que eles me aplicaram a primeira droga que meu corpo recebeu. Eles faziam acompanhamento clínico e social, dando assistência individualizada para mim sem nenhuma restrição de medicação, aplicando o que eu nem sabia, parecendo que queriam matar a mim e a minha filha. Mesmo que eu falasse sobre a gravidez, ninguém se importava. Me amarravam e me drogavam e até bateram em mim. Meu namorado descobriu onde eu estava, me tirou de lá e fugimos. Eu não fiz isso! Não roubei! Não usava drogas! Nunca poderia fazer isso com minha filha...

— Então seus pais são falecidos e seu namorado também? — Dona Pachacuti interrompe a narrativa de Diandra, que explicava todo mistério e também deixava lágrimas correrem pelo rosto enquanto falava e observava somente Richard com Keiko no colo, pois parecia que buscava sua aprovação.

Pachacuti levanta-se do sofá e diz em tom firme com uma voz que esposo e filho conheciam muito, aquela voz de mãe e esposa que ninguém pode contestar.

— Diandra, volte para o quarto com a Keiko e descanse. Está quase amanhecendo e assim que o dia raiar, minha família irá trabalhar e em outra oportunidade você nos contará melhor toda sua história.

Diandra entendeu que dona Pachacuti estava dando uma ordem para todos. Richard entregou Keiko no colo de Diandra e somente disse:

— Vou descansar. — O rapaz saiu da sala sem nada mais dizer, pois a história contada pela moça era algo estranho e tinha muitas lacunas. Ele e o pai, como homens, não engoliam histórias, pois eram experientes, já que muitos tentaram passar os dois para trás em relação ao restaurante, eles ficaram calejados pela vida.

— Também vou. — Senhor Einar falou logo depois do filho. E pensando da mesma forma que Richard, o velho pai sabia que teria que apurar toda a história daquela moça, pois algo o incomodava e a sensação de que Diandra não estava dizendo a verdade veio imediatamente depois da pausa que a moça fez ao começar a falar, como se narrando algo que não era real. Mas ele não podia julgar e decidiu esperar para ver no que iria dar toda aquela presença dela com aquela pequena bebê em sua casa.

Na sala ficaram somente as duas mães e Keiko. Diandra, olhando aquela situação, disse:

— Sua família é maravilhosa. Não tenho como agradecer por tudo que estão fazendo por nós. — Diandra passa a mão sobre a testa da filha, que dá uma leve mexidinha, aparentando estar acordando, pois estava no momento de ser amamentada.

— Sim, eles são maravilhosos! Eu sei disso. Agora me obedeça também e conversaremos depois que você descansar. De manhã, deixarei todo o café organizado. Não saia de casa. Pedirei ao Richard para trazer seu almoço.

À tarde, virei ver vocês. Realmente não saia, é melhor que ninguém saiba por enquanto que você está aqui.

— A dona Magaly sabe que estou aqui.

— Vou ligar para ela e conversarei com ela.

— Muito obrigada, por tudo que a senhora e sua família têm feito por mim e minha filha!

— Você não precisa agradecer, filha! Só ver você e sua filhinha com vida, já me deixa muito feliz! — Dona Pachacuti fala de forma carinhosa, porém muito preocupada.

Capítulo 6
Reestruturando a família

O dia amanhece ensolarado e Richard e o pai saem em direção ao restaurante depois de se deliciarem com um desjejum preparado por dona Pachacuti.

No restaurante, que se localizava em frente à casa de Richard, pai e filho, ao abrir o comércio, recebem Erlan e a esposa, que chegam comentando sobre como a vila está com muitos turistas e como provavelmente eles teriam muitas vendas. E foi o que aconteceu.

Era uma manhã cheia de pessoas comprando as guloseimas feitas por dona Pacha, que, depois de observar Diandra e Keiko descansando e preparar o desjejum da moça deixando-o em uma bandeja próximo da cama, saiu nas pontas dos pés e seguiu para o restaurante.

Dona Pachacuti iniciou rapidamente o preparo do almoço no restaurante, pois percebeu que era grande o fluxo de clientes.

Muitas pessoas passavam para o almoço no El Sabor Incabolivi, alguns elogios chegavam até a cozinha e com sorrisos dona Pacha e a fiel ajudante, Arline, recebiam todos.

Na casa de Richard, depois de acordar, Diandra cuida da filha, mesmo se sentindo muito fraca, com dores pelo corpo e com a cabeça doendo como se fosse explodir, sentia-se ansiosa, culpada por não dar para a filha o que a pequenina precisava. Então uma tristeza profunda abateu o coração da mãe, que começou a chorar juntamente com a bebezinha, que era sacudida no colo com tentativas inúteis para que se acalmasse.

O desjejum, Diandra nem tocou, pois sentia o estômago doer e sabia que não estava em condições de saborear nenhum alimento, pois sentia vontade de vomitar, então decidiu não comer. Keiko, procurando os seios da mãe, saciava-se com o leite materno, mas Diandra percebeu que a filha sentia fome e constatou que o leite era pouco. A moça sentiu-se ainda mais preocupada, mas não tinha como fazer nada, apenas continuava balançando a filha, que chorava por fome.

Como não sabia o que fazer, o desespero e uma sensação de impotência se intensificaram e a moça chorava. Neste instante, Richard dá uma pequena batidinha na porta do quarto, pois tinha ido levar para Diandra o almoço. O rapaz, ao entrar, vê aquela cena: Diandra desesperada com a filhinha no colo, e observa a bandeja do desjejum que não foi tocada. Então repreende a moça:

— Você não tomou o desjejum! O que está acontecendo com a Keiko? Por que chora tanto? Por que você também está chorando?

— Eu não tenho fome, por isso não comi, mas Keiko sim!

— Por que você não a amamenta?

— Não tenho leite! — A moça olhou para Richard demostrando naquela frase que estava pedindo socorro.

— Como assim?! Você não tem leite?!

— Tomei muitas drogas na clínica, meu sistema hormonal está todo desregulado e...

— E o quê?

— Estou muito cansada! — Diandra exclama e, em um gesto de puro sentimento de culpa, entrega a filha no colo de Richard e depois se senta na cama com a cabeça entre as mãos e o choro a domina fortemente.

O rapaz, com aquele pequeno ser no colo e vendo o desespero daquela moça, não sabia o que fazer, mas uma coisa ficou clara para ele: Diandra estava em depressão e precisava de ajuda urgentemente. Richard colocou Keiko na cama, mesmo que ela estivesse chorando, e saiu depressa em direção ao restaurante.

— Mãe, mãe! — O rapaz praticamente entrou na cozinha do comércio aos gritos.

— Elas precisam da senhora!

— O que aconteceu, Richard? — Dona Pachacuti pergunta.

— Diandra está mal e não para de chorar e Keiko também chora, pois está com fome.

— Meu Deus! — Dona Pacha exclama.

Senhor Einar, entrando na cozinha naquele instante, escuta o que o filho diz e pede à esposa para ir a socorro da moça e do bebê. Dona Pachacuti livra-se de um avental, lava as mãos e sai depressa para socorrer mãe e filha.

— Quem é Diandra? Quem é Keiko? — Arline, que estava na cozinha, pergunta para Richard.

O pai do rapaz, muito sábio, entendia que, pelo o que foi contado por Diandra, a moça queria que ninguém soubesse que ela estava naquela vila, então de uma forma rápida, bolou um plano que ele não imaginava que mudaria a vida de toda a família e assim respondeu antes do filho para a funcionária curiosa:

— Diandra é minha nora e Keiko é minha netinha, que acabou de nascer.

— Nora?! Richard, você tem mulher? Tem filha também?

Erlan, que chegava à cozinha para pegar alguns pratos que estavam preparados para levar para os clientes, diz:

— Muito bem, meu rapaz! Não nos contou nada. Parabéns! Depois preciso saber de tudo. Arrumou uma mulher na cidade e escondeu de nós! Esperto!

Richard, que recebia uma batidinha de felicitação nas costas, olhava para o pai sem nada responder, pois mesmo assustado e entendendo o porquê de o senhor Einar ter dito aquela grande mentira, ele não aprovava mentiras, e, sem nada responder, saiu da cozinha e foi em direção à casa ao encontro de dona Pacha.

Senhor Einar, que agora tinha que sustentar uma mentira, respondeu para os dois funcionários:

— Sim! Agora sou avô. Iremos apresentar para vocês futuramente, com calma, minha nora e minha neta, fiquem tranquilos e voltem ao trabalho.

O patrão voltou para o caixa e deixou Erlan e Arline sem nada para comentar.

Dona Pachacuti foi até a casa e ajudou no que podia, tentando auxiliar Keiko no pegar do peito, levou água para Diandra e comentou que a moça precisava se acalmar para que a produção de leite viesse à tona.

Capítulo 7
Roly, ama de leite

Diandra, com os cuidados de dona Pacha, tranquilizou-se e resolveu ficar um pouco mais com a família que tão carinhosamente cuidava de Keiko, pois o amor expressado para com a criança era visível, e como ela não tinha forças para fugir, resolveu ficar.

Dois dias de passaram e na casa de dona Pachacuti todos se revezavam para cuidar de Keiko e tentar ajudar Diandra, pois percebiam que a moça cada vez mais se abatia e estava muito magra, porém nada que dona Pachacuti dizia conseguia tirar a moça daquela tristeza profunda.

Dona Pachacuti e a família entendiam a situação de Diandra, pois a fraqueza estava consumindo a moça, mas tinham medo por Keiko, que solicitava a mãe, que não correspondia, até que dona Pachacuti pega Keiko da cama e comenta com Diandra:

— Fique tranquila, apenas repouse. Irei dar um jeito.

A moça nada expressou ao ver dona Pacha pegando a filha e indo para a sala, somente virou-se para o canto da cama e nada mais.

Richard entra em casa e vê a mãe com Keiko no colo, que agora tinha parado de chorar, o que o surpreendeu, já que a criança apenas chorava e resmungava, provavelmente pela fome. A mãe do rapaz estava com o um celular na mão, aparentando ter acabado de falar com alguém.

Richard escuta a mãe dizer:

— Me leve para a casa da comadre Magaly agora, por favor, filho!

Richard, sem entender nada, seguiu com dona Pachacuti que levava no colo Keiko enroladinha em uma mantilha.

Richard perguntou:

— Mãe, o que vamos fazer na casa da dona Magaly?

— Vamos conseguir uma ama de leite para esta mocinha! — Dona Pacha fala com todo carinho na voz e olhando para Keiko, que a observava colocando as pequeninas mãos na boca como sinal de fome.

— Entendi! Dona Magaly conseguiu alguém?

— Sim! Ela nos levará na casa de uma moça que acabou de ter bebê também e tem condições de nos ajudar.

Chegando a frente do portão da casa de dona Magaly, o rapaz para a caminhonete e a velha senhora que esperava por ele e dona Pachacuti entra no veículo e diz:

— Vamos, siga em frente, vou te dizer a direção.

— Comadre, eu sei que esta moça poderá ajudar, ela é uma excelente pessoa. — Dona Magaly comenta.

— Que bom que você encontrou alguém para ajudar! — Dona Pachacuti fala.

— Mas tem uma coisa! O que vamos falar para ela? De quem é esse bebê?

Richard, mesmo dirigindo, interrompe dona Magaly e diz:

— Minha!

— O quê?! — Dona Magaly exclama.

— Comadre, escuta que a história é complicada! — Dona Pacha fala.

— Dona Magaly, há alguns dias tive que chamar minha mãe no restaurante às pressas, e quando eu cheguei, estava tão preocupado que me esqueci da situação de Diandra, e ao falar o nome dela, despertei a curiosidade de Erlan e Arline, assim meu pai decidiu contar a história de que Keiko é minha. — Richard fala sem motivação na voz.

— Richard, foi boa ideia do seu pai! — Dona Magaly fala.

— Comadre, boa ideia?! Mentir nunca é uma opção boa e não deve ser encarada como uma ideia que pode resolver as coisas. Em momentos de decisão na vida, a verdade sempre deve reinar. — Dona Pachacuti afirma.

— Concordo, mãe, mas como a mentira foi dita, agora teremos que sustentá-la. Complicado será para explicar para a Diandra, estamos demorando dizer, pois será complicado explicar para Diandra que meus amigos do restaurante pesam que Keiko seja minha filha. — O rapaz exclama com preocupação na voz.

— Vocês deverão pensar em uma coisa de cada vez. Vamos solucionar o caso da fome desta mocinha aqui e depois vocês pensam como sairão dessa mentira. — Dona Magaly comenta, pegando Keiko do colo, da mãe de Richard.

Com as coordenadas que dona Magaly passou rapidamente, Richard chegou a uma casa pequena muito simples, nada como a casa de dona Pachacuti, que era grande e muito confortável.

Um menino estava no portão e ao ver a caminhonete parar, foi para dentro gritando:

— Mãe, mãe, dona Magaly chegou! Uma mulher veio até a porta da cozinha e convidou todos para entrar.

Dentro de casa, um bebê-conforto estava próximo a um sofá com um forte rapazinho dentro, dormindo tranquilamente. A casa estava toda limpinha e a moça que atendeu dona Magaly e os outros convidados foi logo pegando Keiko do colo da velha parteira e disse:

— Fique à vontade! Vou cuidar desta mocinha e conversaremos daqui a pouco.

A moça saiu com Keiko em direção a um quarto e rapidamente de lá da sala deu para escutar que os pequenos resmungos de Keiko cessaram, o que provavelmente era o sinal de que estava sendo amamentada.

Na sala com o outro bebezinho e o irmãozinho, que aparentava ter uns 6 anos, todos ficaram ansiosos, pois estavam preocupados se Keiko iria aceitar ser amamentada por outra mãe. Mas a menininha com olhos pretos e carequinha nem se ateve ao que os adultos tinham preocupação, pois a fome estava sendo saciada a cada sugada. E depois de um tempo, que para Richard pareceu grande demais, Keiko retornava para os braços de dona Pachacuti, dormindo tranquilamente e muito relaxada.

— Muito obrigada! — Richard foi o primeiro a agradecer a moça que acabara de solucionar pelo menos aquele problema por imediato.

— Meu nome é Roly. — A moça estendeu a mão para cumprimentar Richard e dona Pachacuti.

— O meu é Richard e esta é minha mãe, Pachacuti.

— Dona Pacha eu conhecia de nome, pois estive no restaurante de vocês algumas vezes aos domingos. Comida maravilhosa! Um prazer conhecer você pessoalmente. Este é o Malory. — A mãe, toda orgulhosa, apontou para o bebê que estava dormindo tranquilamente.

— Eu sou o Jeremy. — O menininho correu para Richard para se apresentar e também apertou as mãos de todos.

— É um prazer conhecer todos vocês! — Dona Pachacuti comenta.

— Meu pai está no trabalho! Você sabia? — Jeremy, muito conversador, fala para todos que estavam na sala.

Richard sorri para o garoto, pois o achou muito esperto e educado.

Roly disse, apontando para Keiko, demonstrando preocupação:

— Esta mocinha estava com muita fome. Sua esposa não conseguiu produzir leite?

— Minha esposa?! — Richard exclama assustado ao ouvir o que a moça deduziu.

— Sim! — Rapidamente dona Pachacuti fala.

— É isso! Não está muito bem de saúde e precisamos de ajuda. — Richard comenta completando ainda mais a mentira. O rapaz percebe naquele momento que uma situação foi criada e a história se seguia. Agora ficaria muito complicado desfazer a interpretação de todos da vila, mas ele não se importou, pois pensou em Keiko e, desde que ela estivesse bem, tudo bem para ele.

Dona Magaly observou quanto amor comadre e filho demostravam por aquela menininha e nada comentou, ficando somente a escutar o diálogo que se seguiu.

— Tenho um pouco de leite que retirei e vou passar para vocês poderem levar para alimentá-la mais tarde, mas não podemos esquecer que a mãe terá que também tentar amamentá-la e assim poderemos, juntas, ajudar esta princesinha a crescer saudável.

— Sim, eu vou orientar minha nora. Muito obrigada pela sua ajuda! — Dona Pachacuti fala e lança um olhar ao filho.

— Tudo bem! Amanhã você pode trazê-la neste mesmo horário. O que você irá levar será suficiente para que com o da mãe, Keiko fique satisfeita e não reclame, pois esta mocinha gosta de reclamar, né?!

— Você que não viu a crise! — Richard fala sem pensar.

— É assim mesmo, papai! Rapinho você acostumará! — Roly exclama.

Quando Richard escutou o nome "papai", balançou a cabeça e o desejo de desmentir tudo veio aos olhos e dona Pachacuti, muito esperta, percebeu o espanto do rapaz ao escutar a expressão dita e rapidamente, pegando no braço de Richard, ela exclamou:

— Ele irá acostumar! Ele irá acostumar! Vamos embora, filho? Incomodamos muito a Roly, agora é hora de ir.

— Irei passar um café para vocês, fiquem um pouco mais.

— Não, muito obrigada, tenho que voltar para o restaurante, pois meu marido deve estar passando aperto por causa da minha falta. Amanhã retorno com minha neta. Obrigada novamente por nos ajudar!

— Tudo bem! Estou sempre disponível.

Todos se despedindo e um abraço espontâneo veio nas pernas de Richard por parte de Jeremy, que exclama:

— Depois você volta, tá?! Vou te mostrar meus carrinhos.

Richard, vendo aquele garoto que distribuía afeto ingênuo e gratuito, abaixou-se e abraçou corretamente o menininho e disse:

— Claro, amigão! Eu volto sim!

— Este meu filho! O pai dele fala que ele é todo jeitoso para fazer amigos, mas eu sei a intenção dele.

— Ah, é?! Qual é?

— Ele está encantado com a Keiko. Você não reparou quando conversávamos como ele estava rondando sua mãe para vê-la? Achei que desta vez seria uma menininha aqui em casa, porém veio outro rapazinho, então é isso! Meu terceiro. Sou mãe de três lindos garotos.

— Terceiro!? — Dona Pachacuti, que estava entrando na caminhonete, comenta.

— Sim, o terceiro! Roly é uma campeã de meninos. — Dona Magaly fala e sorri ao mesmo tempo.

— Rory está com o pai no trabalho, ele tem 18 anos.

— Então sua família é grande? — Dona Pachacuti pergunta.

— A sua também! — Roly sorri.

— É, mãe, agora a nossa também! — Richard sorri e coça a cabeça em sinal de encabulamento.

Um adeusinho foi dado por dona Pachacuti e dona Magaly e a caminhonete partiu em direção à casa da parteira, que, ao chegar, desceu da caminhonete e deu um aviso:

— Vocês têm que registar esta princesa! Vocês têm dias para fazerem isso! Já se passaram e estão expirando, não deixe vencer o prazo, pois a situação é complicada por demais e deixar o prazo passar, piorará as coisas.

— Verdade, dona Magaly! — Richard exclama.

Antes que a caminhonete partisse, dona Magaly vai até a mão do rapaz motorista e, com um afago de amiga, exclama:

— Não esqueça todos os documentos pessoais e a declaração que está com sua mãe, leve tudo, fique firme e seja convincente. — A velha parteira disse isso, pois o que se seguiria daquela história em ajudar Diandra e Keiko, dona Magaly já tinha ideia.

Richard seguiu para casa sem entender a colocação de dona Magaly, mas dona Pachacuti entendeu direitinho aquela indireta da comadre, pois planos estavam sendo traçados e entrelaçavam-se sozinhos dentro do destino.

Richard deixou a caminhonete no quintal e foi para o restaurante enquanto dona Pachacuti entrava em casa com Keiko. Diandra estava a andar pela casa assustada, pois pensou que algo ruim tinha acontecido com a filha. Mesmo assim ficou dentro de casa, pois ainda não tinha forças para ir até o restaurante procurar por dona Pachacuti e a família, e nem podia fazer isso, já que todos iriam descobrir sobre ela, pelo menos era o que a moça pensava. Não sabia que todos estavam sabendo que ela estava com a família de dona Pachacuti.

Diandra, quando viu a filha dormindo tranquilamente no colo da mãe de Richard, foi até dona Pacha e perguntou:

— O que houve? Fiquei com muito medo!

— Está tudo bem! Keiko foi saciada. Arrumei uma ama de leite para ela que te ajudará até você se reestabelecer e conseguir amamentá-la sozinha.

A moça foi até perto de dona Pachacuti, que segurava Keiko no colo, e abraçou as duas, filha e amiga, pois neste instante um sentimento de grande amizade forte estava mais fixado, pois o agradecimento de Diandra era muito mais do que ela podia expressar com palavras. A moça tinha aprendido com os erros a valorizar pessoas verdadeiras e sabia que dona Pacha era uma mulher honrada e verdadeira com sentimentos de amor em relação à Keiko.

Dona Pachacuti entende o abraço e o retribui com um dos braços, pois o outro segurava a bebezinha, que dormia sem nada saber do que se passava na vida dos adultos.

Diandra pega a filha no colo e diz:

— Minha filha, nós estamos sendo muito abençoadas por esta família maravilhosa, devemos nossa vida a eles.

— Diandra, precisamos conversar. — Dona Pachacuti fala com preocupação na voz.

— O que houve? — A moça sente que algo está errado e, seguindo dona Pacha até o sofá, senta-se com Keiko no colo e escuta.

— Algumas coisas: primeiro, é que você precisa de ajuda médica, coisa que não podemos fazer aqui dentro de casa e segundo...

— Não posso! Não posso! — Diandra estava de pé andando de um lado para o outro com a filha no colo, pois se sentiu pressionada.

— Não se preocupe, filha, não quero pressionar você, mas é visível que você não está bem!

— Vou melhorar! Eu prometo. — Diandra senta-se novamente perto de dona Pacha e entrega a filha.

Dona Pachacuti sente e vê o desespero da moça e consente com a cabeça.

— Tá bom! Falamos disso em outro momento, mas em segundo lugar, você tem que registrar Keiko. Tem 15 dias para fazer isso e o prazo termina no final desta semana.

— Eu sei! Pesquisei tudo isso antes de eu ser levada para a clínica.

— Mas tem uma coisa que você não sabe!

— O quê?

— O pessoal da vila acha que Keiko é filha de Richard!

— Filha do seu filho?! Como isso aconteceu?

Capítulo 8
Diandra está doente

Diandra fica curiosa com a informação de dona Pacha, que explicou calmamente:

— Meu esposo primeiro tentando justificar quando Richard foi me chamar no restaurante naquele dia que ele te viu chorando, depois dona Magaly, ao encontrar uma ama de leite, e tudo foi sendo criado mediante decisões que foram sendo tomadas na tentativa de ajudar. Agora tenho nora e neta.

— Richard aceitou isso? — Diandra olhava dona Pacha com olhar de espanto.

— Meu filho é um homem bom! Todos nós somos honestos e mentiras nunca fizeram parte de minha família, principalmente porque entendemos que é muito errado, mas ao ver você e sua filhinha precisando de ajuda, nós não pensamos e as coisas foram acontecendo e saíram do controle. Entendo que você é uma mulher de bem e apesar do seu passado, sobre o qual ainda não sabemos direito, eu vejo que se preocupa com sua filha e isso, para mim e minha família, por enquanto, é o suficiente até você conseguir nos contar tudo o que aconteceu.

— Eu sei que vocês são pessoas boas e honestas, pois me ajudaram, mas chegar ao ponto de seu filho dizer que tem uma filha é algo muito maior do que vocês imaginam.

— Eu sei, mas estamos dispostos a te ajudar. Isso não é pura e simples ação sem intenções, sempre quis uma filha, mas como tive complicações no parto de Richard, perdi meu útero e não pude mais conceber. E com o tempo e idade, adotar ficou fora de questão. Então vocês chegando às nossas vidas é um grande presente depois de muitos anos.

— Eu não entendo! Sou uma estranha, minha filha é uma bebê que acabou de perder o pai e agora encontro vocês, que se oferecem a amar sem se importar com meu passado. Por quê?

— Perguntar por que a vida não nos oferece bênçãos, ou por que as recebemos não é algo que muitas das vezes tem respostas, mas uma coisa eu sei: que devemos procurar viver e aprender com todas as experiências. Se você pensa que o deserto é demais, pensa em desistir, em parar, que não vai aguentar, por humilhação, por tantas necessidades, tantos problemas, pensa que o choro não vai cessar, que as coisas talvez não mudem, você tem que entender que com paciência o amadurecimento acontece, porque é na batalha que você se torna uma pessoa melhor e a guerra final decreta a vitória. Tudo vai passar, é só suportar o processo e aguentar firme, as coisas irão se resolver!

— Dona Pacha, o que a senhora está oferecendo é algo que vejo que vocês não pensaram direito, pois se Richard se comprometer com uma criança, isso poderá atrapalhar todo o futuro dele como homem.

— Por quê? — Richard, que chega e escuta o comentário de Diandra, fala.

— Você não está pensando nesta situação com clareza! Richard, você nem me conhece! — Diandra fala para o rapaz.

— Não! Mas não deixarei ninguém fazer mal à Keiko e nem a você.

Diandra ficou tão atordoada com tudo que estava escutando e a possibilidade de ser ajudada por pessoas que não entendiam tudo do passado dela e todas as situações que estavam trazendo para dentro do lar deles, que de repente o chão pareceu sumir e a moça realmente estava muito fraca. A moça foi amparada por Richard e levada ao quarto, onde pôde deitar-se, sendo acompanhada por dona Pachacuti, que segurava Keiko ainda dormindo.

O rapaz, chamando a mãe um pouco para longe de Diandra, diz:

— Mãe, a Diandra está muito fraca! O que faremos?

— Filho, nós não poderemos fazer nada sem permissão dela.

— Mas, mãe, parece que esta moça sofreu algo terrível. Pelo que ela contou, a família tentou matar ela e Keiko.

— Parece que sim, mas só teremos certeza da história completa quando ela melhorar e puder nos contar melhor. Sabe o que quero que você faça agora?

— Não! O quê?

— Vá à farmácia, procure o farmacêutico e comente que precisamos de medicamentos como vitaminas e fortificantes, veja o que ele te aconselha comprar. Compre todos e traga! Ah! Antes de ir para farmácia, passe no restaurante, avise seu pai que irei à noite organizar os preparativos para o almoço de amanhã e deixarei tudo organizado para Arline dar continuidade. Não deixe os funcionários perceberem que está apreensivo e avise seu pai que conversaremos melhor todos juntos no momento do jantar. Irei ficar e cuidar de Diandra e Keiko, pois daqui a pouco será o horário que esta mocinha irá acordar pedindo mais leite. — A mãe de Richard comentou tudo colocando Keiko na cama ao lado de Diandra, que parecia estar em outro planeta, pois somente olhava para o teto do quarto e nada dizia ao escutar a narrativa de comandos ao rapaz.

Richard saiu do quarto e foi fazer o que a mãe pediu, mas antes passou na cozinha e, ao beber um copo com água, pensou em como a vida traz surpresas. Ele não pensava em ter uma família tão cedo; tinha tido algumas namoradas na faculdade, mas nada sério. E um filho então, isso é que ele não tinha a menor intenção de ter, ainda mais fora de um casamento. Pensou em talvez procurar pela família de Diandra, mas a moça tinha comentado que eram pessoas que queriam fazer mal para Keiko.

Richard ficou sem saber o que fazer, mas entendeu que deveria fazer algo por aquela jovem e sua filhinha. Não se perdoaria se algo ruim acontecesse com elas. O rapaz balançou a cabeça, colocou o copo batendo-o forte sobre a mesa de forma decidida e saiu para obedecer à mãe.

No quarto, o choro de Keiko, que havia acordado, não era percebido por Diandra, que estava inerte e nenhuma atitude tomou para que a filhinha parasse de chorar.

Dona Pachacuti, que ainda estava ali sentada ao lado de mãe e filha, puxou Keiko para mais perto de Diandra e a moça, ao sentir a filha, tentou oferecer o pouco de leite que tinha. Ela entendia que não estava produzindo leite suficiente para saciar a filha por vários fatores, e isso a angustiava, mas não sabia o que fazer. Dona Pachacuti, agora sentada na beiradinha da cama, diz baixinho:

— Vocês vão ficar bem. Vou cuidar de vocês. — Como um ato de amor, dona Pacha passa a mão pelo cabelo de Diandra e depois na cabecinha de Keiko.

Depois que o leite cessou, Keiko, mesmo não sendo totalmente satisfeita, aceitou a situação. Diandra comenta:

— Dona Pachacuti, não desejo atrapalhar a vida de vocês, assim que eu estiver melhor, irei embora com minha filha e vocês poderão voltar à tranquilidade e à normalidade de sempre da sua família.

— Não quero que pense isso, Diandra. Minha vida, digo a vida da minha família, nunca mais será a mesma, pois agora temos vocês e somente se você realmente não desejar é que não iremos te ajudar.

— Eu não sou uma pessoa ingrata, dona Pachacuti, eu somente não entendo porque vocês estão fazendo tudo isso por mim e pela minha filha, achei que não existissem pessoas boas como vocês. Tudo está parecendo tão irreal que é difícil acreditar.

— Diandra, você deve ter conhecido pessoas que te machucaram muito, mas ainda existem pessoas boas no mundo. Elas estão em toda parte e são usadas para abençoar. Também não entendo esta oportunidade que estamos tendo em ajudá-la com sua filhinha, mas o que sei é que não foi por acaso você bater exatamente no vidro da caminhonete do meu filho, pois o que tem que ser, é.

— Esta situação de Richard registrar minha filha tiraria o medo do meu coração de alguém querer fazer mal a minha filha, mas é algo que não posso pedir a nenhum homem, pois o compromisso é maior do que uma simples ajuda.

— Nós entendemos isso e saiba que meu filho compreende a gravidade dessa decisão! Não é um erro do coração tentar fazer algo para ajudar.

A moça sentou-se na cama e abraçou forte dona Pachacuti, então juntas deixaram lágrimas cair, a união estava consumada. Depois de um breve tempo, dona Pacha comenta:

— Temos que combinar tudo, pois a vila é de pessoas que se interessam por histórias. Uma pergunta que ainda não te fiz para tirar uma dúvida. Você falou que seu namorado era sozinho no mundo, mas vocês chegaram a ter algum documento de união?

— Não, nada nos ligava, pensávamos em fazer isso depois que Keiko nascesse.

— Tá! Então pensei em dizer que você é uma namorada de Richard da cidade e desse namoro veio Keiko e assim ficará conosco, até você melhorar de saúde.

— Mas ele vai aceitar isso?

— Meu filho teria te dito tudo que ele não aprova se fosse o caso, com o tempo você irá conhecê-lo e verá o quão assertivo ele é quando quer algo ou não quer.

— Não entendo nada! Vocês são mais do que eu poderia sonhar. — A moça dizia somente dando de ombros.

— Pare com isso! Não nos coloque em um pedestal. Temos muitos defeitos e com o tempo, como filha desta casa, você vai ver.

A moça, ao escutar a afirmativa de dona Pachacuti e escutar novamente ela sendo chamada de filha, sentiu o coração tranquilizando-se.

No momento do jantar, Richard chegou com os medicamentos e entregou-os para a mãe e informou:

— Demorei em trazer, porque fui à cidade, pois aqui na vila não tinha todos da lista que o farmacêutico falou que seriam bons.

Diandra, que estava sentada ao lado do senhor Einar na mesa, disse:

— Você foi à cidade comprar medicamentos para mim?

— Sim! Por quê?

— Obrigada! — A moça fala toda tímida.

No decorrer do jantar, Senhor Einar comentou sobre a curiosidade que foi formada em relação à Diandra e à Keiko, pois Erlan e Arline comentaram com quase todos os conhecidos que apareceram no restaurante e em cada comentário Diandra ficava mais inquieta e pensamentos a atormentavam. Então entre uma garfada e outra, a ânsia de vômito veio.

A moça correu ao banheiro e o pouquíssimo que tinha comido foi ao vaso sanitário. Dona Pachacuti seguiu Diandra, auxiliando-a, segurando seu cabelo enquanto a moça vomitava. Ao observar o vaso, dona Pachacuti viu que sangue também fazia parte do que foi colocado para fora e se preocupou demais, mas nada comentou, pois viu que a moça estava perturbada e não queria adicionar mais uma preocupação, já que ela estava muito magra, abatida e possuía um aspecto muito doente.

Depois de vomitar, a moça, que estava muito fraca, deitou e dona Pachacuti comentou:

— Pode deixar, explico para os homens que você precisa de descanso. Fique tranquila! Afinal, você teve um bebê tem pouco tempo! — Dona

Pachacuti saiu do quarto e deixou a moça deitada perto de Keiko, que estava dormindo quietinha na cama.

Na sala de jantar, os homens estavam apreensivos por notícias. Dona Pacha chegou com um olhar que os dois conheciam muito bem.

— Mãe, fale o que está acontecendo. — Richard pede preocupado.

— Filho, eu sei que os medicamentos não irão funcionar. Ela precisa ser levada a um hospital. Teremos que convencê-la.

— Minha querida, é grave assim a situação? — Senhor Einar pergunta para a esposa.

— Sim, eu acho que sim! Não sei dizer o que é, mas meus instintos dizem que é grave.

Senhor Einar e Richard sabiam que os instintos de dona Pachacuti não falhavam, pois em muitas ocasiões ela alertou marido e filho sobre situações que ocorreram exatamente como ela falou.

— Vamos conversar com ela, mãe! — O rapaz agita-se, levantando-se da cadeira e andando pela sala demonstrando muita preocupação.

— Eu conversei, filho, mas ela não quer me escutar. Talvez você a convença. Tente.

— Eu vou tentar.

Capítulo 9
A morte de Diandra

Richard foi até o quarto e bateu na porta. No entanto, pensou que tinha sido fraco e baixo, então perguntou:

— Diandra, eu posso entrar?

Nada foi respondido e o rapaz abriu a porta devagar e se deparou com uma cena. Diandra estava no chão, totalmente desacordada. Richard chamou os pais que vieram imediatamente ver o que estava acontecendo. Senhor Einar falou com autoridade:

— Do jeito que está, não pode continuar. Richard, pegue a chave do carro, vamos levar Diandra para o hospital.

— Ficarei com Keiko. Vão depressa! — Dona Pachacuti exclama ao ver o filho levando Diandra para a caminhonete.

A moça estava voltando a si e comentou baixinho:

— Tentei chamar por vocês.

— Tudo bem! Calma, nós vamos te levar para o hospital. — Richard comenta colocando a moça na caminhonete. Então se posiciona atrás do volante, liga o veículo e sai rapidamente da garagem em direção à cidade, que ficava poucos minutos da vila.

O pai do rapaz, que estava acompanhando-os, falou para Richard:

— Cuidado nas curvas, filho!

— Tranquilo, pai. Vamos chegar daqui a pouco!

No hospital, ao chegar, Richard pegou os documentos de Diandra e ao registar, a moça informa que ela teve um bebê há poucos dias, porém no momento em que a enfermeira perguntou pela criança, Diandra, que estava em uma cadeira próximo à recepção aguardando ser atendida, disse em tom alto e decidido, da forma mais forte que encontrou:

— Meu bebê faleceu!

Senhor Einar, que estava próximo da moça, assustou-se e ao olhar para o filho, que mais nada respondeu à enfermeira, ficou calado, pois não entendia a atitude daquela moça.

Rapidamente Diandra foi levada para um consultório e depois de alguns minutos, uma maca acompanhada do médico e de vários enfermeiros passou com a moça, que estava seguindo para o bloco cirúrgico.

Ao ver aquela situação, Richard levantou-se e foi até Diandra e percebeu que ela queria dizer-lhe algo, mas ele não conseguia escutar, porque o hospital estava agitado e algumas pessoas falavam o nome dela e um sobrenome que o rapaz nunca tinha escutado. Ele abaixou-se um pouco, de forma que seu ouvido ficasse próximo à Diandra e escutou ela dizer:

— Vai embora daqui e cuide da Keiko! — Depois disso, não disse mais nada, pois haviam chegado ao bloco cirúrgico e os enfermeiros impediram Richard de seguir.

O rapaz e o pai ficaram sem nada entender, mas alguns segundos depois, alguns homens estranhos chegaram à recepção e uma mulher, que aparentava ser da alta sociedade, perguntou por Diandra e foi logo sendo recebida pelas recepcionistas que informaram:

— Doutora Odalis, a sua irmã está no bloco cirúrgico, pois teve uma parada cardiorrespiratória dentro do consultório.

Quando a enfermeira terminou de dar a informação, um médico saiu do bloco cirúrgico e perguntou para a enfermeira:

— Quem são os responsáveis pela paciente?

— Eu sou irmã. — Odalis respondeu.

— Doutora Odalis! — O médico reconheceu a mulher que se identificava como sendo irmã de Diandra. Rapidamente ele informou:

— Infelizmente tenho a notícia que sua irmã acabou de falecer, não foi possível salvá-la, pois foi acometida por uma morte súbita cardíaca.

— Tudo certo! Onde está o bebê dela? Também está morto?

— Sim, está. Foi o que ela falou quando chegou aqui. — Uma enfermeira informa.

ALEXANDRA INOCÊNCIO COSTA

Senhor Einar e o filho assistiam a toda aquela situação sem participar da história, pois eles ficaram como se fossem invisíveis quando a irmã de Diandra chegou ao hospital. Richard, que estava próximo ao bloco cirúrgico e escutou o que o médico acabara de dizer, fez um gesto de que iria tirar satisfação com o doutor, mas foi impedido pelo pai, que segurou seu braço e informou:

— Vamos sair daqui, agora!

Richard não entendeu o pai a princípio, mas quando eles chegaram ao estacionamento do hospital, o senhor Einar conversa com o filho.

— Richard, eu não sei o que faremos com aquela criança, mas é certo que não podemos entregar para aquela senhora que está aqui no hospital, pois a única coisa que ela queria saber era se a criança da irmã estava morta.

— Pai, o que aconteceu? Diandra morreu! Como isso pôde acontecer?! Keiko está sem o pai e agora sem a mãe. O que faremos? Diandra pediu para eu cuidar da Keiko, pai. — O rapaz falava assustado com tudo que aconteceu tão rapidamente.

Senhor Einar, mais centrado pela experiência de vida, olhou para o filho, que deixou lágrimas escaparem. Richard pensava no absurdo daquela situação: uma pessoa próxima, que estava sendo considerada como uma irmã, morrer, sem nenhuma explicação, e eles não podiam buscar informações. Foi muito estranha para Richard aquela sensação de impotência, coisa que ele não tinha tido de administrar até o momento, pois sempre foi um homem de atitude. Havia saído da vila para fazer faculdade na cidade, indo todos os dias e voltando para casa, conseguindo tirar o diploma que o ajudou a entender sobre administração, para assim poder ajudar os pais a levantarem o restaurante ao patamar que se encontrava.

Richard nunca tinha até aquele momento deixado nada o impedir de agir com firmeza dentro do que acreditava e valorizava como sendo o certo.

— Filho, olha o estacionamento, está enchendo de repórteres. — Senhor Einar fala para Richard, tirando o rapaz dos pensamentos sobre a morte repentina de Diandra e aquela história louca que envolvia Keiko.

— Repórteres! O que está acontecendo aqui, pai?

— Eu não sei! Sei que realmente precisamos sair daqui. — Esta foi a decisão que o senhor Einar teve naquele momento.

O rapaz, obedecendo ao pai, saiu do estacionamento do hospital como se nada estivesse acontecendo e quando estava um pouco distante, parou a caminhonete, pegou o celular e viu a reportagem: *"Acaba de falecer Diandra Cooperali, filha do milionário aristocrata também falecido..."*. Várias outras informações foram sendo acrescentadas à reportagem, e cada jornal online que Richard pesquisava, falava um pouco mais sobre Diandra.

Senhor Einar, tomando consciência de toda aquela informação, falou para o filho:

— Richard, vamos embora. Temos que conversar com sua mãe e contar tudo o que aconteceu e isto que estamos descobrindo.

— Vamos, pai!

Richard acelera a caminhonete e segue em direção à vila.

Capítulo 10
Erlan e Arline

Ao chegarem em casa, Richard e o senhor Einar encontraram dona Pachacuti na sala com Keiko no colo, que e ao ver o filho e esposo com os rostos totalmente destruídos de tristeza, levou a bebezinha para o quarto e colocou-a na cama, voltando para a sala desconfiada de que a notícia não seria boa. Perguntou rapidamente aos dois homens que estavam sentados no sofá, totalmente calados e com os semblantes arrasados:

— Cadê a Diandra? O que aconteceu com a Diandra?

— Minha querida, nós precisamos conversar. — Senhor Einar falou devagar, porém dona Pacha sabia que algo ruim tinha acontecido com a moça, pois ela pressentiu.

Dona Pachacuti, ao sentir ainda mais fortemente que a notícia seria terrível, sentou-se no sofá e expressou:

— Algo terrível aconteceu, não é mesmo?

— Sim! Diandra faleceu! — Senhor Einar informa a esposa.

— Meu Deus! Como pode ser isso?! Ela morreu?! — Dona Pachacuti começou a chorar e andava pela casa demostrando desespero e inconformismo com a notícia, pois poucas horas antes, Diandra estava ali em sua casa, conversando com ela naquela mesma sala e ela afirmando que tudo iria ficar bem, que as coisas ruins iriam passar.

Richard informa para a mãe:

— Mãe, eu e o pai não podemos explicar direito o que aconteceu, só entendemos que Keiko não pode ser entregue para a família de Diandra. O que faremos? Precisamos proteger aquela criança, pois, pelo que entendemos, a família de Diandra só queria saber se Keiko tinha morrido.

— Ela não pode ser entregue para a família? Do que você está falando, filho? Diandra falou que ela não tinha família, os pais morreram! Que família é esta que só quer saber se uma benção de bebê que é Keiko está morta? Que coisa horrível isso que vocês estão me contando!

— Ela tem irmãs, pelo que descobrimos na reportagem.

— Que reportagem?

— A que fala da família milionária dela.

— Milionária?!

— Sim, Pachacuti! Pelo que entendemos na reportagem que Richard leu a família de Diandra é milionária e no hospital percebemos que a irmã de Diandra por parte de pai queria saber somente se Keiko estava morta.

— Que loucura!

— Muito estranho mesmo, mãe! Uma mulher com aspecto muito elegante com atitude muito arrogante, não se emocionou quando foi informada que Diandra tinha acabado de falecer, pois a única coisa que ela queria saber era da criança. O que faremos agora com aquela princesinha inocente que está lá no quarto?

Keiko, neste momento, chorou e levou todos para o quarto. O rapaz, que foi o primeiro a entrar no quarto, pegou Keiko no colo e balançava a menina em um dos braços enquanto coçava a cabeça de preocupação com o outro braço. Keiko, que aparentava estar acordando e tinha fome, era o alvo de três olhares compadecidos.

Senhor Einar olhou para Pachacuti sem nada dizer, pois esperava uma decisão da esposa sobre qual seria o próximo passo da família.

Dona Pachacuti, pegando Keiko do colo de Richard, orientou o rapaz.

— Filho, vá à casa da Magaly e peça para ela te acompanhar até a casa de Roly e traga mais leite, pois precisamos alimentar esta mocinha. E quando você retornar, traga a comadre com você, mas não comente nada com ela.

— Mãe, é tarde! Ela vai me perguntar por que estou precisando de leite esta hora e porque Diandra não deu o leite para a filha.

— Eu sei que vai, mas fale para ela que entenderá tudo quando vier aqui.

O rapaz saiu para fazer o que a mãe ordenou e senhor Einar agora sozinho com a esposa comenta:

— Pacha, o que faremos com esta criancinha?

— Vamos ficar com ela, Einar!

— Minha querida, Keiko não nos pertence! Isto é errado e esta é uma decisão muito perigosa, podemos ser presos.

— Pertence sim! Diandra pediu muitas vezes que cuidássemos dela e com a ajuda de Magaly poderemos fazer com que o desejo daquela pobre mãe se cumpra.

— Esta criança deve ser entregue à polícia e depois para a família. — Senhor Einar comenta de forma nervosa.

— Depois de saber que a tia dela quer ver ela morta! Nunca vou entregar minha princesinha para uma família que só quer saber se ela está morta. — Dona Pachacuti fala de forma firme e muito decidida, fechando o assunto sobre devolver Keiko para a família.

— Richard, passe também na casa de Arline e Erlan e os convidem para vir aqui. — Dona Pachacuti, com o celular na mão, fala para o filho que estava no caminho da casa de dona Magaly.

— Mãe, este horário eles devem estar dormindo! — Richard exclama sem entender as intenções da mãe.

— Faça o que estou te pedindo. Reuniremos todos aqui em casa. O telefone foi desligado.

— Pacha, você vê necessidade de envolver nossos amigos nisto? — Senhor Einar interroga a esposa.

— Sim! Eles sabem sobre Keiko e conhecem o nome de Diandra. Quando a notícia se espalhar, é melhor que eles conheçam toda a verdade por nós. Além do mais, confio neles, são nossos funcionários tem mais de 10 anos. Vi Erlan crescer, somos até testemunhas do casamento deles. Eles nos consideram tanto quanto nós a eles, então sei que poderemos contar com eles para guardar esse grande segredo.

— Você acredita muito nas pessoas, Pacha, eu não sei! Se isto tudo vier à tona, seremos presos. Estamos cometendo um crime!

— Crime?! Crime é o que eles querem fazer com ela! Querido, foi o destino que trouxe esta criancinha para nós, é para protegermos esta vida e eu não vou entregá-la para ninguém fazer mal a ela.

— Pacha, ela tem família...

Antes que senhor Einar continuasse a falar, a mulher interrompeu-o:

— A família dela morreu e agora seremos nós. — Dona Pacha estava chorando ao dizer essa frase, que cortou seu coração.

— Mãe, todos estão aqui. — Richard avisa ao entrar em casa, acompanhado pelos amigos.

— Por favor, amigos, entrem. — Dona Pachacuti convida.

Erlan e Arline, de mãos dadas e com olhares desconfiados, adentram a sala seguidos por dona Magaly, que desconfiou que algo muito grave houvesse acontecido.

Dona Pachacuti começa a narrativa de toda a história:

— Arline, você desejava fazer um chá de fralda para minha netinha e vir aqui conhecer Diandra, mas os dias apertados no restaurante não nos deram oportunidade de planejar e realizar o momento.

— É verdade! — Arline exclama com voz apreensiva e muito curiosa.

— Então, não será possível, porque a mãe de Keiko morreu.

Dona Magaly, levantando-se de onde estava, assustou-se demais e começou a andar pela sala.

— Meu Deus! — Arline exclama, colocando a mão na boca em sinal de espanto.

— Nós chamamos vocês aqui, amigos, para contar toda a verdade. — Dona Pachacuti fala.

Erlan, que, muito esperto, e tendo sido criado desde garoto praticamente junto a Richard no restaurante, disse:

— Sabia que tinha algo estranho em toda esta situação de filha e mulher! O que aconteceu, amigo? — Erlan pergunta para Richard.

— Erlan e Arline, o que vamos contar para vocês, dona Magaly sabe, e precisamos que vocês também estejam cientes e sejam conhecedores da verdade.

— Fale, amigo! Estamos aqui para ajudar! — Erlan vai até Richard e coloca a mão no ombro do amigo.

— No dia daquela chuva intensa, que fui buscar algumas coisas que faltavam no restaurante para minha mãe, tive que retornar para casa, porque naquele dia foi a primeira vez que encontrei Diandra. Eu nunca tinha visto ela antes. Foi o dia que você e Arline foram à tarde realizar as compras.

— Como assim? — Arline interroga.

— Deixa Richard contar, amor! — Erlan fala para a esposa.

— Vou continuar. Naquele dia meu carro derrapou e bati no paredão por causa da chuva. Fiquei na estrada parado, coisa que nunca tinha feito, sempre passei aperto com o carro em muitas vezes na época da faculdade e seguia em frente, mas naquele dia não. Algo me fez ficar parado e sem atitude. Foi quando ela bateu no vidro do meu carro, e quando vi que estava grávida, sentindo muita dor e parecia que iria ganhar a criança ali mesmo, no meio da estrada e na chuva, eu a trouxe aqui para casa.

— Diandra grávida apareceu na estrada naquele dia de chuva! É isso que você está dizendo, Richard? — Arline pergunta intrigada.

— Sim, é isso! Dona Magaly fez o parto dela aqui em casa e Keiko nasceu.

— Que loucura! O que faz com que uma mulher grávida saia em um dia de chuva, sozinha e perambule pela estrada? — Erlan fala perplexo.

— Diandra estava fugindo da família! — Dona Pachacuti começa a falar, pois estava nervosa e ansiava conhecer qual seria a posição dos amigos em toda aquela história.

— Eu vou continuar contando a história, filho, deixa que eu falo, porque assim até a Magaly, que não conhece o resto da história, irá compreender porque teremos que proteger a Keiko. Pessoal, Diandra fugia da família, porque ela é muito rica e, pelo que estamos entendendo, há alguma coisa sobre dinheiro envolvido nisso. Quando ela chegou aqui, naquela noite, estava com muito medo. O namorado tinha acabado de falecer. Vocês se lembram daquela notícia do carro que pegou fogo na entrada da cidade? Era onde ela estava com o namorado e por misericórdia dos céus foi que Diandra conseguiu sair do carro a tempo.

— Vi no momento do parto que a moça estava muito fraca e apresentava alguns hematomas no pescoço e braço. — Dona Magaly comenta.

— Ela estava daquele jeito, porque a família tinha colocado ela em uma clínica de drogados. Estavam dando muitos remédios e realizando maus-tratos para que ela e Keiko morressem. — Dona Pachacuti comentou.

— Que coisa horrível! — Arline exclama.

— Estávamos protegendo Diandra e Keiko aqui em casa até ela melhorar e se fortalecer, mas depois do jantar, ela ficou muito mal e ao ser levada ao hospital, faleceu. — Richard fala e a tristeza em sua voz é perceptível.

— A história que ela era minha nora e Keiko minha neta, inventamos para protegê-las. — Senhor Einar comenta.

— Deu para entender que toda a história é muito triste, mas o que eu e a Arline podemos fazer nessa história?

— E eu? — Dona Magaly pergunta.

— Pessoal, precisamos proteger Keiko, porque o que ainda não contei foi que no hospital, quando a notícia saiu, sobre o falecimento de Diandra, uma mulher que foi chamada de doutora por outros funcionários estava interessada em saber se o bebê de também estava morto. O que ainda não comentei para vocês é que Diandra tinha sido internada na clínica de uma das irmãs, ela nos falou que tem duas por parte de pai, pelo que penso, uma provavelmente deve ser aquela que apareceu no hospital.

— Misericórdia! — Arline fala, colocando a mão na boca como sinal de espanto. A esposa de Erlan chora com a triste história.

— Quando chegamos ao hospital, mesmo no estado em que Diandra se encontrava no início, eu não entendi porque, quando a enfermeira perguntou sobre o bebê, Diandra mentiu dizendo que tinha morrido, ela falou na recepção que o bebê morreu no parto e isso ficou registrado.

— O quê?! — Dona Magaly exclama.

— Foi uma tentativa de proteger Keiko, porque quando a irmã dela perguntou, a enfermeira informou o que Diandra falou. — Senhor Einar comenta.

— Mas se o pai da Keiko morreu e a mãe também e ela tem uma tia, que, pelo que estou entendendo, é quem está por trás de toda essa tragédia, o que vocês vão fazer com a Keiko? — Erlan, que deduzia a resposta, saiu do lado do amigo, gesticulando e andando pela sala, fala, enquanto todos o olhavam.

— Vocês vão entregar ela para a polícia! Eles vão entregar para essa tia que quer ver Keiko morta! Não podem entregar! — Arline, dizendo isso, apresentou-se como sendo aliada de dona Pachacuti. A mãe de Richard, indo até a moça, abraçou-a e disse:

— Não vou entregar ninguém!

— Comadre, como assim, você não vai entregar?! — Dona Magaly exclama vendo que a decisão da família tinha sido tomada.

— Não vamos entregar, dona Magaly! Eles irão maltratar Keiko. — Richard fala de forma firme e decidida.

— Ela precisa ser registrada e o prazo de 15 dias termina amanhã! Eu avisei e vocês deixaram ir passando.

— Comadre Magaly, reunimos vocês aqui, porque minha família deseja apoio para que Richard reconheça Keiko como filha e possamos proteger este bebezinho que foi entregue aos nossos cuidados.

— Comadre Pacha, eu sei que sua família é muito boa, mas uma coisa dessa não é certa. Entregar esta criança para a polícia é a melhor solução, e tem mais, Richard não poderá registrar Keiko, porque precisa dos documentos da mãe.

— Estou com eles, dona Magaly, porque quando levei Diandra ao hospital e fiz a ficha, os coloquei em meus bolsos na hora da pressa e acabei esquecendo que estavam comigo.

— Estamos aqui em um momento muito importante, amigos! Precisamos decidir sobre uma vida, porque se entregarmos Keiko para a polícia, provavelmente ela será entregue para essa tia, porque Diandra não tinha mãe e nem pai. — Senhor Einar comenta.

— Mas e a outra irmã? — Erlan fala.

— Nós não a conhecemos. E se for como a que vimos no hospital?! Nós não podemos correr esse risco, pois Diandra tinha medo e nós devemos ser cautelosos e espertos para protegermos Keiko. — Richard fala.

— Mas o que vocês querem fazer é muito complicado! — Dona Magaly comenta.

— Não é! Richard irá registrar Keiko como filha, nós iremos criá-la com carinho e amor e é isso.

— Comadre, a vila comenta!

— Por isso chamei vocês aqui. O nome de Diandra irá aparecer nas reportagens e o que pedimos, amigos, é que ninguém fale o nome dela, só isso. E de todas as formas, Keiko é filha de Richard com uma moça da cidade que morreu no parto.

— Como vocês irão explicar isso para a Keiko quando ela crescer? — Arline perguntou.

— Iremos contar toda a verdade, quando for possível que ela entenda. Até então falaremos que a mãe faleceu no parto, o mesmo que contaremos para todos.

— Mentira é algo perigoso e muito errado! Estamos todos correndo risco por uma mentira e é contra a lei esconder uma criança. Nem sei se isso é como um sequestro ou até outra coisa, como um roubo de menor, nem sei como advogados nos chamariam... de ladrões ou sequestradores, mas eu não quero pensar nisso! — Erlan fala.

— Registar é possível! O problema será o povo da vila. — Dona Magaly comenta.

— Iremos estar juntos protegendo Keiko e este será nosso segredo até a hora de contarmos para ela, pois quando ela puder se proteger, saberá toda a verdade e poderá procurar pela família de Diandra e resolver como irá se proteger. Mas até que chegue esse momento, eu e minha família protegeremos esta criança. Amigos, nós queremos escutar a opinião de vocês. — Dona Pachacuti comenta.

— Eu voto em proteger a Keiko! — Arline abraça dona Pachacuti.

— Eu estou com você, amigo! — Erlan fala e abraça Richard.

— Muito arriscado, mas se Keiko for parar nas mãos das tias, não sabemos o que poderá acontecer, então aceito ficar calada! — Dona Magaly dá a última opinião.

— Entendemos que estamos correndo risco. E algo assim pode ser considerado errado para muitos, mas não vemos outra saída, porque sei que não é certo deixar Keiko sem alguém para protegê-la! — Dona Pachacuti fecha todo o assunto.

Senhor Einar nada comenta, a sabedoria o impedia de dizer algo, porque aquela situação era de total loucura e irreal. Proteger uma criança com mentiras não é o correto e esconder de uma família que existe uma criança que pertence à ela é algo muito errado e ele sabia que a lei iria condená-los, contudo ele tinha sentimentos em relação à criança frágil que era Keiko, tão pequena, magrinha e sem nenhuma condição de se defender de qualquer ataque e maldade. Então decidiu ficar calado e não dar sua opinião. Ao se abster, ele também toma a decisão de ficar com a criança.

Capítulo 11
O registro

O dia estava raiando e um pequeno choro surge, pois Keiko estava com fome. Todos da casa, olhando para dona Pachacuti, que pegou Keiko no colo, fortaleceram-se em suas decisões em proteger aquela bebezinha.

— Você tem que ir ao cartório hoje, Richard. — Dona Magaly avisa.

— Sim! Irei me arrumar e vou.

— Preciso levar esta mocinha para amamentar! — Dona Pachacuti fala.

— Levarei vocês e também vou dar uma carona para dona Magaly. — Senhor Einar fala.

— E o restaurante?! — Erlan pergunta.

— Minha neta nasceu! Assim a vila fica logo sabendo quando não me encontrarem por lá. Vocês podem falar e cuidem do restaurante até que eu retorne. — Senhor Einar orienta.

— Sim! Vou dar uma ida em casa com a Arline e voltamos logo para abrir. — Erlan fala, recebendo as chaves do restaurante nas mãos, que eram entregues pelo senhor Einar.

Um beijinho foi dado na testa de Keiko por Arline e um aperto de mão em Richard com um aviso:

— Se cuida, amigo! — Erlan fala e o casal vai embora.

Na casa de Roly o carro do senhor Einar para e, ao descer, dona Pachacuti pergunta ao marido:

— O que falaremos para Roly sobre a mãe de Keiko?

— A verdade, ela adoeceu e morreu!

— Tá bom! Vamos ver se ela me indica pediatra, para que eu possa levar Keiko e assim poderemos resolver sobre o leite com as instruções de um profissional.

— Isso! Pergunte em qual pediatra ela leva o filho dela e levaremos Keiko hoje mesmo se tiver como. — Senhor Einar comenta.

Ao explicar para Roly o infortúnio da vida da pequenina Keiko, do falecimento da mãe, sem citar o nome de Diandra, uma fala de Roly faz dona Pachacuti pensar sobre a decisão que está tomando e confirma no coração da senhora que ela está fazendo o certo.

— Que tragédia esta pequenina está tendo bem no início da vida. Realmente é muito triste perder a mãe, mas ainda bem que Keiko tem vocês para cuidar dela.

— Sim e queremos levá-la a um especialista para falar sobre leite e também acompanhar o desenvolvimento dela. Você pode nos indicar algum?

— Posso sim! A pediatra dos meninos é ótima! Vou te passar o telefone dela.

— Obrigada, se puder anotar agora, vou levar para o Einar, ele está no carro e poderá ligar e marcar, quem sabe dá até para levar Keiko hoje mesmo ao médico! — Dona Pachacuti comenta.

— Sim, com certeza posso arrumar! Fale para a secretária que fui eu quem indicou e provavelmente ela arrumará um horário para Keiko. — Roly anotou o contato da pediatra e, enquanto ela amamentava Keiko, dona Pachacuti levou o número para o marido ligar para a especialista.

Ao retornar para junto de Roly, que amamentava Keiko, dona Pachacuti pergunta:

— Será que a pediatra poderá ajudar? Pois sei que teremos que arrumar outra opção de leite para Keiko.

— Ela é muito profissional e é também uma boa amiga, pois a conheço desde que Jeremy nasceu, logo quando ela se formou e montou o consultório! Chama-se Elisa.

Keiko começou a dormir e demonstrava-se satisfeita. As duas mulheres, seguindo em direção ao portão onde o carro estava estacionado, encontram com senhor Einar, que informa:

— A secretária disse que hoje não tem como atender a Keiko, porque a doutora está viajando para um congresso, mas chegará à noite e fez o encaixe de horário para amanhã de manhã.

— Sempre às ordens! — Roly responde com um sorriso e passando Keiko para o colo de dona Pachacuti.

— Roly, este é Einar, meu marido!

— Um prazer, senhor Einar!

— Eu quem devo expressar isto com um muito obrigado também. — O marido de Pachacuti comenta e continua:

— Muito obrigado por estar ajudando, amamentando minha neta, e também por nos indicar uma pediatra!

— Não tem que agradecer! O que seria de nós se não pudéssemos ajudar uns aos outros? Esse é o mandamento, não é mesmo?! Ajudar uma criança sempre agradará nosso Deus! — Roly comenta, passando a mão na cabecinha de Keiko, que estava no colo de dona Pachacuti.

— Esse é o mandamento! — Dona Pachacuti exclama e olha para o marido.

Senhor Einar, que não era nada bobo, conhecia todos os olhares da mulher e sabia o que aquele significava.

— Ah! Espere um pouco. — Roly fala, vai para dentro de casa e rapidamente volta com um vidro na mão. Entregando-o para dona Pachacuti, comenta:

— Vou dar um pouco de leite para vocês levarem, mas de todo jeito, se vocês precisarem trazer a Keiko aqui mais vezes, eu estou disponível, pois Malory não consegue dar conta, eu sempre produzi muito leite desde a época de Rory, o meu primeiro filho, eu sempre ajudei outras mães com problemas de amamentação e aprendi como guardar o leite que tiro e assim ajudar.

— O que você faz é muito bonito e importante! Deus te abençoe! — Dona Pachacuti comenta.

— Amém!

— Vamos, Pacha, estamos atrasados para ajudar no restaurante. — Senhor Einar fala.

Depois de se despedir e entrando no carro, um pouco distante da casa de Roly, dona Pachacuti comenta:

— Querido, que moça boa esta Roly, não é mesmo?

— Sim!

— Keiko, você é abençoada, muitas pessoas vão cuidar de você, não se preocupe. Durma o sono dos anjinhos, papai do céu cuidará de tudo e sempre colocará pessoas boas no seu caminho. — Dona Pachacuti falou para Keiko, que dormia no colo dela como se estivesse fazendo uma oração.

Senhor Einar não comentou nada, pois o desejo dele também era o mesmo para aquela bebezinha, pois um ser tão pequenininho e indefeso merecia ser protegido. Ele não deixaria nada de mal acontecer com aquela pequena menina, que já tinha conquistado seu coração com aqueles olhinhos escuros e com aquela cabeça com apenas alguns pouquíssimos fios de cabelo, quase toda carequinha.

Em casa, depois de colocar o carro na garagem, senhor Einar segue em direção ao restaurante e dona Pachacuti vai para casa esperar por Richard, que tinha ido até o Cartório de Registro e também iria trazer algumas coisas que dona Pachacuti pediu que comprasse. Agora que Keiko fazia parte da família, teria que ter roupas e muitas coisas que um bebê precisava. Algumas coisinhas, ela tinha comprado na vila mesmo, mas ainda faltava muita coisa para que a criança realmente estivesse fazendo parte da família.

Ao colocar Keiko na cama, no quarto de visita da casa, a mulher olhou em volta e viu que aquele não era o quarto de uma menininha, então foi até a bolsa, pegou o celular e ligou para um amigo.

— Preciso que venha aqui em casa para fazer um serviço. Não, não pode ser! Preciso para ontem! Sei que você poderá dar um jeitinho! Combinado. Eu te espero amanhã bem cedo!

A parte da manhã passou devagar e dona Pachacuti deu o leite que Roly tão gentilmente ofereceu para Keiko e percebeu que daria para dar somente mais uma vez. Mas como Roly disse que se fosse necessário, ela poderia levar Keiko lá novamente, dona Pachacuti ficou tranquila. No entanto, a demora do filho estava perturbando-a, Logo ao escutar a caminhonete parar na garagem, ela foi encontrar com seu filho.

— Mãe, que difícil comprar coisas para bebezinha! — Richard exclama, entrando em casa com os braços cheios de sacolas e as mãos carregando um belo bebê-conforto cor-de-rosa.

— Meu filho, eu sei! Conte-me sobre o cartório primeiro.

— Foi tudo bem! Com a declaração que dona Magaly nos passou, os documentos de Diandra e os meus, registrei Keiko e oficialmente sou pai agora. O rapaz, ao dizer aquilo, deu-se conta de que ele era um pai e deixou-se cair no sofá ainda com todas aquelas coisas nas mãos. Coisas que Richard nem entendia para que serviam, porque nunca imaginou que um ser tão pequenininho precisava de tantas coisas. E de repente, pareceu que o mundo deu uma pausa. Ele pensou em como sua vida mudou de uma hora para outra e ele nem se deu conta do quão rápido toda aquela história o envolveu e entrou em sua vida.

Dona Pachacuti, vendo que a ficha tinha acabado de cair, e o filho estava naquele instante sentindo uma responsabilidade que ele não pensou em ter tão cedo, ela disse amorosamente:

— Filho, a Keiko será uma benção na sua vida, eu tenho certeza! Não se preocupe, somos uma família e juntos cuidaremos dela. E se no futuro aparecer alguma moça que você ame, amará também Keiko e, além do mais, quando nossa pequena se tornar maior e puder entender todas as coisas sobre o nascimento dela e nossa decisão de protegê-la, contaremos tudo para ela.

— Mãe, eu entendo, mas ser pai é complicado. As moças me perguntavam sobre o tamanho da fralda, o tamanho de roupa, sobre onde está mãe da minha filha, o nome e sobre a cor das coisas. Eu não sabia quase nada, se não fossem suas anotações, na lista, eu estaria totalmente perdido. E sobre a mãe de Keiko, quando informei que era falecida, foi muito estranho, na loja algumas moças apareceram e se ofereceram para me ajudar. Algumas moças até jogaram indiretas sobre eu ser viúvo e estar me sentindo sozinho! Dá pra crer?! — O rapaz comenta, enquanto dona Pachacuti vai desenrolando todas as coisinhas que ele tinha comprado.

— Isso vai acontecer demais!

— Isso o quê?! Compras de coisas que não faço a menor ideia? — Richard exclama, demostrando que estava totalmente esgotado de cansaço pela maratona de compras.

— Não! Quero dizer, isso também! O que quero dizer é sobre as moças se jogarem em você, porque é um viúvo e lindo! — Dona Pachacuti fala e segue em direção ao quarto onde estava Keiko.

Richard segue a mãe e exclama:

— Algumas moças são sem noção! Era eu falar que a mãe de Keiko era falecida, que teve até uma que me pediu o telefone.

Uma gargalhada foi escutada por toda a casa. Dona Pachacuti estava feliz, pois o filho talvez desta vez arrumasse uma namorada. Richard, que não era nada bobo, conhecia muito bem a mãe foi logo dizendo:

— Dona Pacha, este sorriso, sei sobre o que se trata, mas agora o que menos quero pensar é sobre namorada.

— Você nunca trouxe nenhuma delas aqui, isso é muito triste! Até conformei com isso faz tempo, porém agora está tudo certo, você me trouxe esta belezinha aqui! — Dona Pachacuti fala, pegando Keiko da cama e colocando-a no bebê-conforto.

Ao olhar para aquela pequenina menina, com aquela manta simples, que foi comprada por dona Pachacuti na vila, o rapaz diz:

— Ela será a única que trarei, mãe, não pretendo arrumar mais nada que me complique.

— Que nada, quando você achar a moça certa, tudo dará certo!

— Quando eu encontrar?! Será que tem alguém por aí que me pertence?!

— Sim, filho, tem, mas enquanto você não encontra, uma coisa você tem para se ocupar. — Dona Pachacuti entrega Keiko nos braços de Richard.

O rapaz, alegre, rodopiando e fazendo um tipo de dancinha com a bebezinha nos braços, disse:

— Tudo bem! Tudo bem! Meu amor será você, tá, Keiko? E não trarei outra, para tomar seu lugar não, tá?!

— Me dá esta menina aqui, vai deixar ela tonta de tanto rodopiar e dançar com ela pela casa. Vou dar um banho nela e depois lavarei todas as roupinhas que comprou. Keiko, não se engane, ele ainda vai se apaixonar e chamar a outra também de amor, mas pelo menos nós somos as primeiras. — Dona Pachacuti fala para a bebezinha, que estava a olhar para aqueles adultos, sem nada entender, e somente um sorrisinho dava para aqueles que a mimavam com muito carinho.

— Mãe, vocês precisam de algo mais? Vou para o restaurante ajudar, pois deve estar tenso por lá, o horário de almoço acabou, mas vou aproveitar agora à tarde para conferir as finanças e colocar tudo em dia.

— Não precisamos de nada, não é mesmo, Keiko?! — Dona Pachacuti exclamava.

O rapaz saiu de casa em direção ao restaurante, balançando a cabeça e pensando como a mãe estava feliz.

Capítulo 12
Doutora Elisa

Na parte da tarde, dona Pachacuti entrou em contato com Roly e perguntou se ela poderia enviar um pouco mais de leite, pois a consulta seria no outro dia e o que ela tinha arrumado, Keiko já havia bebido tudinho. A moça informou que o esposo iria passar no restaurante e deixar mais um pouco de leite. Dona Pachacuti agradeceu e falou que futuramente iria fazer um momento para todos se reunirem na casa dela e contava com a presença de Roly e a família, pois ela era muito importante para eles. Roly agradeceu e confirmou que iria sim fazer uma visita, era só dona Pachacuti marcar.

No horário do jantar, ao contar sobre os momentos de compras para o pai, Richard demostrava-se muito cansado, mas ao ver Keiko sendo amamentada pela mãe com uma mamadeira para recém-nascido que ele comprou como um dos itens da lista da mãe, o rapaz ficou muito satisfeito em ver como a garotinha não chorava mais e estava bem.

Senhor Einar perguntou:

— Querida, mudou a mamadeira dela?

— Sim, esta é Richard quem comprou! Olha como ela está tomando bem melhor o leite!

— Verdade! Filho, me fala sobre o cartório. Como foi?

— Estava preocupado, mas deu tudo certo, como comentei com minha mãe. Os documentos estavam todos certos e ninguém fez nenhuma pergunta, mas também lá estava lotado, graças ao destino. Fui atendido rapidamente e a moça era muito simpática. Foi estranho, não me perguntou nada que eu não conseguisse responder, foi tranquilo! Pareceu-me que algo estava acontecendo no cartório, porque havia uns advogados e o local estava cheio, havia pessoas conversando entre si. Pai, eu fui ao cartório central, pois sabia que lá era mais cheio mesmo e as atendentes não iriam especular muito. E tem mais, me pareceu que todos decidiram registrar os filhos hoje. — O rapaz sorriu.

— Você terá que voltar à cidade amanhã, pois marcamos pediatra para Keiko para resolver sobre leite e também acompanhar o desenvolvimento dela.

— Nossa, Einar, é mesmo! Eu e minha cabeça! Esqueci que tínhamos marcado pediatra e marquei para o pintor vir aqui em casa. — Dona Pachacuti comenta, lembrando-se que marcou duas coisas ao mesmo tempo.

— Mãe, não tem problema, eu levo a Keiko. — Richard ofereceu-se.

— Filho, eu queria muito ir à primeira consulta, mas precisamos organizar um quarto para a Keiko e irei reformular o quarto onde ela ficou com a mãe dela, o quarto de hóspedes, para fazermos tudo de acordo como uma menininha merece e somente eu saberei dar as instruções de como quero o quarto, então nesta consulta você levará Keiko.

— Tudo bem, mãe, façamos o que for o melhor para Keiko. Ah! Tem uma coisa que não contei, mandei adaptar na caminhonete um dispositivo de costas para recém-nascido, pesquisei o correto por lei para andar com recém-nascido, comprei e mandei instalar para Keiko.

— Filho, você é demais! — Dona Pachacuti manda um beijinho para o rapaz, que balança a cabeça e sorri.

Senhor Einar, ao olhar a família, faz um comentário extrovertido levando todos aos sorrisos:

— É, pelo jeito, o restaurante sobrou para mim de novo e agora terei que trabalhar dobrado, porque mocinhas precisam de muito mais coisas do que rapazes!

Com os sorrisos, pai e filho abraçam-se, demostrando muita alegria diante daquela situação, porém ambos sabiam que a vida mudou e mudaria muito mais dali em diante, pois eles tinham um novo membro na família e ele precisava de toda atenção que todos poderiam dar.

— Mãe, falando em restaurante, como faremos? Pois precisamos muito da senhora e Keiko também! — Richard deixa o abraço do pai e pergunta para a mãe sobre o que ela pensou para resolver como conciliaria os horários de cuidados de Keiko e a função de cozinheira principal do restaurante. Arline era uma boa ajudante, porém os pratos principais sempre foram feitos por dona Pachacuti, mesmo que com antecedência.

— Pensei em fazer alguns pratos durante a noite, enquanto seu pai ou você podem ficar com a Keiko e, em alguns momentos, ela poderá ir conosco para o restaurante, agora que compramos o bebê-conforto. E no mais ela poderá ficar também com você no escritório. Podemos fazer isso, filho! Vamos conseguir! Cuidei de você quando eu e seu pai inauguramos o restaurante e nem tínhamos a Arline para ajudar.

— Mãe, o restaurante cresceu e posso ajudar com certeza, mas será que não estaremos errando em fazer assim?

— Meu filho, criar uma criança nunca tem erro se tudo for feito com muito amor, sempre pensando no melhor para a criança. Teremos dificuldades em relação ao horário e às pessoas, mas sei que até a Arline se oferecerá para dar uma olhadinha em Keiko se precisarmos. Vão descansar enquanto ela está dormindo. Vou dar uma ida ao restaurante e adiantar algumas coisas para amanhã e daqui a pouco voltarei. Leve Keiko para o seu quarto e coloque do lado da sua cama, pois se ela chorar, você irá escutar. Deixe seu pai descansar nesta primeira hora da noite.

Com o bebê-conforto na mão, o rapaz seguiu em direção ao quarto sem nada mais dizer.

Senhor Einar comenta:

— Será que isso tudo não é muita coisa para ele?

— Não, querido, nosso filho é um homem certo das decisões que resolve tomar e nós o criamos muito bem. Ele saberá passar por tudo isso.

No quarto, o rapaz coloca o bebê-conforto que trazia na mão próximo à cama e exclama:

— Mocinha, eu preciso de um banho! Você está aí dormindo quietinha e cheirosa e eu estou parecendo um gambá. Vou tomar meu banho, qualquer coisa você grita, tá?! — Richard falou e sorriu.

No banheiro o rapaz não conseguia nem tomar o banho sem estar preocupado, então mesmo ensaboado, saiu enrolado na toalha, foi até Keiko a olhou. Ao averiguar que a bebezinha nem pareceu se importar com sua ausência, o rapaz voltou para o banho e terminou o que tinha começado. Depois do banho, ao se secar, dar mais uma olhadinha em Keiko e ir até o espelho para pentear o cabelo, Richard, olhando para si mesmo, exclama:

— É, moço, agora você é pai, as coisas vão mudar. — O rapaz sorri para si mesmo, volta até o bebê-conforto e dá um beijinho em Keiko, que dá uma mexidinha, mas continua com os olhinhos fechados, dormindo tranquilamente.

Richard deita-se e quando começa a pegar no sono, ele escuta uma batidinha no quarto e, em um pulo, acorda. A mãe dele estava dentro do quarto e diz:

— Calma, meu filho! Sou eu, vim buscar a Keiko.

— Mãe, a senhora me assustou. Cochilei rapidinho aqui!

— Cochilou nada! Você dormiu, porque esta menininha é uma benção e dorme a noite toda sem reclamar. Vou levá-la para meu quarto. Termine de aproveitar a noite, porque daqui a pouco está amanhecendo. Sim! É madrugada!

— Mãe, a senhora ficou até agora no restaurante?

— Sim! Tudo bem! Você e seu pai precisavam de um descanso, e como sei que Keiko dorme tranquila à noite, aproveitei bastante e fiz algumas coisas para estoque, assim teremos pratos quase prontos que Arline dá conta de finalizar.

— Vá descansar, filho! Não se preocupe! — Dona Pachacuti dá um beijo na testa do filho e termina de sair do quarto do rapaz juntamente com Keiko, que dormia sem nada saber do que acontecia.

O dia chegou chuvoso, mas nada preocupante, pois rapidamente o chuvisco cessou e o sol surgiu com muita força. Dona Pachacuti estava com o desjejum prontinho quando os homens da casa chegaram até a sala. Ao verem Keiko vestida com um lindo vestidinho rosa com pequenas bolinhas brancas e uma tiara na cabeça que não tinha nenhuma função, já que Keiko nenhum cabelo tinha que caísse nos olhos, os homens derreteram-se em elogios de como estava ainda mais princesa.

O desjejum da família foi muito agradável, mas o momento da saída de casa foi preocupante, pois dona Pachacuti queria ir, mas não tinha como estar em dois lugares ao mesmo tempo. Precisava estar em casa para receber um amigo pintor, que tinha chamado para dar um jeito no quarto que seria de Keiko. Então, ao se despedir do filho, observou se o bebê-conforto estava cuidadosamente amarrado na caminhonete no banco de trás e alertou o filho:

— Richard, cuidado com as curvas e pergunte tudo para a pediatra, quero saber tudinho, não se esquece de ler o que escrevi para ela.

— Ler o quê, mãe?

— Ah! Espera, está aqui. — Dona Pachacuti entrega para Richard uma folha como suas adoráveis listas, mas esta era com algumas perguntas para a pediatra.

— Mãe, a senhora é demais!

— Leva, filho, vai que a médica esquece de te dizer algo... Com estas perguntas, ela não vai esquecer e te passará tudo que precisamos saber. Você pegou a certidão da Keiko e seus documentos?

— É melhor você levar a folha de perguntas, Richard, porque senão sua mãe não vai nem deixar você ir. — Senhor Einar fala, sorrindo e mexendo em Keiko que estava a olhar por todos os lados.

— Sim, mãe, eu estou com todos os documentos! Tá bom! Agora vou, porque senão perderemos o horário. Até mais tarde!

— Vai devagar, ainda dá muito tempo! — Dona Pachacuti exclama dando um adeusinho ao filho e para Keiko um beijinho no ar.

— Querido, vou esperar o pintor chegar e informar o que quero e fazer o orçamento. Assim que eu combinar tudo com ele e o dia que virá para pintar, vou para o restaurante. — Dona Pachacuti fala para o senhor Einar, despedindo-se do esposo com um beijinho de leve e volta para dentro de casa.

No consultório, ao segurar Keiko no colo, retirando-a do bebê-conforto, Richard observa que muitos olhares de outras mães e até de alguns pais que estavam acompanhando suas famílias, voltam-se para ele, mas o rapaz não se intimida e brinca com a menina balançando um chocalho amigurumi para bebê recém-nascido, que foi dado de presente por dona Magaly.

Uma mulher com um bebezinho, que aparentava ter nascido naqueles dias, pois era muito pequenininho, ainda menor que Keiko, sentou-se próximo de Richard e perguntou:

— Sua primeira filha?

— Sim! Dá para perceber?

— Dá! Você parece um pouco assustado! — A mulher sorri.

— Seu primeiro bebê? — Richard perguntou, puxando assunto.

— Não, segundo...

— Agora um rapazinho. — Um homem que veio sentando-se perto da mulher respondeu.

— Ele está todo feliz com isso! É só o que fala, meu marido bobo! — A mulher exclama para Richard.

— Tranquilo! Neste mundo de bebezinhos, todos somos assim! — Richard comenta, sorri e continua balançando o chocalho para que Keiko se distraia.

— Sua esposa ainda vai chegar? — A moça perguntou.

— Não, ela não chegará! Faleceu no parto! — Richard responde muito rápido, esquecendo-se do impacto que aquela informação causa nas pessoas.

— Nossa, me desculpe por perguntar! — A mulher pareceu muito envergonhada e realmente ficou triste.

— Obrigado. — Richard respondeu, mas desta vez um pouco mais devagar, pois o assunto era algo que algumas pessoas realmente se importavam e aquela mulher pareceu ser uma dessas pessoas.

O marido da mulher também comentou:

— Meus pêsames.

Rapidamente no consultório pareceu que todos estavam cientes de que Keiko não tinha mãe. Muitas outras mulheres chegaram e várias perguntas foram sendo feitas para Richard, que mal conseguia respondê-las. Uma moça toda de branco passando pela recepção foi até as recepcionistas e conversou algo, com uma ficha na mão disse o nome de Keiko.

— Senhoras, eu tenho que ir, é o nome da minha filha. — Richard comenta, colocando Keiko rapidamente no bebê-conforto e levantando-se do meio daquelas mulheres, que demonstraram tanta curiosidade em relação à sua história. O rapaz seguiu para o consultório.

Ao entrar logo depois da médica dentro do consultório, Richard, segurando o bebê-conforto, encostando-se na porta fechada com alívio, exclama:

— Muito obrigado! Estava complicado lá fora.

— Percebi, papai! — E um sorriso veio da médica.

Richard ainda não tinha observado a moça que estava na sua frente, toda de branco, de cabelos castanhos cortados até o ombro, olhos verdes, óculos vermelhos totalmente engraçados e um arco colorido no cabelo. O rapaz ficou impressionado, ela era jovem e bonita.

— Pode se sentar, senhor Richard. — A médica falou, foi em direção à mesa e sentou-se.

Richard, ainda encostado na porta e com o bebê-conforto em uma das mãos, ficou imóvel. A médica, vendo que o rapaz estava totalmente sem ação, foi até ele e disse:

— Tudo bem! Me entregue sua filhinha, que vou conhecê-la, e depois que o senhor conseguir respirar, nós iremos conversar.

Doutora Elisa pegou Keiko do bebê-conforto e a levou para a balança, averiguou o seu peso e depois, na cama de exame, olhou toda a menina tirando o vestidinho. Richard olhava aquela médica cuidar com tanto carinho de Keiko e a menina não resmungava, somente olhava para aqueles óculos coloridos e aquele arquinho maluco que a médica colocou, pois era uma estratégia que ela usava para que as crianças se distraíssem.

Depois que Elisa olhou Keiko, levou a menina para o bebê-conforto novamente e disse para Richard, que agora estava sentado em frente à mesa de forma silenciosa e em transe por ver tanto carinho expressado pela médica no que fazia:

— Vamos conversar?

— Sim! — Richard fala rapidamente.

— O que sei, vou te dizer e o que você quer saber, você me pergunta. Tudo bem?

— Tá! — Richard responde.

— Keiko é uma mocinha que precisa de um reforço na amamentação, por isso está um pouquinho abaixo do peso esperado, mas nada preocupante, poderemos resolver isso com o leite que irei indicar para que compre. O senhor está entendendo o que estou te informando?

— A mãe dela morreu! — Richard fala sem a médica ter perguntado.

— Isto eu fiquei sabendo assim que cheguei ao consultório e, pelo que percebi, todas as minhas mães do dia também! Meus pêsames!

— Obrigado! — Richard falou, olhando para o arquinho da médica, que balançava e ele também não conseguia tirar os olhos do olhar dela, estava praticamente preso.

Doutora Elisa começou a ficar sem jeito, pois percebeu que Richard não era um pai comum e Keiko também não era uma paciente comum. O consultório teve casos de mães que faleceram, pais que nunca compareceram, avós que sempre levavam os netos, mas a pediatra percebeu que Richard era diferente e também era um homem muito bonito para não ser notado.

Para quebrar o silêncio que se iniciou, Richard, para disfarçar que estava totalmente impressionado com a médica, comenta rapidamente:

— Você não é uma médica comum. Estes negócios diferentes... Eu não consigo olhar para você com estes adereços engraçados.

— Tudo bem! Eu tirarei, são para as crianças! Você também não é um pai comum! — Doutora Elisa fala olhando Richard bem detalhadamente, ela era um homem com cabelos castanhos muito bem cortados e olhos acobreados intensos, o que fez a médica perceber como ele era bonito e novo para ser um pai e viúvo.

Elisa retirou o arquinho e os óculos, colocando-os em cima da mesa e expressou:

— Vamos começar de novo, senhor Richard.

— Pode me chamar de Richard apenas. — O rapaz fala.

— Tá! Richard, sua filha precisa adquirir mais força para alcançar o peso correto, irei também pedir alguns exames para que possamos iniciar com tudo averiguado. Tudo bem para você?

— Sim!

— Tem alguma pergunta que quer me fazer?

Richard tira a lista de perguntas da mãe do bolso e devagar coloca sobre a mesa da médica, escorregando-a até Elisa, que ao pegá-la, encosta em sua mão. O rapaz não tira a mão rapidamente, mas a médica, mantendo a compostura de uma boa profissional, apesar de algo estar acontecendo ali, pega a folha escrita por dona Pachacuti e começa a ler.

— Realmente você não é um pai comum! Sua mãe está muito preocupada com a neta!

— Ela é assim! — Richard comenta.

— Bem, Richard! Farei uma coisa, não te responderei nada.

— Como assim?! Preciso saber de tudo sobre Keiko! — O rapaz exclama e levantando-se começa a andar pelo consultório.

Doutora Elisa teve a oportunidade de olhá-lo ainda melhor. Vestia uma calça preta, sapato social e uma camisa azul-clara de manga longa, que foi dobrada até o cotovelo, o que revelava o quanto Richard era um homem bonito. Elisa, tentando parar o andar dele, posiciona-se em sua frente, e quando estavam bem próximos, ela disse:

— Peça para sua mãe me ligar, pode ser a qualquer hora, no número pelo qual atendo os parentes de meus pacientes e responderei todas as dúvidas dela.

— Você vai fazer isso? — Richard exclama dando um passo para trás, pois estava muito próximo à médica.

— Sim, farei! — Elisa fala retornando ao seu lugar e sentando-se na cadeira. Então pega os documentos de pedidos de exames e também um receituário com os nomes de vitaminas e tipo de leite e entrega para Richard.

— A consulta acabou?

— Sim! — Elisa fala apesar de pensar que era uma pena.

— Te vejo na semana que vem então com os resultados dos exames? — Richard, pegando o bebê-conforto e Keiko, faz um gesto de que estava de saída do consultório.

Elisa, levantando-se da poltrona, vai até a porta e, segurando na maçaneta antes de Richard sair, ela diz:

— Espero que sim! — Falou sem pensar, o que fez aquilo soar como um encontro que foi marcado e ela aceitou, mas não deu para consertar, pois o rapaz já tinha ido.

Elisa senta-se e, quando a recepcionista entra para entregar a ficha da outra criança, comenta:

— Que coisa é aquele homem! Muito bonito e viúvo!

Doutora Elisa era noiva e não faria nenhum sentido comentar nada daquilo com uma funcionária, mas que algo aconteceu na consulta de Keiko, aconteceu, pois havia algum tipo de clima entre ela e Richard, coisa que ela nunca tinha sentido e, ao olhar para o dedo, percebeu que naquele exato dia, no momento em que escovou os dentes, ela tinha se esquecido de colocar a aliança, pois a peça estava larga e Elisa pretendia mandar apertar, mas ainda não tinha tido tempo.

A médica nenhum comentário fez e somente pegou a ficha da mão da recepcionista.

Na caminhonete, indo para casa, Richard pensa naquela médica bonita e diferente, tão meiga com Keiko e aqueles adereços que a deixaram ainda mais atraente, e seus olhos, que eram impressionantes. O rapaz balançou a cabeça e comentou para si mesmo:

— Richard, pare de pensar bobagem! Aquela mulher era muito impressionante, mas você não tem tempo para romances e ela também está muito acima do seu nível. Uma doutora nunca se envolveria com um homem que é viúvo e com uma filha.

Ao terminar de conversar consigo mesmo, Richard pisou no freio da caminhonete e olhando para trás e vendo Keiko tão lindinha naquele vestidinho rosa com bolinhas, balançou a cabeça e pensou em Diandra, pois aquele era o medo dela e o pensamento dele o traiu. O rapaz passou a mão na sapatilha rosa da pequenina e expressou:

— Desculpe-me, pequenina! Desculpe-me! Eu te prometo que este pensamento sobre mulheres não acontecerá novamente e de forma alguma o pensamento sobre ter você será algo triste para mim.

Capítulo 13
Viviane e a mãe

Richard arrancou a caminhonete e foi em direção à farmácia, comprou o leite que a doutora Elisa indicou e lá mesmo preparou uma mamadeira e deu para Keiko, que começou a resmungar de fome. Algumas pessoas passavam e davam adeusinho para a menina, outra somente observava aquele homem dando a mamadeira.

Uma menininha veio correndo pela farmácia adentro, e indo até uma das cadeiras da farmácia, com muita destreza, sentou-se próximo de Richard e ficou a observá-lo terminar de dar a mamadeira para Keiko. A garotinha balançava as perninhas, demostrando estar inquieta, e depois de uns minutinhos disse:

— Neném!

— Sim, neném! Igual você, princesinha! — Richard respondeu com carinho na voz.

— Viviane, você não pode correr assim, filha. — Uma mulher com cabelos longos pretos cacheados como o da menininha veio e, pegando na mãozinha da filha, diz para Richard:

— Desculpe-me, moço, ela está te atrapalhando dar a mamadeira!

— Não está, já acabei! — Richard responde.

— Vamos, Viviane, tenho que comprar um protetor solar para você! — A mulher fala para a filha, mas a menina não se mexe da cadeira.

— Não! Neném!

— Sim, minha filha, é a neném do moço! — A mulher, vestida com uma calça jeans e uma camiseta branca, abaixa-se pertinho da filha e fala com carinho:

— Viviane, a neném é do moço e você não pode brincar com ela.

— Neném! Eu quero mamãe. — A garotinha fala começando a chorar.

Richard, vendo a insistência daquela bonequinha tão pequena que estava ali sentada ao seu lado, diz para a mãe da menina:

— Tudo bem! Espere.

Richard levantou-se e a mulher também ao ver o que ele iria fazer e rapidamente comentou:

— Não faça isso, minha filha só tem dois anos.

— Tudo certo! Eu vou segurar a minha e também seguro a sua filha. — Richard abaixou-se exatamente no mesmo lugar onde a mãe de Viviane estava anteriormente ao conversar com a filha, e, colocando as mãos por baixo da mãozinha da pequenina de cabelos encaracolados, ele ficou alguns poucos segundos vendo Viviane se maravilhar com o olhar de Keiko para a outra menininha.

— Você é um pai totalmente diferente! — A mãe de Viviane comentou.

— Obrigado! — Richard, levantando-se com Keiko nas mãos e olhando para a mãe de Viviane, escutou ela continuar com o elogio.

— Quanto carinho com sua filha e obrigada pela forma que está tratando a minha!

— Tudo bem... — Antes de Richard comentar algo mais, uma moça da farmácia se aproxima e diz:

— Posso ajudar a família de vocês?

— Não somos família! — A mãe de Viviane comentou, sorrindo e desfazendo o engano da moça.

— Desculpe-me, mas vi quando ele, com todo carinho, colocou a bebezinha no colo da outra menina. Pensei que fossem irmãs. Desculpe-me mesmo!

— Tudo bem, moça! — Richard fala de forma calma e coloca Keiko no bebê- conforto.

Viviane, levantando-se rapidamente e arrumando o vestidinho que subiu um pouco quando ela desceu da cadeira, vai até Keiko e dá um beijinho em sua mãozinha e os adultos ficam somente observando o carinho entre as duas princesinhas.

— Elas até podem não ser irmãs, mas uma amizade nasceu. — A atendente da farmácia comenta.

— Parece que sim! — A mãe de Viviane comenta.

Richard sorri e é seguido com sorrisos tanto pela mãe de Viviane e a atendente, que somente ficam a observar como Viviane passava a mãozinha sobre o vestidinho de Keiko, que correspondia com os pezinhos agitados, dando sinal de que reconhecia aquela linguagem que apenas as duas sabiam falar.

Os adultos olhavam aquele diálogo que se iniciou do nada e perceberam que estava acontecendo um acordo:

— Vou levar você para passear e dar a minha boneca, tá?! — Viviane falava para Keiko, que correspondia com sorrisos para a outra de laço colorido.

— Filha, vamos, já incomodamos muito este senhor e esta mocinha! — A mãe de Viviane pega a filha no colo e, virando para Richard, diz:

— Obrigada mesmo pelo gesto tão gentil! Sua filha é linda e você é um pai carinhoso! Parabéns!

— Obrigado pelo elogio! Sua filha também é linda e vi que você é uma mãe paciente.

— Adeus! — Richard sai com Keiko e vai em direção à saída da farmácia, mas antes de terminar de sair, olhou para trás e deu um adeusinho para Viviane e a mãe, que ficaram a olhá-lo enquanto ia embora.

Na caminhonete, Richard, impressionado por Viviane ser uma menininha tão esperta e bonitinha, falou para Keiko enquanto amarrava o bebê-conforto no banco do carro:

— Keiko, estas foram as primeiras mulheres que conhecemos que não perguntaram nada sobre sua mãe. Parabéns, você conseguiu arrumar uma boa amiguinha! — O rapaz sorri e segue para Incaiti.

Capítulo 14
Uma ajudante: dona Laura

Em casa, quase na hora do almoço, Richard seguiu direto para o restaurante carregando o bebê-conforto depois de estacionar a caminhonete. O rapaz não imaginava que haveria um pequeno tumulto na entrada do restaurante, pois todos queriam conhecer Keiko.

Dona Pachacuti veio da cozinha e respondeu a todas as perguntas dos clientes, amigos e também dos curiosos. Depois informou para Richard:

— Filho, por favor, ajude seu pai a servir o almoço, eu irei levar Keiko para tomar um banho e colocar uma roupinha mais fresca. Volto daqui a pouco para ajudar.

— Mãe, o leite está no carro nas sacolas da farmácia, eu ainda não levei para casa e a médica pediu exames, temos que ligar para marcar e também pediu para que a senhora entre em contato com ela, que irá responder a todas as suas perguntas.

— Pediu para eu ligar para ela? Que tipo de médica é essa?! — Dona Pachacuti achou muito estranho, pois a lista era grande e certamente a médica gastaria quase o horário de uma consulta para responder a todas as dúvidas que, como avó novata, ela tinha.

O dia passou rapidamente e dona Pachacuti, que prometeu voltar para ajudar, não apareceu. Richard, senhor Einar, Erlan e Arline conseguiram dar conta de tudo, mas foi muito puxado. Richard viu que as coisas não eram tão simples como ele e a família haviam pensado, pois cuidar de um bebezinho demanda tempo e uma pessoa em específico, então sabendo que não tinha como ser ele e que a dona Pachacuti é quem tinha que cuidar de Keiko. O rapaz comenta com o pai no caminho para casa e os dois sentam-se um pouco na varanda para conversarem:

— Pai, nós vamos precisar arrumar uma cozinheira para ajudar a mãe!

— Eu sei, Richard, e sua mãe também sabe. Enquanto você levou Keiko para a pediatra, sua mãe ficou muito triste, pois realmente queria ir. Então ligou para algumas amigas e conseguiu que uma velha amiga nossa venha trabalhar conosco, você a conhece, a dona Laura, que já trabalhou um tempo conosco e depois saiu porque a filha teve bebê e precisava dela. Sua mãe conversou com ela, e agora que o neto da dona Laura está maior, não precisa mais dela. Ele está até na creche, então tem como ela vir trabalhar conosco.

— Pelo menos um problema resolvido. Mas tem algo que quero conversar com o senhor. Algo que pensei hoje quando voltei da cidade e me arrependi, mas pensei infelizmente. Diandra nos alertou, eu sou solteiro, e agora com uma filha, será que alguma moça vai se interessar por mim? O que farei quando isso acontecer? E se eu realmente me interessar por alguém?

— Muito complicado isso realmente! Diandra era uma moça muito inteligente, realmente pensou em muitas coisas que nós não fazíamos ideia, o medo dela era real e iremos descobrir com o tempo muitas coisas, mas eu sei que conseguiremos passar por tudo juntos. Você sempre foi um rapaz muito reservado com suas namoradas do passado, nunca as trouxe aqui para que eu e sua mãe conhecêssemos, então vejo que nenhuma te fez realmente amar. Quando esta moça chegar a seu coração, você nos apresentará e sei que Keiko será aceita.

— Pai, o senhor é um homem muito sábio! Obrigada pelas palavras, sinto-me melhor. Arrependi-me demais quando pensei nessa situação, pois de nenhuma forma quero que, mesmo em pensamentos, algum tipo de rejeição em relação à Keiko surja.

— Muita coisa muda diariamente: prioridades, gostos, planos, pessoas, mas o que não deve mudar é a essência de viver, vontade de acreditar que tudo será possível. Seja você, seja real, seja autêntico e vai dar tudo certo!

— Não desejo de nenhuma forma excluir Keiko de minha vida! Eu amo aquela menininha como se realmente fosse minha filha e em meu coração sou o verdadeiro pai.

— Filho, eu te conheço muito e sei que uma decisão sua é para sempre e seu coração nunca rejeitará Keiko. Ah! Obrigado pelo sábio! — O pai ri alto e de dentro de casa, dona Pachacuti grita:

— Vocês chegaram?

— Sim, mãe! Pai, agora nós vamos a outro problema! — Richard responde para a mãe e comenta com o pai.

— Qual, filho? — Senhor Einar coça a cabeça e pergunta.— O senhor descobrirá! Mãe, a senhora combinou com o pintor? — Richard pergunta enquanto entra em casa com o pai.

— Sim, vai vir no final de semana, no domingo, na parte da tarde, quando o restaurante fechar. E desde hoje à noite você pode ir tirando as coisas do quarto, tem que deixar sem nada. Coloque no outro quarto, lá deve caber tudo se organizar direitinho. O quarto será pintado de rosa-claro e também teremos que comprar um berço, porque ficar deixando Keiko na cama grande rodeada de cobertores foi algo provisório. Vou comprar guarda-roupa e cômoda, e também uma mesinha com cadeira, algumas bonecas e outras coisas... Fiz a lista.

Pai e filho olham-se e em meio a gargalhadas, dizem juntos:

— A lista!

Dona Pachacuti, que nada entende, adverte:

— Parem de rir tão alto, vão acordar a Keiko.

As gargalhadas rapidamente cessam e um silêncio imediato se instaura na casa. Richard vai até a mãe, beija-a na bochecha e diz:

— Eu te amo, mãe!

— Sei, sei! Tá com fome, né?!

— Sim, muita!

— Vai tomar um banho e depois volta para jantar, quero contar para vocês, porque não voltei para o restaurante.

— Você fez falta, querida! — Senhor Einar vai até a esposa, a beija e senta-se junto dela no sofá.

— Eu sei, mas vou contar tudo no momento do jantar. Vai tomar banho também, pois vocês estão precisando. — Dona Pacha fala e vai em direção à mesa de jantar terminar de preparar tudo.

Senhor Einar e Richard, como dois homens muito obedientes, seguem para os quartos para cumprirem as ordens de dona Pachacuti.

Capítulo 15
A lista!

No momento do jantar, dona Pacha comenta como foi sua tarde entre cuidar de Keiko, conversar com a doutora Elisa e fazer a lista.

Richard, escutando o que a mãe dizia, fez uma pergunta:

— Mãe, eu estou com uma grande curiosidade. O que demorou mais, a médica responder a suas perguntas ou a lista?

Senhor Einar, que estava quase colocando uma garfada de comida na boca, sorri e fica a observar a esposa, que olhava para o filho com olhar de mãe.

— Engraçadinho você, hein! — Dona Pachacuti fala.

Richard sorri junto com o pai e dona Pachacuti, fazendo sinal de silêncio, faz com que os risos diminuam, mas não cessem.

— Tudo bem, eu vou contar! Por incrível que pareça, as respostas da doutora demoraram quase o mesmo tempo que gastei para fazer a lista. Que moça gentil aquela médica, respondeu tudo que eu queria saber.

Pai e filho não param de rir e dona Pachacuti, que agora não estava mais curtindo a diversão deles, deu um basta.

— Podem parar de rir! Que coisa, parecem duas malas velhas!

— Querida, é muito engraçado pensar que você deve ter feito outra consulta de Keiko via telefone.

— Ah, pai, certamente foi isso! — Mais risos vieram depois do que Richard falou e desta vez até dona Pachacuti riu e disse:

— Pior que foi sim!

— Mãe eu falei com a senhora, o consultório da doutora estava muito cheio, parece que ela é muito boa, porque estava com muitos pacientes.

— Filho, eu liguei para ela com intenção de marcar um horário para ligar novamente, mas ela quem insistiu em responder minhas perguntas naquela hora mesmo e foi muito atenciosa, educada e falou tudinho com calma. Que moça boa! Ela é solteira?

Neste instante Richard estava com um pedaço de carne na boca e começou a engasgar, pois a pergunta da mãe veio de surpresa.

— Que pergunta é essa, mãe?

— Pergunta de mãe!

— Responde, filho, porque até eu quero saber, pois se a moça é tão gente boa como sua mãe diz, é muito importante saber se é solteira.

— Ei, vocês querem mesmo que eu me amarre e qualquer uma pode estar na lista. Aliás, mãe você não tem lista disso, tem?

Dona Pachacuti, olhando para o esposo com um olhar maroto, sorri e diz:

— Lógico, vou acrescentar o nome da médica se for solteira.

— Pai, o senhor está sabendo dessa lista?

— Mais ou menos! — Senhor Einar ri baixinho e faz uma careta para o filho.

— Para, querido, fizemos juntos!

— Juntos, pai! — Richard olha o pai indignando.

— É que tem muitas moças na vila, filho, que adorariam que você se interessasse por elas e se escolhesse uma delas ficaríamos muito felizes.

— Agora mais essa! — Richard fala e toma um copo de limonada.

— Fala logo, filho, como é a doutora? — Dona Pachacuti super curiosa pergunta.

— Ela é uma mulher educada!

— É solteira? Essa é a principal resposta que quero.

— Mãe! Mãe!

— Responde logo sua mãe, porque eu também quero saber!

— Sim, parece que sim, não usava aliança, eu não vi nenhuma foto no consultório dela com alguém. O que tem lá é uma grande parede com fotos de todas as espécies de pessoas diferentes, tinha ela com os pais e de crianças, creio que são os pacientes! Muito legal!

— Bonita! Educada e solteira! — Dona Pachacuti fala.

— Mãe, como você sabe que ela é bonita?

— Acabei de saber pela sua expressão no rosto!

— Ela te pegou, Richard! — O pai do rapaz era somente risos e Richard somente balança a cabeça de um lado para o outro, pois dona Pachacuti é muito espertinha.

— Não crie expectativas, mãe, uma moça daquelas nunca se interessaria por um homem como eu!

— Meu filho, que fala depreciativa é essa?! Não quero saber disso. Você é honesto, homem de família, trabalhador, estudado, gerente de restaurante, tem tudo que qualquer moça deseja e, além do mais, é muito lindo!

— A senhora é muito exagerada!

— Não é exagero! Eu recebo telefonemas quase sempre, de algumas moças perguntando se você vai estar no restaurante.

— O quê! Como é isso?

— Verdade, filho! Até eu já recebi! — Senhor Einar comenta.

— Não sabia disso!

— Algumas vão lá só para te ver! — Dona Pachacuti comenta.

— Não, mãe! As pessoas vão ao restaurante por causa da sua comida e não para me ver! Que imaginação a da senhora!

— Você que se engana, meu lindo! — A mãe diz ao filho, dá um aperto em sua bochecha e sai para a cozinha, levando uma travessa e começa a retirar as vasilhas do jantar.

Richard fica a olhar a mãe indo para a cozinha e olhando para o pai, indaga-o:

— Pai, o senhor nunca me contou sobre isso!

— Richard, o amor nos encontra quando menos esperamos. Essas moças são apenas moças! Um homem sabe quando o amor chega! Você saberá quando a verdadeira mulher da sua vida chegar.

— Não estou procurando amor! É algo complicado!

— Ah! Não se preocupe, ele vai te achar. — Dona Pachacuti diz, retornando da cozinha e pegando outra travessa para levar para a pia.

Um chorinho veio do quarto neste instante e Richard logo se levantou e exclamou:

— Concordo, mãe! Olha o amor me chamando! — O rapaz sai da sala sorrindo e vai para Keiko, que queria companhia e atenção.

No quarto, Richard retira a menininha do bebê-conforto e olhando para ela e ao redor, exclama:

— Minha mãe tem toda razão, precisamos arrumar seu quarto! Mas tem uma coisa, não conta para ela que te falei que ela tem razão, tá?!

— O que você está dizendo para minha neta, seu moço?! Eu tenho razão de quê?! — Dona Pachacuti vai chegando ao quarto e escuta Richard conversando com Keiko.

— E ela escutou!

— Escutei sim, filho! — Dona Pachacuti pega Keiko dos braços de Richard para dar a mamadeira.

— Nada não, mãe! Não é mesmo, Keiko? — A menininha, olhando para os adultos, somente sorri e mexe as mãozinhas em sinal de alegria pela atenção recebida.

— Vou dar a mamadeira para ela lá no quarto, enquanto vocês retiram tudo daqui e hoje ela ficará comigo e seu pai.

— Cheguei para ajudar! A força em pessoa! — Senhor Einar comenta sorrindo e mexendo nos pezinhos de Keiko, fazendo um carinho na bebezinha.

— Que bom, pai, porque ainda temos as vasilhas do jantar para lavar.

— Precisa não, de hoje para amanhã não precisa! Uma moça começará aqui. Contratei uma faxineira que virá uma vez por semana.

— Outra contratação, Keiko! Onde vamos parar?! — Senhor Einar comenta com voz fininha, faz uma careta e continua mexendo nos pezinhos da menina, que estava no colo da esposa, que olhando para ele sorri.

— Mãe, precisava mesmo! A senhora fez bem! Agora poderá ficar por conta da Keiko.

— Precisava! Eu nunca quis, pois sempre cuidei das minhas coisinhas, mas a moça que virá faz a faxina na casa da Magaly tem algum tempo, e como ela foi muito bem recomendada, eu aceitei. Tem uma coisa, rapazes, amanhã vou levar esta princesinha aqui para fazer exames, pedi carona para Roly, pois ela irá à cidade visitar a família e levar o Malory para o pessoal conhecer. Vai voltar somente à tarde, então será ótimo, porque irei às compras e vou buscar os itens da minha lista. Vocês, revezem para olhar o pintor que virá fazer alguns consertos nas paredes, preparando para a pintura que será domingo. Eu orientarei todos, tanto ele como a moça da faxina, mas de vez em quando, vocês devem dar uma passadinha aqui em casa.

— Pode deixar! — Pai e filho, fazendo continência para dona Pachacuti ao mesmo tempo, respondem e começam a rir.

— Seus bobões! — Dona Pacha fala e sai do quarto com Keiko. Assim os homens começam a trabalhar na retirada dos móveis, liberando todo o quarto para que fosse preparado para Keiko.

Capítulo 16
O acidente

Mais um dia chegou e estava quente. Dona Pachacuti, saindo de casa, para levar Keiko para fazer exames deixou Richard responsável em olhar a nova cozinheira, a faxineira e também o pintor. O rapaz revezou com o senhor Einar para coordenarem todas as duas funcionárias novatas e também o pintor contratado por dona Pacha. O movimento do restaurante estava menor, as aulas tinham iniciado e os turistas reduziram, mas nada que comprometesse o financeiro El Sabor Incabolivi o único restaurante da vila, certamente todos que passavam por Incaiti sempre chegavam até o local, que se tornou um ponto turístico de passagem obrigatória.

Uma dentre todas as coisas que preencheram o dia de Richard foi olhar para algumas moças que apareceram no restaurante, clientes habituais, e se lembrar dos comentários da mãe, pois o rapaz nunca tinha percebido as atenções e comentários de algumas. Ele somente sorria de forma gentil e devolvia com cumprimentos, nunca percebeu segundas intenções, mas agora havia começado a notar e isso o incomodou.

Na cidade tudo correu tranquilo, dona Pachacuti levou Keiko ao laboratório e depois foi para as compras. Na loja de móveis foi comprado o berço e outros móveis para compor o quarto da menina. E na loja de brinquedos, vários itens que dona Pachacuti viu que seriam lindos para Keiko brincar quando estivesse maiorzinha, coisas como bonecas, ursos, alguns brinquedos pedagógicos e até uma mesinha com cadeirinha de criança foi comprada para ser colocada bem no meio do quarto em cima do grande tapete de flor que também foi comprado. Tudo muito lindo e de qualidade para compor o quarto de uma menininha muito amada.

O horário do almoço estava próximo e dona Pachacuti, indo até o shopping da cidade, almoçou e virando para Keiko disse:

— Agora que terminamos as compras, vamos esperar aqui pelo telefonema de Roly e poderemos fazer outras comprinhas! — Dona Pachacuti sorri e a menininha sorri como se tivesse entendido tudo.

Nas lojas de roupas foi comprado sapatilhas, vestidos, laços, calcinhas rendadas, e todas as coisas deveriam ser entregues no restaurante.

O telefone tocou e a avó, orgulhosa de todas as compras, combina de encontrar com Roly no estacionamento do shopping para seguirem para Incaiti, porém quando Roly chegou, uma chuva forte começou e as mulheres ficaram a esperar que ela passasse. Depois de umas duas horas de espera, a chuva grossa deu uma trégua e começou a cair fininha. Dona Pachacuti, vendo que as crianças estavam inquietas, já que dentro do shopping havia se formado uma aglomeração, comenta:

— Acho que nós podemos ir, Roly, pois as crianças estão cansadas e querendo tomar o banho da tarde. Você vai dirigindo bem devagar e tudo ficará bem!

— Verdade, podemos sim! Jeremy deve estar quase chegando da escola.

As mulheres, com as crianças em seus bebês-conforto, seguiram para o estacionamento e Roly iniciou o trajeto de volta para Incaiti.

O telefone toca no escritório do restaurante, Richard atende e rapidamente chama o pai, porque em um determinado ponto da estrada, o carro de Roly, que era um carro de passeio comum, derrapou, rodopiando e foi de encontro ao paredão com um impacto intenso. O rapaz informa ao pai:

— Pai, minha mãe e Keiko estão no hospital. O carro da senhora Roly derrapou na estrada e bateu no paredão de frente.

Senhor Einar deixou-se cair em uma cadeira, Erlan, que estava no escritório naquele momento em que Richard deu a notícia para o senhor Einar, gritou à esposa:

— Acode aqui, Arline! Traz água para o padrinho! — Erlan tratava senhor Einar como padrinho, porque senhor Einar testemunhou o casamento deles.

Arline correu com a água e perguntou:

— O que aconteceu, Richard?

— Minha mãe está no hospital! — O rapaz também estava em choque.

— Misericórdia! — Arline expressa e comenta:

— Keiko!?

— Ela também! — Richard coloca as mãos na cabeça e passa pelo rosto, abre a gaveta da mesa, procura as chaves do carro, não as encontra. Então sai para procurá-las para ir ao hospital. Elas estavam no caixa do restaurante.

Erlan segue o rapaz, deixando Arline e dona Laura olhando o senhor Einar, que nada dizia, somente permanecia sentado e com o rosto entre as mãos. Clientes da parte da tarde do restaurante, que compravam guloseimas, ficaram cientes do que estava ocorrendo e iniciou-se um murmurinho.

No escritório, depois que Richard retorna com as chaves da caminhonete que havia encontrado, Erlan pergunta:

— Quem ligou? Como elas estão?

— O pessoal do hospital é quem ligou, mas não tinham informações porque elas acabaram de chegar lá. Por favor, cuide de tudo aqui. Eu informarei tudo para vocês, assim que souber o que houve.

Richard foi saindo em direção ao hospital, senhor Einar levantou-se e seguiu o filho sem nada dizer.

Arline estava muito assustada e comentou com o marido:

— Amor, tinha duas crianças no carro! Meu Deus!

Na estrada escorregadia, por conta da chuva forte, e sob a chuvinha fina que caía, Richard faz manobras firmes com a caminhonete, pensa na mãe e em Keiko e uma lágrima cai de seu olho, mesmo não querendo deixá-la escapar, pois o pai estava ao seu lado e nada tinha comentado ou perguntado até aquele momento.

Senhor Einar, ao ver o filho passando a mão pelo rosto, quebra o silêncio e segurando seu braço fala:

— Não vamos nos precipitar com conclusões. Elas estão bem!

— Sim, pai, elas estão! — O rapaz olha para o pai e outra lágrima cai, mas é impedida rapidamente de rolar.

A caminhonete branca, mesmo sendo uma Ford Ranger totalmente nova e potente, estava sofrendo com a lama densa e a cor já não era branca, tornou-se turva enlameada. A habilidade de Richard e o conhecimento da estrada faziam muita diferença no trajeto e o rapaz comenta:

— Por que ela não me ligou, pai?! Eu iria buscar elas e as crianças! A caminhonete é própria para esta estrada e eu conheço este percurso mais do que ninguém!

— Não adianta ficar pensando nisso, Richard, você conhece sua mãe, sempre faz tudo do jeitinho dela e provavelmente não quis incomodar.

Em um determinado trecho da estrada, havia um pequeno tumulto, um carro de reboque e alguns policiais rodoviários, que retiravam um carro que deu perda total.

O rapaz balança a cabeça, aperta os lábios e completa a exclamação anterior:

— Olha, pai, ela tinha que ter me chamado. — Richard aponta para o carro com a frente totalmente destruída.

Senhor Einar pede para Richard parar um pouco e pergunta ao rapaz do reboque:

— Os passageiros, o senhor tem informação? É minha família!

— Senhor, foram todos levados ao hospital, não tenho! A ambulância foi chamada por outros que passavam por aqui na estrada. Foram levados antes que chegássemos, por medida de urgência.

Richard e o pai seguem em direção ao hospital e em um determinado momento o rapaz não aguenta e exclama:

— Pai, as crianças! — Mais nada ele fala.

— Richard, concentre-se na estrada, estamos chegando à rodovia e o hospital não fica longe.

No estacionamento do hospital, pai e filho saem da caminhonete e, ao olharem o carro e pensar naquele automóvel totalmente destruído, um misto de preocupação e desespero vem aos corações e os dois saem correndo em busca de informações sobre as passageiras do carro.

Na recepção do hospital, Richard pergunta:

— Moça, sou filho da senhora que estava no carro na estrada para Incaiti, preciso de notícias da minha mãe, Pachacuti, e minha...

— Senhor Einar. — Uma voz veio da recepção.

— Olá! Freddy. — Senhor Einar abraça um homem que Richard não conhecia e pergunta:

— Como elas estão, nossas mulheres, e as crianças? Richard, este é o esposo da senhora Roly, ele é quem esteve no restaurante e levou leite para Keiko.

— As crianças estão bem! Estavam amarradas nos bebês-conforto e agora estão em observação e monitoramento.

— Graças a Deus! — Richard exclama.

— Minha esposa está em cirurgia na coluna, sofreu uma lesão muito séria pelo que os médicos disseram, porque provavelmente o capotamento do carro deve ter iniciado do lado dela quando derrapou. Antes de bater no paredão, houve episódios de capotamento pelo que entendi, mas somente a perícia dirá o que aconteceu ao certo. Eu não entendo, Roly dirige muito bem! Não sei o que houve! — O marido estava desesperado.

— Minha mãe! — Richard nem comentou nada sobre o que o outro homem disse em relação à esposa.

— Sua mãe está na enfermaria, pois quebrou a perna.

— Pai, eu vou lá! — Richard sai e informa a recepcionista que precisava ver sua mãe na enfermaria.

— Freddy, desculpe meu filho! Sua esposa ficará bem! Os médicos irão ajudar e dará tudo certo! — Senhor Einar comenta.

— Tudo bem, senhor Einar, eu entendo! Vá também ver sua esposa e sua netinha. Eu estou aqui esperando notícia de Roly. A moça da recepção me falou que quando a cirurgia acabar, passará o boletim informativo.

— Mãe! — O filho abraça dona Pachacuti muito apertado e lágrimas rolam nos rostos de ambos.

Senhor Einar, chegando logo depois de Richard, também abraça a esposa e os olhos se enchem de lágrimas, pois seu coração estava aflito. Os três unidos em um abraço foi uma visão que muitos puderam admirar. O amor não era algo que existia em todas as famílias e o laço forte entre eles era lindo de ser presenciado.

— Estou bem! Estou bem, não se preocupem! Comigo foi somente a perna e um grande susto.

— Mãe, seu rosto! Seu braço! Estes arranhões!

— Tudo bem, Richard! Isto se curará rapidamente. — Dona Pachacuti, muito calma, tenta tranquilizar o filho.

— Senta, querida! Seu soro está voltando!

Dona Pachacuti senta-se novamente na cadeira de observação e esposo e filho, abaixando-se próximos à Pachacuti, escutam-na dizer:

— Estou muito preocupada com a Roly, ela estava desacordada quando chegamos ao hospital.

— Ela está em cirurgia, foi o que Freddy falou.

— Eu sei! Pedi para ligarem para ele no trabalho, porque eles me perguntaram se todos eram da minha família e informei que precisavam ligar para ele também quando fossem ligar para vocês.

— Mãe, e a...

— Keiko e o Malory estão bem, Richard! O carro capotou uma vez, mas o anjo do Senhor protegeu as crianças, não sofreram nenhum arranhão. O carro bateu de frente e como eu estava no banco de trás com as crianças, quebrei esta perna e agora estarei de bota por 60 dias.

— Será que podemos vê-la?

— Sim! Provavelmente você ainda conseguirá falar com a doutora Elisa.

— Ela está aqui?

— Sim, eu pedi para chamá-la, pois ela é a pediatra de Keiko e deveria ser comunicada e, filho, ela é linda, mas...

O rapaz interrompe a mãe e comenta:

— Mãe, deixa isso! Agora não é hora de brincadeiras! Vou ver a Keiko.

Richard sai sem terminar de escutar o que mãe queria dizer. Senhor Einar balança a cabeça em desaprovação à esposa e diz:

— Pacha!

— O quê?! Só queria dizer que a doutora é noiva. Estava de aliança, mas, querido, ela é muito bonita!

— Ô, querida! Realmente não tem jeito com você! — Senhor Einar dá um beijo na testa da esposa e senta-se ao seu lado.

Ao chegar com uma enfermeira em uma sala de observação onde alguns bebezinhos estavam, Richard avista a doutora e ela, ao vê-lo, sai para atendê-lo.

— Boa noite! Não se preocupe com sua filha. Até o momento, ela está bem! — Elisa comenta.

— Muito obrigado! — Richard olhava Keiko pelo vidro sem olhar para a médica.

— Tranquilize-se, eu averiguei tudo, nada quebrado e nenhum hematoma e os exames que já saíram estão em ordem.

— Realmente muito obrigado! O rapaz, ao virar-se, depara-se com a médica em um belo vestido de noite vermelho, saltos finos prateados e jaleco branco.

A médica estava maravilhosa, maquiada e ele se assustou, pois ele estava em uma calça jeans e em uma camisa xadrez. Não estava preparado para aquela visão.

— Obrigado por ter vindo ver minha filha! Parece que estava em algum compromisso!

— Não, nada tão importante quanto sua filha! Eu estava por aqui mesmo no hospital. — Elisa fala e sorri de forma carinhosa para Richard.

Neste momento um homem aproxima-se de Elisa e beijando-a no rosto diz:

— Vamos, meu amor! Terminei! Obrigada por esperar!

— Sim, vamos!

— Senhor Richard, como te informei, sua filha está bem e o Malory também, como informei para o pai dele. Agora é só deixar o período de observação terminar e as crianças poderão ir para casa. Ah! Dona Pachacuti também poderá ir para casa, não é mesmo, amor! Falou a doutora Elisa.

— Ah! Ele é o filho daquela senhora simpática!

— Sim!

— Rapaz, eu dei alta agora para sua mãe, seu pai está esperando tirar o soro e vocês poderão levá-la para casa para descansar.

— Keiko ficará um pouco mais em observação, até saírem os outros exames que pedi. Leve seus pais para casa, retorne amanhã e conversamos melhor sobre ela.

O rapaz nada dizia, somente observava aquela mulher linda, jovem e tão preocupada com os bebês e agora acompanhada por um homem que a chamava de amor.

— Vamos! Tenho que passar em casa para me trocar, pois não vou todo de branco para nosso jantar, afinal é seu aniversário, amor! Sei que fiz você vir me buscar, porque meu carro estragou, mas ainda preciso de carona até em casa para me trocar e ficar elegante à sua altura e nosso encontro será maravilhoso! — O médico comentou tudo em frente a Richard, parecendo que queria que o rapaz escutasse.

— Sim, vamos! — Elisa fala sem olhar para o noivo, pois ela não tirava os olhos de Richard, que nada comentou. E forçadamente, pela insistência do noivo, a moça recebeu a mão do médico, que a puxou para seguir.

Richard somente fala:

— Muito obrigado por tudo!

— Não por isso! — Elisa sorri para ele e vai com o médico, que sentiu que a mãos dadas não eram suficiente e a abraçou pela cintura. Elisa o seguiu em direção à saída do hospital.

Richard olha o casal saindo e, depois, virando-se para o vidro, visualiza Keiko e fala baixinho:

— Nada de romance para mim!

Depois de um tempo o rapaz volta para a recepção e encontra-se com a mãe conversando com o esposo de Roly, que estava chorando muito.

— Pai, o que aconteceu?

— O boletim informativo saiu e a probabilidade de Roly ficar paraplégica é de 100%.

— Pai, o airbag do carro não acionou?

— Acionou sim, mas deve ser aquilo que Freddy pensou, o carro capotou primeiro do lado da esposa dele, então o impacto foi maior.

— Verdade, pai! Que coisa triste!

Senhor Einar, aproximando-se um pouco mais de Freddy, que estava sendo consolado por dona Pachacuti, diz:

— Querida, Richard vai levar você para casa e eu ficarei com Freddy e as crianças. Vá descansar.

— Não quero ir!

— Pacha, vá descansar. Eu mando notícias. — Senhor Einar fala com a esposa de uma forma que ela não teve como contrariar a ordem dada.

Richard, antes de auxiliar a mãe, sentar-se em uma cadeira de rodas que o pai dele havia solicitado para dona Pachacuti ir até o estacionamento. Foi até Freddy e o abraçou como sinal de solidariedade e compadecimento por tudo o que estava acontecendo com Roly.

Na caminhonete, indo para casa, dona Pachacuti comenta:

— Filho, quando o carro derrapou e começou a rodar, sabe o que pensei?

— Não, mãe!

— Pensei em Diandra, pedi que protegesse as crianças.

— As crianças foram protegidas com certeza, mas sei que isso não teve nada a ver com Diandra.

— Doutora Elisa falou que foi um milagre as crianças não terem tido nada. — Dona Pachacuti comenta.

— A história de Keiko é dura desde antes de nascer, mas será de vitória, ela será uma criança muito abençoada. — Richard exclama.

— Verdade, filho! O que farei agora é colocar a família de Roly ainda mais nas minhas preces! Mudando de assunto, você viu como a doutora estava?

— Sim!

— Estava arrumada para ir à festa de aniversário dela e mesmo assim foi ver Keiko quando eu liguei, foi interessante, ela estava lá no hospital mesmo. O que queria te contar é que o noivo dela é ortopedista e também trabalha com ela.

— Fiquei sabendo, mãe! Encontrei com ele no momento em que a doutora Elisa estava me passando o relatório do atendimento de Keiko. Na realidade ele encontrou comigo e com ela no corredor do hospital, pois estava procurando por ela para levá-la a um jantar, pelo que entendi.

O rapaz dirigia rumo a Incaiti devagar, pois a lama da estrada ainda estava densa e dona Pachacuti comenta mudando de assunto:

— Vou pedir para a faxineira para ir lá em casa, duas vezes.

— Mãe, a senhora é incrível! Muda de assunto sem piscar, já está pensando em outra coisa! — O rapaz diz arqueando a sobrancelha e balançando a cabeça.

Assim que Richard deixou a mãe em casa e ligou para Arline e Erlan para que viessem fazer companhia a ela, o rapaz estava de volta ao hospital, encontrou o pai sozinho na sala de recepção e perguntou:

— Bom dia, pai! — A madrugadinha tinha caído.

— Onde está o Freddy?

— Está no quarto com a esposa e o filho.

— Que bom que eles estão no quarto! E como ela está?

— Nada bem! Ficou realmente paraplégica.

— Pai, que notícia ruim! Como o marido recebeu a notícia?

— Está arrasado!

— Imagino! Irei conversar um pouco com ele.

— Vai sim, filho! Estou esperando a doutora liberar a Keiko e poderemos ir para casa.

— Tudo bem! Volto logo.

Ao seguir pelo corredor e entrar no elevador, Richard depara-se com a mãe de Viviane no elevador com um copo de suco de laranja na mão.

— Você aqui?! — Ela exclama.

— Sim!

— Tudo bem? — Ela pergunta.

— Agora sim! Minha mãe e Keiko sofreram um acidente de carro.

— Nossa! Elas estão bem?!

— Sim, minha mãe quebrou a perna, mas está bem! Keiko não teve nada, ficou somente de observação. Irei buscá-la agora!

— Que bom saber!

— Você está aqui por... — O elevador para, a mãe de Viviane desce e diz rapidamente:

— Viviane está muito gripada e eu a trouxe aqui. Melhoras para sua mãe! Tchau. — O elevador fecha-se e segue para o andar de cima.

Richard fica a pensar naquela mulher com os cabelos soltos encaracolados negros, terninho cinza alfaiataria feito sob medida, e chinelos, o que não combinavam nada com aquela roupa. Que mulher linda e estranha. Mas ela era muito gentil, isto não tinha como negar.

— Tudo certo, você pode levar sua filha para casa, senhor Richard. — Uma pediatra de plantão informou.

— Obrigado! Vou buscá-la, assim que fizer uma visita rápida.

Richard, indo até o quarto onde estava a família de Freddy, compadeceu-se pelo que estava acontecendo com aquela família e ofereceu ajuda financeira.

— Seu pai me ofereceu, Richard. Muito obrigado, não será necessário. Estamos dentro da cobertura do convênio de onde eu trabalho. No momento a amizade é o bastante. Obrigado!

— Estou disponível para buscar vocês aqui no hospital e, se precisarem de algo mais, não se envergonhem em ligar e pedir.

— Minha família e a de Roly estão nos ajudando, meu filho mais velho está vindo com Jeremy, iremos ficar aqui na cidade na casa dos meus sogros e, no mais, é isso, esperar o tempo passar e tentar adaptar a vida.

Freddy comentou com os olhos cheios de lágrimas. Como Roly estava dormindo, pois estava sob efeito de medicação, Richard não conversou com ela, mas antes de sair do quarto disse:

— Minha mãe está orando por vocês. Tudo dará certo! Fale para Roly.

— Obrigado, amigo!

Indo para Incaiti com o pai e Keiko na caminhonete, o rapaz comenta:

— Pai, agora a família de Roly vai viver cada dia uma luta diferente.

— Filho, eu sei que Deus cuida de todos e estará cuidando daquela família, porque de agora em diante a vida deles mudará.

Capítulo 17
O exame de Keiko

Dias se passaram depois do acidente e dona Pachacuti avisa o filho:

— Richard, amanhã eu tenho que ir ao consultório da doutora Elisa, pois vou levar Keiko para a consulta mensal. Você tem como nos levar?

— Sim, tenho, mãe! Com certeza!

— Mas tem uma coisa, também preciso ir visitar Roly na casa da mãe dela, tudo bem para você?

— Tudo bem! Levo vocês no consultório e depois quando a senhora for fazer sua visita, vou comprar alguns itens para o restaurante que estamos precisando.

— Combinado então.

No outro dia, Keiko estava toda cheirosa e no colo do senhor Einar, que se despedia da menina para seguir para o restaurante para trabalhar. Richard sai do quarto com uma camisa social branca, um sapato preto e calça vinho. Dona Pachacuti observou o filho, mas nada comentou.

O rapaz pega Keiko do colo senhor Einar, rodopia-a no ar, demostrando estar de bom humor. A garotinha estava com um vestidinho verde cheio de pequenas flores e um sapatinho branco. Muito alegre sorria com o balançar pelo ar.

— Querido, Richard está com uma alegria diferente ou é impressão minha?

— Pacha, parece que está realmente de bom humor. — Senhor Einar comenta com a esposa.

— Pode parar de bobagem! Estou igual a todos os dias! — Richard comenta levando Keiko para o bebê-conforto e saindo com a menina em direção à caminhonete.

Senhor Einar, que auxiliava dona Pachacuti seguir para o quintal, pois ela estava equilibrando-se com uma bengala e a bota de gesso, fala baixinho:

— Não mexe com ele, Pacha, deixa o rapaz em paz!

— Tá bom! Vou falar nada.

No caminho para a cidade Richard ligou o som do carro e colocou uma música suave, o dia estava agradável e o céu limpo e muito azul. O rapaz comenta com a mãe:

— Estava pensando, mãe. Podíamos comprar umas flores para a doutora Elisa, para agradecer pelo que ela fez por Keiko no dia do acidente, ela não tinha responsabilidade de ir vê-la, pois não estava de plantão e a senhora a incomodou ligando no dia de seu aniversário!

Dona Pachacuti olhou o filho e pensou no que iria dizer, pois se lembrou do alerta do marido:

— Verdade, filho! Passa na floricultura e compre. Flores são algo agradável de receber.

No consultório, um elaboradíssimo arranjo de orquídeas Cattleya walkeriana, colocado em uma mesinha de vidro, bem ao lado daquele bonito espécime masculino, atraindo muitos olhares e também cochichos de algumas mulheres que estavam esperando para serem atendidas. Richard somente brincava com Keiko, pegando em seu sapatinho e mexendo a perninha da menina, parecendo estar em outro planeta.

Dona Pachacuti somente observava como o filho nem percebia que as mulheres achavam-no atraente e comentavam sobre ele. Dona Pachacuti sorriu e disse:

— Richard, meu filho, você é um homem muito bom, mas é muito desatento ao mundo que o rodeia.

— Mãe, do que a senhora está falando...

Antes que o rapaz concluísse a pergunta, uma mulher chega ao consultório puxando uma menininha que Richard conhecia e ele escuta:

— Desculpe-me, eu estou atrasada com minha filha, nós temos horário com a doutora Elisa.

— Neném! — Viviane solta a mão da mãe e corre para próximo de Richard, que estava sentado com Keiko no colo.

— Filha! — A mãe de Viviane exclama.

Ao ver Richard a mulher diz:

— Olá! Você aqui?!

— Sim, minha filha é paciente da doutora Elisa.

— Minha filha também! Que coincidência.

— Neném, mãe! — Viviane puxava a perna da mãe, que quase caiu ao ter que se abaixar rapidamente perto de Keiko, pois estava com saltos agulha.

— Sim, filha, é ela!

— Keiko, mocinha! — Dona Pachacuti fala ao observar a menininha brincando com a mãozinha da neta.

— Que preciosidade ela está! Que bom que está tudo bem! A senhora é a avó? Está tudo bem?

— Bem! Tirarei o gesso daqui a dois meses.

— Que bom! Graças a Deus vocês estão bem!

Richard somente observava aquela bela mulher toda maquiada, com os cabelos em um belo coque e um terninho cinza com uma blusa de seda azul e saltos que aumentavam sua altura consideravelmente. Estava muito bonita, totalmente formal. O rapaz e a mãe de Viviane levantaram-se ao mesmo tempo, ficando de frente para o outro, parecendo que os corpos estavam prontos para um abraço. Assim ficaram por alguns segundos.

Richard comenta, sem sair de perto da moça nenhum milímetro:

— Esta é Pachacuti, a minha mãe, a avó de Keiko!

Dona Pachacuti não entendeu o que estava acontecendo, mas um arquear das sobrancelhas veio rapidamente. Não somente dona Pachacuti observou o clima entre o filho e aquela mulher misteriosa, outras mulhe-res também observaram, mas uma recepcionista da clínica interrompe o momento dizendo:

— Viviane, a doutora Elisa irá te atender. — A moça, funcionária da clínica, pega a mãozinha da menina que estava de óculos escuros infantis, cabelos soltos ao vento, uma calça jeans, uma camiseta com muitos brilhos e um belo tênis que acendia uma luz quando a menina pisava no chão, e vai em direção ao consultório.

Viviane fala para a mãe:

— Vamos, mamãe.

— Sua família toda pode entrar, se vocês quiserem. — A moça recepcionista fala.

— Não somos família! — A moça sorri ainda próxima a Richard, que a olhava admirando-a.

— Desculpe-me, sou nova aqui.

Richard, afastando-se, fala:

— Tudo bem! Não é a primeira vez que somos chamados de família.

Viviane, deixando a mão da moça da clínica, vai até a mãe e a puxa para que sigam em direção ao consultório. Richard não fala nada mais, somente olha as duas, mãe e filha desaparecerem consultório adentro.

Dona Pachacuti, muito curiosa, diz:

— Filho, quem é?

— A menina é uma amiguinha de Keiko. — Richard fala, ainda parado olhando para o caminho por onde mãe e filha foram.

— A menina, Viviane, que princesinha! Mas estou perguntando mesmo sobre a mãe. Quem é?

— A mãe de Viviane, eu não sei o nome dela.

— Você não sabe o nome dela?! Me conta isso direito.

— Encontrei com elas na farmácia, aliás, foi a Viviane que me encontrou no dia que fui comprar pela primeira vez leite para Keiko. Depois vi a mãe de Viviane no elevador no dia que a senhora e Keiko sofreram o acidente. — O rapaz falou para a mãe ainda de pé olhando em direção ao consultório de Elisa, de onde a moça do hospital retornava para a recepção.

Algum tempo depois Viviane vem saltitando e acendendo as luzinhas do tênis, agora com o óculos escuro colocado nos cabelos. Em um grande abraço vai de encontro a Richard, que é pego de surpresa, pois estava distraído olhando algumas mensagens no celular.

O rapaz assustou-se, mas foi receptivo e abraçou Viviane, levantando-a no colo e rodopiando-a, como fazia com Keiko. A menininha de cabelos livres ao vento dava grandes gargalhadas que até contagiaram algumas pessoas próximas, que também sorriam pela beleza e sapequece de Viviane.

Ao descer do colo de Richard, a menininha vai direto para dona Pachacuti e diz:

— Vovó, ela é neném. — Viviane apontava para Keiko, que estava no bebê-conforto.

— Sim, meu amor! Ela é. — Dona Pachacuti responde com todo carinho.

A mãe de Viviane, chegando logo depois em correria atrás da filha, diz:

— Viviane, já te disse para não correr! Esta menina provavelmente será uma corredora de maratona. Fico sem fôlego com tanta energia!

— Tudo bem! Estava aqui comigo! — Richard sorri, vendo o quanto a mãe de Viviane estava sem graça, pois aquela era a segunda vez que a filha a enganava e saía correndo em sua frente.

Richard estava prestes a se apresentar para a mãe de Viviane, pois desejava saber o nome dela, quando a moça da recepção informa que Keiko seria a próxima a ser atendida.

Dona Pachacuti levanta-se e segue a recepcionista logo depois de dar um beijinho em Viviane, despedindo-se da menininha.

— Vem, filho, é nosso horário. Pega a Keiko e não esquece as flores.

— Flores! — A mãe de Viviane exclama.

Richard abaixa-se, pega o bebê-conforto e escuta Viviane dizer:

— Tchau, neném! Vamos brincar depois!

Richard sorri e ao olhar para a mãe da menina, notou que ela estava com uma expressão que ele não entendeu, mas nem teve tempo de pensar, porque dona Pachacuti o chama.

— Vem, filho, logo, a médica está esperando.

Richard despede-se com apenas um aceno de cabeça e segue em direção ao consultório.

No consultório, ao entrar e ver Elisa com os óculos vermelhos e um arquinho totalmente diferente, ele a cumprimenta de um jeito desconcertado:

— Pelo visto você tem uma coleção destes negócios que coloca na cabeça.

— Sim, tenho! — A médica sorri de forma alegre.

Dona Pachacuti, sentando-se, não comentou nada, somente ficou a observar o filho e a doutora.

— Estas flores! São para mim?

— Sim, como agradecimento daquele dia do hospital e também foi seu aniversário, não é mesmo?

— Sim, foi, mas não precisava!

— Precisava sim!

— Neste caso, já que insiste, muito obrigada, são lindas!

A médica pegou as flores, colocou-as em uma estante bem atrás de sua mesa, próximo ao paredão das fotos das várias crianças que tinha no consultório, e neste momento dona Pachacuti quebra o silêncio.

— Muito linda estas fotos da parede! São seus pacientes?

— Sim, dona Pachacuti! A senhora, como está?

— Estou ótima! A perna com gesso incomoda um pouco, mas estou me virando bem!

— Fico feliz em saber! Vamos agora ver esta mocinha aqui. A médica pega Keiko, pesa-a e depois observa outras coisinhas mais.

Depois que tudo foi averiguado e anotado, doutora Elisa comenta:

— Precisamos fazer uns exames de Keiko para que eu possa comparar com os do hospital.

Richard levanta-se de onde estava e começa a movimentar-se pelo consultório, e comenta apreensivo:

— Você disse que estava tudo bem nos exames dela no dia do acidente!

— Calma! Não vamos nos precipitar, preciso tirar somente uma dúvida, Keiko não está ganhando peso, preciso saber se sua esposa fez ecocardiograma fetal e do que ela faleceu.

— Minha esposa! — Richard exclama muito preocupado.

— Minha nora faleceu de ataque cardíaco.

Como foi dona Pachacuti quem respondeu rapidamente à pergunta de Elisa, a médica sentiu algo estranho em relação ao assunto e vendo que Richard agora estava como se algo estivesse o paralisado no meio do consultório, a médica usou outra abordagem.

— Vamos fazer o seguinte, irei pedir a minha secretária para marcar na clínica de um amigo um exame. Não se preocupem, o procedimento não é doloroso, o teste é feito com um aparelho chamado oxímetro de pulso. Os sensores são colocados na mão direita e em um dos pés do bebê para medir a concentração de oxigênio no sangue arterial da criança, e, assim que estiver pronto, traga para mim, hoje ainda.

— Hoje ainda! — Richard exclama.

— Sim! Assim, todos ficarão tranquilos e poderemos ver mais algumas vitaminas para esta mocinha. Tem uma coisa que preciso perguntar para que minha pesquisa e diagnóstico fiquem completos.

— Pode perguntar, doutora. — Dona Pachacuti diz.

— Sua nora era usuária de drogas?

— Sim! — A mãe de Richard responde sem hesitar.

— Tá certo! Estarei anotando essa informação. — Elisa olhou para Richard, que olhava para Keiko pensativo.

— Nos vemos quando o exame estiver pronto. Obrigada novamente pelas flores! — A médica levantou-se para agradecer Richard e o rapaz pegou em sua mão, apertou-a e rapidamente soltou indo até o bebê-conforto e comentando:

— Vamos, filha. — Ele saiu do consultório sem nada mais dizer.

Doutora Elisa, ao se despedir de dona Pachacuti, informa:

— Depois converse com ele. Keiko ficará bem! Vi que ele ficou abalado, mas vai dar tudo certo!

— Vai sim, doutora! Obrigada!

Quando dona Pachacuti saiu na recepção acompanhada pela médica, que informou a secretária para que entrasse em contado com o amigo e agendasse um horário para a Keiko, viu Richard sentado com Keiko no colo fora do bebê-conforto e ele abraçava a menininha exteriorizando muito afeto sua preocupação era perceptível. A médica diz à secretária:

— Peça o exame para agora, por favor, com urgência. Veja se ele pode encaixar.

— Sim, doutora!

A médica deu adeusinho para dona Pachacuti, que foi se sentar ao lado do filho e de longe viu a doutora retornar para o escritório.

Alguns minutos depois a secretária, adentrando a sala de Elisa, informa para a médica que a família de Keiko tinha ido para a clínica do amigo e que o exame estava marcado.

A secretária, antes de sair, elogia as flores e comenta que aquelas eram orquídeas muito caras, que o presente era muito galanteador. Elisa fica surpresa, pois não entendia de flores, só sabia que realmente eram muito lindas.

Capítulo 18
A doença de Keiko

A manhã foi cheia, pois na clínica do amigo da doutora Elisa havia outras crianças. Richard olhava para todas e pensava que era uma tristeza Keiko estar doente, e qual seria o real motivo da pergunta sobre o uso de drogas. O rapaz pesquisou na internet e ficou mais assustado ainda, mas não comentou nada com a mãe, que se divertia mostrando Keiko para as outras mães, que também estavam aguardando seus filhos serem atendidos.

Com o resultado do exame em mãos e novamente no consultório de Elisa, Richard entrega-o e comenta:

— A mãe de Keiko, nos últimos dias de gravidez, passou por algo traumático e foi internada em uma clínica onde administraram medicamentos, mesmo com ela grávida, é bom que você saiba.

O rapaz falou tudo de uma vez. Elisa ficou intrigada com a história, mas nada perguntou, pois era Keiko quem importava naquele momento. Ela abriu o exame e confirmou a cardiopatia congênita.

Elisa olhou para Richard e disse devagar:

— Keiko tem uma doença chamada cardiopatia congênita. É uma doença em que há a ocorrência de uma anormalidade da estrutura ou função do coração desde o nascimento do bebê e acontece por meio de uma alteração no desenvolvimento embrionário de uma estrutura cardíaca normal, o que provoca um fluxo sanguíneo alterado na região. Mas não preocupe, é uma situação leve. Na maioria dos casos, a criança chega à adolescência e vive uma vida praticamente normal. Ela pode ser controlada

ALEXANDRA INOCÊNCIO COSTA

e até curada, sobretudo quando identificamos o caso rapidamente podemos realizar o tratamento precocemente.

— Doutora, minha neta vai sofrer?

— Não, dona Pachacuti. Irei cuidar dela e tudo ficará bem! Também indicarei um especialista, meu amigo, que dará todo apoio no caso de Keiko, assim vocês ficarão tranquilos.

Richard nada dizia. Elisa ficou a observá-lo e viu o quanto amava Keiko, pois estava sofrendo com a notícia. A médica informou como iria fazer o tratamento de Keiko e aconselhou a família a fazer um convênio para a criança, pois se futuramente fosse o caso de uma intervenção cirúrgica, um convênio seria muito interessante.

Dona Pachacuti escutou todas as orientações e disse que tomaria conta de tudo. Quando a família estava saindo do consultório, a médica foi até a pequenina, que estava dormindo tranquilamente no bebê-conforto e disse:

— Fala para o seu pai, Keiko, que tudo ficará bem! Ele pode respirar.

Richard, que nada disse desde que Elisa falou o resultado do exame, olhando para a médica, dá um profundo suspiro, simplesmente balança a cabeça e vai embora. O rapaz ficou a pensar em Diandra, no acidente e agora naquela situação que a bebezinha teria que enfrentar com tão pouco tempo de vida. Seu coração entristeceu-se profundamente.

Dona Pachacuti, vindo logo atrás do filho, diz:

— Deixa, doutora, eu cuido dos dois. Obrigada por enquanto!

— Tudo bem! Vejo vocês daqui uns dias!

Quando a família de Keiko saiu e Elisa retornou para a mesa para se organizar para ir embora, já que tinha ficado no consultório até aquele horário somente para atender Keiko e precisava ir para o hospital fazer plantão, ela pensou no olhar de Richard e percebeu que a notícia foi intensa para ele. Depois também se lembrou do que ele disse sobre a mãe de Keiko, então ficou a imaginar como poderia ajudar mais aquela família.

A médica estava realmente se envolvendo como nunca havia acontecido. Ela amava seu trabalho, mas sempre separou as coisas, sabia que em muitos casos, como no passado, até noticias de crianças que tinham falecido ela teve que dar para as famílias, mas Elisa não conseguia entender o porquê que aquela menininha era diferente e aquele pai com o sofrer dele mexia com ela.

Em Incaiti, ao cair da noite, a caminhonete entra na garagem e todos, senhor Einar, dona Magaly, Arline, Erlan, Laura e a faxineira, estavam esperando em casa dona Pachacuti e Richard chegarem com Keiko, depois de um dia muito cansativo e no qual eles não tiveram a possibilidade de realizar a visita à casa de Roly, pois os exames de Keiko e o resultado abalou dona Pacha e Richard levou a mãe para casa.

A mãe de Richard cumprimentou todos que estavam na sala e disse:

— Vou levar esta mocinha para tomar um banho, você me acompanha, comadre Magaly?

— Sim, eu vou! — A velha parteira, pegando o bebê-conforto da mão do rapaz, segue a comadre para o quarto de Keiko, que estava todo arrumadinho para uma princesinha. Todas as coisas compradas por dona Pachacuti chegaram rapidamente, após o dia do acidente. Arline e a faxineira colocaram as coisas no lugar e o quarto estava lindo, próprio para um membro da família, como tinha que ser.

Richard, na sala, conta aos amigos tudo o que a médica disse e todos se compadecem, mas um dos comentários dentre todos foi muito firme:

— Iremos estar com Keiko em tudo e ela vai vencer, pois é uma lutadora igual à mãe dela e não perderemos a esperança! — Senhor Einar comenta de forma firme e muito decidido.

Richard olha o pai e o admira ainda mais, pois ele nunca perdia a esperança e sempre tinha palavras sábias em todas as situações, por mais difíceis que fossem.

Senhor Einar foi um homem lutador a vida toda. Mesmo tendo vindo de uma família de situação financeira muito mediana, que deixou para ele o restaurante quase na falência, senhor Einar nunca reclamou, em momentos que o comércio passou por situações difíceis, não se abateu. Era um homem de visão e juntamente com dona Pachacuti, as adversidades da vida foram todas vencidas.

Capítulo 19
O convite do mesversário

No hospital, ao retirar o gesso, dona Pachacuti exclama:

— Até que enfim vou ficar livre desta bota! Foram os dois meses mais difíceis que já passei.

— A senhora agora terá que ter um pouco de calma e vamos analisar para observar se serão necessárias fisioterapias.

— Lógico que não! Vou colocar um emplasto preparado com ervas que curam que minha mãe me ensinou enquanto estava viva e darei conta eu mesma!

— Se adiantar, o médico irá informar para a senhora!

— Vocês, jovens, não conhecem coisas boas! — Dona Pachacuti sorri ao falar sobre coisas que os antigos faziam e que conseguiam curar doenças.

— A senhora pode esperar na recepção, que chamarei assim possível. — A enfermeira informa.

Alguns minutos depois, na recepção da clínica, e próximo ao marido, dona Pachacuti comenta:

— Amanhã é dia do mesversário de cinco meses da Keiko e como é domingo e fechamos o restaurante à tarde, eu pensei em fazer uma reuniãozinha em casa, um jantar, o que você acha?

— O que eu acho?! — Senhor Einar passou a mão sobre o bigode e arqueou as sobrancelhas, pois sabia que provavelmente estava tudo planejado.

106

— Por que você me olha assim?! Estou te perguntando se é interessante, pois depois do diagnóstico de Keiko, nós não tivemos nenhum momento reunindo todos e agora tirei o gesso! Também quero convidar a família de Roly, pois depois que ela veio para a cidade com a família, não voltou a Incaiti e também nem fui visitá-la como merecia, pois no dia da notícia sobre Keiko, nem deu para eu ir, e, coitada, conversei com ela por telefone. Um jantar, coisinha simples!

— Coisinha simples, você?! — O marido olha admirado para a esposa e sorri.

— Claro!

— Tudo bem, Pacha! O que você não me pede que eu não faço?! — Ele balança a cabeça, porque sabia que não seria algo simples como dona Pachacuti falava, pois tudo que ela fazia era algo nada simples.

— Meu querido, nada! Parabéns! Por isso te amo! — A mulher dá um sorrisinho maroto e um beijinho de leve em seu esposo.

Um médico, passando pela recepção, cumprimenta os pacientes dando bom dia e segue para o consultório. A enfermeira vem e chama dona Pachacuti para passar pela consulta de revisão para sua liberação total.

Dona Pachacuti, muito esperta, pergunta:

— Queridinha, meu médico não era o que acabou de passar pela recepção? Por que mudou de médico?

— Sim, senhora, era, mas o médico que te atendia não trabalha mais conosco, foi coordenar a filial em outra cidade!

— O noivo da doutora Elisa foi para outra cidade?

— Sim, foi. — Dona Pachacuti acende a lanterninha de pensamentos e fica matutando.

Depois de passar pelo médico e ser liberada após convencer o médico de que estava perfeita e que não precisaria de fisioterapias, mesmo que ele as tenha indicado, ela disse que não faria, pois era teimosa e firme. O médico colocou-se à disposição mesmo diante de sua determinação. Ao chegar à recepção, ela comenta:

— Einar, espere-me no estacionamento um pouquinho, que te encontro lá daqui a pouco.

O marido, olhando dona Pachacuti indo para o elevador, ainda mancando e usando a bengala, ficou sem entender nada. Ao chegar à antessala do consultório da doutora Elisa, ela pergunta para a secretária:

— Minha querida, a doutora está?

— Ainda não chegou, mas está quase na hora. A senhora quer falar com ela ou gostaria de deixar recado?

— Posso aguardá-la? Queria somente dar um recadinho, não vou incomodá-la, é coisa muito rápida, sei que todas estas mães estão esperando para serem atendidas e eu respeito horários.

— Sim, certamente, a senhora pode esperar por ela!

Dona Pachacuti senta-se perto de algumas mães que aguardavam a doutora Elisa, e começa a conversar, contando sobre a neta e como a doutora Elisa era maravilhosa médica, tranquilizando uma mãe que estava preocupada, pois era a primeira consulta do filho. A secretária fica a escutar tudinho.

A médica chega, cumprimenta todos da recepção rapidamente, pega as fichas de atendimento do dia nas mãos da secretária e segue para o consultório.

A secretária segue a doutora e informa:

— Doutora Elisa, aquela senhora simpática, a avó da Keiko, está na recepção e deseja te dar um recado, ela falou que é coisa rápida.

— Tudo bem, pode pedir para entrar, ainda tenho uns minutinhos até o primeiro horário.

— Bom dia, doutora Elisa. Vou ser muito rápida, sei que tem muitas mamães para atender! Amanhã é o mesversário da Keiko, irei fazer um jantar em minha casa e desejo convidá-la.

— Bom dia, dona Pachacuti! Muito obrigada pelo convite! — A médica, muito gentil, levanta-se e arrasta uma cadeira para dona Pachacuti se sentar.

— Não vou demorar!

— Ainda tenho tempo! — Elisa sorri de forma cortês.

— É isso, vou reunir meus amigos e comemorar, pois Keiko está saudável por sua causa e todos os outros médicos que estão acompanhando o caso dela e pensei em convidá-la, pois a senhorita é uma parte importante de nossa família. Meu marido até comentou que a senhorita é uma excelente médica, em uma das vezes que ele me acompanhou nas consultas mensais de Keiko, pois como meu filho ficou resolvendo coisas do restaurante, não pôde me acompanhar nas últimas vindas aqui.

— Percebi a falta dele. — A médica comentou sem perceber que acabava de dar uma grande brecha para a mãe que estava tramando uma artimanha.

AMOR OU SANGUE

— Ele é o administrador do El Sabor Incabolivi, o restaurante da família.

— Ah! A senhora é dona de um restaurante? — A moça muda de assunto, pois viu que cometeu uma gafe ao dizer que percebeu a falta do pai de Keiko nas consultas.

— Isso! Temos um restaurante.

— Interessante! Obrigada pelo convite.

— Será domingo e te enviarei uma mensagem com todos os dados para chegar até lá em casa, não tem erro, é fácil de achar. Esperamos que você vá! — Dona Pachacuti sorri e recebe um sorriso de volta.

— Muito obrigada mesmo, por se lembrar de mim!

— Nunca nos esqueceremos de você.

A secretária entra na sala e informa para a médica que a paciente do horário chegou. Elisa despede-se de dona Pachacuti, que observa muito a mão da moça, vê que a aliança não está lá e um sorriso ainda maior vem aos seus lábios.

Dona Pachacuti, antes de sair do consultório, diz:

— Ficaremos muito felizes de te receber em minha casa!

— Obrigada! — Elisa fala e a secretária presencia tudo.

Depois que dona Pachacuti vai embora, a secretária, antes de sair, pergunta para a colega de trabalho:

— Você recebeu um convite para jantar?

— Sim! Acredita nisso?

— Você vai, né?

— Não! Ela me convidou por gentileza.

— Elisa, deixa de ser uma boba, lógico que não! Ela convidou, porque realmente queria que você fosse, pois ficou um tempinho te esperando na recepção e falava muito elogiando você para as outras mães. E, além do mais, uma senhora esperta daquela não iria perder tempo. Se não tivesse interesse de te convidar de verdade, teria te mandado uma mensagem e provavelmente deve ser o viúvo quem pediu a ela para vir aqui te convidar.

— Deixa de bobagem! Ele não iria pedir isso para a mãe! Será?! Vou pensar. — A médica comenta.

— Pensa sim! Você precisa se divertir depois do que passou.

— Tá bom! Vou realmente pensar. Por favor, peça à paciente para entrar.

No estacionamento da clínica, senhor Einar olhava o relógio e estava apreensivo pela demora de Pachacuti, mas ao ver a mulher saindo do elevador, interroga-a:

— O que você está tramando? Aonde foi e por que da demora?

— Eu tramando?! Nada! Nadinha mesmo!

— Ai, ai, seu nada é um tudo! Agora você diz aonde vamos?

— Sim! Primeiro na casa da Roly, porque devo esta visita tem muito tempo, pois nós ainda não fizemos uma visita e devo muito a ela por ceder o leite à Keiko, e também gosto dela e da família. Depois vamos ao supermercado.

— Agora vi que meu dia está todo comprometido! Você sabe que tenho que voltar para o restaurante, não é mesmo?

— Sei sim! Mas depois que contratou o Saulo, as coisas estão mais tranquilas, não é mesmo?! Não vamos demorar na Roly e nem no supermercado, eu prometo!

— Vou cobrar sua promessa! Verdade, Saulo é jovem, mas muito trabalhador e de grande ajuda. Mas, querida, contratamos três funcionários e precisamos estar juntos para observar e orientar. Eu sei que o restaurante está muito bem financeiramente, porém não podemos deixar que outros se responsabilizem, pois nós somos os o proprietários.

— Sei disso! Serei rápida no que tenho que fazer, além do mais, fique tranquilo, nosso filho está lá e todos são de confiança.

Na casa de Roly, ao receber dona Pachacuti pela primeira vez depois do acidente, a mãe de Malory chora, pois ela entendia que a vida em uma cadeira de rodas não seria como antes.

Dona Pachacuti também chora junto, mas com palavras de ânimo tentou consolar a moça e focou nos filhos que são bênçãos do lar.

— Roly, você precisa acreditar que é possível a alegria no dia a dia, tenha expectativas, pois sonhar e realizar os sonhos são algo que, mesmo de pouco em pouco, é possível. Não desanime por causa do acidente, eu sei que o que aconteceu é um obstáculo e te trouxe desapontamentos, porém existe a possibilidade de ser feliz. Não desista, siga em frente! Vai dar certo! Você vai conseguir e, ao escrever a palavra luta, pronuncie vitória! Seu coração é valente e superará o que a vida te trouxe. Sua família é linda e você é uma pessoa especial, que sempre ajudou outras mães, então eu tenho certeza que você vai conseguir por você e pelos seus filhos.

A mãe de Roly também conversou muito com a filha, pois agora morando juntas, era a ajudadora de Roly com os filhos menores. Além disso, o marido e o filho mais velho ajudavam Roly em todos os momentos, pois a vida em uma cadeira de rodas era algo que a moça não entendia o porquê tinha de passar, mas estava seguindo para a resignação e, como uma lutadora, conseguia sentir que todos a amavam.

Dona Pachacuti ficou encantada ao perceber como a mãe de Roly estava firme. Mesmo em seus 82 anos ajudava a filha em tudo e ficou muito feliz de a família de Roly ter ido morar com ela na cidade, pois depois que o pai da moça faleceu, ela tinha ficado sozinha em uma casa confortável. Era simples, porém deu para todos se acomodarem e a vida estava seguindo como devia ser.

Senhor Einar conversou com Roly e agradeceu, mesmo com tudo que aconteceu com ela, o marido de Pachacuti sabia que se Roly não tivesse sido uma boa motorista, talvez ele não estivesse conversando com ela e nem teria a esposa e a neta com vida, pois o local do acidente era um dos pontos mais perigosos da estrada.

Roly chorou muito, pois tudo era recente na mente dela e ela falava sobre como a vida seria e sobre os filhos que agora tinham que conviver com uma mãe na cadeira de rodas. Estava mais magra e cansada pelas idas aos médicos e a vida diária.

Dona Pachacuti entendeu a dor de mãe que Roly estava expressando e comentou:

— Minha querida amiga, eu posso somente imaginar o quanto seu coração está ferido e magoado, mas de uma coisa eu tenho certeza: Deus te ama e te salvou, pois vi as fotos do carro e escutei a reportagem. E vendo que nossas crianças não sofreram nada, nenhum arranhão, sei que vivemos um milagre e a vida foi preservada.

Roly, ao escutar o que dona Pachacuti disse, ficou a pensar, pois ela estava no carro e também poderia ter morrido ou algo muito mais grave poderia ter acontecido. Saber que as crianças não sofreram nada, realmente a fazia sentir que Deus cuidou de todos, pois assistiu reportagens sobre o acidente e viu fotos.

Senhor Einar, para mudar a conversa, tem uma ideia e comenta:

— Pacha fará um jantar domingo, e quero convidar sua família e também sua mãe para que venham jantar conosco.

— Excelente ideia, querido! — Dona Pachacuti diz.

— Roly não quer sair de casa. — A mãe da moça fala de forma triste.

— Você precisa, minha querida! — Dona Pachacuti comenta olhando para Roly, que enxugava as lágrimas.

— Tenho saído para ir aos médicos e não tenho ânimo para mais nada.

— Então chegou a oportunidade de se animar. Esperamos vocês lá em casa domingo à noite. Vou te mostrar o quarto de Keiko e como ela está uma belezura. Grande e forte, vai, por favor!

— Dona Pachacuti, como recusar seu convite, não tem jeito! Tudo bem, nós iremos! Será ótimo que poderei visitar a prainha, pois Jeremy sente muita falta e meu esposo e Rory não têm como levá-lo por causa do trabalho. E depois que vendemos nossa casa, ficou ainda mais difícil. Será um bom passeio.

— Obrigada! Será um bom passeio! — A mãe de Roly expressa.

Depois de um cafezinho e um pouco mais de prosa, senhor Einar avisou a esposa que precisavam ir, pois se ainda queriam passar no supermercado, ela teria que se despedir de Roly, pois assim ainda daria tempo de ele retornar para Incaiti e ajudar um pouco no restaurante no horário do almoço. Amigas despediram-se e dona Pachacuti partiu para o supermercado para comprar os itens que faltavam para fazer um jantar gostoso e de muita qualidade.

No carro, retornando para Incaiti, dona Pachacuti liga para Magaly e convida a amiga para o jantar. Àquela altura quase todos estavam convidados, faltavam só os funcionários. Dona Pachacuti tinha um jantar que de simples e pequeno passou para um evento.

Senhor Einar somente observava a esposa com as anotações no colo, pois ela estava sentada ao seu lado no carro, e sorriu balançando a cabeça em sinal de que sabia que aquilo iria acontecer. Mas nada comentou, pois estava feliz em saber que a amada era uma pessoa que planejava, e até demais, mas planejamentos eram coisas boas e que ajudavam tudo dar certo.

Dona Pachacuti convidou todos da lista que tinha feito mesmo antes de ir para a cidade naquele dia e estava muito feliz, pois poderiam comemorar com ela e Keiko a alegria da vida. Outra coisa que deixou a mãe de Richard alegre foi o que observou no dedo de Elisa, que estava sem aliança, mas nada comentou com o esposo e nem mesmo que havia convidado a médica, pois ele estava tão apressado para ir para Incaiti, que até se esqueceu de interrogá-la sobre o sumiço demorado na clínica.

Capítulo 20
Elisa em Incaiti

Era domingo e as coisas no restaurante no horário do almoço iam de vento em poupa. As vendas deram uma boa melhorada, pois Saulo, o novo funcionário, que era o filho da faxineira, também nova funcionária da família de dona Pachacuti, era um jovem que usava muito as redes sociais. Então com impulsionamentos e estratégias de marketing ao anunciar que trabalhava no restaurante, alguns conhecidos da cidade grande passaram a frequentar o local e iam ter um dia agradável passeando na prainha de Incaiti, aproveitando para almoçar e comprar guloseimas para o lanche da tarde.

O rapaz e a mãe tinham se mudado para a vila havia pouco tempo. Eram somente os dois, pois Saulo não conhecia o pai. Mas juntamente com a mãe, tornaram-se amigos da família de Richard e funcionários muito úteis.

Na hora do jantar, totalmente preparado por dona Pachacuti, pela mãe de Saulo e também dona Laura, todos que haviam chegado estavam aguardando a família de Roly, pois a moça ligou e avisou que iria passar na prainha antes de ir para a casa de dona Pachacuti. Outra convidada também era muito aguardada, mas somente dona Pachacuti e Magaly sabiam, pois elas fizeram questão de guardar segredo, porque talvez a moça nem aparecesse.

A família de Roly chegou e a casa de Pachacuti, mesmo grande, agora estava cheia e pareceu que o espaço era pequeno. A mesa posta estava maravilhosa. Todos apreciavam a organização e se divertiam sorrindo com as crianças.

Jeremy saltitava vendo tudo, andando pelo quarto de Keiko, pela varanda e até no quarto de Richard ele foi com o irmão, Rory, pois Richard

ALEXANDRA INOCÊNCIO COSTA

fez questão de mostrar a coleção de espadas que tinha pendurada na parede do quarto. O menininho e o irmão ficaram encantados.

Saulo, chegando ao quarto, comenta:

— Richard, provavelmente a Katana que comprou deve chegar na semana que vem.

— Realmente. Estou só pensando onde irei colocar, pois meu quarto está ficando cheio!

— Pode dar para Keiko! Coloca no quarto dela.

— Será, Jeremy, que uma mocinha vai gostar de espada?! Meninas gostam de bonecas e flor.

— Nada! Meninas gostam de espada. — O menininho sapeca diz e sai correndo em direção à sala, onde os adultos estavam tomando drinques antes do jantar.

O interfone toca e dona Pachacuti e Magaly, sabendo que somente uma convidada faltava, olharam-se e trocaram sorrisos.

Senhor Einar, um grande conhecedor de dona Pachacuti, pergunta:

— Temos mais convidados?

— Somente mais uma! — Dona Pachacuti comenta e segue até a varanda para receber Elisa.

— Que bom que você veio!

— Obrigada! Sempre tive vontade de vir aqui em Incaiti, mas nunca tinha tido a oportunidade. — A médica responde de forma tímida.

— Vem, vamos entrar. A família de Roly também está aqui e tem alguns amigos que quero te apresentar!

A médica saudou primeiro Roly e a família, conhecia todos, porque sendo Malory e Jeremy seus pacientes, ela teve muitas oportunidades de conhecê-los no consultório. Depois dona Pachacuti apresentou Magaly, Erlan, Arline, dona Laura e Maria, que era a mãe de Saulo.

Senhor Einar, quando viu a moça, passou a mão pelo bigode e deu um sorrisinho maroto. Pachacuti apresentou todos, até que Jeremy veio correndo do quarto de Richard, acompanhado pelo irmão, Saulo, e Richard.

Dona Pachacuti parou as apresentações e um silêncio um pouco constrangedor pairou na grande sala, pois Richard olhava Elisa, que estava com uma calça vermelha, uma camisa preta, um sapato salto mediano cor nude e cabelos com um rabo de cavalo, sem nada dizer.

A médica olhava para Richard, que estava exatamente como das duas vezes que foi ao consultório, o cabelo impecável, calça preta, sapato social e uma camisa social manga longa dobrada até o cotovelo na cor rosa-clara, muito lindo.

A moça, que estava com um urso nas mãos, disse para dona Pachacuti:

— Eu trouxe para Keiko! Aonde ela está?

Richard não falou nada e todos que somente observavam aquele clima que ficou na sala, ficaram na expectativa, mas o rapaz não se movia. Dona Pachacuti, que não aguentou, disse:

— Está aqui, Elisa! Vem, vem vê-la, fique à vontade, a casa também é sua! — A mãe de Richard, para livrá-lo daquele momento, pegou no braço da moça e foi apontando para o bebê-conforto, que estava próximo à mesa de jantar.

Dona Pachacuti e Elisa foram até onde a pequenina estava. Elisa não se intimidou com o olhar de Richard e indo até Keiko, que estava acompanhada por Malory em outro bebê-conforto, foi seguida por todos.

Dona Magaly, que também era matreira como a mãe de Richard, antes de seguir a todos, vai até o rapaz, dá uma cutucada e diz baixinho:

— Respira, meu jovem, respira!

— Ela está linda! — Elisa diz ao segurar Keiko no colo. A menina, que conhecia a médica dos momentos de consulta, sorriu.

As mulheres que estavam na sala sorriram com tanta meiguice de Keiko para com Elisa. A menininha estava com um belo vestidinho xadrez vermelho com laços brancos e uma sapatilha dourada. A médica também pegou no colo Malory, que estava ao lado de Keiko, e o elogiou, pois ele usava uma calça jeans, uma camisa com desenho de ursinho marinheiro e tênis.

— Você está aqui também, meu amiguinho! Todo arrumadinho para o mesversário da amiguinha! — Elisa comenta.

Senhor Einar, para quebrar um pouco mais o clima, pergunta:

— Agora quero saber uma opinião de especialista. Por que nós, adultos, conversamos com eles com vozes totalmente estranhas?!

Todos dão gargalhadas e Elisa diz em meio aos sorrisos também:

— É para mim essa pergunta?! Sabe que não sei?! — Neste momento mais sorrisos vieram e a moça juntou-se a todos sorrindo.

ALEXANDRA INOCÊNCIO COSTA

Dona Laura, que tinha ido à cozinha verificar o assado e constatou que tudo estava prontinho, anunciou:

— O jantar está pronto.

Richard, que não sabia o que dizer ou fazer, ficou no mesmo lugar na sala, somente olhava todos se sentando na grande mesa de jantar. Quando dona Laura passou, retornando para a cozinha para trazer as travessas para a mesa, disse ao rapaz:

— Faz o seguinte, me ajuda a trazer as travessas para a mesa. Pelo menos dará tempo de você desfazer esta cara de bobo e respirar melhor!

— Fique calmo, rapaz! Ela já está aqui, agora tudo será fácil! — Dona Magaly comenta baixinho perto de Richard, também seguindo para a cozinha para ajudar trazer as travessas para a mesa de jantar.

Na cozinha, quando dona Pachacuti chegou para também ajudar, o rapaz estava parado sem nada comentar, ele nem sabia como tinha chegado até a cozinha, se tinha sido puxado por uma das sapecas ou se tinha ido até lá sozinho.

— Filho, ela está solteira, viu que está sem a aliança? — Dona Pachacuti comenta.

O rapaz ficou branco como um papel, pois não acreditava que a mãe tinha armado tudo aquilo e disse:

— Mãe, isto não significa nada, pois na primeira vez que fui ao consultório, ela também não usava aliança.

— Mas agora o ex-noivo mudou para outra cidade, para coordenar uma filial da clínica.

— Mãe, como a senhora sabe disso?

— Sua mãe sabe de tudo! — Maria, a mãe de Saulo, comenta.

O rapaz, sem nada entender, com uma travessa nas mãos, segue as mulheres em direção à sala. Colocando a vasilha na mesa, senta-se para saborear o jantar e escuta a bela pérola que a mãe diz:

— Richard, eu comentei com Elisa que você poderá, depois do jantar, levá-la para conhecer a prainha.

O rapaz estava colocando uma garfada de comida na boca e o garfo voltou para o prato e fez barulho. Senhor Einar, vendo que dona Pachacuti não dava trégua ao rapaz, diz:

— Pacha, a doutora provavelmente tem que voltar para a cidade antes que anoiteça demais.

— Poderemos ir todos juntos, padrinho. Vou também com a Arline. — Erlan comenta.

Freddy, esposo de Roly, comenta:

— Irei levar Roly para visitar uma antiga vizinha, que é muito de idade e não pode ir à cidade, sei que ela esteve muito preocupada com a situação do acidente e quero ir até próximo minha antiga casa. Depois vamos todos para a cidade. Elisa poderá nos seguir com o carro dela, assim dá oportunidade para a doutora conhecer nossa prainha.

Todos estavam de um jeito ou outro tentando ajudar Richard para que ele pudesse se aproximar da médica, mas ele ainda não tinha comentado nada. O rapaz estava totalmente envergonhado e não entendia o porquê, pois nunca foi assim com as moças, sempre teve facilidade de se aproximar, pois tinha muitas amigas nos tempos da faculdade e conseguia conversar normalmente com as mulheres, porém Elisa estava sendo empurrada para ele e isso o constrangeu.

Richard olhou para Elisa e disse devagar:

— Posso te acompanhar.

— Eu gostaria muito. — Elisa responde e sorri.

Os outros presentes na mesa somente saboreavam as gostosuras feitas e nada comentavam.

Erlan, que era muito esperto, disse:

— A lua está muito bonita, meu amor, vamos dar um passeio na prainha e tomar um sorvete como fazíamos na nossa época de namorados!

— Sim, amor! --Arline responde.

Jeremy, que muito sapeca e entendendo que passeio ao luar era algo romântico, comenta no meio daquele diálogo que levava interpretações diferenciadas.

— Eu é que não quero ver lua. Eca! Quero jogar videogame!

Todos soltam sorrisos e o jantar a partir daí ficou um pouco mais descontraído. Elisa elogiou a refeição, a bela casa de dona Pachacuti e novamente agradeceu o convite.

A mãe de Richard mal esperou que o momento da sobremesa acabasse e levou a médica para conhecer o quarto da neta.

No quarto de Keiko, a mãe dá outra investida no assunto que tanto a interessava:

— Vi que você não está mais usando aliança.

— Não estou mais noiva, resolvemos dar um tempo, pois ele foi transferido para outra cidade e, apesar de o nosso relacionamento ser de dois anos, as coisas não estavam indo muito bem, então agora somos amigos e talvez no futuro...

— O futuro quem sabe, não é mesmo?! Veja, meu filho, um viúvo com apenas 28 anos e nem teve tempo de saber o que é amor de verdade.

— O amor não é para todas as pessoas, dona Pachacuti, pois ter uma união como a da senhora e do senhor Einar é algo que muitos procuram, mas poucos encontram.

— Verdade, minha filha, mas devemos ficar espertos, pois o amor pode estar depois de uma porta. — Dona Pachacuti abre a porta e dá de frente com o filho que vinha buscar Elisa para o passeio na prainha.

A moça olha para dona Pachacuti e depois para Richard e sorri. A mãe de Richard corresponde ao sorriso e o rapaz comenta:

— Do que vocês estão rindo? Você realmente quer dar um passeio na prainha, Elisa?

— Sim, eu quero! — Elisa respondeu somente uma das perguntas do rapaz e foi saindo do quarto de Keiko com dona Pachacuti. Richard foi atrás das mulheres.

Ao sair de casa e seguir em direção à prainha, acompanhados de Erlan e Arline, o filho de dona Pachacuti ficou um pouco menos envergonhado, pois todos os outros estavam na varanda os olhando ir para o passeio. A família de Roly se despediu logo depois que os dois casais saíram para a prainha e disse que voltariam por dentro de uma hora para seguirem para a cidade, foi exatamente o horário que combinaram com Elisa.

Chegando próximo à prainha, Arline disse ao esposo:

— Eu não quero andar pela prainha, somente ficar sentada aqui nestes bancos, meu amor, para saborearmos o sorvete que me prometeu.

— Tudo bem, amor! Richard mostre para a doutora a orla de nossa prainha. Estarei aqui com Arline, pois a lua está maravilhosa.

Elisa sorriu e disse:

— Erlan, pode me chamar de Elisa!

— Nossa! Desculpa, doutora, digo, Elisa! — Todos soltam sorrisos.

Richard, sorrindo e aparentando estar um pouco menos encabulado, diz:

— Então vamos, Elisa!

— Sim, vamos!

Richard sai e Elisa o acompanha dando passos um pouco mais largos, pois o rapaz estava um pouquinho à sua frente. Richard, ao perceber e se lembrar dos saltos, comenta:

— Estou andando muito rápido?

— Não! Tranquilo, eu sei como resolver isso! — Elisa vai até os sapatos e os tira com muita simplicidade.

Richard, vendo que ela iria andar descalço pelo calçadão, comenta:

— Tudo bem! Ficaremos iguais! — Ele abaixou, tirou os sapatos e dobrou um pouco a calça e tudo sob o olhar de Elisa, que sorriu ao ver como ele estava sendo um cavalheiro e muito romântico.

O passeio foi seguindo e, para quebrar o silêncio, Richard comenta:

— Obrigado!

— Pelo quê?!

— Por ter vindo!

— Eu é que tenho que agradecer, tem muito tempo que não tenho momentos tão agradáveis. Meus pais moram fora do país e os únicos passeios que tenho feito são para a cidade vizinha na nova clínica, uma filial.

— Minha mãe falou que a clínica inaugurou uma filial.

— Verdade! Vou fazer alguns atendimentos lá às vezes. Meu ex-noivo é o coordenador de lá.

— Seu ex?

— Sim.

— Vocês terminaram?

— É complicado, mas é quase isso! Você entende, é difícil explicar!

— Coisas complicadas, eu sei bem como é! Sou o complicado em pessoa. Pai viúvo e...

— Você é um maravilhoso pai, Richard, e sua família é muito linda, Keiko é uma menina de muita sorte! — Elisa comenta parando de caminhar.

ALEXANDRA INOCÊNCIO COSTA

Richard, voltando-se para a moça e deixando o par de sapatos que estava em suas mãos cair ao chão, vai até ela e, segurando-a pela cintura, não resiste e beija-a de forma intensa e muito carinhosa. A moça corresponde ao beijo, ela também o desejava, pois seu corpo estava totalmente entregue àquele abraço, naquela calçada, onde outras pessoas passavam, mas parecia que somente os dois existiam sob aquele maravilhoso luar.

Um dos pedestres que passavam pela calçada, reconhecendo Richard, disse:

— Richard, boa noite! — Um tossir veio logo depois do cumprimento.

O rapaz rapidamente se afastou de Elisa e cumprimentou com um aceno de cabeça o velho conhecido e cliente do restaurante. Elisa deu um leve cumprimento de mão ao pedestre, e voltando-se para Richard, esboçou um sorriso tímido. O rapaz arqueou as sobrancelhas e sorriu também.

O passeio continuou, mas com algo diferente, Elisa deu a mão para Richard, que satisfeito, segurou a mão da moça, sem nada comentar. Eles andaram um pouco mais e Elisa comentou:

— Aqui é muito lindo realmente! Sempre escutei minha amigas comentarem, mas nunca tive tempo de vir para estes lados, já visitei o Lago Titicaca, mas aqui nunca.

— Agora que você sabe que aqui é bonito, está convidada a retornar sempre!

Elisa, olhando para o rapaz segurando em sua mão, foi até ele e desta vez quem iniciou um beijo foi ela. O rapaz correspondeu, satisfazendo-se, pois também desejava mais contato, e depois daquele, veio outro. As pessoas passavam e alguns risinhos eram escutados, enquanto os idosos pigarreavam.

Richard, percebendo que algumas das pessoas que passavam eram conhecidos, segurando a mão de Elisa, diz:

— Melhor voltarmos para casa, porque, pelo que estou vendo, acho que infelizmente todos que conheço resolveram vir passear na orla nesta noite. — Ele coça a cabeça todo encabulado e envergonhado.

— Vamos voltar, realmente está ficando tarde e a família de Roly deve estar me esperando.

— Tudo bem! Mas só se me prometer que você volta no próximo domingo, pois eu tenho muito para te mostrar.

— Sim, eu prometo, e poderemos passear à tarde com a Keiko. O que você acha?

O rapaz ficou tão emocionado ao escutar que Elisa fazia planos que incluíam a Keiko que a abraçou e a rodopiou no ar. — A moça sorriu e deu um beijo rápido em Richard.

Voltaram para o local onde estavam Erlan e Arline, agora com os sapatos nas mãos e de mãos dadas. Os dois amigos, ao visualizarem a cena de Richard chegando com Elisa, nada comentam, somente se entreolharam.

O caminho para casa de Richard foi muito mais divertido do que a ida, agora o rapaz estava descontraído e demostrava toda alegria de sempre, sendo ele mesmo. Na garagem Arline e Erlan se despedem de Elisa e Richard e vão para casa.

Elisa, antes de entrar em casa e avisar para Roly que tinha chegado do passeio, senta-se em uma cadeira da varanda para calçar os sapatos, mas Richard, abaixando-se até os pés da moça, limpa-os um pouquinho, pois estavam com alguns grãos de areia fina nas laterais e coloca os sapatos na moça.

Elisa fica calada e observa, pensando em como aquele homem maravilhoso ainda poderia estar sozinho, pois estava viúvo havia cinco meses e com certeza muitas moças estavam o rondeando. Em meio aos pensamentos, ela dá um sorriso.

Richard, depois da ação totalmente romântica, diz:

— Pronto, Cinderela, tudo certo para voltar para casa.

— Esta história está confusa! — A moça levanta-se e fica de pé muito próxima a ele.

— Tudo bem, eu sei que o sapato é seu e também nem é de cristal, mas você é uma Cinderela moderna. — Ele ri alto e a moça o acompanha no riso.

Dona Pachacuti, que sabia que eles estavam na varanda, pois escutou o carro de Erlan indo embora, deu somente um tempinho a mais para o casal ficar sozinho, e saindo de dentro de casa, diz:

— Vocês estão se entendendo! Fico muito feliz.

— Sim, mãe! — O rapaz segura na mão de Elisa como sinal de que o plano da mãe deu muito certo e fez com que dona Pachacuti fosse até Elisa e a abraçasse carinhosamente.

A moça ficou impressionada mais uma vez com aquela senhora e retribuiu o abraço, formalizando assim um vínculo.

Elisa pergunta:

— Keiko está dormindo?

— Sim!

— Dê um beijinho nela por mim e diga que semana que vem iremos passear.

Dona Pachacuti ficou ainda mais feliz, pois era tudo o que queria para o filho, que arrumasse uma boa moça.

Roly e a família saem de dentro de casa e o esposo dela comenta:

— Vamos doutora, pois está bem tarde! Todos nossos amigos já foram! Os meninos estão com sono.

— Para, pai, "os meninos"! Olha lá, Jeremy saltitando dentro do carro. O senhor quem está com sono, por isso quem vai dirigir sou eu. — Rory comenta e sorri.

— Eu! Fala isso não, menino! Você está me envergonhando perto do pessoal. — Todos começam a rir de Freddy.

— Pior que é verdade! Este, Elisa, dorme no mesmo horário das galinhas, se eu deixar dorme primeiro que Jeremy. Não é mesmo, mãe? — Roly falou.

— Agora sim! Acabou comigo! — As gargalhadas vinham de todos os lados.

Todos se despediram, a Doblò do esposo de Roly foi à frente e ao entrar no carro, Elisa diz:

— Até domingo.

— Até domingo. — O rapaz, mesmo sob o olhar dos pais que estavam na varanda, depois de acenar um adeusinho para todos os convidados que foram embora, o rapaz foi até a moça e beijou-a na boca de leve, rapidamente, despedindo-se.

Quando ele chegou à varanda, os pais estavam com olhares sapecas e esperando uma história.

— Podem ir dormir os dois! Hoje não tem história.

— Filho, hoje até eu queria saber a história. — Senhor Einar comenta.

— Minha mãe é mulher sensacional, pai! — O rapaz fala abraçando e beijando dona Pachacuti.

— Isto eu sei, filho! Por que você acha que me casei com ela? — Senhor Einar, também beijando dona Pachacuti, juntamente com o filho, fazem um sanduíche humano com dona Pachacuti.

— Conte-nos, filho!

— Mãe, é cedo para contar. Vou te dizer tudo depois que acontecer mais.

— Então pelo beijo que vimos, também aconteceu algo no passeio!

— A senhora é muito espertinha! Vou ver a outra mocinha da minha vida e estou indo para a cama, mãe. Até amanhã para vocês. — Richard saiu sorrindo e dando umas voltinhas como se estivesse dançando. Nada mais fala para os pais e vai ao quarto de Keiko para dar um beijinho de boa noite.

Dona Pachacuti, mesmo sem saber os detalhes, ficou muito feliz e abraçou o esposo com a exclamação:

— Deu certo!

— Parece que sim! — Senhor Einar teve que concordar com a esposa, pois percebeu na alegria do filho que algo bom aconteceu no passeio.

Capítulo 21
Na sorveteria com Viviane e a mãe

A semana estava demorando a passar, mas Richard estava tranquilo, pois sabia que as coisas aconteceriam, ele acreditava que a paciência é algo precioso e tudo deveria ser de acordo com o destino.

Dona Pachacuti tinha voltado quase por completo para a cozinha do restaurante, sempre revezava entre o comércio, a casa e Keiko, que era a principal e primeira prioridade dela e também de todos.

Em uma sexta-feira, algumas coisas estavam quase acabando no restaurante e uma lista foi feita para que Richard fosse até a cidade e providenciasse tudo. Então depois do horário do almoço o rapaz foi para a cidade.

No supermercado do shopping, Richard, ao pegar uma maçã que veio rolando até seu sapato, dá de encontro com uma mãozinha que tinha a intenção de recolher a fruta do chão e ao olhar viu Viviane. Quando ele observou um pouco mais, viu várias maçãs no chão, o caos estava instaurado. Alguns funcionários e também a mãe de Viviane estavam recolhendo-as. O rapaz deduziu que aquela desordem era obra de Viviane. A menina, quando o reconheceu, abraçou-o como se abraçasse um familiar.

— Viviane, filha! Vem aqui, sua sapeca! — A mãe da menina, vestida de shorts jeans, uma camiseta e chinelos, veio de encontro da filha para saber quem ela abraçava daquele jeito.

Richard, olhando para ela e agora com a menina no colo e com uma maça na mão, diz:

AMOR OU SANGUE

— Olá!

— Oi!

— Viviane, que bagunça, filha! Eu te ensinei que a maçã que temos que pegar são as de cima.

— De cima. — A menina responde e depois diz — quero sorvete!

Richard, muito gentil e ainda com Viviane no colo, vai até o freezer e pergunta:

— Qual você quer, Viviane?

— Todos! — A menina grita e abre os bracinhos.

A mãe da garotinha peralta observa Richard com sua filha no colo e diz:

— Agora resolve isso. — A mãe de Viviane, cruzando os braços, ficou a olhar Richard curiosa sobre o que ele iria fazer.

Richard, olhando para Viviane e para a mãe, que achou que ele não tinha como resolver, disse:

— Tudo bem! Você terminou suas compras?

— Sim! Por quê? — A mãe da menina intrigada responde.

— Vamos resolver o desejo da Viviane. — Richard, com Viviane nos braços e empurrando o carrinho com os itens da lista de dona Pachacuti, foi para o caixa realizar o pagamento.

A mãe da menina, vendo que ele estava indo embora, seguiu-o também com o seu carrinho.

A moça da registradora do supermercado comenta sorrindo:

— Sua filha é linda e sapeca! — A moça comenta e sorri gentilmente.

— Ela não é filha dele! — A mãe de Viviane, que estava com o carrinho de compras atrás do de Richard, falou para a moça.

Richard não comentou nada e seguiu com as sacolas nas mãos e Viviane no colo até a porta do supermercado. De longe ficou a observar os cabelos longos com grandes cachos da mãe da menina e seu corpo, que era escultural, com tudo no lugar. Quando a mãe de Viviane foi andando em direção ao rapaz, ela observou-o também, estava exatamente do mesmo jeito que o viu da outras vezes: vestia camisa branca, manga longa dobrada até o cotovelo, uma calça verde musgo e sapatos sociais. Algumas moças que passavam entrando no supermercado torciam o pescoço para Richard, mas ele somente olhava para a mãe de Viviane.

ALEXANDRA INOCÊNCIO COSTA

A mãe de Viviane apressou o passo e, chegando até ele, disse:

— Como você vai resolver o problema da minha filha?

A menininha no colo de Richard diz de forma alegre:

— Vamos tomar sorvete!

— Isso, Viviane, vamos tomar sorvete. — Richard vai até as mãos da mãe da menina e pega duas sacolas, uma com maçãs e outras com outros itens, e junta-as com as que ele estava carregando. Ainda com a menina no colo, segue em direção a uma sorveteria do shopping.

A mãe da menina, sem opção, seguiu aquele completo estranho, mas do qual ela não conseguia tirar os olhos, pois além de muito bonito, era tão gentil com Viviane, que ela ficou com vergonha de repeli-lo.

Na sorveteria, Richard coloca as sacolas em uma cadeira e Viviane em outra e quando mãe da menina vai se sentar, ele puxa a cadeira. A mãe da Viviane agora realmente estava constrangida e envergonhada com tanta gentileza.

Uma atendente veio e perguntou:

— O que vai ser?

— Tem como você trazer um sorvete que contem vários sabores? Desculpa, mas não estou sabendo muito bem fazer o pedido. — Richard sorri para a atendente, que vê o quanto ele é bonito e sorri de volta sendo muito gentil.

— Tenho a taça Unicórnio de algodão doce, que é muito colorida e pode ser o que o senhor quer para sua filha.

— Pode ser então.

A mãe de Viviane desta vez nem comenta nada, deixando passar o que a moça falou sobre Viviane ser filha de Richard, pois ficou olhando para a funcionária da sorveteria que não tirava os olhos de Richard.

— O que você vai querer? — Richard pergunta para a mãe de Viviane.

— Não quero sorvete!

— Por favor! Tome algo. — Richard insiste.

Viviane, que olhava para a mãe e depois para Richard, fica em pé na cadeira e diz:

— Sorvete de morango.

— Ah! É morango que a mamãe gosta, Viviane. Tá bom!

— Por favor! Duas taças com sorvete de morango.

A atendente da sorveteria vai providenciar os pedidos, sem nada entender, pois como ele nem sabia o sabor que a esposa gostava?

— Não precisava!

— Precisava sim! Trouxe a Viviane e você para tomarmos sorvete e assim será, porque ela quer sorvete e nós também. Não é mesmo, Viviane? — Richard fala para a menina que brincava com alguns canudos que estavam sobre a mesa.

A atendente, retornando com os sorvetes de morango, atrapalhou o exato momento em que a mãe da garotinha iria retrucar sobre querer tomar sorvete e de repente outra moça também veio até a mesa e desta vez chegou o pedido para Viviane, que ficou toda alegre ao ver o quão colorido era o sorvete.

— Puxa, que legal, Viviane! Sorvete! — Richard falou sorrindo e colocando um pouco de sorvete na boquinha da menina.

A mãe de Viviane não entendia como a filha estava quieta e apresentando uma ligação com Richard que não fazia sentido. Richard e a menina conversavam e quase nada dava para entender direito, mas uma coisa no diálogo chamou atenção.

— Vou trazer você e a Keiko para tomarem sorvete, juntas, assim que ela crescer um pouco mais.

A menininha com olhos brilhantes e cabelos livres corresponde dizendo:

— Neném!

— Sim, a minha neném! — Ele sorri.

— Como está sua filha? — A mãe de Viviane pergunta.

— Agora está bem melhor! Engordou um pouco, com os medicamentos e o acompanhamento da doutora Elisa, depois do diagnóstico.

— Diagnóstico?

— Sim, ela tem cardiopatia congênita.

— Nossa!

— Está tudo bem! Estamos tratando. Ela viverá como todas as crianças e com observações terá uma vida de qualidade, descobrimos bem cedo.

— Que bom! Fico feliz!

Viviane comia o sorvete sem nada falar e nenhuma travessura fazer. A mãe, ao observar a filha, sorri e exclama:

— Eu não sei que efeito é este que você tem sobre minha filha, mas sempre que está com você, ela fica totalmente em paz e obediente, ela gosta muito de você.

— Também gosto muito dela. — Richard responde de forma simples.

— Papai! — A menininha comenta.

— Filha, ele não é seu pai! — A mãe da menina ficou vermelha ao dizer.

— Papai — a menina repete e aponta para um homem que vem em direção à mesa onde Viviane estava com Richard.

Ao se virar e ver o pai de Viviane vindo em sua direção, a mãe da menina levanta-se e vai até o homem antes que ele chegue mais perto da mesa e conversa com ele. O homem aparentava ter ficado nervoso e a mãe de Viviane, retirando o telefone da bolsa, faz alguns gestos que de longe não deu para Richard entender, mas parecia que ela estava dizendo ao homem que iria ligar para alguém. Depois de conversar um pouco mais com o homem, a mãe de Viviane realmente ligou para alguém.

O homem ficou muito exaltado e começou a andar de um lado para o outro na frente da mãe de Viviane, que o impedia de chegar até a mesa onde Richard estava com a menina, que olhava tudo de longe. De repente um choro veio de Viviane.

Richard, pegando a menina no colo, aproximou-se da mãe e entregando Viviane, perguntou:

— Está acontecendo algo?

— Tudo! — O homem deu um soco no rosto de Richard sem que ele esperasse e não pôde revidar.

Richard caiu no chão e a mãe de Viviane, com toda autoridade, informa para o agressor:

— Não aguento isso! Saia daqui agora! — Ela deu um grito que atraiu ainda mais os olhares de todos que já observavam a discussão entre ela e aquele homem estranho.

Outro homem, que, chegando, segurou o agressor e o jogou para fora da sorveteria. O tumulto estava formado. Viviane chorava muito enquanto Richard levantava-se do chão sem nada entender. Somente viu a mãe da menina indo embora com aquele segundo homem que chegou à sorveteria.

Richard volta a sentar-se à mesa e, com o queixo dolorido, fica a balançar a cabeça sob o olhar de muitos curiosos que estavam na sorveteria.

A mãe de Viviane retorna aparentando estar apressada e diz:

— Você está bem?!

— Sim!

— Me desculpe! — A mulher fala e, pegando as sacolas de supermercado, foi até Richard sem que ele esperasse, deu um beijo em seu rosto e depois foi embora apressadamente.

O rapaz ficou atordoado, pois apesar de estar com o queixo dolorido, o segundo momento de nocaute foi o mais forte, pois o beijo da mãe de Viviane foi tão forte, que mexeu com ele.

Richard balançou a cabeça e ficou a pensar, pois nem o nome daquela mulher ele sabia, pois todas as vezes que eles conversavam, tudo girava em torno da menina e mesmo percebendo um clima muito bom entre ambos, nunca imaginou que uma mulher daquelas o beijaria. Além do mais, Viviane tinha pai, mesmo que muito agressivo, mas tinha. Algo muito errado estava por trás de tudo que aconteceu na sorveteria, mas Richard não tinha como conseguir explicações, somente pagou os sorvetes e foi para casa.

Capítulo 22
Elisa fala do ex

Chegando a Incaiti bem de noitinha, Richard colocou as coisas que comprou no supermercado na cozinha do restaurante, pegou um gelo para colocar no hematoma que ficou do soco que recebeu, pois sua mãe provavelmente ficaria muito preocupada ao ver o machucado causado pela agressividade daquele homem.

Richard repassava tudo na mente para ver se entendia o que aconteceu, mas nada tinha explicação. O telefone do rapaz toca e era dona Pachacuti preocupada, pois escutou que a caminhonete tinha sido estacionada na garagem, mas Richard estava demorando muito para ir para casa. Richard informa que estava no restaurante organizando algumas notas para o dia que viria, a mãe informa-o que estava no quarto de Keiko e que queria conversar com ele.

O rapaz não queria que dona Pachacuti visse seu rosto vermelho, falou que teria que continuar a organizar algumas notas promissórias do restaurante e que provavelmente entraria em casa somente mais tarde. A mãe consentiu em conversarem pela manhã, o que foi um alívio para Richard, que não imaginava como iria explicar para a família o que aconteceu.

No horário do desjejum dona Pachacuti, dando a mamadeira para Keiko, pergunta ao filho:

— Richard, o que aconteceu com seu rosto?

Mesmo tendo colocado gelo, o hematoma ficou e ele explicou tudo o que aconteceu, dizendo a verdade para a mãe e o senhor Einar, que escutaram atentos a sua narrativa. Ele não queria mentir, pois mentiras não são coisas corretas e, apesar de tudo que envolvia Keiko, a grande farsa, Richard era um homem íntegro e não concordava com mentiras, pois sabia que uma leva à outra e no final pode-se até mesmo duvidar da verdade. Principalmente para os pais ele não tinha nada a esconder. Richard recorda para a mãe o encontro dele com Viviane no consultório de Elisa.

Senhor Einar, preocupado com o filho, disse:

— Filho, você tinha que ter chamado a polícia.

— Pai, a Viviane chorava muito e percebi que a mãe dela, apesar do que aconteceu, estava controlando tudo, então deixei que ela resolvesse com o pai da menina.

— Realmente Viviane é uma fofa, mas eu não quero saber se tem uma menininha nessa história, a qual, pelo que entendi, você tem empatia. E ela também se apegou a você. Essa mulher é um perigo, com esse homem agressivo. Se afaste delas.

— Concordo com sua mãe, Richard, fique longe de problemas. Essa mulher e a filha, pelo que parece, têm problemas de convivência familiar.

— Para mudar de assunto, amanhã é domingo e teremos uma visita? — O rapaz comenta para os pais.

— Sim, ela me enviou mensagem. Vou preparar um belo lanche da tarde. — Dona Pachacuti toda animada comenta.

— Mãe, não exagera, pois a senhora pode assustar Elisa.

— Exagerar, que é isso?! Sua mãe, isso ela não faz! O sobrenome dela não é exagero, tudo vira um evento, dá até canseira. — Senhor Einar ri alto.

Dona Pachacuti olhava o marido e, com um apertar de boca e um olhar nada satisfeito, dá as costas para o filho e marido e vai para o quarto de Keiko.

— Pai, agora o senhor conserta, ela ficou chateada!

— Estou perdido! Eu não vou cutucar onça não, vou para o restaurante. Até a noite, passou!

— Não tem jeito com o senhor mesmo! O senhor vai deixar ela se acalmar sozinho, esperto! — Richard sorri e sai com o pai para abrirem o restaurante.

Dona Pachacuti não foi ao restaurante e o senhor Einar se preocupou e pensou no que disse de manhã, mas ele sabia que tinha que comentar, pois Pachacuti era o exagero em pessoa, e com mais de 30 anos de casados, ele conhecia muito a esposa e pensou que provavelmente não foi o comentário que a fez não ir ao restaurante, então chamou o filho para descer do escritório e assumir o caixa, enquanto daria uma ida em casa.

Richard estranhou a atitude do pai, mas também tinha percebido a ausência da mãe no restaurante, pois ela sempre levava Keiko e ajudava em alguma coisinha.

Em casa, ao chegar, senhor Einar encontrou dona Pachacuti deitada ao lado de Keiko e, ao ver a mulher muito quieta, ele observa que ela não estava bem.

— Minha querida, o que aconteceu?

— Uma dor de cabeça forte, não estou aguentando a claridade e meu pescoço está duro, doendo somente isso!

— Você tomou o medicamento?

— Sim, a Maria me deu.

A funcionária que estava no quarto auxiliando dona Pachacuti comentou:

— Senhor Einar a dona Pachacuti sentiu tonteira e também vomitou.

— Vou avisar Richard que levarei você ao médico.

— Médico por causa de uma dor de cabeça?! Vou não.

— Você nunca reclamou de nada, não me lembro de você adoecendo, então vamos ao médico, sim.

— Não vou e não quero que ninguém fale para o Richard, avisei para a Maria. Eu não quero estragar o encontro dele amanhã.

— Mulher teimosa você!

— Está tudo bem! Volte para o restaurante antes que Richard se preocupe. E não esquece, não fale nada.

— Não farei isso, nosso filho tem que saber que você não está bem. Mentir ou omitir, eu não farei isso. — Senhor Einar balança a cabeça e vai mesmo sem querer para o restaurante.

— Pai, aconteceu alguma coisa?

— Sim! Sua mãe está com dor de cabeça. — Senhor Einar não mentiu para o filho.

— O senhor vai levá-la ao médico.

— A cabeça dura não quer ir.

— Minha mãe, peça única! Complicada! Nunca reclamou de nada, para comentar deve ser porque realmente não está bem.

— Todas as mulheres, Richard, são cabeça dura! — Erlan comenta ao se aproximar.

— Ainda bem que não tenho que me preocupar com isso! — Saulo fala também se aproximando.

— Ainda não tem! Você é novo, mas vai acontecer! — Senhor Einar, passando a mão pelo bigode, exclama, os homens sorriem e voltam ao trabalho.

No dia seguinte a manhã estava ensolarada e o cheiro do café estava por toda a casa de dona Pacha. O interfone apita e Richard, com uma bermuda jeans e camisa gola polo branca com uma listra azul e sandálias de couro, vai atender.

Elisa estava com um vestidinho leve florido e uma rasteirinha. A moça esperou o rapaz no portão. Richard, ao vê-la, foi até ela e, puxando-a para perto, deu um beijo que tirou um pouco seu fôlego, mas ela correspondeu à altura.

— Vamos entrar para você conversar com minha família um pouco e depois vamos, pois minha mãe fez um lanche para você.

— Com certeza e também quero ver a Keiko. — Antes de Elisa entrar, foi até Richard e deu outro beijo.

O rapaz entrou em casa sorrindo e rapidamente Elisa estava com Keiko no colo. A menina, ao ver a médica, balbuciava algumas coisas e todos ficaram a observar como Keiko conhecia Elisa.

Dona Pachacuti, ao ver o carinho de Elisa com Keiko, comentou:

— Ela conhece quem gosta dela.

— Toda criança conhece. — Elisa comenta.

Depois do lanche, Elisa e Richard passeavam de mãos dadas pela orla da prainha. Richard resolveu não levar Keiko, deixando-a com dona Pacha e o senhor Einar, pois desejava muito saber sobre o relacionamento anterior de Elisa e queria que a moça voltasse toda atenção para ele, pois queria saber mais sobre o término do noivado de dela, mas não se atreveu a perguntar.

Elisa queria conversar sobre o tempo, a prainha, a água límpida, as crianças andando de bicicleta e sobre as pessoas que também curtiam aquela tarde de domingo banhando-se e passeando pela calçada, mas nenhuma brecha sobre o antigo relacionamento. Richard, em alguns momentos, beijou a moça e os dois tiveram até momentos em que sentiram a areia quente e a água fresca da pequena praia, visitada por turistas que queriam um pouco de sossego e vinham com os filhos aproveitar a quietude das ondas, pois a prainha de Incaiti era calma e sem ondas intensas.

A noite estava chegando e o rapaz não teve como adiar o assunto, então comenta:

— Elisa, preciso saber sobre seu antigo relacionamento.

— Eu sei que precisa. Não vou te esconder nada. Estou afastada do meu ex-noivo por motivo de decisões. Eu estou revendo algumas coisas e ele também, então abrimos a oportunidade de nos relacionarmos com outras pessoas para poder pensar.

— Então eu sou um momento de pensamento seu?! — diz Richard, arqueando as sobrancelhas e interpretando o que Elisa disse.

— Richard, para que possamos ter um momento muito sincero, preciso te dizer que ainda amo meu ex-noivo e tudo é muito complicado para mim.

— Entendi! — Richard fica um pouco frustrado com a total sinceridade de Elisa e percebe que ela não era uma moça comum que desejava romance e estabilidade, estava somente na caminhada de uma importante decisão.

A moça percebe que foi rápida demais em falar sobre o ex-noivo e pede desculpas tentando se justificar, mas Richard tinha perdido totalmente a empolgação do momento e comenta:

— Melhor você voltar para a cidade, antes que anoiteça demais.

— Tudo bem! — Elisa diz entendendo que o encontro tinha terminado.

No portão da casa de Richard, a moça, antes de ir embora, beija-o, mas percebe que o beijo não foi recebido com a mesma intensidade dos anteriores, mas ela não tinha como desfazer o que sentia, estava confusa e tinha que pensar.

— Te vejo na sexta-feira no consultório? A Keiko tem consulta. — Elisa pergunta antes de arrancar o carro.

— Sim! — Richard responde de forma seca, vira-se e entra em sua casa.

Ao entrar em casa, a mãe e o pai do rapaz estavam na sala brincando com Keiko, e sorrisos estavam por toda a casa. Richard passa diretamente para o quarto, e o pai, que não era nada bobo, vai conversar com o filho.

— Posso entrar? — Senhor Einar pergunta ao entrar no quarto de Richard.

— Sim, pai.

— Você sabe, né? Ela está na sala muito curiosa.

— Sei, mas é complicado! — Richard, que antes estava sentado na cama, anda pelo quarto e comenta:

— Pai, eu não sei se quero isso para mim. Uma moça que me vê como segunda opção. Quero ser único e me sentir necessário.

— Complicado... É por causa do ex-noivo?

— Ela ainda o ama e eu não sou homem de esperar, não quero esperar. Agora tenho uma menininha que precisa de mim e arrumar bagunça na minha vida não é permitido. Quero uma chance de encontrar uma mulher que venha para somar e me leve a conhecer o amor.

— Filho, você vai encontrar. Deixe sua mãe comigo, irei conversar com ela e pedir que não faça mais nenhuma de suas armações.

A semana passou e Elisa entrou em contato com Richard por mensagens, mas a moça sentiu que ele estava respondendo-a de forma evasiva, pareceu não estar na mesma sintonia de antes, mas ela foi paciente e não ligou para ele, somente esperou o dia da consulta de Keiko.

Dentro do consultório, dona Pachacuti estava alegre, porque a neta estava saudável, mas um pouco decepcionada, pois Richard estava distante e notou também que a médica estava um pouco envergonhada.

A mãe do rapaz comentou:

— Elisa, meu filho e minha família fomos convidados a um evento onde irão premiar os melhores empreendedores da região e gostaríamos muito que fosse conosco, não é mesmo, filho?

Richard, que ainda não tinha convidado Elisa para o evento, apenas disse:

— Você é bem-vinda para estar conosco!

— Tudo bem! Eu vou. Obrigada pelo convite. — Elisa responde rapidamente.

Dona Pachacuti acertou tudo com a moça e o filho ficou somente a olhar a médica, sem nada comentar.

Capítulo 23
O evento: encontro com Keila

Chega o dia do grande evento na cidade. Keiko ficou com Arline e Erlan, pois o casal insistiu dizendo que seria uma boa experiência, pois assim estariam treinando para os filhos que viriam. Dona Pachacuti não se preocupou, porque confiava muito nos afilhados.

O salão da premiação estava lindo e dona Pachacuti e o senhor Einar esperavam em uma mesa Richard chegar com Elisa. O rapaz foi à casa da médica pela primeira vez buscá-la.

Na casa de Elisa, ao entrar para esperar ela terminar de se arrumar, pois ainda faltava pegar os sapatos e a bolsa, Richard observa uma casa totalmente funcional, uma casa dentro do futuro, com muita coisa elétrica, moderna e prática, uma casa de uma mulher solteira. Cada coisa no lugar totalmente pensada, com tons claros e tudo muito limpo, fazendo parecer que ninguém morava ali. Richard ficou muito impressionado.

O que mexeu com o rapaz foi a quantidade de quadros com fotos que Elisa tinha com o ex-noivo, em vários lugares diferentes, poses em locais românticos, que demostravam uma grande história juntos. No entanto, nada comentou.

Richard e Elisa, ao chegarem de mãos dadas no evento, chamaram muito a atenção. Muitos homens olhavam especialmente para a moça, pois a médica era realmente bonita, e com um vestido de noite preto, havia ficado ainda mais atraente. Mas ao mesmo tempo em que os homens olhavam a companheira de Richard, algumas mulheres do salão viravam-se para observar o parceiro de Elisa.

Richard, com um terno completo slim, gravata vermelha e camisa branca, estava maravilhoso e nenhuma mulher que apreciava uma boa visão masculina deixou de olhá-lo, mesmo que estivesse acompanhado. Ele era um colírio para qualquer visão, das solteiras e até das casadas, que também não deixavam de admirá-lo.

A festa estava linda, o salão cheio. Na mesa dos pais de Richard havia também proprietários de grandes comércios e outros ramos da sociedade, que estavam a conversar sobre os comércios e trivialidades como investimentos, situações difíceis e até ganhos financeiros.

Ao apresentar Elisa para os conhecidos, o rapaz sentiu-se pouco confortável e em sua fala apresentou Elisa como uma boa amiga.

A moça viu que ele estava desconfortável com a situação entre eles, mas sabia que aquele não era o lugar e nem o momento para conversarem.

Quando as premiações começaram, todos os olhares se voltaram para a palestrante, que foi anunciada como a representante da cidade. Para espanto de Richard, ela era nada mais e nada menos que a mãe de Viviane, e enfim o rapaz descobriu seu nome.

Keila estava deslumbrante, tinha um corpo escultural, cabelos com um penteado que deixavam alguns cachos caídos e saltos. O vestido da moça era longo, dourado, de paetê com decote em "v", com apenas uma alça e uma fenda na lateral.

Todos os homens olhavam para a representante da cidade e até mesmo as mulheres, que, mesmo sem admitir, sentiam uma pontinha de inveja. Keila era uma mulher que não deixava nenhuma outra ganhar dela no quesito beleza. Richard, dona Pachacuti e Elisa rapidamente a reconheceram.

Elisa, percebendo o olhar de Richard e disse:

— Viviane tem sorte de ter uma mãe tão linda!

— Sim, eu sei! — Richard comentou.

O rapaz ao afirmar " Sim, eu sei" deixando Elisa incomodada, pois percebeu que ele concordou rapidamente que Keila era linda, mas nada a moça podia falar e nem podia demostrar ciúmes, porque muitos estavam na mesa e fazer uma ceninha não tinha cabimento algum. Elisa não fez nenhum comentário e ficou somente aproveitando a festa. As premiações aconteceram e o restaurante El sabor Incabolivi recebeu o prêmio de originalidade. Dona Pachacuti ficou muito feliz e, ao receber o prêmio da mão de Keila, a moça a reconheceu, deu-lhe um abraço carinhoso e expressou:

— A vovó de Keiko, parabéns! — Keila sorria e cumprimentava dona Pachacuti com muita educação e amabilidade.

Dona Pachacuti, lembrando-se do ocorrido com o filho e sabendo que tudo era por causa de Keila, cumprimentou a moça de forma educada, mas nada que fosse grande coisa.

Ao retornar para a mesa com o prêmio e vendo que o filho estava diferente com Elisa, pois pareceu que ele estava muito envolvido com olhares, para o lado da apresentadora dos prêmios, dona Pachacuti rapidamente convidou todos para irem para casa. Realmente precisava ir embora, já que a dor de cabeça forte de outro dia havia retornado e o ambiente da festa, repleto de pessoas conversando, estava acentuando mais a dor. A mãe de Richard deu a desculpa de que estava cansada e queria voltar para Incaiti e todos foram embora.

No estacionamento, Richard, despedindo-se dos pais, que estavam no carro do senhor Einar, informa que estaria em casa em poucas horas assim que deixasse Elisa em casa.

Na casa de Elisa, na porta de entrada, a moça beija Richard de forma doce, o rapaz corresponde e ela convida:

— Você pode entrar e talvez, se quiser, pode ficar. — Este era um convite que provavelmente Richard aceitaria antes de tudo o que Elisa falou ou até mesmo antes de ver as fotos espalhadas pela sala da moça.

— Obrigado, não quero ficar — ele responde de forma firme.

Elisa, decepcionada, entra em casa e mesmo assim puxa Richard para um beijo mais intenso na tentativa de quem sabe convencê-lo a ficar, mas o beijo é interrompido pelo telefone. O rapaz, ao pegar o celular, comenta:

— Tá bom, pai, eu vou buscar. Problema algum. Tá bom! Entregarei para ela amanhã de manhã, eu não vou ficar aqui de forma nenhuma.

Elisa, ao escutar a última parte da ligação, ficou triste, pois Richard demostrou decisão na voz, mas mesmo assim ela tentou com o sorriso e um beijo a mais persuadir o rapaz, porém foi interrompida quando ele disse:

— Confirmei com meu pai que não ficarei, porque realmente não tenho essa intenção, terei que voltar ao salão de festas, e provavelmente devo chegar muito tarde a Incaiti. Eu já vou, minha mãe esqueceu o celular em cima da mesa.

— Você realmente não vai ficar?

— Melhor não! Você tem que pensar! É complicado, não é mesmo? — O rapaz falou, virou-se e foi embora.

Elisa sentiu uma fisgada no estômago, entendendo que Richard não estava de brincadeira, e ele era um homem que ansiava compromisso e o que ela oferecia não era exatamente o molde de compromisso que ele queria. A moça que recebeu desta vez somente um beijo na bochecha, entrou em casa decepcionada, percebendo que a noite para ela tinha acabado.

No salão, a festa ainda rolava e as pessoas estavam alegres, dançando, e quando Richard se aproximou da mesa, pegando o telefone da mãe, uma voz veio até ele.

— Oi, papai da Keiko. — Ao virar, Richard dá de frente com Keila, que sorria de forma descontraída para ele.

— A mamãe de Viviane.

— Tenho muito que te pedir desculpas por aquele dia. Ele te machucou?

— Machucou o meu ego, pois levar um soco em público não era o que estava na minha agenda. — Ao responder, o rapaz nem percebeu que se sentou novamente onde antes estava com a família e também acompanhado por Elisa.

Ele ficou muito próximo de Keila ao conversar, a música do salão estava alta e as pessoas conversavam. Um senhor de idade, passando perto do casal, exclamou:

— Meu rapaz, com uma esposa destas, eu não deixaria ela aqui na mesa, iria rodopiar com ela pelo salão. — O senhorzinho, depois do comentário, foi salão de festa adentro e saiu sorrindo e conversando com outros de forma aleatória, parecendo que estava um pouquinho alterado pelo vinho que estava tomando.

Keila sorriu muito e foi acompanhada por Richard, que exclamou:

— Falta a parte do soco agora! — Os dois sorriam de forma tão alegre e Richard se sentia tão confortável com Keila, que pergunta:

— Você aceita dançar comigo?

— Sim, vamos antes que aquele senhorzinho volte e ele me tire para dançar. — A moça sorri simpaticamente.

Indo para a parte do salão onde outros casais estavam a dançar uma música lenta, Richard segura a mão de Keila, e ao se aproximar dela, passa o braço sobre sua cintura. A moça o olha e nada comenta, somente apoia a cabeça no ombro de Richard.

Com uma música após a outra o casal, no meio do salão, sem nada dizer, atraíam olhares e cochichos, pois eram lindos juntos e exalavam harmonia e muito afeto. A música parou e Richard observou que muitos da festa tinham ido embora, então Keila comenta:

— Acho que infelizmente a festa acabou!

— Parece que sim! — Richard expressa, demonstrando frustração na voz.

Keila segue novamente até a mesa e pega sua bolsa, e Richard diz:

— Irei te acompanhar até seu carro.

— Não estou de carro, ficou com a babá na casa dela, porque sempre inevitavelmente tenho que sair à noite para que Viviane não arrume um escândalo. Combinei com a moça que cuida dela em deixar meu carro lá, assim minha filha sapeca pensa que estou por lá. Estratégia louca de mãe, nem tente entender. — A moça sorri envergonhada pela estratégia maluca que combinou com a babá.

— Vou te levar para casa. — Ele fala rapidamente.

Keila, olhando e vendo muita decisão na fala dele, consente:

— Tá bom!

No estacionamento, o rapaz e também Keila perceberam que seria complicado adentrar na caminhonete com aquele vestido justo e saltos tão altos. Então Richard, sem pensar, abriu a porta do veículo e pegou rapidamente Keila no colo, colocando-a na poltrona de passageiro. A moça não disse nada, somente o olhou e seu coração bateu forte, pois a proximidade com Richard mexia muito com ela.

No carro, a moça indicava o caminho para a casa da babá e Richard sempre a olhava de relance. Os dois nada conversavam, a noite estava linda com muitas estrelas e não dava para ver a lua.

O telefone de Keila toca e, ao atender, a moça conversa com a babá, que informa que Viviane estava dormindo e seria um desperdício acordar a menina para levá-la para casa e que a própria moça levaria a criança de manhã, pois uma chuvinha fininha tinha iniciado e não fazia sentido tirar a criança da cama quentinha. Richard entende que a mãe de Viviane somente pegaria a filha de manhã. Ele deu um leve sorriso, Keila, olhando-o, também sorriu envergonhada e depois comentou:

— Bem! Não terei que pegar Viviane hoje. Vou para casa sozinha. Você...

Antes de Keila terminar de falar, ele diz:

— Qual seu endereço?

Richard seguiu as orientações de Keila, rapidamente chegou à casa da mãe de Viviane e a chuvinha não parava.

Capítulo 24
A primeira vez

Na casa de Keila, no portão, a moça pega a chave da casa de sua bolsa e pergunta para Richard:

— Você quer entrar?

— Não quero apanhar novamente do pai de Viviane.

— Ele não está aqui e nem pode, tem medida de restrição.

— Medida de restrição?! — Richard acendeu o pisca-alerta do pensamento e pensou no que dona Pachacuti disse.

— Sim, ele me agrediu quando eu estava no fim da minha gestação. Então impetrei uma ordem e me divorciei. Aquele rapaz que você viu segurando ele trabalha comigo e foi quem fez a ação, mas ele não quer entender que tudo acabou e faz tumulto, envergonhando-me e entristecendo Viviane. Todas as vezes que ele aparece, é um show e ela sofre muito. Estou tão cansada disso! — Keila começa a chorar, pois o assunto envolvendo a filha era algo delicado e a moça estava fragilizada por aquela situação com o ex-marido.

Richard desce da caminhonete e, indo até a porta onde estava a passageira, tira o sinto de segurança dela e depois pega-a no colo, ajudando-a a descer da caminhonete. Depois, pegando as chaves que estavam nas mãos de Keila, abre a porta de sua casa e a companha até a sala. Bem próximo a ela, expressa:

— Ótimo saber, porque agora eu quem baterei nele se por acaso se aproximar de você ou Viviane.

AMOR OU SANGUE

— Richard, você é o primeiro homem que me aproximei desde que me divorciei, na realidade, o único. Tenho uma filhinha e não me aventuro procurando bagunça para minha vida, pois tenho muitos problemas. Sou uma mulher que não pode esperar brincando de aventureira, quero ser única para alguém e quero viver o amor sem machucar minha filha.

Richard, ao escutar o que Keila fala, beija-a intensamente. A moça corresponde, carícias iniciam-se e as roupas respingadas pela chuva fina, traziam uma sensação maior de intimidade em todo aquele clima.

Richard pega Keila no colo e pergunta onde fica o quarto. Lá as carícias se intensificam, o vestido de Keila é tirado devagar e no chão do quarto fica de companhia com o terno de Richard.

Um momento de prazer pelo contato físico acontece de forma consensual e a sensação de satisfação invade os corpos que aproveitam ao máximo o momento, a sensação de arrebatamento de sentimentos.

Richard entendia que aquele momento era totalmente louco, pois eles não eram casados e nem conhecia direito Keila, somente sabia que ele a desejava e que a filha dela era para ele como se fosse Keiko, uma pequenina menina que ele queria proteger, e ele também queria muito proteger Keila, então Richard em meio às carícias em Keila demostrou toda masculinidade e os dois corpos curtiram cada momento de entrega.

Keila entregou-se e não ficou a pensar no que seria do dia seguinte, pois Richard era o bálsamo de vida e respirar que ela desejava, pois ele era gentil nas carícias. Richard retirou o prendedor que segurava o coque do cabelo da moça e seus cachos caíram livres. Ele cheirou seus cabelos e um beijo veio acompanhando o pescoço até onde ele pôde, e depois os dois corpos na cama estavam saciando-se e nenhuma palavra era expressa.

Richard olhava Keila e cada vez mais queria beijá-la e satisfazer-se, pois sua masculinidade aflorada fazia que ele estivesse totalmente em transe. E com a permissão de Keila, que passou o braço sobre o pescoço de Richard, ele, como homem, deu todo o prazer que ela merecia de pouco a pouco, de forma suave. Eles completaram-se devagarinho, tocando no corpo dela ele conseguiu senti-la toda e ela a ele.

Richard, com músculos bem definidos, como de um homem que tinha hábitos alimentares corretos, não tinha nada fora do lugar e era perfeito amante. Keila ficou impressionada, pois até aquele momento tinha ficado somente com o pai de Viviane e nenhum homem tinha tocado nela. E mesmo sendo uma mulher evoluída, ela ficou tímida, mas não deixou de

143

dar prazer para aquele, que, com sutileza, ofereceu êxtase sem cobranças, com sensações intensas. E assim foi durante toda a noite.

O cheiro de café vinha da cozinha e Richard acordou. Saindo do quarto, segurando o casaco do terno nas mãos e descalço, procurando o sapato, que ficou pelo corredor, o rapaz pisa em um brinquedinho de montar e machuca o pé. Abaixando-se, pegou a pecinha que estava no chão e com aquele brinquedinho na mão ele foi até o sapato, que estava no corredor, um pouco mais à frente, o calçou e seguiu o cheiro de café.

Ao observar a casa, coisa que não teve tempo de fazer na noite anterior, ele viu coisas de menina espalhadas pelo chão. Ao passar por um quarto todo decorado de rosa, viu brinquedos, bonecas e uma linda cama com lençóis de florezinhas.

Chegando à sala visualizou móveis comuns e todos os enfeites e itens que normalmente encontramos em estantes: quadros, jarros de flores, enfeites de porcelanas, etc, estavam suspensos em uma altura que uma criança não conseguiria pegar, Richard deduziu que era por causa de Viviane que tudo estava nas partes mais altas dos móveis.

O lar era próprio para uma criança e até um pouco desorganizado, pois tinha algumas roupas de Viviane sobre uma poltrona, uma vasilha de biscoitinhos na mesa central da sala e também um copo sujo parecendo que um suco foi tomado por alguém. Keila, que vinha da cozinha com uma xícara nas mãos, disse:

— Bom dia! — Um beijo foi dado no rapaz, que nem teve tempo de corresponder, pois ela estava com pressa e ia correndo pela casa procurando algo.

Richard seguiu Keila e, antes dele a alcançar casa adentro, a moça volta e ele a observa melhor. Ela estava com um terninho marrom-escuro, uma camisa de seda branca, um salto fino e cabelo totalmente preso em um grande coque, mas nada de cachos, pois todos estavam supercomportados dentro do coque.

— Preciso pegar Viviane na babá e levar para a escola. A moça me ligou, houve um imprevisto familiar e não vai poder cuidar de Viviane. Meu táxi deve estar chegando, pois a casa da babá é em outro bairro e não posso me atrasar, pois tenho um compromisso muito importante agora cedo, com horário definido.

Richard olhava para Keila e não acreditava como aquela mulher da noite tão meiga e frágil na manhã seguinte tinha se transformado em uma mulher forte e proativa. Ele ficou encantado e nada dizia, ela passava de um lado para o outro procurando algumas coisas e colocando dentro de uma bolsa de couro preta: documentos, celular, notebook.

— O restaurante de sua mãe é em Incaiti, não é mesmo? Estive na prainha com Viviane domingo passado. Gostamos muito de ir lá! Viviane ama andar de bicicleta na orla.

O rapaz sentou-se em um banco próximo à cozinha modulada e somente observava Keila, ele tomava um café e não falava nada, a moça estava pegando alguns documentos que estavam em cima da mesa e colocava-os em uma bolsa, neste momento tanto Richard quanto Keila escutaram o taxista buzinar lá fora.

Richard entendeu que era ao momento de se despedirem, então falou:

— Seu táxi está esperando!

— Eu sei!

— Vamos. — O rapaz coloca a caneca de café sobre a bancada da cozinha e sai em direção à porta de entrada da casa.

— Vamos! — Keila vai saindo seguindo Richard, mas de repente lembrou-se de algo e voltou à cozinha. Depois para fora da casa novamente, onde ele estava a esperá-la e Richard escutou Keila dizer ao mostrar uma barra de cereal que foi buscar dentro de casa:

— Provavelmente será somente isto que terei tempo para comer hoje. — A moça sorri simpaticamente.

Keila fecha a porta da sala e do lado de fora no jardim da casa, antes de seguir em direção ao táxi, vai até Richard, beija-o de forma muito carinhosa e diz:

— Nos vemos de noite?

Ele, sem pensar, disse rapidamente:

— Sim, com certeza! — Ele estava em transe, totalmente absorto com tudo o que presenciava. Aquela mulher era incrível e conseguiu prender toda sua atenção, de forma que não conseguia pensar direito.

— Traz a Keiko para que Viviane a veja. — Outro beijo foi dado pela mulher em Richard, bem ali no meio da rua e perto de alguns vizinhos que passavam.

No caminho para Incaiti, o rapaz não acreditava em tudo que viveu à noite e, ao pensar em como explicaria para a mãe que exatamente a mulher que ela disse para ele ficar longe, era com quem tinha passado a noite. Ele balançou a cabeça em sinal de que não tinha explicação, pois era algo maior que o atraía para Keila. A sensação de que ela era a mulher que ele sempre procurou veio certa em seu coração.

Capítulo 25
A doença de dona Pacha

Dona Pachacuti, ao ver o filho colocar o carro na garagem, não fez perguntas, pois não estava se sentindo muito bem e tinha visitas em casa. Roly e a família tinham ido passar o dia. Freddy estava de férias e queria proporcionar um pouco de alegria para a esposa, então a convenceu a ir para Incaiti. Richard deu um grande suspiro de alívio, assim poderia passar despercebido.

O rapaz cumprimentou todos ao entrar em casa e foi para o quarto, tomou um banho, trocou-se e foi em direção ao restaurante para começar a trabalhar, porque estava atrasado e, mesmo sendo dono com os pais, ele não gostava de chegar depois dos funcionários.

A tardezinha chegou e Richard não sabia como dizer para a mãe que precisava que ela arrumasse Keiko para que ele levasse a menina na cidade para ir encontrar com Keila e Viviane. O rapaz pensou várias maneiras de dizer e escolheu a melhor, a verdade, contudo, ao chegar em casa, encontrou somente Maria e a menina, pois dona Pachacuti tinha ido com Roly visitar a comadre Magaly e Richard adiou o que tinha para dizer. Pediu à ajudante da mãe para organizar Keiko e informou que iria dar um passeio com a filha.

Na porta da casa de Keila, segurando o bebê-conforto, o rapaz aperta a campainha e nada, ninguém atende. Uma vizinha, que vê Richard esperar por um bom tempo, vai até o rapaz e informa que Keila tinha se mudado na hora do almoço. Ele não entendeu nada, pois ela não falou nada. Richard, totalmente decepcionado, volta para Incaiti.

Na casa dele, um pequeno tumulto estava instaurado. A mãe do rapaz tinha caído dentro de casa, logo quando chegou do passeio que tinha ido e os amigos estavam preocupados. Dona Pachacuti não quis ir ao médico e o senhor Einar estava nervoso com a esposa, porque ela era muito teimosa. Dona Pachacuti alegou que foi apenas uma tonteira comum, provavelmente provocada pelo dia quente e não aceitou de forma nenhuma ir até a cidade para se consultar. O passeio de Richard não foi nem observado.

O dia da consulta rotineira de Keiko chegou e Richard foi sozinho levar a menina, pois dona Pachacuti estava com dor de cabeça e pediu para o rapaz ir sozinho. Ele pensou que seria uma excelente oportunidade para conversar com Elisa a sós.

Na recepção do consultório, Richard queria muito perguntar por Keila, mas não encontrava uma forma, pensou em dizer que Viviane era amiguinha de Keiko e que precisava do número do telefone de Keila, mas viu que a desculpa era totalmente descabida e desistiu.

Elisa olhou Keiko e nada de pessoal conversou com Richard, somente passou as informações que ele precisava saber sobre a menina até o momento que ele levantou-se para ir embora. Foi então que Elisa comentou:

— Sua mãe me enviou uma mensagem que não iria vir, porque estava indisposta. Eu pensei em ir visitá-la amanhã que é sábado. Tudo bem para você?

— Sim, tudo bem! — Ele falou, não deixando transparecer nenhuma emoção.

Elisa ficou feliz, porque ele ainda queria vê-la. Foi até Richard na porta do consultório e deu-lhe um leve beijo de forma desinibida, sem se importar que algumas mães presenciassem a situação.

Antes de retornar para Incaiti, o rapaz, ainda pensando em Keila, foi até a frente da casa dela e, ao ver tudo fechado e nenhum sinal de pessoas, seguiu para casa.

Depois da visita do sábado, a presença de Elisa na casa de dona Pachacuti se tornou constante. O casal realizava passeios à tarde na orla da prainha, empurrando o carrinho de Keiko, e, às vezes, estava sozinho. Richard não parou de pensar em Keila, mas com o tempo, a lembrança da noite de carinho entre os dois foi ficando mais distante.

Elisa viajava muito para a filial e Richard ficava muito incomodado com a situação, pois sabia que o ex-noivo da moça estava lá. Mas nada ele podia fazer, somente esperar a decisão definitiva dela.

No aniversário de um ano de Keiko, o restaurante esteve em festa, pois dona Pachacuti fechou o local no domingo de manhã, chamou alguns clientes mais chegados e os amigos próximos para comemorarem com um belo momento de almoço. Keiko ganhou muitos presentes e Richard estava muito orgulhoso da decisão que tinha tomado ao assumir a menina como filha, pois aquela garotinha havia trazido muita alegria aos pais dele e para todos que se aproximavam dela.

No momento do almoço, surgiu a notícia de que Arline estava grávida e todos felicitaram Erlan e a mamãe novata, marinheira de primeira viagem. Erlan, no meio dos amigos, comentou sentir muito medo da paternidade, precisaria de muitos conselhos e brincou em agendar a primeira consulta com Elisa. Todos sorriam e se divertiam saboreando comidas deliciosas como: salada com quinoa, fricassé, sopa de Nani e frango com chocolate. Os homens tomavam Singani e Chica e tudo estava perfeito, muito agradável e feliz.

Dona Pachacuti, ao ir à cozinha providenciar a travessa de sobremesa, a torta de três Leches, sentiu uma tontura muito forte e foi amparada por dona Laura, mas a mãe de Richard pede a amiga cozinheira que não comentasse com ninguém, pois iria preocupar todos e estragaria a festa da neta. A cozinheira atendeu ao pedido da amiga, porém ficou muito preocupada, pois dona Pachacuti estava tendo aqueles episódios de tonturas com frequência e escondia do marido e filho.

O aniversário de Keiko foi perfeito e todos se alegraram bastante. O romance entre Richard e Elisa estava sendo aceito por todos como coisa certa, porém o rapaz ainda se sentia muito incomodado. Elisa, depois do que disse para ele em sua casa, nunca mais tocou no assunto e as coisas foram ficando tão acomodadas que ele não tinha coragem de falar sobre o assunto, pois ainda pensava em Keila, às vezes, durante a noite e acordava perdendo o sono, desejando vê-la novamente.

Um tempo depois do aniversário de Keiko, a mãe de Richard tem outro episódio de tontura dentro da cozinha do restaurante e desta vez dona Laura comentou para a amiga:

— Você deveria contar para eles, pois precisa ir ao médico. Senhor Einar e Richard precisam saber.

— Eu sei, irei marcar um médico nesta semana, mas vou deixar passar as comemorações das premiações, pois sei que este ano ganharemos novamente e quem sabe, mais de um prêmio.

— Você é quem sabe, Pacha. — Dona Laura diz, pois percebia que a patroa e amiga não estava bem, demostrava cansaço, estava mais magra do que habitual e se alimentava pouco.

Era o dia da premiação e Richard lembrou-se exatamente do que aconteceu há um ano, mas nada estava como antes, pois Keila não estava lá. O salão estava cheio e, ao sentar-se à mesa onde o pai e a mãe estavam, Richard apresentou Elisa como namorada, a moça sentiu-se aceita e estava muito feliz.

A premiação foi um sucesso e, ao receber o prêmio, um dos prêmios da noite, Richard fez a mãe muito feliz, pois ele era o empreendedor mais jovem a adquirir reconhecimento na região e também no exterior, pois os pratos da mãe tinham sido considerados uma herança dentro da cultura Incaitiense e assim ficaram famosos na mídia.

Saulo, com grande habilidade na internet e estratégia de tráfego e com a visão de Richard, de líder empreendedor, juntos conseguiram mais uma estrela Michelin, e três estrelas para um restaurante de uma vila tão pequena era algo memorável, que tinha que ser comemorado realmente.

Todos os outros funcionários também estavam nessa premiação, Keiko tinha ficado na casa de Roly e a festa foi muito alegre, pois o senhor Einar e a família atribuíram o prêmio também ao grande trabalho da equipe.

Quando a festa acabou e Richard foi levar Elisa para casa, a moça retirou os sapatos na porta de casa e com o longo vestido vermelho arrastando-se no chão, ficou nas pontinhas dos dedos e beijou Richard de forma apaixonada e intensa. Ele não precisou que ela insistisse desta vez para que ele entrasse. O terno grafite indo para o sofá sugeria que maiores carícias viriam, mas o telefone tocou e o rapaz, que se lembrou do que aconteceu no passado, atendeu sorrindo, mas rapidamente o sorriso cessou. Então ele pega o terno depressa e responde:

— Estou indo, chego rápido, pai.

Elisa não entendeu nada, pois estava com o vestido desabotoado, e ao ver o rapaz seguindo para a porta e indicando que estava indo embora, ela escuta-o dizer:

— Minha mãe desmaiou dentro do carro no caminho para Incaiti. Meu pai está trazendo ela para o hospital e eles ainda estão com Keiko no carro. — O rapaz saiu desesperado e Elisa somente gritou:

— Pode ir, vou me trocar e irei, eu não demorarei.

No hospital, os amigos tinham voltado também junto com o senhor Einar. Arline segurava Keiko, e a menina, parecendo que pressentia algo, não parava de chorar. Todos tinham tentado fazê-la parar de chorar sem nenhum sucesso, somente Richard, ao chegar e segurá-la no colo, fez com que a garotinha se acalmasse.

— Pai, o que o médico falou?

— Ainda nada! — Senhor Einar andava de um lado para o outro e lágrimas desciam pelo seu rosto.

Um médico veio e passou o boletim informativo. Dona Pachacuti estava chamando a família, pois queria que o médico desse a notícia quando todos estivessem juntos. Richard passou Keiko para o colo de Arline e a menina resmungou, mas não chorou.

Pai e filho entraram no espaço de atendimento específico do hospital e juntos, de mãos dadas, depois de darem um beijinho na testa de dona Pachacuti, escutaram o que o médico tinha para informar.

Dona Pachacuti estava em fase terminal, pois um tumor no cérebro, sendo Oligodendroglioma, estava provocando todos aqueles sintomas que ela vinha sentindo há algum tempo.

O médico falou da expectativa de vida ser baixa, mas eles ainda teriam tempo de se despedir, pois com os medicamentos e tratamentos, dona Pachacuti poderia ainda ter momentos com a família que valeriam ser comemorados. O médico não omitiu nada.

Senhor Einar chorou silenciosamente e Richard não acreditava. Abraçando a mãe, ele dizia:

— Vamos fazer mais exames, mãe, e a senhora vai ficar boa!

Dona Pacha nada dizia, estava acamada e sob efeito de medicamentos, porém lágrimas corriam pelo rosto seu rosto ao ver o desespero do filho e o grande silêncio do esposo.

O médico saiu e, encontrando Elisa no corredor, informou todo o infortúnio da família. A moça ficou muito triste e foi ao encontro de Richard, mas o desencontrou. O rapaz não aguentou quando a mãe disse que não iria procurar nenhum outro médico, pois ela sentia que a hora estava próxima e somente queria aproveitar o que ainda lhe restava de vida, sem nenhuma busca louca por algo que não era possível, pois ela tinha total convicção que a vida tinha sido boa. E se era esse seu destino, ela iria aceitar.

Capítulo 26
No hospital

Richard saiu correndo pelo hospital e, entrando em um elevador, desceu até a recepção, foi ao estacionamento, pegou o carro e saiu a dirigir. Foi parar exatamente em frente à casa de Keila. Dentro do carro, o rapaz batia no volante de forma desesperada e chorava muito. Ficou por um bom tempo parado em frente à casa da moça, sem nem entender porque havia parado ali, mas, ao sair dirigindo sem rumo, foi lá que ele terminou.

Ele estava de cabeça baixa sobre o volante, quando, de repente, veio uma batidinha no vidro. Ao olhar, viu Viviane no colo de Keila e se lembrou de Diandra e tudo o que havia vivido depois de encontrar com ela naquela estrada.

Richard não acreditou e saiu do carro, abraçando as duas, mãe e filha, tão forte que Viviane reclamou:

— Abraço muito apertado!

Keila, que não sabia de nada, mas viu que Richard estava muito triste, aparentando estar destruído, pois seu rosto demostrava que tinha chorado, disse:

— Filha, vamos entrar com o papai da Keiko e você vai para a cama, tá bom? Depois vou ver você e te dar um beijinho.

— Não quero ir dormir, mamãe!

— Você pode assistir desenho no celular, que depois vou ao seu quarto.

— Combinado. — A menina, antes de sair com o celular da mãe nas mãos, vai até Richard, que entrou em casa com ambas sem nada dizer e ficou somente encostado na parede próximo à porta, puxa sua calça, fazendo-o abaixar-se, dá um beijinho em seu rosto e diz:

— Não chora, vou ficar triste também! Eu e a mamãe estamos aqui agora. — Depois Viviane sai saltitando em direção ao seu quarto.

O rapaz, que estava encurvado, recebeu o beijo de Viviane, que saiu e foi rapidamente para o quarto, depois somente deixou-se escorregar parede abaixo e, sentando-se no chão encostado à parede, começou a chorar, expressando muita dor que vinha de seu coração, pois ele não entendia como aquilo podia estar acontecendo.

Keila, indo até ele, abaixou-se e o abraçou como se fosse uma galinha protegendo seus pintinhos. O rapaz abraçou-a e disse:

— Minha mãe está morrendo!

Keila ficou aterrorizada, pois a notícia era trágica e muito triste, pois ela sabia que a mãe de Richard era tudo para ele. Nada tinha para dizer naquele momento, pois não existiam palavras que pudessem fazê-lo se conformar com tudo que estava vivendo. Keila ficou próximo a ele somente com o abraço, até o momento que ele decidiu falar:

— Minha mãe está com câncer.

A moça, também com os olhos cheios de lágrimas, não comentou nada e novamente o abraçou, mas desta vez deu-lhe um beijo apaixonado e muito terno. Richard recebeu-o com todas as forças que ainda lhe restavam.

Viviane, vindo do quarto, toda sonolenta e com o celular em uma das mãos, disse:

— Mamãe, você está demorando.

— Tudo bem! Eu tenho que voltar para o hospital e ficar com meu pai. — Richard comenta.

— Estaremos aqui. — Keila avisa.

— Estive te procurando.

— Te conto tudo com o tempo, vai ficar com sua mãe, meu amor.

O rapaz, ao escutar o que Keila disse, foi até ela e beijou-a em frente à Viviane, de maneira intensa e repleta de sentimento.

No hospital, todos estavam desconsolados e o senhor Einar, que nada dizia, somente comentou algo quando viu o filho retornando de onde ele nem sabia para onde havia ido:

— Filho, sua mãe quer falar com você.

Richard, ao entrar no quarto da mãe, pois dona Pachacuti tinha sido transferida para um quarto definitivo para passar o restante da noite no hospital em observação, recebendo medicações, e faria outros exames pela manhã, viu Elisa, que estava no quarto e segurava a mão de dona Pachacuti, que disse para a moça:

— Confio em você para cuidar deles.

Dona Pachacuti chamou o rapaz, que estava com os olhos vermelhos, para aproximar-se dela, e, juntando as mãos dele e as de Elisa, disse:

— Estou muito feliz por vocês estarem juntos.

Richard não comentou nada. O rapaz não tinha nada a dizer, pois se sentia totalmente dividido entre Elisa e Keila. Sabia que não podia deixar as coisas daquele jeito, mas, naquele exato momento, não tinha cabeça e a única coisa que queria era ficar com a mãe.

Depois dos exames e em casa, dona Pachacuti ficou sob a observação de todos. Ela já não exalava aquela vida que tinha antes, pois a doença era devastadora e a consumia a cada dia.

Dona Pacha, mesmo com dificuldades, ainda tentava cuidar de Keiko e, sendo apoiada por todos, nos dias de muita dor, demostrava que estava muito fraca. Ás vezes andava um pouquinho, e os dias seguiam-se com a mãe de Richard somente acamada.

Richard recebeu muito apoio de Elisa, que praticamente visitava a casa do rapaz todas as noites. Ele não teve como voltar à casa de Keila e os dias se transformaram em meses. Com constantes visitas ao hospital, sua mãe nunca desistia. Às vezes ele encontrava com o pai na varanda sem que entrasse em casa e percebia que senhor Einar havia chorado. No entanto, o pai de Richard jamais deixou que dona Pachacuti o visse desistindo de lutar.

O rapaz amava muito o pai, abraços eram dados na varanda e um choro silencioso era compartilhado sem que dona Pachacuti soubesse, pois a situação era dura e fazia com que eles sofressem. Juntos tentavam ser fortes para dona Pacha não perceber.

Quando dona Pachacuti entrou no grau metastático da doença, foi hospitalizada e Richard acompanhava-a a cada momento, em cada exame que a mãe realizava.

Um dia, andando pelo hospital, indo em direção ao refeitório, Richard encontra-se com o ex-noivo de Elisa conversando com outro médico. Ele cumprimenta-o e depois segue para ir comprar o lanche que pretendia.

Richard achou muito estranho Elisa não ter comentado que o ex-noivo tinha voltado para a cidade, mas o rapaz deixou passar, pois ele tinha muitas coisas na cabeça e bobagens de ciúmes eram as últimas coisas que ele precisava naquele momento.

No refeitório, ao pedir um café e sentar-se próximo a uma janela do hospital, Richard ficou a olhar para o vazio do céu e pensar em como as coisas podem mudar de uma hora para outra. Ele não tinha mais controle de nada, o restaurante ficou inteiramente por conta de Erlan e Arline. Sua vida amorosa estava toda enrolada, pois sentia amizade e um profundo carinho por Elisa e também gratidão por ela estar junto com dona Pachacuti em todos os momentos da doença, mas também sentia que o coração estava quase explodindo de intensa vontade de sair correndo e ir encontrar com Keila, pois desejava seu carinho, seus lábios, ver os olhos dela, sentir o cheiro de seus cachos.

Richard sentia uma tristeza no coração e um buraco que ele sabia que somente Keila poderia preencher. Mas não sabia como falar para Elisa sobre o que sentia, pois o tempo passou demais, sem nenhuma carícia um para com o outro, havia somente a cumplicidade dentro das situações de adversidades.

E, ao olhar para céu, o rapaz, com um profundo respirar, ficou totalmente desligado do mundo e não percebeu alguém se aproximando, quando uma voz disse:

— Você sabe que Ele ainda está lá cuidando de nós e nos ama, não é mesmo? — De forma carinhosa e muito amorosa e como um incentivo, aquelas palavras chegaram aos ouvidos de Richard.

Ao olhar, Richard viu Keila de pé bem em sua frente, estava linda, com o cabelo em coque, um terninho preto e uma camisa azul-clara.

— Desculpe-me demorar em vir, mas as coisas estavam impossíveis para mim. Consegui resolver agora e o pai de Viviane hoje foi finalmente preso e condenado.

Richard não entendia o que ela estava falando, mas ao vê-la, o coração do rapaz deu um suspiro tão profundo, sentiu-se tão forte com sua presença. Estava para se mover, levantar e abraçá-la, mas antes que pudesse dizer algo ou fazer algo, sente uma mão no ombro e depois escuta uma voz:

— Achei você. — Um beijo no rosto do rapaz veio depois disso. Era Elisa, que se sentou junto de Richard e depois cumprimentou Keila.

— Olá, Keila, como está Viviane? Tem muito tempo que vocês não aparecem no consultório.

Keila continuou de pé e respondeu Elisa:

— Não estava na cidade, retornei tem poucos meses. Iremos sim daqui a alguns dias, pois Viviane precisa fazer as consultas de rotina.

— Leva ela sim! Você, o que faz por aqui? Está atendendo o hospital em algum caso especial?

— É isso mesmo! Um caso muito especial. Keila olhava Richard, que nada dizia.

Elisa, segurando-se ao braço de Richard, diz:

— Amor, sua mãe acordou, vamos?

Keila, percebendo o que estava acontecendo, diz:

— Também tenho que ir. Dê um abraço na Keiko em nome da Viviane para mim e adeus. — Keila disfarça a presença dela junto ao rapaz e vai embora.

— Que gentil Keila vir conversar com você para falar sobre Viviane.

— Realmente muito gentil. — Richard comenta.

Capítulo 27
A morte de dona Pacha

Dias passam e dona Pachacuti descansou. Após seu falecimento, todos os seus amigos e alguns clientes faziam a última homenagem à grande mulher e amiga no cemitério de Incaiti.

Richard, com Keiko no colo e lágrimas correndo por baixo dos óculos escuros, estava próximo ao pai, que, muito triste, ficou calado naquele dia, mas permaneceu forte, pois sabia que Pacha não queria que ele ficasse se sentindo derrotado. O amor que eles viveram foi lindo e ele sentiria muita falta dela. Antes do último adeus, eles conversaram muito e ela pediu para que cuidasse de Richard e Keiko. Além disso, prometeu que estaria esperando por ele e cuidaria deles de onde ela estivesse.

As vidas de Richard, do senhor Einar e também de Keiko mudaram completamente com o falecimento de dona Pachacuti e a adaptação demorou um tempo.

Tempos depois do enterro de dona Pachacuti, Richard pensava que precisava procurar por Keila, mas não tinha coragem, porque algum tempo tinha se passado e ele não tinha explicação para o que ela presenciou, e assim ele perdeu a esperança. Era certo que Keila não iria querer escutá-lo, pois a situação na lanchonete daquele hospital foi constrangedora e provavelmente Keila não o perdoaria. Então Richard deixou as coisas como estavam, pois com Elisa, tudo parecia estar ficando cada vez mais sério.

Richard foi ao hospital para visitar Arline, que acabava de dar a luz a um rapazinho. Ao sair do hospital e após estar com Keila durante todo o tempo no pensamento, o rapaz, encostado do lado de fora da caminhonete, olhava o céu e em desacordo com os próprios pensamentos, balançou a cabeça de um lado para o outro, recriminando-se, porém, ao olhar os veículos estacionados ao seu lado, um carro em específico chamou sua atenção, e ele identifica-o como sendo de Keila, pois o sapatinho de Viviane pendurado no retrovisor não deixava nenhuma margem para enganos.

Richard respirou fundo e pensou que tudo provavelmente era obra de uma grande brincadeira do destino, pois se ela estava naquele mesmo dia e mesmo momento que ele no hospital, quais seriam as chances de eles se encontrarem? Muito poucas, mas o carro dela estava estacionado naquela vaga antes de ele chegar, Richard não se lembrava de nenhum espaço no estacionamento na frente da caminhonete quando chegou e estacionou, então provavelmente o carro de Keila já estava lá. O rapaz ficou imóvel olhando para o veículo da moça e tomou uma decisão. Entrou na caminhonete e esperou.

As horas passaram devagar e a noite estava densa, mas Richard não desistiu de esperar, e quando ele viu Keila vindo em direção ao carro, saiu da caminhonete e ficou esperando-a. Ela estava vestindo um blazer feminino nude botão único, sapatos pretos de saltos finos e carregava uma bolsa de couro que provavelmente era de um notebook.

Keila, ao ver Richard saindo da caminhonete e indo em sua direção, ficou apreensiva, pois tinha tanto para falar com ele. Antes que Richard se aproximasse mais, disse:

— Eu fiquei sabendo de sua mãe, meus mais sinceros sentimentos, imagino que tudo foi muito difícil para você e seu pai.

Richard, percebendo que Keila realmente estava triste e sentia muito pelo falecimento de dona Pachacuti, nada disse, somente a abraçou. Keila não conseguiu retribuir, pois além do notebook que segurava, a moça tinha razões para não ser receptiva ao abraço e rapidamente disse:

— Imagino que seu coração está muito triste. Você quer conversar sobre sua mãe? — A moça falou como se eles não tivessem a outra situação pendente.

Richard percebeu que Keila estava totalmente constrangida e no estacionamento havia pessoas que os olhavam. O rapaz afastou-se e disse:

— Estou bem! Você aceita tomar um café?

— Sim! — Keila, indo rapidamente até o carro, deixou o notebook e retornou para perto do rapaz.

Eles retornaram para dentro do hospital e foram para a lanchonete onde se encontraram há um tempo.

Antes de se sentar Richard, puxa a cadeira para Keila e a moça comenta:

— Não sei, mas tenho certeza que você é um dos raros homens que existem que ainda têm este gesto de cavalheirismo. — A moça sorri de forma descontraída.

Richard sorri e, sentando-se em frente à Keila, sem saber direito o que dizer, ficou esperando a moça começar o diálogo.

A atendente da lanchonete do hospital veio e perguntou qual era o pedido. Richard pediu dois cafés e Keila o olhava mais detalhadamente, ele estava com aspecto cansado. Ainda estava lindo, mas aparentava nos olhos uma dor que a fez sentir vontade de abraçá-lo, mas não podia porque sabia que ele estava com Elisa, então para quebrar todo aquele clima, ela fala:

— Estive com Viviane no consultório de Elisa e ela me contou sobre sua mãe e também como você e seu pai estavam.

O rapaz entendeu tudo. Elisa deve ter contado sobre o relacionando deles e por isso ele sentiu que Keila estava distante, ele pensava que era somente pelo que ocorreu no passado, e quando ele estava para dizer algo à moça, a atendente da lanchonete chegou com as xícaras de café. Keila, aproveitando para mudar o foco do encontro, comenta:

— Viviane pergunta por Keiko, dá para acreditar?! Assim que chegamos ao consultório, ela perguntou sobre Keiko. Incrível como as duas tiveram uma ligação tão instantânea, não é mesmo? Pensei que você poderia deixar Keiko para passar um domingo na minha casa. Aos domingos, não trabalho e, às vezes, vou para a casa da minha irmã por parte de pai, mas quase sempre fico em casa com a Viviane, pois agora temos paz para ficar em minha casa.

— Muito gentil seu convite, mas neste momento estou ficando em casa com meu pai o máximo que posso. Tenho uma ideia, por que você não leva Viviane para visitar Keiko na minha casa? Assim poderemos levar as meninas para passear na orla.

— Ideia maravilhosa, realmente tem muito tempo que Viviane não anda de bicicleta.

— Combinado! Domingo à tarde, espero por vocês. — O rapaz sorriu.

— Seu sorriso é lindo, senti tanta falta! — Keila exclama, mas logo a moça se arrepende e comenta:

— Desculpa, sei que está com Elisa e esse comentário é descabido.

— Keila, minha história com Elisa é complicada. — O rapaz começou a dizer e a moça o interrompe.

— Tudo bem, não precisa explicar.

O telefone de Keila toca e era a babá, perguntando se a moça iria demorar, e ao escutar a resposta que Keila dava para quem estava do outro lado da linha, Richard percebeu que infelizmente a moça tinha que ir, então ele comenta, assim que Keila desliga o telefone:

— Seu horário acabou, não é mesmo?!

— Sim, eu tenho que ir. — Ela demostrou decepção na voz.

— Nos vemos no domingo. — O rapaz levantou-se para ir embora.

Keila levantou-se e, indo até ele, estendeu a mão como se eles tivessem acabado de fazer um acordo comercial. O rapaz apertou a mão dela e segurando-a por um tempo um pouco maior do que o comum, olhava-a nos olhos. Sua vontade era puxá-la para si e beijá-la intensamente. Richard não entendia aquele efeito que Keila tinha sobre ele, mas todas suas sensações masculinas estavam acessas.

A atendente da lanchonete veio recolher as xícaras e interrompeu o aperto de mãos. O rapaz aproveitou e disse:

— Então me passa seu número, te enviarei o endereço. — Richard pega o celular e leva até próximo do da moça. Aproximando os aparelhos, ele finalmente consegue o contato de Keila.

A moça comentou:

— Agora estamos oficialmente ligados, você me tem em seus contatos. — Keila percebeu que o uso das palavras foi estranho, balançou a cabeça assim que terminou de dizer.

Richard entende o balançar de cabeça da moça, e, para não deixar o encontro ainda mais estranho, comentou:

— Viviane deve estar apreensiva te esperando.

— Sim! Eu vou então. Tchau. — A moça virou-se e foi embora.

Richard olhava Keila indo embora e com o pensamento voltado para a questão de tempo, o rapaz visualiza o calendário do celular e observa a data e conta mentalmente quantos dias ainda faltavam para que domingo à tarde chegasse. Como era uma segunda-feira, ele decepcionou-se.

Capítulo 28
Keila em Incaiti

A semana passou lentamente e Richard estava muito ansioso pelo domingo. Senhor Einar percebeu que o rapaz estava diferente, e como conhecia muito bem o filho, foi até o escritório do restaurante em um momentinho de folga do caixa e perguntou:

— Tem algo que você quer me contar, filho? Estive observando você estes dias, e algo o está incomodando.

— Pai, eu irei receber domingo à tarde uma pessoa muito importante em casa, Viviane e a mãe dela.

Senhor Einar, que era muito esperto, pergunta diretamente para o filho:

— E qual delas é a "pessoa muito importante"?

— Pai, as duas, as duas são importantes para mim! — Richard responde rapidamente e desconcertado, pois sentiu que o pai percebeu seu nervosismo em relação ao dia do encontro.

Senhor Einar, visualizando problemas, comenta:

— Elisa virá para Incaiti domingo?

— Não sei, pai.

— Ela vem todo domingo.

— Eu sei.

— E como vai ser isso?

— Como vai ser o quê?

— Você resolve, filho. Cuidado para não se machucar e também machucar uma mulher como Elisa, pois devemos muito a ela. Além disso, ela é uma excelente moça. — Senhor Einar avisa Richard e retorna para o caixa do restaurante.

O rapaz sentiu um peso no aviso do pai, porque ele sabia que Elisa tinha conquistado o espaço dela na família, mas ele não entendia como seu coração acelerava ao ver Keila e seus instintos masculinos se aguçavam, desejando contato e receptividade de carinho e mesmo que Richard tentasse não pensar em Keila ele não conseguia, pois a presença de dela era o que ele desejava durante todo o dia, não conseguia fazer nada sem pensar nela e sua cabeça estava uma droga.

Richard sentia-se em frangalhos por dentro, pois sabia que Elisa era uma moça boa e estava além de qualquer expectativa dele, porque foi pela ajuda da mãe que ele conseguiu estar com ela, uma moça trabalhadora, alegre, que gostava de Keiko e também era muito bonita. Mas ao pensar em Keila, tudo dentro dele seguia além de todos os pensamentos e a sensação intensa de não saber o que fazer ou dizer para agradá-la era tanta, que Richard não conseguia entender.

Keila, sendo uma mulher trabalhadora, mãe maravilhosa e por também gostar de Keiko, era um peso enorme na balança dos sentimentos dele. Além disso, Keila também era uma mulher extraordinariamente linda.

Todos aqueles pensamentos deixaram o rapaz tão confuso, que, de forma instintiva, passa a mão por todos os papéis que estavam em cima da mesa e os joga ao chão em demonstração de impotência. Richard estava totalmente confuso e a cabeça estava em divergência com o coração, o corpo, mas mesmo assim, ele sabia que aquela situação não podia continuar.

Domingo de manhã, Richard pediu para dona Maria preparar um lanche colorido para que Viviane saboreasse assim que chegasse a Incaiti. Maria, depois do almoço, preparou uma mesa com algumas guloseimas que qualquer criança iria gostar: bolo de chocolate, salada de frutas, suco natural de laranja e buscou também no restaurante torta Três Leches, Saltenas Bolivianas, Queque de racacha e Quelitas. A mesa estava farta, somente esperando as convidadas.

Senhor Einar cuidou de Keiko, colocando na netinha uma saia rodada toda de bolinhas coloridas e um chinelinho com um ursinho e uma camiseta branca. Ele gostava muito de cuidar da menina, ajudando dona Maria, que agora ficava com ela a maioria das vezes, pois a menina começou a dar passos, estava sapeca e muito arteira, pegava tudo e levava à boca, então a vigilância era constate.

Arline, que tinha um rapazinho, às vezes, ficava com Keiko e o filho para que dona Maria conseguisse fazer as coisas na casa do senhor Einar.

Keiko tinha que ficar no escritório do restaurante com Richard em várias ocasiões, mas isso não o incomodava, contudo depois que o local ganhou mais uma estrela, trouxe muito mais clientes e ele preferia deixá-la em casa com dona Maria. Mas sempre que tinha um tempinho, corria até lá para dar um cheiro nela e brincar um pouquinho.

Apesar do falecimento de dona Pachacuti, o senhor Einar e dona Laura conseguiram dar um jeito e manter todos os clientes antigos e também servir os novos com o mesmo nível de qualidade. O restaurante estava em bom funcionamento, pois com Saulo, tudo era fotografado e rapidamente estava nas mídias sociais.

Richard, depois do almoço, foi ao quarto, e pegando o telefone para ligar para Keila, pensou que ela poderia estar na estrada a caminho, então não fez a ligação. Ao averiguar o WhatsApp, o rapaz visualizou uma mensagem de Elisa informando que não poderia ir para Incaiti naquele domingo, pois não estava nem na cidade.

A moça tinha ido atender uma paciente na filial da clínica na sexta-feira e o carro dela quebrou e só ficaria pronto na segunda-feira.

Depois que Richard leu a mensagem, realmente pensou que parecia que o destino estava realmente brincando com ele e, falando consigo mesmo, expressa:

— Uma coisa dessas parece até coisa de dona Pachacuti! — O rapaz vai até o espelho do banheiro do quarto e, olhando para si mesmo, balança a cabeça e continua o diálogo que estava tendo com ele mesmo:

— Mãe, mãe! — Richard apontava o dedo para o espelho balançando como se advertindo alguém de algum tipo de arte muito travessa. Ele sorri e vai para a varanda esperar as convidadas com uma espécie de sensação de alívio, pois poderia adiar grandes explicações.

Ao passar pela sala onde o senhor Einar brincava com Keiko, o rapaz informa que Elisa não poderia comparecer em casa naquele domingo, pois estava com o carro quebrado em outra cidade.

O pai do rapaz rapidamente exclama:

— Se sua mãe estivesse aqui, diria que tudo foi culpa dela. — O pai recebe um abraço forte do filho, que comenta:

— Também pensei muito na minha mãe.

A campainha toca e Richard e senhor Einar com Keiko vão para a varanda receber as convidadas.

Keila, com uma bermuda jeans, uma camiseta vermelha e cabelos totalmente soltos, aparentava estar alegre ao entrar no jardim que dava de frente para a varanda. Viviane correu até o senhor Einar, que se abaixou com Keiko no colo para receber a coleguinha e a menina disse sem nenhum entrave, de uma forma muito natural, meiga e infantil:

— Vovô! — Abraçou senhor Einar e Keiko de uma só vez.

Keila, que foi chegando à varanda logo depois da filha, exclamou:

— Viviane, filha!

Antes de a mãe da menina terminar de falar, senhor Einar, segurando tanto Keiko quanto Viviane no colo, diz:

— Viviane, bem-vinda! O vovô vai te mostrar tudo.

Keila ficou impressionada, como tudo era tão simples e natural para Viviane, que sorriu para Richard e o rapaz deu de ombros, pois o pai dele estava seguindo casa adentro com as duas menininhas no colo.

Richard e Keila seguiram para dentro de casa também e chegando à mesa preparada com todo carinho por dona Maria, que estava a servir Viviane com um copo de suco fresquinho, escutou senhor Einar dizer:

— Eu falei para esta minha nova netinha aqui, Keila, se ela comer o lanche, iremos depois dar um grande passeio na orla.

— Nossa! Muito obrigada, senhor Einar, pelo carinho! Quanta coisa! E parece que tudo está apetitoso! — A moça demonstrou timidez, pois a receptividade era tão carinhosa que chegou a ser muito mais do que ela pensou, pois tinha ficado muito preocupada de como seria aquele momento na casa de Richard.

Richard sorriu ao ver que Keila ficou vermelha ao expressar o quanto ela estava impressionada, e ele comentou:

— Keiko fez para a amiguinha mais preciosa que ela tem! Tudo é pouco para agradar...

— Keiko e o pai dela, o senhor quer dizer! Eu escutei a semana toda sobre esse lanche. — Dona Maria, vindo da cozinha e trazendo mais uma fornada de Quelitas, comenta e sorri.

Keila viu que tudo era também para ela e sorriu desconcertadamente. O rapaz, que olhando para dona Maria, fez uma cara de quem teve seu segredo revelado, ficou a olhar para a cozinheira que nem percebeu e retornou para a cozinha depois de cumprimentar Keila e dar um abraço em Viviane, que saboreava o pedaço de bolo de chocolate gigante.

Keila viu que a filha estava comendo e deixou cair um pedaço no chão. Ela foi pegá-lo e disse, repreendendo a filha:

— Viviane, cuidado, nós não estamos em casa. Comporte-se.

— Você está na casa do vovô, pode comer à vontade, Viviane. — Senhor Einar comenta tirando toda autoridade de Keila, mas de uma forma muito carinhosa.

Richard, que escutava tudo, comenta:

— Não adianta dizer nada, Keila, ele vai fazer exatamente o que pedirmos para não fazer, pois faz todos os gostos de Keiko e tira toda a autoridade de outra pessoa.

Ao dizer isso, Richard puxa a cadeira para que Keila também se sente à mesa e saboreie o delicioso lanche da tarde. O rapaz serve para Keila um copo de suco e depois vai até Viviane com outro copo, coloca-o dentro das duas mãozinhas da menina e diz:

— Não se preocupe, é de plástico.

Keila ficou somente a olhá-lo cuidando de sua filha e o coração da moça parecia que estava parado, pois ele era tudo o que ela desejava em sua vida e na da filha, mas lembrou-se de Elisa e comentou, estragando o momento:

— Elisa virá da cidade? Ela ainda está para chegar?

— Não, ela não vem! — Richard responde, levantando-se de perto de Viviane e sentando-se ao lado de Keila para também saborear o lanche.

— Ela foi para a filial da clínica na sexta-feira e o carro quebrou, ficará pronto somente segunda-feira.

O momento de lanche foi muito agradável e sorrisos eram distribuídos na mesa, pois Viviane queria provar de tudo, mas quase nada comia. Senhor Einar colocou de tudo para a menina e também alimentava Keiko com pedacinhos de biscoito e um pouco de suco.

Viviane ficou saciada e saiu pela sala saltitando e dançando. Keila ficou impressionada como a filha se sentia tão livre e alegre. Senhor Einar chamou Viviane para ver o quarto de Keiko, que, chegando ao quarto, depara-se com um berço e uma cama toda preparada para uma princesinha, coisas cor-de-rosa e ursos, bonecas na estante de canto, quadros de bailarinas e brinquedos pedagógicos colocados em uma mesinha infantil no centro do quarto. Viviane rapidamente espalhou os brinquedos e junto com senhor Einar, que se sentou no chão no grande tapete de flor com Keiko, começou a montar uma torre, que rapidamente caiu e levou todos a grandes gargalhadas.

Senhor Einar percebeu que Richard ainda não tinha conversado com Keila de forma pessoal e individual, então rapidamente se levantou do chão com Keiko no colo e disse:

— Estou sabendo que tem uma menininha por aí que tem uma bicicleta.

— Eu tenho! Eu tenho! — Viviane, com os cachinhos ao vento, gritava para o senhor Einar e para todos que estavam no quarto de Keiko escutarem.

— Mas você sabe mesmo andar de bicicleta? Onde está sua bicicleta? No bolso da sua bermuda?

— Não, vô! Lá no carro! — Viviane fala de forma exclamativa.

— Então vamos ver. — Senhor Einar, indo em direção à varanda, pega Keiko no colo e segue para o portão da frente, onde estava estacionado o carro de Keila.

— Acho melhor nós seguirmos eles, pois daqui a pouco vão andar de bicicleta até dentro da prainha.

— Vamos! — A moça sai sorrindo do comentário de Richard.

Keila, de forma natural, segurou no braço de Richard e juntos saíram de dentro de casa sorrindo e, ao ver Viviane saltitando perto do carro, a mãe da menina acionou o alarme. Ao abrir o carro, a menina puxou a bicicletinha que estava no porta-malas.

— Não consigo!

Richard foi até ela e retirou a bicicletinha para que a menina começasse a pedalar. Como pagamento pelo que fez, recebeu um beijo e um abraço muito carinhoso.

Keila sorriu e disse:

— Esta minha filha é toda jeitosa!

— Ela é maravilhosa, tanto quanto a mãe. — Richard expressou sem pensar, falou naturalmente.

Senhor Einar, que viu que o diálogo de adultos estava para começar, comentou com Viviane:

— Viviane, minha querida, preparada para o passeio? Vamos ver quem vai se cansar primeiro, você ou a Keiko.

— Preparada! Eu vou ganhar, vovô. — A menina comenta ao sentar-se na pequenina bicicleta cor-de-rosa e sair na frente de todos.

— Minha filha, espere por nós! — Keila avisa Viviane. Todos saíram seguindo a menina ciclista.

Na orla, que não ficava muito longe da casa de Richard, algumas pessoas caminhavam com pequenos cachorrinhos, com gatos no colo e algumas crianças com bicicletinhas. Senhor Einar apressou-se com Keiko e acompanhando o ritmo da ciclistazinha, que seguia firme à frente de todos, ele foi.

Richard, que caminhava um pouco atrás com Keila, ficou a observar senhor Einar e comentou:

— Desde que minha mãe faleceu, eu não vejo meu pai feliz assim! Obrigado!

— Eu que te agradeço! Estes momentos para Viviane estão sendo muito valiosos. É o que precisávamos!

— Não precisa agradecer. — Ele olhou para Keila com um olhar tão amoroso, que a moça perguntou:

— Você quer se sentar um pouco?

— Sim. — Richard, olhando para o pai e as meninas que seguiam um pouco mais à frente, comenta:

— Eles voltarão, não se preocupe!

— Sei que sim! Seu pai é um homem maravilhoso, Richard, tanto quanto você! — Keila exclama, mas não estava olhando para Richard. O olhar da moça seguia longe com as pequenas ondas da prainha.

O rapaz sentiu tanta vontade de beijá-la que olhou para o céu e comentou algo que não fazia sentido dentro do diálogo:

— O céu está escurecendo, parece que vai chover!

— Sim, parece!

— Keila, por que você expressou que estes momentos são o que vocês precisavam? Pois Viviane é uma menina muito alegre, e, em todas as vezes que nos encontramos, ela me pareceu feliz.

— Eu faço o que posso! Divorciei-me do pai de Viviane antes dela nascer, pois ele me bateu e eu estava no fim da gravidez. Minha vida desde então virou do avesso. Fui muito avisada por minha irmã e meu pai, pois aquele homem trabalhava com meu pai no escritório e ele tinha acabado de sair de outro casamento, que também não tinha dado certo por agressões, mas pensei que comigo seria diferente. Quando me casei, estava apaixonada e vi o homem mau que ele era tarde demais, quase perdi Viviane.

Naquela noite que combinei com você de ir a minha casa, tive que ir para a casa de minha irmã me esconder dele, porque bebeu, foi até minha casa e fez um show pior do que aquele dia no shopping. — Lágrimas correram no rosto de Keila. A moça sem, hesitar, contou um pouco da tragédia dela para Richard.

Richard, sentado do lado de Keila, abraçou-a, ela deitou a cabeça em seu ombro e continuou a narrativa:

— Desde meu divórcio, nunca mais tive esta paz que estou sentindo hoje. — Keila chorou.

Richard, puxando o rosto da moça para que ela o olhasse, secou suas lágrimas e deu-lhe um beijo intenso, quente e muito apaixonado. Quando a ação acabou, eles entreolharam-se e nada conseguia explicar aquele ato, pois ambos se desejavam e o ato não podia ser apagado.

Richard lembrou-se da noite do evento em que tudo entre eles aconteceu e outro beijo veio por parte dela, que deixou o sentimento dominá-la. Lágrimas misturavam-se aos lábios e aos rostos.

Viviane foi até o banco onde Richard e Keila estavam sentados, próximo da orla, e interrompeu o beijo:

— Mãe, eu não quero mais bicicleta.

Viviane rapidamente se afastou um pouco de Richard e secou as lágrimas que não foram percebidas pela filha, mas por senhor Einar sim.

— Filha, você se cansou?

— Cansou. — Senhor Einar, que foi chegando logo depois da menina, comentou.

Richard pegou Viviane no colo e a mãe da menina empurrou a bicicletinha. Senhor Einar estava com Keiko e todos seguiram para casa, contudo antes de chegarem à casa, uma chuva fininha começou a cair.

— Corre, mamãe, corre! — Viviane falava para a mãe balançando o bracinho e fazendo gesto com a mãozinha para que Keila entrasse em casa juntamente com Richard, senhor Einar e Keiko.

Com os cabelos molhados e aparentando sentir um pouco de frio, Keila chegou até a varanda onde Richard e Viviane esperavam por ela. Senhor Einar tinha entrado em casa para secar Keiko, que tinha recebido algumas gotas da chuva.

— Filha, temos que ir! Esta chuva pode engrossar e não tenho costume com a estrada.

— Peço que você fique aqui nesta noite, pois a estrada é muito perigosa quando está molhada e até Richard já passou aperto em relação ao paredão, o carro derrapou. Fiquem esta noite, amanhã podem ir tranquilas. — Senhor Einar, que retornou de dentro de casa com duas toalhas na mão, logo depois de deixar Keiko com dona Maria, comentou.

Richard, vendo o comentário do pai, nada falou, somente pegou uma das toalhas e secou a cabeça de Viviane. Logo depois, a menina saiu em direção à sala e foi brincar com Keiko, que estava sentada em um tapete da sala com alguns brinquedinhos.

Keila olhou o céu e depois para Richard, que secava os cabelos, comentou para o senhor Einar, que estava indo em direção às meninas, que brincavam alegres sem saber o que estava acontecendo:

— Vamos ficar então, já que o senhor falou que é perigoso, pois não sou tão habilidosa no volante. — A moça sorri envergonhada ao fazer o comentário sobre a falta de habilidade e também por sentir que seria muito complicada aquela situação, passar a noite na casa de Richard.

Richard, ao ver a afirmativa de Keila em ficar, somente expressou um leve movimento nos lábios, demonstrando alegria, mas nada comentou.

Dona Maria, que veio ver como Keila estava, foi logo dizendo:

— Vou começar o jantar, pois daqui a pouco eu sei que aquelas mocinhas lá dentro estarão com fome.

— Posso ajudar. — Keila fala de uma forma muito tranquila e vai seguindo dona Maria até a cozinha.

Richard foi ao quarto, trocou de camisa, pegou no guarda-roupa uma de suas camisas favoritas e levou para que Keila pudesse se trocar, pois entre todos, ela é quem estava mais molhada pela chuva.

A moça, olhando para ele ao pegar a camisa, agradeceu de forma carinhosa a bela camisa azul de botões, assim trocou rapidamente a camiseta vermelha. Ao retornar do banheiro, depois de trocar-se, a moça escutou o rapaz informar:

— Viviane vestiu um vestido de Keiko que meu pai arrumou, ficou até bom para ela, são das roupas que minha mãe comprou como reserva para o futuro.

— Aquela menina tem tanta roupa que poderá ficar até uns 10 anos sem ter que comprar nada. — Dona Maria comenta e solta uma gargalhada.

— Dona Maria, não exagera, mas até uns nove anos e meio é bem capaz! — O rapaz comenta e também se junta à dona Maria em gargalhadas.

Toda a cozinha se enche de risos, mas Keila, parando um pouco, comenta:

— Toda menina precisa de muita roupa.

— Já vi tudo! Meninas sempre estão unidas no que diz respeito a compras. — Richard comenta de forma sarcástica e arqueia as sobrancelhas.

Dona Maria, que picava uma salada, organizando o jantar, fica somente a sorrir. Keila, sentou-se próxima à velha senhora, que agora era um membro quase permanente na casa do senhor Einar. Ela chegava muito cedo e retornava para casa quase sempre muito tarde, pois somente depois que Keiko fosse dormir a velha senhora retornava para casa. Geralmente senhor Einar ou Richard levavam-na, pois Saulo, logo depois de auxiliar a fechar o restaurante, ia para casa, tinha aulas online e não gostava de perdê-las, era um rapaz muito comprometido com os estudos.

Keila, que estava na cozinha para ajudar dona Maria, ofereceu-se para lavar algumas vasilhas. Richard observava a moça e sentia que ela era um misto de todas as qualidades que uma mulher poderia ter e cada vez mais se interessava por ela. Mas neste exato momento de contemplação, o telefone do rapaz toca e, ao olhar no display, vendo ser Elisa que chamava, foi para a varanda e atendeu depois do insistente tocar do aparelho.

— Oi. Aqui também está chovendo. Estou em casa aguardando o jantar. Elisa pergunta o que Richard estava fazendo ele responde rapidamente e nada comenta sobre as visitas.

ALEXANDRA INOCÊNCIO COSTA

Elisa desconfia da frieza do rapaz, mas como não tinha nada para destacar em relação àquela sensação, despede-se e comenta:

— Você vai até minha casa amanhã, precisamos conversar.

— Sim, eu vou, realmente precisamos conversar. — O rapaz despede-se de Elisa e ao olhar para a chuva que agora caía mais forte, tem uma decisão firme no pensamento sobre tudo que estava vivendo.

Ao retornar para a sala e ver o pai e as meninas brincando com um jogo de encaixe e sorrindo, aquela visão o fez pensar muito em dona Pachacuti, em o quanto ela estaria feliz em compartilhar aquele momento com o pai. Indo até os jogadores sentados naquele grande tapete, Richard senta-se e começa a brincar também.

O jantar estava todo colocado na mesa da sala quando Keila veio na antessala e chamou todos para saborearem as deliciosas comidas preparadas por dona Maria. Viviane, que pareceu sonolenta e muito cansada, falou que não queria nada, mas Richard, pegando-a no colo, rodopiando-a no ar e brincando, incentivou-a, e Viviane, sentando-se perto de Richard, saboreou uma boa porção de sopa de Nani. Keila comentou que nunca tinha saboreado aquele prato, e que era realmente uma sopa muito deliciosa, elogiando dona Maria pela mão abençoada.

Senhor Einar, entregando Keiko para Maria, comenta:

— Nós aqui em casa não seríamos nada sem Maria.

— Não exagera, senhor Einar. — A mulher sorri e sai com Keiko no colo, levando-a para dormir casa adentro.

Depois do jantar, dona Maria, retornando do quarto de Keiko, que tinha dormido, encontra todos na varanda observando a chuva, que agora tinha parado e informa que o quarto de visitas estava pronto e que estava de saída para casa. Senhor Einar, que estava com as chaves do carro no bolso, diz para Keila, que segurava Viviane no colo com os olhinhos fechados, muito sonolenta:

— Vou levar Maria para casa com o jantar daquele rapaz, coitado, é tarde, Saulo deve estar faminto! Senhor Einar comentou, pois o filho de dona Maria aguardava a mãe chegar levando uma marmita preparada de jantar.

Dona Maria sorri e comenta:

— Deve nada! Ele sabe que não tenho horário, come pão e às vezes ele mesmo prepara o jantar, o que acho ótimo, porque tem que aprender.

Está quase na hora de casar e tem que aprender a ajudar a esposa. — A velha senhora sai seguindo senhor Einar e todos riem do que ela comentou.

— Vou levar vocês para o quarto. — Richard comenta.

Keila, com Viviane no colo, que parecia estar em um sono mais profundo, dormindo confortavelmente no ombro da mãe, seguiu Richard sem nada comentar.

No quarto, quando a mãe coloca a filha na cama, o rapaz fica somente observando-a. Keila, ao sentir que toda atenção de Richard estava sobre ela, ficou um pouco envergonhada, mas depois de deixar a filha na cama, foi até ele e o beijou. O rapaz, puxando-a para mais perto, beijou-a com muito desejo.

Keila, de mãos dadas com Richard, segue para o quarto do rapaz e lá a camisa azul vai ao chão e carícias começam. Mas sentir todas aquelas emoções que ela tanto desejava, incomodou-a. Mais beijos vieram pelo seu corpo, pelo pescoço, no colo dos seios e ela sentia a virilidade de Richard se sobressaltando, demostrando que ele, como homem, desejava tudo o que ela, como mulher, tivesse a oferecer. Contudo a moça pensou rapidamente em toda aquela situação e, num impulso, deu um leve empurrão em Richard.

O rapaz olhava para Keila, tão linda, somente de sutiã e aquela bermuda que ainda possuía algumas marcas de respingos de chuva, e ficou com os desejos aguçados de forma intensa, de forma que mesmo a moça afastando-o, ele deu-lhe um beijo que fez com que Keila desejasse se entregar. Mas a moça resistiu, pois pensava não somente nela, pensou em Viviane, no senhor Einar, que chegaria a qualquer momento e também pensou de forma carinhosa em Elisa, pois a médica era uma pessoa boa e não merecia ser traída.

Keila sabia que aquela situação de romance que estava prestes a acontecer não era correta, então novamente empurrou Richard e comentou:

— Melhor eu voltar para fazer companhia à minha filha. Tem ela, seu pai vai chegar e Elisa, nós não podemos fazer isso novamente. Tenha uma boa noite! — A moça pegou rapidamente a camisa azul no chão e seguiu em direção ao quarto, onde Viviane dormia.

No quarto, depois de fechar a porta, Keila chora de forma silenciosa, segurando fortemente aquela camisa entre os dedos, pois estava apaixonada e não conseguia se controlar perto de Richard. Tudo o que desejava era o contato da pele dele em sua pele, mas isso era errado e a mente dela sabia.

Richard, que entendia o porquê da recusa de Keila em saciar-se com ele de prazer, foi até o banheiro e, olhando-se no espelho que estava sobre a pia, exclama:

— Você tem que resolver isso, Richard! Basta! Elisa não merece, está tudo errado e eu não sou esse tipo de homem. Vou resolver. — O rapaz abre a torneira, lava o rosto e ainda com uma sensação de impotência em relação àquela situação, pega um pouco de água, joga no reflexo do espelho, depois vai tomar um banho e prepara-se para dormir sozinho.

Pela manhã, Keila não espera Richard e nem o senhor Einar irem para a sala. Assim que dona Maria chegou com o filho, que veio para abrir o restaurante e iniciar os preparativos para o dia, a moça, com pressa, seguiu para a cidade deixando de forma carinhosa palavras de muito obrigada para o senhor Einar e somente um adeus para Richard.

Dona Maria percebeu que Keila parecia não ter dormido nada durante a noite e, pelos olhos com lágrimas que corriam sem que a moça deixasse transparecer que a tristeza era profunda, dona Maria sentiu que o adeus para Richard era como uma decisão, um posicionamento, e algo que Richard não tinha a menor ideia.

Keila coloca a filha ainda dormindo no carro, guarda sua bicicletinha no porta-malas e segue em direção à cidade. Como a estrada ainda estava enlameada pela chuva do dia anterior, estava muito difícil de dirigir e Keila passou muitos apuros. Os pneus do carro deslizavam e foi muito difícil chegar até a rodovia que dava acesso à cidade, porém a moça dirigiu devagar e, mesmo com os olhos com lágrimas que não cessavam, conseguiu vencer aquela estrada.

Richard, ao acordar, depois de trocar-se, foi procurar por Keila e Viviane. Passando pelo quarto de Keiko, que estava terminando de tomar a mamadeira dada por dona Maria, o rapaz vai até a menininha, abraça-a e beija-a de forma carinhosa e festiva.

Ao receber a notícia de que Keila e Viviane tinham ido embora muito cedinho, antes de todos acordarem, Richard fica triste e, pegando o telefone, liga para a moça, que não atende. O rapaz faz várias tentativas de falar com a moça, sem sucesso, então decide ir para a sala e reunir-se com o pai, que iniciava o desjejum.

Senhor Einar estava ciente de que Keila e Viviane tinham ido embora muito cedo, pois dona Maria comentou o estado em que a moça foi embora.

Richard, na sala, realizando o desjejum com o pai, escuta de senhor Einar um conselho muito sensato e amigo:

— Filho, tem momentos que um homem deve tomar decisões que o acompanharão por toda a vida. Sei que este é o seu momento. A situação com duas mulheres muito boas... pessoas que não merecem sofrer. Você envolvido com duas mulheres não é algo com o que concordo. Richard, você tem duas crianças dentro desta decisão, tome muito cuidado, pois muitos podem se ferir com sua indecisão. Filho, está na hora de um posicionamento, pensando em você, na sua filha e também nessas moças. Keila e Elisa, pelo que me parece, estão apaixonadas por você, além do mais, nessa situação toda temos as meninas Keiko e Viviane, que também te amam e não merecem estar dentro de toda essa situação.

— Pai, eu vou resolver isso hoje. Irei ver Elisa e depois Keila. Sei que tudo fugiu do meu controle, mas eu não sou assim e sei que não é correto enganar, trair e sei exatamente o que quero. Tomei minha decisão.

— Confio em você, filho, e sei que sua decisão é a correta para todos. Somente desejo que todos fiquem felizes, principalmente você. — O pai levantou-se de onde estava e, indo até Richard, que também se colocou de pé, olhou-o com amor e abraçou-o carinhosamente, desejando que tudo de melhor ocorresse.

Capítulo 29
A agressão

O dia foi complicado no restaurante, porque um dos fornos estragou e ele era importante para ajudar na preparação de todas as iguarias que eram vendidas na estante de guloseimas do restaurante, mas dona Laura deu um jeitinho e, com habilidade, conseguiu contornar a situação. Saulo levou alguns itens para serem assados na casa do senhor Einar e na hora das vendas da tarde, as guloseimas estavam preparadas. Saulo, Erlan e o senhor Einar ficaram por conta de atender os clientes retardatários que vinham para um almoço mais tarde e outros que compravam guloseimas para aproveitarem no momento de passeio pela orla da prainha.

Richard tentou várias vezes falar com Keila, mas a moça não atendia ao telefone e, quando houve uma folga maior no restaurante, ele insistiu em ligar até que o telefone de Keila foi atendido, mas não era a moça e sim a irmã.

Do outro lado da linha, a moça que se identificou rapidamente como irmã de Keila, informou que a irmã estava no hospital. Richard pensou logo que Keila e Viviane tinham sido vítimas do paredão e ficou apreensivo, pois podia ter acordado um pouco mais cedo, assim teria a impedido de ir embora tão rápido, e a culpa o cortou por dentro.

A voz do outro lado informou algo que deixou Richard muito assustado. Keila estava desacordada e passava por exames, a irmã não pôde informar mais nada, pois nem mesmo ela sabia.

Richard, andando de um lado para outro dentro do escritório do restaurante, perguntou em um tom até um pouco alto para uma ligação:

— O que aconteceu?!

— Com quem eu estou falando? Você é um amigo de Keila? — A irmã da moça perguntou, pois não reconhecia a voz de Richard.

— Richard! Sim, eu sou um amigo de Keila e Viviane!

— Não posso te passar muita informação, pois na realidade nem eu sei bem o que houve, pois acabei de chegar aqui no hospital. A informação que tenho é que Keila recebeu um golpe muito forte na cabeça ao cair no chão quando foi empurrada pelo ex-marido, que é um homem muito agressivo.

— Por favor, me envie o endereço do hospital, que irei até vocês agora.

— Tudo bem! Eu te enviarei por mensagem.

O rapaz pegou as chaves da caminhonete, não falou nada para o pai e nem com ninguém que estava no restaurante, todos ficaram somente olhando o rapaz desesperado ao sair do escritório, que seguia em direção ao hospital do qual a moça do telefone havia informado o endereço.

Senhor Einar, vendo o filho todo afobado, conseguiu seguir Richard e, antes de o rapaz arrancar o veículo, perguntou:

— Richard, o que está acontecendo?

— Ainda não sei direito, pai, mas parece que Keila foi agredida pelo ex-marido.

— Agredida?!

— Parece que sim!

— Vai, filho, com calma! Depois você me envia notícias e também sobre Viviane. Richard saiu em busca do hospital.

Na recepção do hospital Richard viu o homem do shopping que protegeu Keila, no dia em que ele levou Viviane para tomar sorvete e foi quem retirou o ex-marido de Keila da sorveteria, então Richard foi até aquele desconhecido e falou:

— Preciso saber informações sobre a Keila.

— Você quem é?

— Sou Richard, amigo de Keila e Viviane, talvez você não se lembre de mim, mas nos vimos antes na sorveteria do shopping.

— Ah, sim! Eu lembro-me agora.

— Por favor, me conte o que aconteceu com Keila!

— Keila está sendo atendida, mas foi um impacto muito forte, caiu e bateu a cabeça. O trauma foi profundo e, pelo que entendi, ela teve perda de memória, pois não reconhece nem a própria irmã.

— O quê?! Onde está Viviane? O que foi feio do agressor?

— Viviane está na casa da irmã de Keila e o agressor foi preso. Toda a firma cuidará para que ele não saia tão cedo da cadeia.

— Preciso ver Keila.

— Não pode. Somente a família poderá entrar no quarto.

Richard andava pela recepção sem saber o que fazer, quando, de repente, uma mão toca seu ombro. Ao virar-se, o rapaz escuta:

— Oi, achei que nos veríamos mais à noite. — Era Elisa com uma ficha nas mãos, provavelmente de algum paciente. A moça beijou-o rapidamente nos lábios, somente um selinho.

Richard não sabia o que dizer e ficou parado a olhar Elisa. A moça, ao vê-lo sem reação, diz:

— Meu plantão está quase no fim, se me esperar aqui, te encontro daqui a pouco.

— Tudo bem! Eu espero.

Elisa saiu e foi atender o último paciente. Richard, ao vê-la, pensou em como estava sendo um canalha da pior espécie deixando-a sem a menor ideia do que estava acontecendo.

O rapaz, indo até uma poltrona da recepção, deixou-se cair em frustração por causa daquela situação. Como homem, dentro de toda aquela grande bola de neve, ele sabia que era muito errado. Entendia que existiam outros homens que faziam isto, enganavam mulheres, namoradas e até mesmo esposas, mas ele não concordava. Era um homem de uma só mulher e achava uma situação como aquela repugnante, pois tinha alguns amigos que enganavam as mulheres, que só desejavam ser amadas como únicas.

Depois de um tempo que Richard ficou parado na recepção, vendo algumas pessoas chegarem e saírem de atendimentos, o rapaz ficou muito apreensivo, pois queria muito saber notícias de Keila, mas não conhecia nenhum familiar da moça. E o rapaz com quem ele tinha falado anteriormente, tinha ido embora e perguntar na recepção do hospital estava fora de cogitação, pois ele não tinha como justificar o interesse em relação à paciente.

Elisa veio do consultório e avisou para Richard que demoraria muito mais para ir embora, pois queria muito receber Viviane no consultório e explicou:

— Richard, a mãe da Viviane sofreu uma agressão do ex-marido, bateu a cabeça em uma mesa e os médicos estão analisando o caso, pois, pelo que meus colegas passaram, Keila perdeu a memória e não se lembra nem mesmo da filha, somente de fatos anteriores ao casamento. Isso realmente acontece devido a um grande trauma de estresse, onde formam-se lacunas cerebrais. Mas em meio a tudo isso, quem mais está sofrendo é Viviane, que não entende porque a mãe não a reconhece, estou esperando a família trazê-la para que eu possa conversar um pouco com ela. Tudo bem para você se nós conversarmos amanhã?

O rapaz não conseguia responder Elisa, pois pensava em todas as informações que acabou de escutar e não acreditava em como as coisas podiam ter se modificado de um dia para o outro, pois no dia anterior Keila estava em seus braços e agora ele não podia nem dizer que queria informações e que desejava com todas as forças vê-la.

— Richard, tudo bem se nos encontramos amanhã? — Elisa pergunta novamente e desta vez ela toca no braço do rapaz, que estava olhando-a, mas tinha os pensamentos totalmente distantes, em Keila.

— Sim, tudo bem!

— Vou indo para o consultório, daqui a pouco irão trazer Viviane, que foi para a casa da babá desde a tarde, pois o acidente foi hoje bem cedinho. Parece que o ex-marido dela foi tirar satisfação, porque ela não estava em casa com Viviane no decorrer da noite anterior. Ele procurou por ela e não encontrou, então ficou enfurecido e a agrediu. Richard, nos vemos amanhã, até! — A moça saiu e deu um beijo no namorado, desta vez um pouco mais demorado, e Richard, mesmo que atordoado por saber que Keila foi maltratada por passar a noite em Incaiti, em sua casa, conseguiu corresponder ao beijo de Elisa.

Depois que Elisa foi embora, Richard não conseguiu ir embora sem saber mais notícias, ele queria ver Keila e falar com ela. O rapaz, mesmo pensando que talvez não conseguisse nada na recepção do hospital, foi até a recepcionista e pediu informação:

— Preciso saber da paciente Keila.

— O senhor é parente?

— Não!

ALEXANDRA INOCÊNCIO COSTA

— Infelizmente é procedimento do hospital, não posso dar informações, são somente para parentes e pessoas que foram autorizadas pela irmã da paciente.

Richard agradeceu e, decepcionado, foi saindo pela portaria para ir embora e antes que chegasse ao estacionamento, recebe um abraço inesperado nas pernas e, ao olhar, vê Viviane.

— Oi!

— Oi, princesa! — Richard abaixou-se e abraçou Viviane.

— Minha mamãe está doente. — A menina falou.

— Eu sei, Viviane. — Richard pegou a menina no colo e novamente a abraçou.

O rapaz que acompanhava Viviane comentou:

— Levei Viviane para fazer um passeio e estávamos na casa da babá, pois estávamos aqui desde cedinho e o 527 estava lotado: médico, enfermeira e a irmã de Keila, então Viviane precisava tomar um ar. Agora nós vamos à doutora Elisa, não é mesmo, Viviane? — O rapaz fala para a menininha, pegando-a no colo. Dá um aceno de cabeça em forma de cumprimento para Richard, e segue em direção à portaria do hospital.

Richard agora tinha o número do apartamento no qual estava Keila e pensou se seria possível vê-la por apenas alguns minutos. Resolveu arriscar.

Estava anoitecendo e, depois de um tempo dentro da caminhonete pensando no que fazer, o rapaz foi para o quarto de número 527 e, chegando, bateu de leve na porta.

Uma mulher vestida de branco, com estilo elegante, em salto fino e cabelo com um corte repicado totalmente moderno e grisalho, apareceu e abriu a porta um pouco somente. Richard percebeu ser a mulher que ele viu na recepção e pensou que talvez ela fosse alguma enfermeira, porém o estilo da roupa era diferente das outras enfermeiras e ficou na dúvida.

A mulher perguntou para Richard:

— Boa tarde! Posso ajudar?

— Boa tarde! Sim, posso ver a Keila?

— Você a conhece?

— Sim, muito!

A mulher sentiu na fala de Richard que algo estava a acontecer, então como permissão, aquela mulher misteriosa puxou um pouco mais a porta e Richard viu Keila, que estava na cama com uma faixa enrolada na cabeça e com soro conectado ao braço. O rapaz aproximou-se e a moça, ainda sonolenta pelos medicamentos, perguntou:

— Quem é você? Outro médico?

Richard deixou que lágrimas corressem de seus olhos, que estavam cheios. Ele estava-as segurando desde o momento que pisou dentro daquele quarto.

Keila perguntou novamente:

— Quem é você? Eu te conheço?

— Sim! — O rapaz passa a mão pelo rosto rapidamente e fica imóvel sem dizer mais nada.

Keila viu a lágrima e sentiu algo, porém ela não se lembrava dele e o clima ficou estranho no quarto, eles somente se entreolhavam sem nada dizer. Tudo ocorreu sob o olhar da outra mulher, que somente observava sem fazer nenhum comentário.

Como ação de contato, Richard aproximou-se um pouco mais da cama de Keila e com intenção de realizar um contato de carinho, foi até sua mão. No entanto, mesmo com o soro, Keila retirou rapidamente a mão do rapaz como um ato de reflexo, pois ela não o conheceu e sua ação pegou-a de surpresa.

A moça, que estava no quarto e presenciou tudo, informou para Richard:

— É melhor o senhor sair. Minha irmã não o reconheceu e eu não sei quem você é. Saia, por favor, se não vou chamar o segurança do hospital.

Richard viu que não tinha jeito, pois o olhar de Keila era de uma pessoa que pareceu que nunca o tinha visto antes, um olhar distante, frio e realmente sem nenhuma emoção. Mesmo com a troca de olhares entre ambos e o carinho que foi tentado e frustrado, Keila realmente não se lembrava de Richard.

O rapaz saiu do quarto atordoado, pois naquele dia estava decidido a tomar uma posição em relação à Keila e à Viviane. Iria conversar com Elisa, depois com Keila e resolver tudo.

Descendo para a recepção, Richard chegou ao estacionamento, entrou no carro e parado, sentado dentro do veículo, abaixou o rosto sobre os braços em cima do volante e silenciosamente ficou pensativo. Ele estava apaixonado por Keila e agora nada fazia sentido e nem diferença, pois ela não o reconheceu e se esqueceu de tudo o que eles viveram juntos.

Capítulo 30
O rompimento com Elisa

Em Incaiti, Richard conta tudo para o senhor Einar. E dona Maria, que estava cuidando de Keiko na sala, também escuta. O pai do rapaz e dona Maria se compadecem do infortúnio da moça.

Senhor Einar, que era um homem sábio, comenta:

— Filho, a violência de um homem é uma situação que muitas mulheres passam, porém não existem denúncias registradas perante a polícia. Algumas mulheres, por medo do parceiro ou do que a sociedade irá pensar, sentem medo e os agressores permanecem impunes e livres, para cometerem de novo e de novo atos que, às vezes, não são somente físicos, mas também verbais. Assim as intimidadas permanecem em silêncio. Existem situações onde as agredidas têm dependência afetiva e econômica de seus parceiros e permanecem sob o julgo daqueles que as machucam, ficando à mercê de violências. No caso de Keila, ela estava separada, pois teve coragem e forças para buscar uma separação, e mesmo assim sofreu com a brutalidade, foi realmente uma tragédia o que ocorreu com aquela moça.

Dona Maria, que escutou tudo o que Richard disse, e também o comentário do senhor Einar, rapidamente pergunta:

— Viviane, como está?

— Também quero saber. — Senhor Einar comenta.

— Viviane estava com a mãe e, pelo que Elisa falou, Keila também não reconheceu Viviane.

— Que tragédia! Isso é horrível, a própria mãe não reconhecer a filha! — Dona Maria exclama.

— Realmente uma coisa muito triste! Richard, o que você fará agora?

— Pai, eu não sei! Minha vida está de ponta cabeça. Eu tenho que conversar com Elisa e preciso fazer algo para que Keila se lembre de mim, mas não sei como resolver e eu quero protegê-la, e a Viviane também.

— Uma coisa de cada vez, filho.

— Sim, pai, é o que farei. Amanhã converso com Elisa.

Durante a noite Richard não conseguiu dormir, pois pensava em tudo que aconteceu com Keila e o coração do rapaz ficou entristecido, pois desejava muito proteger a moça.

O dia mal amanheceu e Richard estava de pé, pegou as chaves da caminhonete, passou na sala, deu um beijinho em Keiko, que estava tomando mamadeira, e foi para a cidade encontrar-se com Elisa.

Na porta da casa da pediatra, o rapaz para um pouco, passa a mão sobre o rosto e balançando a cabeça, aperta a campainha.

— Richard, você?! — Elisa assusta-se com a presença do rapaz tão cedo em sua casa.

— Sim, precisamos conversar.

— Estou com um pouco de pressa agora pela manhã, pensei que iríamos conversar à noite, pois tenho que ir para o hospital. Viviane está inconformada, porque a mãe não a reconhece e, sendo criança, ela não entende. Vou fazer alguns atendimentos a alguns pacientes meus hospitalizados e depois vou fazer uma visita à Keila. A menina está desolada com a situação, pois é muito novinha para entender.

— Elisa, preciso muito conversar com você agora.

— Eu também preciso conversar com você. Tem algo que preciso te contar, muito importante.

Richard ficou intrigado com o tom de voz que Elisa usou e cogitou se ela teria descoberto sobre ele e Keila, então perguntou:

— Fale primeiro o que é tão importante.

— Vem, termine de entrar. — O rapaz, que ainda estava na porta, acabou entrando no apartamento da moça e sentou-se no sofá para escutá-la.

— Richard, eu tenho que te contar o que aconteceu, pois quero que tudo seja muito claro entre a gente, sempre te prometi isso, não é mesmo? Eu tenho que te dizer que ao ir para a filial, eu não fui sozinha e acabei jantando com meu ex-noivo e ele me beijou. — A moça contou o ocorrido para

Richard de forma natural, como se a situação fosse algo comum. Richard ficou calado, somente escutando, para ver se algo mais sairia daquela situação relatada por Elisa.

— Tenho que te confessar que o beijo mexeu comigo, não fiz nada para incentivá-lo, mas aconteceu e queria muito que você soubesse, pois ele me propôs que pudéssemos reatar, alegou que sente minha falta, mas eu o repeli e briguei com ele. Não se preocupe com isso, não acontecerá novamente e estou realmente apostando em nosso relacionamento, por isso estou te contando, porque quero fazer dar certo.

Richard não podia acreditar no que escutou e disse, de forma que parecia um grande furacão que passa e arrebenta tudo:

— Precisamos parar por aqui o que estamos tentando fazer dar certo!

— Richard, eu não vou deixar isso acontecer novamente. Estou te contando para que nosso relacionamento seja totalmente às claras.

— Elisa, não é pelo que aconteceu. Quero que tudo seja realmente às claras, você é uma mulher maravilhosa, mas ainda sente algo pelo seu ex-noivo e está confusa.

— Richard, vai passar. Eu briguei com ele e quero que dê tudo certo entre a gente!

— Elisa, não vai passar e eu não estou apaixonado por você. — O rapaz acaba falando a verdade. Elisa, que estava sentada ao lado de Richard, levanta-se e começa a andar pela sala. Olhando para ele, diz de forma raivosa e triste:

— O que você está me dizendo?! Estou aqui te falando que acabei de realmente terminar com meu ex-noivo e você está terminando comigo?! Estou te dizendo aqui que desejo realmente que nosso relacionamento siga para o próximo passo e você vem me dizer que não está apaixonado por mim?!

— Elisa, não tem o que terminar, porque na verdade nós nem começamos. Você sempre esteve ligada a ele e eu...

— Você o quê, Richard? — A moça gritou.

— Eu não tenho ninguém! — O rapaz comenta para não magoar Elisa, o que na realidade não era totalmente mentira, pois Keila era uma mulher que ele nunca pensou conseguir alcançar e ainda mais agora depois do "acidente".

Elisa começou a chorar e Richard não sabia como proceder. Foi até ela e a abraçou, pois ele entendia que as coisas do coração, mesmo que tudo fosse confuso, deveriam ser respeitadas. Elisa era uma ótima mulher, não merecia ser magoada e ele percebeu que a moça parecia sofrer com o que ele havia afirmado, sobre não estar apaixonado.

Richard entendia que as pessoas tentam se enganar e querem dominar os sentimentos, contudo isso não é possível, pois o coração é quem domina. Apesar de tentarem forçar sentimentos com a mente, é o ritmo de cada batida desse órgão tão importante que domina todo o sentir, as emoções, e leva todos os apaixonados para um nível de profundidade de intimidade e vivências enriquecedoras dentro do dia a dia, transformando a vida em algo que realmente vale a pena de se viver.

Richard realmente tentou, mas não foi possível, porque ele descobriu que amou Keila de coração desde a primeira vez que a encontrou acidentalmente na farmácia e também amava Viviane com toda a sapequece da garotinha.

Elisa olhou para Richard e, com uma voz de raiva misturada com as lágrimas, disse:

— Vai embora, não quero ver você nunca mais. Procure outra pediatra para sua filha. Adeus.

O rapaz entendeu o posicionamento de Elisa, pois a moça estava magoada e realmente continuar mantendo contato seria algo difícil.

— Adeus! Desejo que você seja muito feliz. — Richard fala saindo da casa de Elisa e seguindo para a sua caminhonete.

A moça ficou tão nervosa que foi até uma almofada que estava no sofá e a jogou em direção à porta, por onde Richard tinha acabado de sair, e exclamou em voz alta:

— Não quero saber do seu desejo para mim! Não quero saber de você e não desejo nada de bom para você! Vá embora!

Elisa sempre foi uma mulher que levou todos os sentimentos de uma forma muito aberta, exteriorizando-os e expressando tudo o que sentia, por isso contou sobre o beijo do ex-noivo. A moça não queria deixar sombras pairarem sobre o relacionamento que ela pensava que estava em construção com Richard, algo que, naquele exato momento, tinha acabado de perceber que não existia.

O telefone da médica toca e um recepcionista avisa que Viviane estava no hospital. Elisa chorou, mas nem tempo para sentir aquelas emoções e administrar tudo que acabou de acontecer com mais tempo ela teve, porque naquele momento tinha que ir trabalhar. Estava muito atrasada e tinha que atender Viviane, que chorava muito, e a irmã de Keila, que era uma médica cardiologista renomada e estava ansiosa pela presença de Elisa, pressionando a pediatra.

Elisa tinha recomendado que a irmã de Keila levasse a menina em uma psicóloga, pois era o que Viviane realmente precisava naquela situação, e tinha até indicado uma amiga renomada, chamada Gláucia, mas a irmã de Keila ainda não estava aberta para esse tipo de ação, pois aquela situação era muito nova.

Richard seguiu para Incaiti e ajudou durante todo o dia no restaurante. O rapaz, sem nenhum ânimo e triste pelo que aconteceu, não conseguiu ir ao escritório e deixou tudo para depois.

No hospital, o parecer médico sobre Keila saiu e realmente foi constatado que a moça sofreu um trauma e estava com lapso temporal. Vários tratamentos foram indicados para que a moça pudesse, talvez, recordar algo e preencher a lacuna que ficou dentro do tempo entre os momentos em que esteve na casa com a irmã e seu casamento gerando Viviane. Ela não se lembrava de nada e também, entre todas as situações vivenciadas por Keila perdidas, estavam Richard e tudo que ela viveu com ele.

A irmã de Keila, que era muito conhecida na área dos médicos, tomou todas as providências em relação ao que ocorreu com Keila, pois uma irmã a mais em foco seria algo muito ruim para sair em jornais. Então não deixou nada sobre Keila ter sido agredida ser publicado, pois a família estava saturada de informações da mídia e desta vez conseguiu controlar tudo.

Richard passou dias procurando informações em jornais e pela internet, mas não encontrou nada. A irmã de Keila realmente havia gastado recursos financeiros e abafado tudo, nada escapou. O rapaz ficou impaciente e o pai o observava cada dia mais triste e solitário, andando pela casa durante a noite e quase sempre saindo para dar uma volta na orla durante as madrugadas. Somente Keiko era um ponto de luz em toda aquela nuvem de escuridão que envolveu o rapaz.

Capítulo 31
Procurando por Keila

Alguns meses se passaram e senhor Einar, vendo que o filho não era mais o mesmo, resolveu tomar uma atitude e, em uma noite, quando uma chuvinha fininha caía em Incaiti e os dois estavam sentados na varanda, tomando um chocolate quente, conversou com Richard.

— Filho, eu quero que reaja. A vida é linda e você está cada dia mais triste. E viver assim não é possível. Keiko precisa de um pai completo e você precisa realmente estar aqui, porque eu também preciso de você. Sua filha é pequena e eu sou velho, precisamos de você.

Richard reconheceu na fala do pai que realmente estava deixando a vida seguir sem que tomasse as rédeas do que estava acontecendo. E ele não era assim, sempre lutou pelo que quis, mas naquele caso nem sabia como poderia reagir, porque pela última visita à Keila, entendeu que ela não se lembrava dele e não sabia o que fazer. Sentiu-se tão impotente que, somente em se lembrar de como ela reagiu ao contato de suas mãos nas dela, o rapaz ficava ainda mais triste.

Senhor Einar, tentando aconselhar ainda mais o filho, diz:

— Vá procurar por ela, muito tempo se passou e provavelmente está se recuperando, não sei sobre essas coisas, mas uma coisa eu sei: que o coração sempre encontra o caminho de volta quando o amor é verdadeiro, pois está no profundo de cada um.

O que o pai falou deu uma esperança para Richard e o rapaz pensou em tentar procurar por Keila e explicar tudo para ela. Talvez, quem sabe, ela pudesse lembrar dele e de tudo o que os dois viveram juntos.

ALEXANDRA INOCÊNCIO COSTA

Na manhã seguinte, Richard vestiu-se, colocou uma camisa verde-clara, uma calça preta e um mocassim. Foi para a cozinha, tomou o desjejum com senhor Einar e brincou um pouco com Keiko, que estava andando por todo o lado da sala e procurava por tudo que pudesse alcançar.

A garotinha era somente sorrisos de alegria, o rapaz animou-se, pois sentiu que seria um dia muito bom. Richard avisou ao pai que ficaria fora o dia todo e que algumas contas do restaurante estavam sobre a mesa do escritório. Era preciso pedir a ajuda de Saulo para resolvê-las, para providenciar os pagamentos, pois nem todas estavam no automático, e, sendo o rapaz habilidoso em tudo sobre tecnologia, iria conseguir auxiliar senhor Einar e resolver tudo dentro da data, já que o vencimento era naquele dia.

Chegando em frente da casa de Keila, ao observar o jardim e ver que nenhum dos brinquedos de Viviane estava por lá como sempre, Richard estranhou. Foi até a porta e tocou a campainha. Nada, ninguém atendeu. Richard esperou um pouco, sentou-se na escada que dava acesso à porta principal da casa e ficou praticamente todo o dia sem sair de lá, com esperança de que Keila ou outra pessoa viesse e o atendesse ou aparecesse para que ele soubesse alguma notícia.

Quando a tardezinha instalou-se, Richard estava cansado de esperar, porque nem mesmo no horário do almoço havia saído dali, e ele também tinha tentado entrar em contato com Keila várias vezes por telefone, mas nada.

Richard olhou pelas janelas da casa de Keila, e andado por todo o jardim e quintal, sentiu que o dia não estava tão bom quanto ele pensava e uma tristeza começou a invadi-lo. Então retornou para a escadinha da frente da casa, sentou-se, e com o rosto entre as mãos, permaneceu ali por mais algum tempo.

Uma senhorinha, que era vizinha da casa de Keila, aproveitando que o sol tinha ido descansar, saindo de casa para realizar uma pequena caminhada no quarteirão com a cachorrinha da raça Shih-tzu, passou pela casa de Keila e viu Richard sentado, aparentando tristeza, então aproximou-se e perguntou:

— O que aconteceu, meu rapaz?

— Preciso encontrá-la! — Richard, levantando o rosto, responde de uma forma tão triste que a velha senhorinha resolve ajudá-lo.

— Ela era uma boa vizinha e principalmente a Viviane, que sempre brincava com a minha Fifi. — A cachorrinha era muito meiga e estava neste instante recebendo carinho de Richard.

— A senhora sabe me informar como posso encontrá-las?

— Meu rapaz, que pena, eu não sei! Sei que a irmã dela veio e trancou a casa, depois do que aconteceu naquele dia muito triste. Nós, os vizinhos, é que avisamos a polícia na hora em que o ex-marido estava fazendo escândalo.

Richard ficou ainda mais triste e a velha senhora perguntou:

— Vocês são amigos? Provavelmente ela está morando com a irmã rica. Porque só sobraram elas duas depois que o pai e a outra irmã morreram.

Richard estava recebendo informações que desconhecia, não sabia que a irmã de Keila era rica, apesar de ter deduzido isso diante do que viu no hospital. E nem sabia que o pai e a irmã da moça haviam falecido. Eram informações importantes que estava recebendo daquela amigável senhorinha, que o rapaz desconhecia totalmente.

O rapaz rapidamente fala, tentando conseguir algo mais:

— A senhora, por acaso, não tem o número do telefone da irmã de Keila? Pois tentei ligar para o número da Keila, mas dá como inexistente.

— Infelizmente, eu não tenho.

— Tudo bem! — Richard demostrou-se frustrado, porém agradeceu:

— A senhora é uma pessoa muito gentil, obrigado por vir falar comigo!

A mulher de idade e muito experiente na vida, vendo a decepção estampada no rosto de Richard, percebendo que ele era um rapaz decente e realmente conhecia Keila, disse para animá-lo:

— Vou fazer o seguinte para você, meu filho sabe o nome da irmã da Keila. Pois ele trabalha perto da clínica dela. Sei disso, porque um dia que ele veio me visitar comentou sobre isso. Posso pedir para ele me dar o número, e assim eu o passo para você. Procure-me na semana que vem, meu filho sempre me visita nos fins de semana. Eu vou perguntar e pedir para ele para anotar tudo para você, o nome da irmã de Keila e também da clínica. Eu moro na esquina naquela casa verde. — A senhorinha apontou para o lado da casa dela, informando para Richard, que era um completo estranho, como encontrá-la.

— A senhora é maravilhosa! Não tenho como agradecer, pois sou um desconhecido e mesmo assim a senhora irá me ajudar. Muito obrigado mesmo!

— Não agradeça ainda, rapaz, porque não sei se vou conseguir, mas percebo que você é uma pessoa boa, pois Fifi nunca se engana com ninguém! — A velhinha sorri ao pegar a cachorrinha, que tanto se esfregou em Richard até que ele a pegasse e ficasse acariciando-a nas costas, enquanto escutava a dona do bichinho prometer que iria conseguir informações sobre onde Keila poderia estar.

— Eu agradeço novamente! É muito importante para mim encontrar Keila e Viviane.

— Estou percebendo que sim! Não perca as esperanças, pois se for seu destino estar com elas, tudo se resolverá e elas voltarão para você novamente. — Depois de dizer aquelas sábias palavras, e com Fifi, que estava puxando-a para o costumeiro passeio da tardezinha, a velhinha a qual Richard nem perguntou o nome seguiu para o passeio com o animalzinho de estimação.

Richard voltou para Incaiti um pouco decepcionado, mas as esperanças não estavam todas perdidas, pois pensou no que a velha senhora disse "Se for seu destino estar com elas, tudo se resolverá e elas voltarão para você novamente" e ele acreditava nisso.

O restante da semana passou muito mais lentamente do que o rapaz desejava e uma coisa Richard tinha deixado passar. Naquele fim de semana, seria a comemoração do aniversário de um ano o filho de Arline, mesmo tendo passado um pouco à data. A moça havia deixado passar a data exata, porque estava esperando alguns parentes poderem ir para Incaiti para comemorarem juntos. A moça tinha programado comemorar os dois aninhos que Keiko tinha, porque, com tudo o que aconteceu, não foi possível realizar a festinha tão merecida para a menina, e o senhor Einar concordou em fazer uma festinha dupla, comemorando o aniversário do filho de Arline e também o de Keiko.

O restaurante ficou todo caracterizado para duas comemorações de aniversário, todo enfeitado de rosa e azul. Domingo à tarde, muitos convidados circulavam pelo restaurante, saboreando guloseimas que dona Maria, dona Laura e Arline haviam preparado. Erlan estava muito contente recebendo os amigos e também parentes.

Richard pensou em ligar para Elisa, mas não o fez, porque depois que terminou com ela, nunca mais teve contato. Arline levava o filho, em um pediatra e como Erlan sempre elogiava o profissional, Richard também começou a levar Keiko, pois apesar de Keiko não demostrar nada aparentando estar bem, fazia exames periódicos.

Richard estava satisfeito com o médico indicado por Arline, e a clínica onde as crianças estavam indo era muito boa e perto da casa de Roly, que também passou a levar Malory e Jeremy por indicação de Arline.

A festa foi maravilhosa. Keiko estava muito feliz e brincava com Jeremy e Malory, correndo pelo espaço do restaurante. Todos se fartaram com deliciosas guloseimas e a alegria fez parte da festa, contudo Richard estava apreensivo, desejava muito o outro dia, a segunda-feira, porque com os preparativos para a comemoração de aniversário, não deu para ir procurar por aquela senhorinha e ele queria muito ir ver se ela havia conseguido alguma informação, porém o rapaz não deixou a ansiedade estragar o momento festivo, permitiu-se ficar alegre e aproveitou o momento família e amigos.

No dia posterior à festa de aniversários, Richard parou a caminhonete em frente à casa verde da esquina, segurando um belo vaso de Dianthus caryophyllus, que havia comprado para dar de presente à velha senhora em agradecimento pela gentileza que estava fazendo. Ele nem mesmo sabia seu nome, mas sabia que ela era uma pessoa muito sensível aos sentimentos de outras pessoas e merecia receber dele toda a consideração.

Richard tocou o interfone e disse:

— Bom dia! Meu nome é Richard, preciso falar com a dona da casa.

— Bom dia! Ela não se encontra, viajou hoje bem cedinho com o filho.

O mundo veio abaixo para Richard, pois ele não tinha como conseguir a informação que queria, mas escutou a voz pelo interfone perguntar:

— Richard, quem é você?

— Eu conheci a dona desta casa e ela me falou que conseguiria uma informação para mim. Obrigada e desculpe incomodar. — O rapaz estava saindo totalmente decepcionado e foi quando ele escutou:

— Espera um pouco, estou indo até o portão.

Richard não entendeu, mas aguardou. Uma adolescente apareceu, abriu o portão e disse:

— Estou aqui fazendo companhia para Fifi e aguando as plantas, mas dona Zuleica me falou que se um rapaz viesse procurar por ela, era para eu perguntar o motivo e pediu para que eu entregasse este bilhetinho para você e também comentou que você era um jovem muito bonito, e ela não mentiu. — A moça sorriu de forma travessa. Richard agora sabia o nome da velha senhorinha e, mesmo um pouco envergonhado pelo elogio duplo, comentou:

— Dona Zuleica é muito gentil! Obrigada você também pelo elogio e por me atender.

— Tinha que te atender, porque ela me pediu e também estava curiosa. — A moça comentou e sorriu.

Richard, passando o vaso de Dianthus caryophyllus para as mãos da mocinha e pegando o bilhetinho deixado por dona Zuleica, falou:

— Agradeça a ela por mim. Realmente não tenho como pagar por esta informação, mas espero que ela goste de cravos.

— Sim, ela gosta! Ficará muito feliz. Gentileza da sua parte. Entregarei para ela.

O portão fechou-se e Richard, retornando para a caminhonete, abriu o bilhetinho. Havia o endereço da clínica que provavelmente era da irmã de Keila e uma pequena mensagem logo abaixo:

Tenha esperanças, você conseguirá o que for dentro dos planos de Deus, nada menos e nada mais! Acredite nos dias bons!

Richard, ao ler o final do bilhete, sentiu algo muito bom, pois ele realmente tinha esperanças e pensava que dias bons eram para todos. E Keiko, Keila, Viviane e ele merceiam viver dias bons.

O rapaz seguiu para o endereço informado no bilhete e, ao parar em frente a uma grande clínica e ler na placa da frente que havia somente cardiologistas, entendeu que o mundo de Keila era realmente diferente do dele. Mas ele não se intimidou, desceu da caminhonete e pensou na barreira que viria a seguir, pois não sabia o nome da irmã de Keila e o bilhetinho de dona Zuleica não continha essa informação e como ele iria perguntar por ela. No entanto, não desistiu, deu uma boa olhada na grande placa que informava os nomes de todos os médicos daquela clínica, para assim investigar um nome de mulher, esse seria seu ponto de partida. Porém a decepção veio rapidamente, porque na placa havia somente nomes masculinos e sua estratégia havia caído por terra.

Richard voltou para a caminhonete e pensou em como as coisas eram complicadas, mas ver o bilhetinho de dona Zuleica em cima do painel, causou-lhe um sentimento estranho, então num impulso abriu a porta da caminhonete e saiu para adentrar a clínica, com passos fortes e confiantes.

AMOR OU SANGUE

Richard entrou na clínica e perguntou de forma rápida e atrapalhada:

— Aqui nesta clínica não tem nenhuma cardiologista mulher?

A recepcionista, que não entendeu o porquê da pergunta, disse:

— O senhor quer marcar horário com uma cardiologista mulher?

— Não, preciso apenas de informação, se aqui trabalha ou já trabalhou alguma mulher, alguma cardiologista.

— Qual o nome dela?

— Não sei...

— Meu senhor, fica difícil te passar qualquer informação desse jeito.

Richard percebeu que a atendente estava com toda razão, estava sendo estranho com aquela pergunta. Além do mais, não tinha nenhuma informação sobre a mulher que procurava, mas ele não podia dizer que procurava a irmã de Keila. Percebendo que não iria desistir, disse:

— Moça, eu preciso achar uma mulher que é irmã de alguém que também preciso encontrar. Eu sei que a história é muito maluca, você não me conhece e provavelmente nem tem permissão para dar esse tipo de informação, mas estou precisando de ajuda.

A atendente ficou muito preocupada, pois Richard aparentou estar desesperado e o que dizia não tinha o menor sentido, então ela disse:

— O senhor precisa ir embora. Não tenho como te dar informações, e se insistir mais, eu chamarei o segurança.

Ao olhar em volta, Richard percebeu que alguns pacientes que estavam aguardando para serem atendidos o observavam. Entendeu que não iria conseguir nenhuma informação e foi embora. Entrando na caminhonete, o rapaz ficou tão nervoso pela impotência e ansiedade de saber informações, que deu um soco no volante do veículo, porém ele nem teve tempo de sentir totalmente aquele momento de frustração.

Seu telefone tocou e era Saulo, que precisava urgentemente de ajuda com um representante de hortaliças, que havia vendido os caminhões de entrega e não iria mais atender o restaurante, porque não podia realizar as entregas dos produtos solicitados. Estava passando por uma ação judicial e alegou que se alguém fosse buscar as hortaliças, ele poderia entregar tudo que foi encomendado. O dono do depósito de hortaliças tinha os produtos que o restaurante precisava, porém Richard teria que buscar imediatamente.

Richard estava com a cabeça quente, porque não tinha conseguido nada na clínica e agora, com aquele problema, tinha que deixar o que queria fazer e ir tentar resolver as coisas com o dono do comércio de hortaliças.

Chegando ao pequeno galpão, onde vários tipos de produtos estavam expostos para entrega, Richard viu que alguns clientes estavam pegando o que solicitaram, foi até a secretária do comerciante e comentou:

— Sou o proprietário do restaurante El Sabor Incabolivi, fiz um pedido de hortaliças e alguns outros itens específicos e preciso de informações do seu patrão. Se estão separados os produtos que encomendei, pois posso levá-los em minha caminhonete para Incaiti.

— Meu patrão está em reunião com um advogado e provavelmente está terminando. Se o senhor puder aguardar, ele irá pessoalmente te atender.

— Sim, posso aguardar.

Richard sentou-se na recepção do comércio e ficou a esperar pelo proprietário, que era quem realizava a liberação dos produtos específicos, pois como o restaurante Incabolivi era um lugar diferenciado, existiam especiarias que somente ele comprava, e a recepcionista do galpão, mesmo com a nota fiscal em mãos, não tinha como ir separar tudo o que Richard precisava.

Depois de alguns minutos, saindo da sala do moço que Richard estava esperando, apareceram o dono do comércio e um rapaz de terno. Richard, ao vê-lo, reconheceu-o e ficou surpreso, pois imediatamente pensou na senhorinha, dona Zuleica, e em suas sábias palavras sobre destino. O advogado era o homem que ele tinha encontrado duas vezes, uma na sorveteria e outra na recepção do hospital no dia em que recebeu a notícia sobre Keila.

Richard não acreditou, pois aquela coincidência, encontrar aquele homem foi algo totalmente estranho. A vida troca situações em frações de tempo, parecendo que todos os detalhes da história estão totalmente escritos por alguém que sabe sobre algo que ele não entende. A tristeza em seu coração deu uma trégua, e Richard pensou que a vida estava dando uma mãozinha. Ele esperou o moço se despedir do dono do comércio e mesmo antes de falar com o homem que havia ido procurar sobre os produtos que tinha encomendado, o rapaz foi até o advogado, cumprimentou-o e disse:

— Bom dia! Preciso de sua ajuda.

— Bom dia! O que posso fazer para ajudar? — O rapaz disse de forma educada, pois reconheceu Richard.

— Eu tenho que resolver uma questão sobre uma encomenda que fiz aqui, mas queria muito conversar com você. Se em algum momento você puder me atender... — Richard fala.

— Vou te passar o meu cartão, me ligue quando estiver disponível, que poderei te atender.

— Vou ligar. Obrigado!

Um aperto de mão foi dado entre os dois antes de o moço ir embora.

Richard passou o restante da tarde resolvendo questões sobre as hortaliças e as especiarias para o restaurante, que estavam na nota fiscal, que tinha acertado com antecedência com o comerciante. Eles eram negociantes de anos e não havia nenhum motivo para Richard achar que o moço não iria entregar os produtos, porém aconteceu que o restaurante não recebeu os itens que Richard havia comprado mesmo depois de ter sido feito o acerto de 50% de depósito de garantia de compra dos produtos.

Foi uma negociação tensa, pois agora que as coisas não iriam mais ser entregues, o serviço daquele comércio teve um diferencial ruim e isso incidia sobre o valor dos produtos. Richard, como um bom negociante, conseguiu reverter o valor da nota fiscal e garantiu os produtos com um valor ainda mais em conta do que sempre comprava, pois agora ele teria que providenciar um veículo para buscar os produtos diretamente no depósito.

Quando olhou a hora, Richard entendeu que não era um horário propício para ligar para o advogado, pois passava do horário comercial. Então ele deixou para ligar no outro dia, apesar de estar muito ansioso. Conteve-se e foi para Incaiti com a caminhonete cheia de produtos.

Chegando ao restaurante um pouco tarde, o rapaz ajudou Erlan e Saulo a descarregarem a caminhonete e guardar todas as hortaliças. Senhor Einar comentou com o filho que queria continuar fazendo negócios com aquele comerciante, mas sem o diferencial de entregar ficaria difícil. Richard avisou ao pai que não havia problema, que eles somente deveriam passar a comprar quantidades menores. E toda a semana Erlan poderia buscar na cidade no momento que fosse buscar outras coisas para o restaurante, pois a caminhonete estava à disposição e, como Saulo também sabia dirigir, poderia revezar com Erlan ou até mesmo ele poderia buscar os produtos.

Richard era um homem muito prático e conseguia ver com facilidade resoluções para situações empresariais, mas na vida pessoal ele tinha muitas dúvidas.

Em casa, depois de tomar um banho, ir até o quarto de Keiko e ficar com a menina para aproveitar um pouco e distrair-se, o rapaz conversou com o pai e contou tudo sobre seu dia e a busca frustrada. E como aquela senhora que ele nunca tinha visto foi gentil em deixar um bilhetinho tentando lhe dar esperança. Também relatou para o pai a situação de ter encontrado o advogado de forma inesperada, acidentalmente, e aquele seria o homem que certamente saberia notícias de Keila.

Senhor Einar, que era um homem que amava o filho, tentou animá--lo, dizendo que o futuro é incerto, mas acreditar que será algo bom é o primeiro passo para que tudo aconteça e citou Martin Luther King: "Suba o primeiro degrau com fé. Não é necessário que você veja toda a escada. Apenas dê o primeiro passo".

Richard não dormiu durante a noite, estava, como em todas as noites, preocupado com Keila e de madrugada saiu para caminhar na orla da prainha. Ao passar pelo banco no qual antes se sentou com Keila, o rapaz sentou sozinho e ficou somente com a visão das pequenas e fracas ondas que vinham da praia e as horas foram se passando. Seu olhar vagava indo e vindo com as ondas.

Em casa, Richard pegou o telefone e ligou para o rapaz, que agora sabia ser um advogado.

— Bom dia! Meu nome é Richard, preciso muito de informações sobre Keila.

— Vou te atender, porque percebi nos momentos que nos encontramos que você é alguém que Keila conhece. O que consigo te dizer neste momento é que ela não recuperou a memória e está vivendo na casa do Hakan, marido da irmã dela.

— Você pode me informar o endereço?

— Terei que verificar com a irmã de Keila e entrarei em contato com você. Se ela me autorizar, te envio mensagem com o endereço.

— Certo, muito obrigado, eu aguardo seu retorno!

Richard, ao desligar o telefone, pensou que se a irmã de Keila não quisesse atendê-lo, tudo estaria perdido. Mas ele não iria perder a esperança, pois tinha dado o primeiro passo.

Capítulo 32
O encontro com Viviane

O tempo passou e Richard não recebia nenhuma resposta do rapaz que ficou de conversar com a irmã de Keila. Ele ficou apreensivo e, um dia depois do pico do horário de almoço do restaurante, pegou a caminhonete e foi para a cidade, em direção ao escritório do rapaz, pois ele tinha o cartão que indicava seu endereço, que recebeu no dia em que encontrou com aquele homem no comércio de hortaliças.

No grande escritório, que ficava muito bem localizado no centro da cidade, em um prédio que pareceu ser todo de advogados, Richard procurou o advogado.

A secretária perguntou se ele tinha marcado horário. Richard nem pensou sobre isso e comentou:

— Preciso conversar com ele. Será que a senhorita poderia informá-lo que estou procurando por ele? Eu posso aguardar o tempo que for necessário para que ele possa me atender.

A secretária observou Richard, percebeu que o assunto era importante, interfonou ao chefe e conseguiu marcar um horário de intervalo entre as reuniões para que o patrão atendesse Richard.

Ao entrar na sala do advogado, Richard ficou impressionado com tanto requinte. O homem recebeu-o com um aperto de mãos e foi logo ao assunto:

— Não entrei em contato, porque a doutora Odalis disse que não adianta você procurar por Keila, os médicos não deram nenhuma esperança que ela recobre a memória.

ALEXANDRA INOCÊNCIO COSTA

Richard ficou impressionado com aquele homem que foi direto ao assunto e tentou cortar suas esperanças, mas ele não era alguém que desistiria tão facilmente do amor, então disse:

— Apesar de que talvez nada esteja a meu favor, eu quero tentar.

O homem, vendo que Richard não iria desistir, disse:

— Keila está refazendo a vida, e agora que o ex-marido está preso e conseguiu estar com Viviane de uma forma feliz, eu penso que você deveria ficar longe. Vou te dar um conselho, esqueça o passado e deixe Keila reconstruir a vida dela.

Richard sentiu algo na fala daquele homem, mas não comentou nada, somente se levantou da cadeira de frente à grande mesa do escritório, apertou a mão do advogado e disse:

— Obrigado pelas palavras de conselho, contudo eu vou dar um jeito para encontrar Keila. — Richard foi embora.

Saindo do escritório, na recepção, Richard teve uma ideia e perguntou para a secretária:

— Preciso de uma informação. Estou precisando falar com a doutora Odalis, mas me esqueci de pegar o número com seu chefe. Será que você poderia me arrumar?

— Posso sim! — A secretária, muito gentil, e em um momento de ingenuidade, por pensar que como Richard nem tinha marcado horário, possivelmente era alguém conhecido de todos, pois o chefe até o atendeu rapidamente, deu o número que o rapaz tanto precisava.

No estacionamento, dentro da caminhonete, Richard liga para o número que a secretária arrumou e, ao escutar uma recepcionista da clínica que ele tinha ido, a dos cardiologistas, ele pergunta:

— A doutora Odalis trabalha nesta clínica?

— Ela é a proprietária. O senhor deseja marcar horário com ela?

— Sim, por favor! — Richard identificou-se e marcou um horário para o próximo mês, que era a data em que a médica estaria na cidade retornando de um congresso.

O tempo estava passando e Richard não perdia as esperanças. Mas a saudade estava demais e, em uma tarde, quase no finalzinho do dia, resolveu ir com Keiko à cidade para visitar Roly, Malory e Jeremy e combinou em levar todas as crianças para tomarem sorvete no shopping. No entanto,

Roly achou melhor somente Jeremy ir, pois Malory estava um pouquinho gripado e um sorvete não seria interessante para ele.

O clima quente de verão era propício para um sorvete, e, na sorveteria, dona Maria, que acompanhava Richard e Keiko quase sempre que o rapaz saía com a filha, estava envolvida, olhando as duas crianças e sorrindo das peripécias de Jeremy ao brincar com o cardápio e ficar indeciso sobre qual o tipo de sorvete que iria saborear. Richard lembrou-se do sorvete colorido que tinha pedido para Viviane exatamente naquela sorveteria e pediu dois: um para Jeremy e outro para Keiko, uma bola de morango para ele, e dona Maria não pediu nada, pois comentou que coisas doces não eram boas para ela, que as evitava por causa da glicose, que se alterava às vezes, assim ela iria somente vigiar as crianças.

Jeremy, depois de saborear um pouco do sorvete, saiu em direção aos brinquedos da sorveteria e, quando Richard foi buscá-lo para levar para casa, viu uma menina de longe e reconheceu ser Viviane.

A menina, vendo Richard, correu até ele e o abraçou de forma muito carinhosa e amiga. Richard, que estava de mãos dadas com Keiko e Jeremy, que ele tinha ido buscar nos brinquedos, também deu um forte abraço em Viviane.

Viviane deu um abraço também em Keiko e as duas demonstraram estar muito alegres de se encontrarem. Richard ficou muito curioso em saber com quem Viviane estava e perguntou para a menina:

— Você está com quem?

— Com o amigo da mamãe, ele quem me traz sempre aqui.

Richard, ao olhar para a mesa que a menina apontou com o dedinho, viu o advogado, que estava sentado conversando em um telefone com alguém, aparentando estar resolvendo coisas de trabalho. O homem, ao ver Richard abaixado e próximo às duas meninas, desligou rapidamente o telefone e foi até Viviane.

— Temos que ir, Viviane.

— Boa noite! — Richard levantou-se e, segurando a mão de Keiko, cumprimentou o outro homem.

— Boa noite!

— Não quero ir, eu quero brincar com a Keiko.

— Temos que ir, agora. — O homem disse de forma grosseira.

ALEXANDRA INOCÊNCIO COSTA

Richard observou o tom de voz do outro e, vendo que algo estava estranho, disse:

— Viviane, eu vou entrar em contato com sua mãe e pedirei para você ir brincar com Keiko, pode deixar!

— Isso não vai acontecer. — O homem que segurou a mão de Viviane disse.

— Por que você não quer que isso aconteça? Por que não é conveniente para você? — Richard apertou os olhos e, de forma esperta, rapidamente jogou a indireta para ver se o que pensava era realmente o que estava acontecendo. E ele descobriu, pois o outro homem caiu na armadilha e informou:

— Eu te falei que Keila está refazendo a vida. Eu te aconselhei que deixasse Keila em paz. Ela está se refazendo. E eu...

— Escutei seu conselho, que você deu sem que eu pedisse, e não o seguirei. — Richard interrompeu o que o homem ia dizer e estava o encarando, porque percebeu um imediato interesse por parte daquele que levava Viviane para passear, apesar de aparentar nem se interessar em estar com a menina nos brinquedos, pois estava envolvido em assuntos de trabalho.

O homem saiu, puxando Viviane pelo braço, que começou a chorar, e nem deixou a menina se despedir de Keiko. Dona Maria, que estava longe, viu que algo aconteceu. Ao ver Viviane conversando com Richard e Keiko e depois ver a garotinha ser praticamente arrastada por um homem muito estranho, chegando perto de Richard, ela perguntou:

— Quem era aquele?

— O homem que achei que estava me ajudando a encontrar Keila, mas tenho a impressão que talvez seja ele quem provavelmente a está escondendo de mim.

— Muito estranho ele, parece que estava machucando Viviane.

— Estava e ela não queria ir com ele, mas estou com Keiko, Jeremy e a senhora, e infelizmente não tive como intervir, pois não o conheço. Minha vontade foi de tirá-la das mãos dele, porém ele é advogado e se eu fizesse um escândalo, não seria bom para Keiko, se não ele nunca teria levado Viviane daquele jeito.

— Vamos embora, Richard, está ficando tarde. Jeremy tem aula amanhã e Keiko está no horário de ir para a cama.

— Tudo bem! Vamos embora. — O rapaz disse, totalmente decepcionado com tudo que aconteceu.

Capítulo 33
Odalis

Um mês se passou e Richard, vestido de forma social, com uma camisa de manga longa branca com linhas finas no azul-claro, uma calça preta social e sapatos Oxford marrons, estava na recepção da clínica da doutora Odalis e a secretária o reconheceu, pois ele era um homem que marcava presença. Sua beleza incomum deixava as mulheres curiosas em relação a ele, principalmente as solteiras, e a moça disse:

— O senhor esteve aqui um tempo atrás.

— Sim, estive e era a doutora Odalis quem eu procurava.

— Eu me lembro, porém o senhor me perguntou sobre uma médica eu não tinha como saber quem era ela, pois a doutora não atende mais, somente administra a clínica com o marido, o senhor Hakan.

— Tudo bem! Você não tinha como saber, porque nem eu sabia. — Richard consegue sorrir de forma simpática para a recepcionista.

Quando Odalis chegou, a atendente foi logo avisar que Richard estava esperando por ela. O rapaz, ao entrar no consultório, viu muitas fotos de Keila com a irmã, algumas de Viviane e várias da família reunida e observou que o homem que estava com Viviane na sorveteria fazia parte de algumas fotos.

— Em que posso ajudá-lo, senhor Richard? — A médica, uma senhora de idade muito conservada, perguntou.

— Eu marquei este momento, porque estou tentando encontrar sua irmã desde o acidente.

A médica sabia que Richard era o rapaz que foi até o quarto da irmã, quando Keila sofreu o acidente, e foi direto ao assunto:

— Minha irmã ainda não se lembra do passado, senhor Richard, e não sei qual ligação o senhor teve com ela, mas não vejo necessidade de um encontro.

— O que você não vê, eu sinto, pois tenho uma história com sua irmã e o que você não sabe é que ela estava na minha casa no dia anterior ao acidente. — Richard foi tão direto, que surpreendeu Odalis.

— Na sua casa?!

— Sim! Ela e Viviane passaram a tarde de domingo e a noite comigo e minha família.

— Com você e sua família?!

— Meu pai, minha filha, Keiko, e eu.

— Você tem uma filha chamada Keiko?

— Sim, por quê?

— Viviane fala nessa amiguinha o tempo todo e eu não tinha como saber quem era, pois Keila não se lembra de onde Viviane a conhecia. Keila não se lembra de Viviane, as duas estão juntas, mas aprendendo tudo novamente uma sobre a outra. Tem dias muito difíceis, Viviane está sofrendo muito.

— Talvez eu possa ajudar.

Richard levantou-se de onde estava e, demonstrando ansiedade, andou pelo escritório da médica, que o observava. Ela viu que ele era um homem muito bonito e não aparentava ser uma pessoa de situação financeira ruim, pois estava com roupas de marcas caras e se vestia como alguém que entendia o conceito de se vestir. Richard exalava perfume pelo escritório de Odalis e o seu andar era de um homem sobre o qual a mulher não poderia pensar que era qualquer um, era um homem especial.

Odalis perguntou sem hesitar:

— Você quer se encontrar com Keila?

— Mais do que tudo na vida. — Richard parou imediatamente o andar de um lado para o outro e respondeu.

— Tudo bem! Farei uma reunião na minha casa no início do mês que vem, pois é aniversário de Viviane. Convido você e sua filha, Keiko, para comparecerem e você terá a oportunidade de se encontrar com minha irmã.

— Mês que vem?! — O rapaz estava ansioso e achou que o mês ainda estava longe para terminar.

— Tenho que preparar Keila para o encontro com você e a festa será uma boa oportunidade, pois receberei alguns amigos mais chegados e Keila está conhecendo-os novamente. Seria interessante que fizéssemos assim, pois as coisas do passado não podem ser jogadas para ela, devem ser administradas aos poucos, de acordo com o acompanhamento psiquiátrico que ela está tendo. E tem mais, perdi uma irmã por não saber administrar as coisas corretamente, então não perderei Keila e nunca perderei Viviane, pois a família, o sangue são muito importantes para mim.

Richard, sem opção, aceitou os termos impostos por Odalis e agradeceu a oportunidade de reencontrar Keila, afirmando que certamente iria ao aniversário de Viviane.

Retornando para Incaiti, o rapaz contou ao pai a conversa com a irmã de Keila e depois pediu que dona Maria comprasse um presente para Viviane, algo que uma menina iria gostar de ganhar. A mulher falou que uma amigurumi seria um excelente presente, como as que Keiko tinha, e ela conhecia uma habilidosa mulher em Incaiti que fazia lindas bonecas, então iria encomendar uma para Viviane.

O restante do mês passou voando, mais rapidamente do que Richard previu, já que senhor Einar estava tentando ampliar o restaurante e a construção tomou muito esforço de Richard, que tinha que supervisionar tudo e ainda tomar conta do escritório. Mas o rapaz agradeceu, pois assim tinha a impressão de que o momento de ver Keila chegaria mais rápido.

Arrumado para sair com a filha, Keiko, que vestia um belo vestido de renda vermelho, muito bonito e caro, que dona Maria havia comprado especialmente para o aniversário de Viviane, Richard despediu-se do pai de uma forma alegre, demonstrando esperança na voz. O embrulho com o presente da amiguinha estava ao lado da cadeirinha de Keiko, que sorria alegremente ao ver o pai dirigir para a cidade.

Capítulo 34
O mistério revelado

Richard chegou ao endereço que recebeu da mão de Odalis no dia em que foi à clínica, e ao apertar o interfone do portão e ver toda a grandiosidade do local enquanto dirigia em direção à mansão, observou alguns carros importados no jardim, e nesse momento realmente começou a entender o padrão de vida de Keila, pois ele sabia pouco sobre ela, mas isso não o intimidou.

Richard desceu da caminhonete, um funcionário da grande casa veio até ele e informou que todos estavam no espaço da piscina e que iria acompanhá-lo até lá. Richard, vestindo um terno slim fit Gucci Chumbo, camisa azul-escura e sapatos pretos Oxford, segurava Keiko no colo e o pacote da boneca que seria dada de presente para a aniversariante na mão.

Richard entrou no espaço da festa e viu Viviane, que veio correndo em sua direção. O rapaz abaixou-se e colocou a filha no chão para abraçar a coleguinha e presenteá-la. O carinho entre as duas meninas era visível, pois pareciam ter uma conexão tão forte, que todos os que observaram ficaram a admirar a amizade entre as meninas.

Keila, que viu a filha abraçando a outra menininha foi até lá. Ao se aproximar, Richard, colocando-se de pé, observa-a. Ela estava um pouco mais magra, os cabelos estavam diferentes, escovados, e usava um vestido azul Royal sereia com ombros de fora, estava deslumbrante.

Keila percebeu que Richard a analisava de cima a baixo e ficou um pouco incomodada com seu olhar. Então, para quebrar aquele momento, a irmã de Keila aproximou-se e comentou:

AMOR OU SANGUE

— Keila, este é Richard, o pai de Keiko, a amiguinha de Viviane.

— Um prazer receber vocês aqui. — Keila comentou ao estender a mão.

Richard pegou a mão da moça e nada falou, somente a olhava, e sentia tanta vontade de abraçá-la, de falar todas as coisas que estavam guardadas, comentar sobre os sentimentos e o quanto a amava. Um momento de olhares ocorreu entre os dois e ele sentiu que ela pareceu se incomodar, mas o aperto de mão foi interrompido pelo rapaz que estava acompanhando Viviane na sorveteria, que comentou:

— Você está aqui.

— Sim, eu estou. — Richard respondeu sem retirar os olhos de Keila, que ainda segurava em sua mão, também olhando para ele, como se mais ninguém estivesse na festa.

O rapaz intrometido, que percebeu o clima entre Richard e Keila, pegou na cintura da moça e disse:

— Vem, vou te reapresentar outros amigos.

Keila, ainda segurando a mão de Richard, disse:

— Fique à vontade na festa. Nós estamos felizes pela sua presença.

— Eu também estou muito feliz de ter vindo.

De forma indelicada, o rapaz que também percebeu algo, tanto quanto Odalis, puxou Keila, que deixou a mão de Richard e seguiu com o outro para cumprimentar mais pessoas da festa.

Viviane, que estava com a boneca com a qual foi presenteada por Keiko, mostrou-a para a tia e comentou:

— Este é o melhor presente que ganhei!

— Que bom que você gostou, Viviane! — Richard sorriu e, abaixando-se, abraçou a menina novamente.

Keila, que estava longe, do outro lado do jardim, conversando com alguns convidados que foram forçadamente apresentados para ela, não deixou de perceber o carinho de Richard com Viviane e como a garotinha tinha ficado feliz com a presença dele e da amiguinha.

Depois de cumprimentar muitos na festa, Keila procurou por Viviane e a encontrou sentada perto de Richard e de Keiko. As duas meninas brincavam com a boneca, compartilhando o brinquedo, observavam o vestidinho, os sapatinhos, o cabelo e sorriam.

205

Richard, como um guardião, estava sentado junto das meninas e soltava alguns risos dos comentários inocentes e engraçados das duas garotinhas, que estavam escolhendo um nome para a boneca. Viviane era a que mais falava e Keiko concordava, apesar de Keiko estar com a oralidade em pleno desenvolvimento, algumas palavras saíam em um diálogo que, muitas vezes, somente Viviane entendia e traduzia para o pai da menininha, que de forma muito carinhosa ficou junto delas e somente sorria. Ambas queriam um nome diferente para a boneca.

Keila aproximou-se e disse:

— Posso brincar com vocês?

Richard levantou e puxou a cadeira para Keila e a moça, olhando-o, disse:

— Obrigada! — Ela surpreendeu-se com o ato de cavalheirismo dele.

— Mamãe, nós estamos dando um nome para minha boneca.

— Vocês escolheram?

— Keiko não quer Princesa!

— E qual ela quer, Viviane?

— Linda!

— Que tal Princesa Linda?! — Keila comenta e sorri.

Richard, que só olhava para Keila, movimentou os lábios um pouquinho, como se achasse interessante como Keila rapidamente resolveu a polêmica entre as duas meninas. As duas começaram a chamar a boneca de Princesa Linda e sorriam, de forma que foram acompanhadas por Richard e Keila, que sorriam também.

— Você resolveu todo o mistério da dúvida, de forma rápida e muito habilidosa, parabéns! — Richard elogiou Keila.

— Queria eu poder realmente resolver todos os mistérios de dúvidas que tenho como foi fácil ajudar com o nome da Princesa Linda! — Keila comentou de uma forma que fez Richard sentir um pouco de tristeza em sua voz.

— Você conseguirá, tenha calma! Eu confio que você conseguirá.

— Obrigada pelo voto de confiança em mim! — Ela sorri para Richard.

De longe, a irmã de Keila observa a moça com Richard e o esposo de Odalis, chegando perto, diz:

— Quem é o rapaz?

— Alguém que Keila conhece e não se lembra.

— Eles parecem muito bem juntos!

— Verdade, como se fossem uma família.

— A menininha dele parece com alguém que conheço, mas não me lembro de quem! — Hakan fala.

— Tive essa mesma impressão. — Odalis comenta.

Uma funcionária, aproximando-se de Odalis, avisa que o jantar estava pronto e pediu permissão para informar aos convidados que seria servido na grande sala de estar.

— Eu irei avisar Keila. Por favor, Hakan, chame os convidados para irem para a sala. — A esposa fala ao marido.

A irmã de Keila aproximou-se do casal, que estava envolvido com as duas menininhas em um momento tão único, que pareceria não existir nada mais ao redor, e disse:

— Keila, o jantar está pronto, vamos todos para a mesa de jantar.

— Sim, vamos. — A moça, de forma automática, pegou Keiko no colo e seguiu para a sala.

Richard deu a mão para Viviane e também foi para a sala. Quando os adultos e as crianças chegaram à sala, muitos convidados observaram a harmonia do casal em relação às crianças, era tão natural que fazia com que todos comentassem. Então o interesse em relação ao rapaz veio rapidamente, pois ninguém o conhecia ou sabia nada sobre ele, e a curiosidade pairou no ar.

Ao irem sentar-se próximos aos outros convidados, Richard, mesmo segurando a mão de Viviane, foi até Keila e puxou a cadeira para que ela se sentasse com Keiko. A moça, olhando para ele, deu um leve sorriso, que fez com que o coração de Richard sentisse que a noite estava dando certo. Mesmo que Keila não se lembrasse dele, ela estava sendo tão gentil e ele pôde se aproximar.

Em um determinado momento, Keiko estava tomando um suco e deixou cair um pouco em seu vestido. Keila deixou todos da mesa e foi até um dos muitos banheiros daquela grande casa e limpou o vestidinho da menina. Viviane, que queria ir ver aonde Keiko tinha ido com a mãe, puxou o braço de Richard pela grande casa adentro. E o rapaz foi guiado pela menina, passando por vários cômodos, pelos quais ele provavelmente se perderia sozinho.

Chegando ao banheiro, onde Keila estava passando um pouquinho de água no vestidinho de Keiko com uma tolha, Richard agradeceu, pegou a menina no colo e disse:

— Infelizmente está na hora de levar minha filha para casa.

— Onde você mora?

— Em Incaiti. — Richard responde.

— Lá na casa do vovô. — Viviane exclama.

Keila escuta o comentário da filha e, abaixando-se próximo à Viviane, pergunta:

— Que vovô?

— O vovô Einar, que passeou de bicicleta.

Keila olha para Richard de forma interrogativa, pois ela não estava entendendo sobre o que Viviane comentava. Richard, que não queria apressar as coisas, disse:

— Moro em Incaiti com meu pai e Viviane aproveitou uma tarde de domingo andando de bicicleta na orla da prainha e brincou com Keiko. A vila é um lugar tranquilo, onde as crianças gostam de passear nas tardes de domingo.

— Interessante. — Keila comenta e, ao levantar-se, sente uma leve tontura, sendo amparada por Richard, que estava com Keiko no colo, mas conseguiu ampará-la mesmo assim.

— Desculpe-me, às vezes acontece isto, fico um pouco tonta. — Keila comentou encostada em Richard.

Keiko, que estava no colo do pai, segurou o rosto de Keila e deu um beijo no rosto da moça, uma demonstração de carinho tão espontânea que Keila abraçou a menina no colo do pai mesmo e todos ficaram tão juntos, que Viviane, que estava por perto, disse que queria abraçar também, acabou sendo envolvida no abraço.

Keila, tão perto de Richard, com os rostos de frente um para outro e os lábios quase se tocando por causa dos abraços ternos das meninas, olhava-o e sentiu algo que a fez piscar. A moça não entendeu aquela sensação, mas antes que ela questionasse Richard ainda mais, uma funcionária de Odalis veio e informou que, por ordem da patroa, iria pegar as meninas para que os dois adultos pudessem aproveitar a refeição e levaria as crianças para um momento de refeição própria para elas em outro cômodo da casa.

Richard disse:

— Não tem necessidade de levar Keiko, pois ela provavelmente não comerá nada, deve estar cheia das coisas que saboreou do coquetel, pois estava comendo com Viviane e também dando para a Princesa Linda. — O rapaz comentou e soltou um sorriso, pois as menininhas se esbaldaram com as coisinhas que estavam chegando à mesa do jardim, anteriormente ao horário do jantar.

— A Princesa Linda provavelmente está cheia, mas as meninas devem fazer uma refeição correta, pois petiscos não são o certo, não é mesmo?! Deixe Keiko jantar com Viviane, depois vocês retornam para casa. Além do mais, você ainda não jantou também.

Richard, percebendo que Keila pareceu estar desejando a companhia dele, entregou Keiko para a funcionária, que saiu também de mãos dadas com Viviane para outro cômodo da casa.

No trajeto dentro da grande casa, ao retornarem para sala onde estava sendo servido o jantar, Keila para bem de frente para Richard e comenta ao olhá-lo de perto:

— Desculpe!

— Por quê?

— Não me lembro do seu pai e na verdade de nada. — A moça estava tão próxima de Richard, que ele podia sentir o seu perfume. Tudo nela parecia que o convidava a se aproximar.

Richard deu um passo para mais perto de Keila e segurou suas mãos. Os dois ficaram um de frente para o outro, olhando-se, por um bom tempo. O rapaz estava prestes a beijar Keila, que sentiu o coração acelerar, porém Odalis chegou e interrompeu o momento.

A irmã de Keila percebeu que algo estava acontecendo entre a moça e Richard, mas não permitiu e comentou:

— Keila, os convidados estão te esperando. Por favor, vá, eu necessito conversar um pouco com o senhor Richard.

Keila saiu em busca da sala onde os outros convidados estavam, saboreando as deliciosas iguarias feitas com todo o capricho pelas cozinheiras de Odalis, porém ficou com uma sensação de que aquele homem era alguém especial para ela.

— Você está indo muito rápido, rapaz, não acha? Minha irmã sofreu muito na vida e agora está tentando catar um pouco dos pedaços, se refazendo e não quero que nada saia do controle, porque vivi isso com minha outra irmã e a perdi. Irei proteger Keila com tudo que eu puder. Não sei o que vocês tiveram no passado, e não sei se realmente desejo que ela recorde tudo, pois existem situações do passado que se ela não recordasse seria bom, pois assim não sofreria. Perdi uma irmã que se envolveu com o marido de Keila, que além de infiel, é um homem sem caráter e agressivo. Talvez seja melhor que o passado fique esquecido.

— Não pretendo machucar Keila de nenhuma forma. O meu passado com ela foi maravilhoso, mas se ela não se recordar, tudo bem, eu estou disposto a conquistá-la novamente e assim poderemos ter um futuro juntos. Porque eu a amo!

Odalis, ao escutar a declaração de amor de Richard, percebeu que o rapaz falava sério em relação à Keila e ela queria o melhor para a irmã. Apesar de sentir muito medo de que ela se machucasse novamente devido a um passado doloroso, notou que se aquele rapaz estava disposto a fazer o que prometia, então provavelmente seria muito bom para Keila ter contato com ele, ou com qualquer outro homem que desejasse amá-la de verdade.

— Façamos o seguinte, deixe seu número de telefone comigo e irei ver se ela, depois de hoje à noite, pergunta por você. E se, por acaso, eu digo *por acaso* ela perguntar, irei passar para ela seu número.

— Muito obrigado! — Richard pegou um cartão do restaurante que continha seu endereço e seu nome com o telefone, e entregou-o para Odalis.

Retornando para a mesa de jantar, alguns já haviam até terminado a refeição, Richard sentou-se ao lado de Keila, que o esperou para iniciar o jantar. Como se fosse um casal em um encontro, os dois jantaram e o diálogo era somente um dueto. Os dois conversavam um com o outro e com ninguém mais.

Keila ficou interessada em Incaiti, na prainha e também perguntou por senhor Einar, o homem que a filha chamou de vovô. Richard respondeu todas as perguntas, mas omitiu dentro do assunto o nível e momentos de intimidade entre ele e Keila.

O horário passou tão rapidamente que o telefone do rapaz deu sinal. Ao olhar, viu que era senhor Einar, que estava preocupado com a neta e também com o filho. Queria saber se Richard estava a caminho de casa. O rapaz respondeu a mensagem e informou Keila que realmente estava na hora de ir, pois o horário estava realmente avançado para que uma menininha ficasse acordada.

Odalis comentou que estava na hora do bolo e que iria pedir à funcionária para chamar Viviane. Richard aproveitou que a moça tinha ido buscar a criança e despediu-se de Keila, pedindo desculpas por não poder ficar mais, cumprimentou os mais próximos a ele na mesa e saiu para ir buscar a filha e ir embora.

Passando por um corredor com muitas fotos, Richard ficou a observar o quão a família de Keila era unida, nas fotos dava para ver Viviane com a mãe, a tia Odalis e Hakan em vários lugares diferentes e todos estavam muito sorridentes naquelas fotos. De repente, o rapaz, parando em frente a uma foto, não podia crer no que via. Na foto havia três mulheres: Odalis, Keila e uma mulher que fez Richard precisar piscar para entender o que estava acontecendo ali. Na foto, via Diandra abraçada com as outras duas mulheres.

Richard, parado perto da foto, chamou a atenção da funcionária da casa e a moça comentou:

— Sou novata aqui e não sei muito, mas vendo esta fotografia das três irmãs, fico triste, pois é uma linda recordação de bons tempos, pelo que outras funcionárias me contaram. Esta é a única que temos, realmente é uma pena o que aconteceu com a irmã mais nova, sumiu ao engravidar e nunca foi encontrada. As drogas são algo terrível, não é mesmo?! — A funcionária agiu de forma inapropriada ao comentar coisas dos patrões com alguém desconhecido, mas tudo o que o rapaz escutou construiu uma ponte entre o passado entrelaçando fatos muito importantes que envolviam ele e todos que amava.

Richard mal conseguia responder para a funcionária sobre o comentário de uso de drogas, pois estava atordoado com aquelas informações e como o destino brincava com ele. O rapaz foi depressa aonde Keiko estava e deu um abraço forte em Viviane. Falou para a menininha que tinha que ir embora, porque Keiko precisava dormir e, apesar da insistência de Viviane e a demonstração de Keiko, que também desejava ficar brincando um pouco mais, Richard pegou a filha e foi embora sem nada comentar, pois precisava afastar Keiko daquela casa o mais rápido possível.

Na caminhonete, indo para Incaiti, o rapaz estava a pensar e começou a juntar todas as peças de informações que obteve indo àquela casa e do grande quadro que o destino colocou a sua frente. Se Diandra era irmã de Keila, mesmo sendo por parte de pai somente, e ela engravidou do ex-marido de Keila, a filha dele, Keiko, era irmã de Viviane, e isso podia ser o motivo da

ALEXANDRA INOCÊNCIO COSTA

ligação que as meninas sentiam. A cabeça do rapaz deu voltas com aquelas informações que acabara de descobrir.

Muitas coisas ficaram obscuras como o porquê de Diandra ter mentido, quem era o rapaz que morreu no carro. E por que a moça estava fugindo da família? Tantas perguntas sem respostas, porém Richard nunca mais queria ir àquela casa. Ele descobriu que tudo que Diandra contou era mentira e que a moça realmente era uma usuária de drogas, porém ele amava Keiko e, de nenhuma forma, iria deixar ninguém tirá-la dele, e não permitiria que nada mudasse o que ele construiu com sua família. Richard lembrou-se de dona Pachacuti.

Richard, no meio da estrada, em plena escuridão, parou o carro e, olhando para o nada, disse para si mesmo: "Tenho que desistir dela!", depois olhou para Keiko, que dormia tranquilamente na cadeirinha adaptada para crianças na parte de trás da caminhonete, e seus olhos se encheram de lágrimas, pois ele se referia à Keila, e, pela filha, ele desistiria do amor que sentia por ela.

Richard sabia que a aproximação com Keila seria perigosa, pois todo o mistério que envolvia Keiko seria desvendado e ele poderia até mesmo ser preso, mas o rapaz também pensou no senhor Einar, em dona Magaly, em Erlan e em Arline.

O rapaz ficou tão atordoado que saiu da caminhonete, que estava parada no meio do nada, na estrada, foi até a carroceria do veículo e deu um murro em sinal de frustração, pois sua vontade era de gritar alto, porém isso assustaria Keiko, que dormia tranquilamente. Desesperado e em pura e profunda sensação de tristeza, porque naquele momento ele decidiu arrancar todo sentimento que tinha em relação à Keila, o rapaz chorou, colocando as duas mãos sobre o rosto e decidiu que nunca mais procuraria por ela, pois nunca comprometeria tudo: a vida de Keiko, a vida e reputação do pai e também dos amigos.

Quando Richard chegou em casa, senhor Einar estava esperando por ele e o rapaz, vendo que o pai estava interessado em saber sobre Keila e Viviane, fala mais uma mentira. O rapaz estava farto, pois uma grande mentira acabou levando a várias outras e a vida ficou completamente amarrada. Mas ele não viu outra opção, porque não queria magoar o pai, e comentou:

— Pai, tudo acabou! Keila não se lembra de mim, o mundo dela é outro e está com outro homem. *Outro homem!* — Richard frisou o segundo comentário, pois no fundo era bem possível de acontecer, já que aquele

212

homem, que rodeava Viviane e colocou a mão na cintura de Keila, provavelmente estava planejando algum relacionamento.

Senhor Einar não entendeu a atitude do filho. Percebeu tristeza em suas palavras, porém também sentiu total certeza e firmeza, então não questionou nada.

Capítulo 35
A notícia do casamento

Keiko fazia 3 aninhos e, até aquela data, nunca mais Richard havia visto Keila. Ele permanecia solitário, mas não deixou a tristeza que sentia o abater, pois tinha a filha e o pai, que preenchiam todos os seus dias. Depois da expansão do restaurante, o rapaz estava com mais três funcionários novos e os trabalhos ocupavam todo o seu tempo. Em um quartinho, na mente, muito bem trancado, ele deixou o amor, que percebeu que não sentiria por nenhuma outra mulher.

A casa estava toda arrumada para alguns convidados e Keiko corria por todos os lados com Malory e Jeremy, que comandava os menores. Saulo levou a namorada à festa, para apresentá-la a todos e Rory também tinha levado uma amiga. A casa do senhor Einar estava cheia e muito alegre, pois todos felicitavam os rapazes pelas belas meninas e Keiko, com alguns presentes que tinham sido abertos, estava brincando pela casa.

A menina estava saudável, pois tinha um bom acompanhamento médico e também um lar estável, com muito amor dado por todos, principalmente por Richard. Keiko vivia experiências familiares que muitas crianças não tinham oportunidade de viver, pois Richard e o senhor Einar faziam tudo por ela, satisfazendo suas vontades e a menina demonstrava ser uma criança alegre e carinhosa.

Em um determinado momento de conversa, a namorada de Saulo comentou que no trabalho também estavam em festa, pois dentro de um mês, a chefe dela iria se casar. Ela era secretária em um grande escritório.

A moça, na conversa, disse que a senhorita Keila estava com vários preparativos e convidou todos do escritório para o grande evento.

Senhor Einar, olhando para o filho, balançou a cabeça e depois, olhando para a moça perguntou:

— O nome de sua chefe é Keila?

— Sim! Por quê?

— Ela tem uma filha chamada Viviane?

— Sim! O senhor a conhece?

Todos que estavam próximos e escutaram o assunto ficaram em silêncio, pois sabiam que Richard, naquele momento, tinha acabado de saber que Keila iria se casar novamente.

Dona Maria, que protegia Richard e a família, cuidando como pessoas muito próximas, chamou a namorada do filho para que a auxilia-se a servir o jantar. Outras mulheres, como Arline e dona Magaly, também foram para a cozinha pegar as bandejas com as delícias que seriam servidas no jantar.

Na cozinha, as mulheres, juntamente com a moça, e longe de Richard, continuaram o assunto. A moça contou que no grande escritório de advocacia, o assunto era o casamento do ano e a chefe, ao mesmo tempo que aparentava felicidade, mostrava algo que ela não conseguia entender. Pois em vários momentos, pegou Keila com os olhos inchados, aparentando que tinha chorado, mas a chefe nunca deu intimidade para que a secretária perguntasse o que estava acontecendo e ela nunca se atreveu a entrar em assuntos pessoais dos patrões, principalmente porque tinha apenas dois meses que havia arrumado aquele emprego. Mas a moça falou que, no fundo, parecia que a patroa não queria se casar, essa era a sensação que ela tinha.

Dona Magaly perguntou sobre o escritório onde a menina trabalhava e a moça informou que era um dos mais importantes e grandes escritórios de advocacia da cidade, e de muito prestígio, por ter ganhado muitos casos importantes, principalmente na área familiar. A velha parteira queria muito perguntar sobre o ex-marido de Keila, mas não fez isso, porque acabaria dando muita informação para a namorada de Saulo e ela acabaria desconfiando que todos conheciam Keila.

O jantar foi ótimo e Richard ficou curioso sobre o comentário da namorada de Saulo, porém resolveu não perguntar nada, pois ele tentou deixar o passado no passado para que nada chegasse perto de Keiko.

Na festa, senhor Einar anunciou que, oficialmente, estava passando o cargo de subgerente para Saulo, pois o rapaz, apesar de novo, era muito competente. Erlan abraçou o amigo e disse que a decisão de Richard foi muito acertada, porque Saulo era realmente muito inteligente e esforçado. Erlan estava cuidando da parte de compras e Richard do financeiro, e como Saulo era um bom estrategista em marketing, imagem e mídia, o rapaz estava muito preparado para assumir definitivamente o cargo que iria ocupar

A mãe de Saulo ficou muito orgulhosa e abraçou o filho, e depois Richard, que ela também considerava como um filho. Desde que começou a trabalhar na casa do rapaz e do senhor Einar, ela havia adquirido um profundo respeito e carinho, e Keiko era o complemento daquela linda família.

No momento de cantar parabéns e dar as felicitações para Keiko, um bolo belíssimo com três velas fez com que a menina soltasse muitos sorrisos, demonstrando toda a alegria de uma criança muito bem cuidada, educada e feliz.

Capítulo 36
Keila e Viviane na casa de Richard

Era uma semana pesada, havia muita coisa para resolver no restaurante e Richard, sentindo que senhor Einar estava cansado, pediu ao pai para ficar um pouco mais em casa com Keiko e assumiu o caixa do restaurante, pois mesmo que Arline estivesse sendo treinada para assumi-lo, a moça ainda não tinha muita prática e precisava de tempo. Como o restaurante havia crescido, o momento de pico era realmente tenso, pois muitos clientes apareciam.

Domingo à tarde, como em todos os domingos, senhor Einar saiu com a neta, que estava aprendendo a andar de bicicleta. Desta vez, depois de muito tempo, convenceu Richard a ir compartilhar daquele momento com a filha, e como em casa estavam somente eles, pois a mãe de Saulo tinha ido passar o domingo com o filho e conhecer a família de sua namorada, Richard resolveu ir também, para assim acompanhar a filha e ficar um pouco com o velho pai.

Pai, filha e avô foram para a orla dar um passeio. O rapaz colocou uma bermuda branca, camisa gola polo verde-clara, sandálias de couro e foi aproveitar o momento em família. Keiko andava de bicicleta, distraída, indo um pouco à frente do senhor Einar e Richard, quando de repente passando em cima de uma pedrinha, a bicicleta da menina derrapou e a garotinha foi ao chão. Richard correu para chegar até a filha, mas ao mesmo tempo que as mãos dele alcançaram Keiko, auxiliando-a a se levantar, outras mãos chegaram até a menina. Ao olhar, Richard não pôde crer.

217

Keila estava muito próxima a Richard. Ele olhava para ela, que usava um vestido florido e sandálias rasteiras na cor nude, e nada disse, mas ela comentou:

— Você!

— Papai, meu joelho! — Keiko falou para Richard e demostrava que ia chorar.

— Não chore, Keiko. — A voz de uma menininha veio para a coleguinha que estava no chão, sentada, assoprando o joelho que tinha machucado.

— Keiko! — Keila exclama.

— Sim, mãe, a senhora se lembra dela, foi no meu aniversário.

— Sim, filha! Deixa eu te ajudar, princesinha. — Keila falou carinhosamente com Keiko, que ficou agradecida quando ela a pegou no colo, levou-a, sentou-a em um dos bancos da orla e tentou limpar seu joelho.

Richard ficou parado, imóvel, na mesma posição do momento do contato das mãos dele e das de Keila. O rapaz não conseguia dizer nada e nem se mover. Ficou ali, de cócoras, perto da bicicleta da filha, que ainda estava no chão. Senhor Einar, que viu que o filho não se movia, foi até a neta e disse:

— Keiko, o vovô vai te ajudar também. — Senhor Einar abaixou-se próximo de Keila, que estava tentando limpar o joelho de sua neta, e de Viviane, que observava tudo.

Senhor Einar, levantando-se depois de dar atenção à Keiko, foi até Viviane e disse:

— Você cresceu!

— Oi, vovô! — A menina cumprimentou-o carinhosamente e abraçou-o, lembrando-se completamente do senhor Einar.

Richard, depois de um momento que aparentou estar fora de si, respirou, levantou-se de onde estava, colocou a bicicleta da filha no descanso, chegou perto de todos, recebeu um abraço carinhoso de Viviane e escutou a menina dizer:

— Estava com muita saudade!

— Eu também!

Keiko, que viu o pai abraçando a outra menininha, foi até eles e disse:

— Eu também! — E um abraço de um trio foi realizado.

AMOR OU SANGUE

Senhor Einar e Keila, que observavam o abraço, sorriram e Richard, sentindo muita alegria, pegou as duas menininhas no colo, deu um rodopio, que as fez rirem de felicidade.

Keila olhou para aquela ação do rapaz e sentiu como se já tivesse vivido algo parecido. Um rapaz com um carrinho de picolé passou e senhor Einar, que estava sentado onde antes era Keiko que recebia acalento por ter machucado um pouquinho o joelho, diz:

— Vamos todos saborear picolé?

— Sim, sim! — As meninas gritaram. Richard, colocando-as no chão, deixou que fossem se sentar com senhor Einar, que comprava os deliciosos picolés de um rapaz que passava por perto naquele momento.

Quando o rapaz do carrinho de picolé perguntou para Keila qual sabor ela desejava, Richard respondeu antes da moça:

— Ela gosta de morango.

Keila olhou para Richard e não entendeu como o rapaz sabia daquela informação. A moça recebeu o picolé do vendedor e agradeceu. Richard pegou picolés para as meninas e os entregou. As crianças, sentadas juntamente com o senhor Einar, que também saboreava um picolé, ficaram juntinhas e sorriam uma para a outra, saboreando aquela delicioso carinho doce.

Keila e Richard foram sentar-se no outro banco, que estava ao lado de onde senhor Einar estava com as crianças.

A moça saboreava o picolé e, olhando para a prainha, comentou:

— Estou feliz aqui e sinto tanta paz! Escutei você falar sobre esta vila quando foi no aniversário de Viviane, porém não tive a oportunidade de vir trazer minha filha para andar de bicicleta, mas hoje foi possível.

— Que bom que veio! — Richard virou-se para Keila para fazer o comentário.

O rapaz percebeu que Keila, ao saborear o picolé, deixou que um pequeno respingo ficasse em seu rosto, próximo à boca. Então, de forma carinhosa, levou uma das mãos ao rosto de Keila e passou a ponta de um de seus dedos, limpando-a. Com aquele ato de proximidade, a moça ficou somente o olhando e Richard, de forma baixinha e aparentando muita tristeza na voz, disse:

— Você vai se casar? — Richard falou, olhando para Keila, de forma muito direta.

219

— Sim. — A moça respondeu sem nenhuma empolgação, mas ela não perguntou para ele como sabia, somente disse:

— Viviane precisa de uma presença masculina, para que apague tudo o que aconteceu. Eu sei que estive doente, porque meu ex-marido me empurrou e perdi a memória, mas com o tempo, minha mente tem tentado retornar e tenho tido vislumbres em relação ao meu passado.

Naquele momento, Richard, que ainda segurava o rosto da moça com uma das mãos, levou a outra mão ao rosto da moça, segurou-o com as duas mãos e disse:

— Você tem se lembrado de algo?

— São lembranças borradas e alguns flashes de coisas confusas, mas tenho conseguido entender tudo o que aconteceu comigo.

Viviane e Keiko, que terminaram de saborear os picolés, queriam continuar passeando de bicicleta e, senhor Einar, que viu o que estava acontecendo no banco do lado, ofereceu-se para acompanhar as meninas. Então rapidamente colocou Keiko na bicicletinha com rodinhas, Viviane subiu em sua bicicleta e seguiram o calçadão.

Keila e Richard ficaram sentados, um olhando para o outro, o rapaz retirou a mão do rosto de Keila quando senhor Einar comentou que iria passear com as meninas, porém continuou na mesma posição em que estava, muito próximo à Keila, e não prestava atenção em nada do que acontecia ao seu redor, pois seu mundo era somente aquela moça naquele momento.

— O que aconteceu comigo foi algo triste, às vezes me sinto fraca e tenho vontade de desistir, largar tudo, mas eu entendo que tenho que continuar vivendo pela minha filha. E gosto do trabalho, a situação de um casamento veio montar uma vivência com a formação de uma família. Quero dar um lar para minha filha.

Quando Keila comentou o desejo, Richard pensou que era tudo que ele também queria dar para sua filha, mas o rapaz rapidamente se lembrou que deveria se distanciar de Keila, para não dar margens para suspeitas em relação à mãe de Keiko, pois ela não poderia saber, de forma alguma, o nome da mãe de sua filha. Porém era tarde, pois o assunto levou Keila a perguntar:

— A mãe de Keiko, onde está?

— Sou viúvo.

— Meus pêsames!

— Obrigado.

— Ela deve sentir muita falta de uma mãe.

— Não! Ela não sentiu. — O rapaz levantou-se, demostrando que estava indo embora em busca das meninas e do senhor Einar.

Keila percebeu que Richard ficou muito incomodado com o comentário, e levantando-se quase no mesmo instante que o rapaz, pegou em seu braço rapidamente, e comentou:

— Desculpe-me, eu não tenho o direito de fazer comentários tão invasivos e pessoais.

— Tudo bem!

Richard, retirando o braço da mão da moça, seguiu para alcançar o pai e as meninas. Keila seguiu o rapaz e, ao chegar próximo das meninas, escutou Viviane comentar:

— Vovô, eu não quero ir embora. Quero ir à sua casa brincar com Keiko.

Senhor Einar não fez nenhum comentário, somente olhou para Keila. A moça percebeu que a filha estava muito feliz com a amiguinha e ela queria tanto ter a oportunidade de conversar um pouco mais com Richard. Então disse rapidamente:

— Filha, se não for incomodar, você pode brincar com a Keiko.

— Não incomoda! Vamos para minha casa, é perto daqui. — Senhor Einar comenta.

— Tá bom!

Richard escuta que Keila consentiu em ir para a casa dele e o olhava sem parar. Senhor Einar, sentido o clima que ficou no ar, empurrou as bicicletinhas e as meninas, de mãozinhas dadas, foram à frente de todos.

Keila e Richard ficaram olhando um para o outro por um minuto e depois todos seguiram para a casa, sem nada comentar.

Quando chegaram em casa, depois do caminho curto e sem nenhuma palavra, Keila teve uma sensação boa ao adentrá-la, pois sentiu estar em seu próprio lar e isso a incomodou um pouco, mas não fez nenhum comentário, porque sentia que o comentário sobre a mãe de Keiko já havia incomodado muito Richard, já que o rapaz mudou rapidamente a forma como estava se comportando com ela.

Keila não entendeu o motivo daquela mudança de comportamento do rapaz. Richard estava calado e parecia que seus pensamentos haviam ido para muito longe. Ela ficou um pouco chateada, pois sem perceber, ela estava desejosa por um momento de carinho vindo do rapaz.

Os sorrisos das meninas enchiam a casa e senhor Einar estava feliz, pois sentia que as meninas realmente tinham uma conexão, que mesmo a distância e o tempo não apagaram e nem iriam apagar. O pai de Richard entendia o motivo daquela ligação tão intensa das meninas, pois o sangue falava e, mesmo que com receio, ele entendeu que as meninas mereciam viver aquela situação familiar, que era totalmente pura, sem manchas de mentiras e situações que o destino colocou aos adultos.

Senhor Einar chamou as meninas para o quarto de Keiko, onde o baú de bonecas estava as esperando. Saltitando, as princesinhas foram brincar no quarto, acompanhadas pelo avô de Keiko, que somente admirava o quão linda era aquela amizade.

Na sala, Keila e Richard ficaram sozinhos, sem nada comentar. Olharam-se e o rapaz, rapidamente, para quebrar aquele clima, levantou-se e começou a juntar alguns brinquedos que estavam espalhados pela sala. Keila, percebendo que ele iria levá-los para o quarto de Keiko, começou a ajudá-lo. Em um determinado momento, indo até uma boneca, suas mãos se encontraram e os dois trocaram um olhar profundo, que fez com que Keila se arrepiasse.

Richard tinha tanta vontade de beijá-la, que mordeu os lábios de leve e sorriu timidamente, afastando-se e não se deixando dominar pelo desejo, pois entendia que se ele fizesse qualquer coisa que pudesse assustar Keila, seria algo irreparável. E ele tinha que se manter afastado dela por causa de Keiko, mesmo que por dentro sentisse que tudo estava confuso, sua única vontade era abraçar Keila e se declarar ardentemente.

Richard afastou-se da moça lentamente e comentou:

— Tudo bem! Pode deixar, não precisarei de ajuda, somente irei levar estes brinquedos para as meninas. Se desejar, pode ficar aqui na sala ou ir ao quarto de Keiko. Fique à vontade!

— Está bem! — Keila responde rapidamente.

Keila sentiu algo forte naquele momento, percebeu que seu corpo seguia, pois desejava a proximidade com o corpo de Richard e isso fez com que a moça se sentisse estranha. Pois mesmo em processo de se casar novamente e tudo estar muito certo, ela ainda não havia experimentado aquela sensação, tão latente dento dela, que a deixava atordoada. Seu coração batia rapidamente e seu estômago dava voltas, seus pensamentos estavam somente em Richard, as sensações eram fortes.

Keila, seguindo em direção ao quarto de Keiko, sem entender como conhecia os cômodos daquela casa, apenas continuou seguindo e nada mais disse para Richard, mas sabia que ele a observava seguindo casa adentro com olhos que eram como ímã. Ela sentiu o andar um pouco vacilante, mas foi adiante, indo à frente do rapaz.

Chegando ao quarto da pequena Keiko, viu tudo lindo, como se fosse o refúgio de uma princesa, com bonecas, ursos, panelinhas, fogão infantil e uma pequena mesa no centro do quarto sobre um belíssimo tapete de flor, onde as duas meninas estavam conversando e penteando os cabelos das belas bonecas.

Senhor Einar, que estava sentado em uma poltrona, ao ver Keila chegando ao quarto, levantou-se e comentou:

— Esta é a melhor visão que tenho em muito tempo. Amo estas meninas!

Keila não entendia como aquele sentimento era possível, pois nem tinha noção de que senhor Einar esteve antes com as meninas, mas sentiu na voz daquele velho senhor que o comentário veio de seu coração e demonstrava um amor verdadeiro.

— Muito obrigada pela amizade e carinho com que você e seu filho tratam minha filha. Eu também sinto que esta é uma das melhores visões que vejo em muito tempo, apesar de não ter muitas lembranças. — A moça sorri ao perceber seu comentário.

Senhor Einar, ao escutar o comentário, sorri de leve, balança a cabeça e comenta:

— Minha filha, o que passou ficou no passado. Agora é o momento construir novas lembranças e viver acreditando que tudo dará certo! Saber que as situações de cada dia trazem uma luta diferente é entender que devemos crescer e seguir em frente e olhar o melhor de cada situação, é o que devemos fazer. Temos que entender que nossa luta não é contra os outros, e sim contra nós mesmos, o mundo gira sem você, situações acontecem sem você. As pessoas estão inseridas em cada tristeza, em problemas que, muitas vezes, são causados por elas mesmas. Nós mesmos, muitas vezes, nos colocamos em determinadas situações, que nem sempre entendemos o porquê de aquilo acontecer. No mundo, existe o nervosismo do outro, a falta de compreensão ou a interpretação particular de cada situação. O que devemos pedir somente é que consigamos vencer as barreiras do destino e seguir em frente.

— O senhor tem toda razão. — Keila comenta.

— Cada dia traz situações novas, e para os que escolherem crer, cada dia traz suas bênçãos. Nós, humanos, temos que aprender a percebê-las, porque tudo muda na fração de um piscar de olhos. Não temos a certeza de que um dia será bom, pois podemos iniciá-lo batendo o dedinho na quina da cama. Penso sempre sobre tudo isso depois do meu acidente, porque enquanto o mundo gira, os polos derretem, a chuva castiga algum lugar e a seca faz com que a terra de outro lugar seja imprópria para o plantio. Um corpo cai de algum edifício, alguém morre em um hospital, um canceroso está na ala de oncologia lutando pela vida, pessoas em um hospital tentam respirar, pois foram acometidas por algum tipo de doença que nem mesmo os médicos, que são estudiosos e usam tecnologias, conseguem entender, e há outras situações tenebrosas que nos fazem chorar e temer a vida.

— Senhor Einar, não sou uma pessoa pessimista, sei que temos que entender que não governamos acontecimentos que o destino nos impõe, porque também reconheço que em algum lugar existem pessoas que sentem que vale a pena estar vivo. Penso sobre isso, pois existe alguém por aí tocando uma música suave em um violão, uma mãe em um hospital, que recebe a notícia que o filho está totalmente curado, uma criança que diz "mamãe" pela primeira vez, um abraço entre neta e avô, em algum lugar a chuva cai de mansinho, molhando a plantação, que será vendida ou doada e feita para alimentar toda uma família, em algum lugar a terra fica totalmente alagada depois de uma tempestade e depois se torna seca, dando a oportunidade para que as famílias comecem a reconstruir, pois o pior já passou.

Senhor Einar, virando-se para Keila, que agora estava sentada ao seu lado, e pegando na mão da moça tão atenciosa, continua o diálogo:

— Você será feliz se acreditar no seu coração.

Keila deixa uma lágrima rolar naquele momento, pois sentiu muito carinho por senhor Einar, e o abraçou como uma filha abraça o pai, como alguém que escuta conselhos e entende que tudo o que foi dito é verdade. E a sensação de carinho era tão intensa entre eles, que ela não se conteve.

Richard, que demorou um tempo para ir até o quarto, chega vestindo outra roupa e diz:

— Está tarde e irei acompanhar vocês para retornarem à cidade, Keila.

— Não precisa! — A moça fala, saindo do abraço com o senhor Einar,

— Precisa sim! — O pai de Richard diz e continua:

— Richard vai com a caminhonete seguindo seu carro até em casa, para saber se vocês irão chegar bem!

— Nossa! Não tem necessidade disso.

Viviane, vendo o diálogo dos adultos e percebendo que a mãe falava sobre ir embora, vai até Keila e diz:

— Mãe, eu não quero ir para aquela casa! Quero ficar aqui.

— Viviane, o quê?

— Não quero ir embora!

— Filha, temos que ir! — Keila balançou a cabeça em sinal de incompreensão em relação àquele desejo da filha.

— Não precisam ir se você não quiser! Vocês são nossas convidadas e podem ficar. — Senhor Einar diz rapidamente.

— Viu, mãe, podemos ficar! — Viviane diz toda alegre e nem espera o comentário de Keila, pois vai até Keiko e comenta com a amiguinha:

— Eu vou ficar! — As meninas abraçam-se e sorriem.

Keila, vendo que a decisão da filha tinha sido tomada e vendo a alegria de Keiko, não teve como recusar o convite. Balançando a cabeça lentamente e olhando para Richard, comenta:

— Que situação! Não quero entristecer as meninas, mas também não quero incomodar você.

Senhor Einar diz antes de Richard responder ao comentário:

— Incomodar nada! Está tudo resolvido, vocês ficam e eu vou preparar um jantar especial.

— Tudo bem! Vamos ficar, porém quero ajudar a preparar o jantar! — A moça sorri para o senhor Einar e não olha para Richard, que em um suspiro pela resposta da moça, não conseguia se deixar expirar. Depois de respirar profundamente, fazendo com que o coração batesse acelerado, pensou que desejava há muito tempo que Keila passasse a noite ali, ansiava por sua companhia, por mais e mais tempo ao seu lado. Talvez, em algum momento, ele pudesse encontrar coragem para dizer tudo o que precisava para Keila.

Richard compreendia Mahatma Gandhi "Aquilo que não dizemos acumula-se no corpo, transformando-se em noites sem dormir, 'nós' na garganta, nostalgia, dúvidas, insatisfação e tristeza", mas ele não sabia como contar à moça o amor que sentia. E outra coisa pesava mais ainda em sua mente, pois depois de tudo que ficou sabendo na casa de Odalis, entendeu que, sendo a mãe de Keiko irmã, mesmo que só por parte de pai de Keila, alguma coisa mais existia por trás de tudo e a confusão que o destino arrumou era muito complicada de desfazer. Ele amava muito sua filha e de nenhuma forma iria perdê-la para outra família, porque entendia que as duas meninas talvez fossem irmãs, de acordo com o que Odalis disse em relação ao o ex-marido infiel de Keila. Porém, com a história do casamento, ele tinha que agir antes que fosse tarde demais, pois perderia Keila definitivamente.

Na cozinha, senhor Einar, mesmo sendo um homem que ficava somente no caixa do restaurante, sabia fazer coisas deliciosas, e com a ajuda de Keila, preparou um belo jantar. Richard ficou no quarto, observando as meninas brincarem, pois não teve reação diante do que estava acontecendo e deixou-se cair no sofá em que senhor Einar e Keila estavam sentados anteriormente.

Quando tudo estava por ser finalizado, senhor Einar pediu para que Keila chama-se Richard para preparar a mesa para o momento do jantar em família. A moça sentia-se tão bem que sua alegria era visível.

Chegando ao quarto, encontrou Viviane abraçando Richard e dizendo:

— Tome tudo, papai! — A moça assustou-se, Richard viu seu olhar e logo explicou:

— Sou o felizardo papai de três princesas: princesa Viviane, princesa Keiko e Princesa Linda, a boneca. — Depois sorriu.

Keila percebeu na fala de Richard que ele tinha sido envolvido na brincadeira das meninas e suspirou, pois se sentiu incomodada com aquela situação. Contudo ainda piorou, quando a filha, aproximando-se, disse:

— Mãe, vem brincar. A senhora será a mamãe e estaremos em família. Mamãe, papai e filhas. — A menina apontava para cada um de forma individual ao dizer essas palavras.

Richard, que agora estava sentado no chão com uma pequena xícara de brinquedo na mão, cheia de leite com achocolatado imaginário que Viviane tinha acabado de lhe servir, disse antes que Keila respondesse algo:

— Viviane, eu vou ajudar sua mãe colocar a mesa para o jantar, provavelmente é isso que ela veio me dizer, pois sei que o vovô é pontual como sempre, deve estar terminando o jantar. Eu posso ir? Depois brincaremos mais, e se sua mãe quiser, podemos todos juntos brincar de família.

— Tudo bem, papai! — A menina carinhosamente disse e foi com a xícara que estava com Richard e entregou para Keiko, que fingiu tomar o líquido imaginário.

Keila, em pé perto de Richard, expressa:

— Brincar de família?!

O rapaz, levantando-se do tapete e de perto das meninas, aproximou-se de Keila, indo até ela como se fosse beijá-la. Keila espera por aquela ação, seu coração dispara e sua respiração fica diferente. No entanto, uma voz interrompe o rapaz em meio àquele ato tão desejado, o qual a moça não recusaria naquele momento, como Richard percebeu.

— Filho, está tudo pronto, vamos organizar a mesa, as meninas estão passando do horário de jantar!

— Tudo bem, pai! Estou indo. — Richard passa por Keila, olhando-a de frente como se os corpos se transpassassem. Ela sentiu um leve encontrar do corpo dele ao braço dela e depois mais nada.

A moça seguiu Richard junto com o senhor Einar, que chamou as meninas anunciando que o jantar estava pronto. Na sala, pratos e talheres foram colocados na mesa e as travessas do que parecia ser uma deliciosa refeição estavam todas lá.

O jantar foi agradabilíssimo, com sorrisos de crianças e o senhor Einar se gabando de ser um bom cozinheiro, o que era totalmente verdade, pois Keila somente o havia ajudado com o lavar e cortar das verduras.

Depois do jantar, as meninas queriam sobremesa e o senhor Einar carinhosamente ofereceu a elas flan de chocolate. Keila ajudou Richard a levar tudo que foi utilizado no jantar e as vasilhas para organizar na cozinha. O rapaz informou que tudo seria organizado pela mãe de Saulo na segunda-feira e que Keila não precisava se preocupar. Eles somente guardaram o que restou na geladeira.

A moça recebeu de Richard uma porção de flan e foi saboreá-la na varanda, pois Keila sentia-se totalmente em casa e a noite estava linda, com um céu todo negro, repleto de estrelas. A lua não estava visível, mas a noite estava encantadora.

Richard aproximou-se de Keila, percebendo que ela tinha terminado de saborear o doce e aparentava certa tristeza ao olhar para o céu, e perguntou:

— O flan estava tão ruim que fez você entristecer?

— O flan estava muito delicioso! Estou pensando em algumas coisas.

— Você está pensando?! Posso ajudar em algo?

— Pensei em como eu estou me sentindo feliz aqui. Estranha essa sensação para mim, pois tem muito tempo que não me sinto dessa forma. Na verdade, nem sei se já me senti assim, segura e feliz. Minha vida com esta lacuna em meus pensamentos me faz sofrer, pois queria muito lembrar do passado, me sinto incompleta. Mas seu pai me disse tantas coisas que são verdades e eu quero realmente seguir em frente, tentando acreditar que poderei ser feliz e sentir esse tipo de paz que estou sentindo agora em todos os momentos de minha vida, também proporcionando a minha filha.

As palavras da moça deram coragem a Richard, que se aproximou e de frente para ela segurou seu rosto, afastando alguns fios de cabelo, colocando-os atrás de sua orelha. Com uma ação tão carinhosa, que Keila não repeliu, os olhares encontraram-se e ela sentiu que ele iria beijá-la, então ela deixou.

O beijo foi intenso e apaixonante, com carinho e amor, naquele silêncio que a chamava cada vez mais para ele. Ela, há muito tempo, tanto quanto ele, esperava aquele beijo e não podia resistir ou repeli-lo. Keila correspondeu ao beijo e os dois ficaram abraçados. Outro beijo veio, aquecendo os corpos e aflorando todas as sensações.

Richard ficou excitado, porém depois do segundo beijo, distanciou-se de Keila e, balançando a cabeça, comenta:

— Desculpe-me! Eu não tenho esse direito, sei que você irá se casar, porém tenho tantas coisas que preciso te dizer, mas eu...

— Mãe, eu estou com sono, vou dormir no quarto da Keiko o vovô Einar arrumou tudo para mim, posso ir agora? Ele também arrumou um quarto para a senhora, é o da frente, vamos! — Viviane falou para Keila, que se afastou rapidamente de Richard quando escutou a voz da filha.

— Sim, filha! Está na hora de irmos para a cama, amanhã iremos embora cedo, pois tenho horário no tribunal. — Keila, sem tirar os olhos do rapaz, responde para Viviane, que não notou o clima entre a mãe e Richard.

Keila virou-se, seguiu a filha, que a segurando pela mão, levou-a ao quarto de hóspedes e ao encontro do senhor Einar.

— Minha filha, eu organizei aqui para que descanse, mas não sou bom com essas coisas. Se precisar de algo, pode procurar no closet, tem muitas coisas, cobertores, travesseiros e também toalhas. E se você quiser usar para tomar um banho para poder relaxar melhor, fique à vontade. Tudo que está aqui pode ser usado, não tenha vergonha, minha casa é sua casa.

Keila abraçou senhor Einar pela tão carinhosa receptividade e disse:

— Muito obrigada, eu estou me sentindo tão feliz e sei que tudo que o senhor está fazendo é de coração. Estou muito grata.

— Sempre farei por você e Viviane tudo que eu puder.

— Eu sinto que sim! Por isso eu sou imensamente grata. — Outro abraço veio entre ambos. A moça estava muito emocionada com tanto carinho.

Depois que o senhor Einar saiu do quarto, Keila abriu a porta do closet e viu muitas caixas e também as toalhas e cobertas que o senhor Einar mencionou. A moça pegou uma toalha e foi até o quarto das meninas, pois queria ver se também providenciava um banho para Viviane. Mas era tarde, pois as meninas já estavam de pijamas e dormindo. Ela ficou impressionada com a forma como o senhor Einar cuidou tão bem das meninas, que dormiam pelo cansaço da tarde de brincadeiras.

Viviane vestia um pijaminha de florzinha, que provavelmente era de Keiko, aparentou estar um pouquinho curto, porém era algo confortável.

Keila voltou ao quarto, foi ao banheiro e tomou um banho. Ao passar a mão pelo corpo, sentiu que desejava mais de Richard. Mas repreendendo a si mesma em voz alta, disse:

— Keila, Keila, deixe disso!

Ao sair do banheiro, enrolada na toalha, prestes a vestir um vestido, mesmo que muito largo, que havia encontrado em uma das caixas que estavam no closet, vira-se para ir até o espelho do quarto e dá de frente com Richard, que a olhou de cima a baixo.

O rapaz estava com outra roupa, aparentando que tinha se banhado e estava também preparado para se recolher e dormir. Com uma camiseta que deixava seus músculos aparentes e uma bermuda, que deixava suas coxas grossas de fora, ele estava muito atraente para o olhar de qualquer mulher.

— Eu bati na porta, mas como você não respondeu, entrei. — Richard comenta constrangido e passando a mão pelos cabelos, que estavam molhados, demostrando estar envergonhado por ver Keila enrolada na toalha. As gotas de água que ainda escorriam pelas pontas dos cabelos molhados deram um ar tão charmoso a Richard, então Keila juntou forças para responder de forma calma:

— Tudo bem!

— Eu vim saber se precisa de algo.

— Não preciso! Seu pai cuidou de tudo! Irei até usar um vestido que encontrei em uma caixa, não sei se devo, mas ele falou que eu podia usar o que quisesse. — A moça mostra o vestido que estava em sua mão.

— Você com certeza poderá usar o que quiser se não se importar, pois era da minha mãe. Meu pai se desfez de muitas coisas depois que ela faleceu, mas algumas coisas ele deixou, pois tem boas recordações e são difíceis de esquecer.

— "Esquecer" e se "lembrar". Palavras que estão sempre comigo! — Keila suspira e Richard, aproximando-se dela, pega em seus ombros, coloca-se na frente dela e ele diz carinhosamente:

— Eu queria muito que se lembrasse de mim, de nós, mas enquanto isso não for possível, eu vou dar outra coisa para você pensar.

Por causa do que Keila falou Richard sentiu coragem e o desejo de intimidade se transformou em uma ação, então ele pegou a toalha da moça lentamente e, sem nenhuma objeção, jogou-a no chão. O rapaz começou a beijar a moça no pescoço e depois nos lábios. A atração foi tão forte, que a moça suspirou intensamente de desejo e permissão.

Richard, parando um pouco as carícias e olhando para Keila, que nada dizia, foi até a porta do quarto e trancou-a. O rapaz retornou para Keila como se fosse um furacão, de forma devastadora. Começou a empurrá-la carinhosamente em direção à cama — em cada passo que dava para a frente, a moça dava um para trás, enquanto olhavam-se fixamente.

Keila praticamente deixou-se ser empurrada, já que a ação era carinhosa, mas com avidez por parte de Richard. Beijos eram trocados intensamente.

Chegando até a cama, os corpos caem juntos no móvel com lençóis brancos. Richard, com os braços em volta da cintura de Keila, puxando-a nua ainda para mais perto e apertado, diz:

— Eu te amo e vou te dar algo para pensar agora. Amanhã conversaremos, pois tem algumas coisas que preciso te contar.

Keila olhou para Richard e, permitindo que tudo acontecesse, beijou-o apaixonadamente, mesmo sem entender como aquilo era possível, pois nem se lembrava de conhecê-lo, mas entendia que algo entre eles era verdadeiro, real e incrível. Ela tinha que viver aquele momento, não pensou em casamento, não pensou em certo e errado, não pensou em nada. Deixou se levar pelas carícias e desejo e aproveitou o momento imensamente, satisfazendo-se e buscando satisfazer àquele que oferecia o que ela tanto desejava: amor.

O rapaz, colocando-se de pé, rapidamente se livrou da camiseta e o resto da roupa, tudo sob o olhar de Keila, que apreciou o quanto ele era lindo e másculo. A virilidade dele estava totalmente acessa e ambos deixaram a noite embalar aquele momento de amor e carícias, que se seguiram durante um bom tempo. Beijos e a satisfação intensa de afagos foram realizados tanto por Richard quanto por Keila. Ela não entendia como o corpo dela correspondia ao dele como um ímã e como se encaixavam perfeitamente, ela estava em um êxtase de prazer e luxúria.

Ao adormecer nos braços de Richard, depois de satisfazer-se, a moça estava ainda mais linda para ele, que a admirava, envolta nos lençóis. Passando a mão suavemente sobre o rosto dela, disse para ele mesmo: "Não permitirei que você se case com outro, pois eu quero você e vou te contar toda a verdade hoje, antes de você ir para casa, farei isso depois do café da manhã".

O rapaz retirou o braço devagar de baixo do pescoço de Keila, sem acordá-la, vestiu-se e foi ao quarto dele, pois seria muito constrangedor se Viviane fosse procurar pela mãe de manhã e o encontrasse no quarto dormindo junto com ela. Apesar da vontade de ficar ali olhando para ela, ele foi embora, abrindo e somente encostando a porta do quarto.

Antes de ir para o seu quarto, em plena madrugada, Richard passou pelo quarto da filha e, vendo que Viviane estava sem o cobertor, cobriu-a e deu um beijinho de leve e carinhoso em cada uma das garotinhas, que dormiam como anjinhos.

O dia amanheceu e com um chamar, Keila acordou assustada, pois a moça pensou que Viviane entrava no quarto.

— Mãe, mãe, acorda! O vovô falou que o café está pronto!

Keila percebeu que Richard não estava no quarto, pois a filha não comentou nada.

— Tudo bem, filha! Vou arrumar um pouco o quarto, me vestir e irei, pode ir tomar o café com Keiko.

A menina saiu do quarto cantarolando. Keila vestiu-se e dobrou os foros de cama, retirando-os todos e colocando-os sobre uma poltrona. Foi até o vestido que tinha sido jogado no chão e levou-o dobrado para a caixa onde o encontrou, porém ao procurar colocar o vestido na caixa, a moça, com a mão, sentiu algo sólido, diferente juntamente com outro vestido que estava ali e ficou curiosa. Colocou a mão e buscou um objeto que estava no fundo da caixa.

No fundo da caixa, estava um porta-retrato e um envelope. Keila pegou e viu que eram fotos, pensou que provavelmente senhor Einar teria guardado-as ali, que eram fotos da mãe de Richard.

A moça ficou curiosa com as fotos e abriu o envelope, pois se a caixa era da esposa falecida do senhor Einar, certamente as fotos seriam dela. Então sentou-se na cama e abriu o envelope devagar. As primeiras fotos e o porta-retrato eram de Keiko com uma senhora de idade que a moça deduziu ser a esposa falecida do senhor Einar. Ela estava com Keiko onde a menina estava realizando coisas de criança, como brincar no jardim, andar de bicicleta na orla.

Keila ficou encantada como o sorriso de Keiko. Era tão intenso e repleto de alegria, que até mesmo pelas fotos dava para perceber como a menina era feliz e amada.

Keila olhava as fotos tranquilamente, foi quando uma das fotos a paralisou. Via a imagem de uma mulher com uma criança no colo, que rapidamente identificou como sendo Diandra. Keila não se lembrava de ter conhecido a irmã, mas sabia que era ela, pois na casa de Odalis existia uma foto que tinha Diandra. E depois do acidente que Keila sofreu, Odalis fez questão de contar a ela sobre Diandra. Não contou tudo, mas falou que Keila teve outra irmã que se chamava Diandra.

Keila ficou assustada e, ao ler o verso da foto, viu a frase:

Keiko e sua mãe, Diandra.

A moça não sabia o que pensar, ficou tonta e deixou o envelope cair, derrubando muitas fotos pelo chão.

Keila, assustada, saiu do quarto apressadamente e indo até Richard, que estava com as meninas na sala, parou e olhou para ele e depois para Keiko. Richard viu o olhar de Keila e não entendeu nada, mas disse:

— O café está pronto! Eu e as meninas estávamos esperando por você. Meu pai foi para o restaurante, pois vamos receber um caminhão de mercadorias agora cedo e ele pediu para desculpá-lo por não ficar para se despedir. Mas falou que vocês devem retornar quantas vezes quiserem, pois foi um prazer recebê-las.

— Viviane, vamos embora! — A moça falou com a voz trêmula. Foi até a filha e pegou em sua mão de forma brusca, puxando a garotinha, que também não estava entendendo nada do que estava acontecendo.

— O que aconteceu, Keila? O que está acontecendo?

Richard, saindo de perto de Keiko, que brincava com as bonecas, sentada no sofá, foi até a moça e disse novamente, ao escutar o tom da ordem dada para Viviane.

— Keila, o que aconteceu?

— Eu não sei! — Ela gritou nervosa. — Eu não me lembro! — A moça somente mostrou para ele a foto que acabara de descobrir em meio aos pertences de dona Pachacuti. Ela balançava a foto em direção a Richard.

Richard percebeu que tudo tinha passado dos limites e a intenção dele era de revelar toda aquela situação, porém não era daquele jeito que ele desejava que Keila descobrisse tudo. Ele pegou a foto da mão da moça e ficou sem ação.

— Filha, despeça-se de Keiko e vamos!

— Mãe, já?!

— Agora, Viviane! — A voz de Keila soou tão forte, que Viviane não reclamou mais.

— Keila, espere, por favor! Nós precisamos conversar. — Richard, ainda com a foto de Diandra e Keiko na mão, depois daquele momento de impacto, demostrando aflição na voz, comenta, querendo explicar tudo para a moça.

— Não irei escutar suas explicações, pois você não acha que antes de tudo que tivemos elas deveriam ter sido feitas?

— Você tem toda razão! — O rapaz disse, seguindo Keila, que pegou as chaves do carro e a bolsa que estavam sobre uma pequena mesinha de canto. Keila continuava segurando o braço de Viviane, praticamente estava arrastando a menina até o carro.

— Mãe, mãe, não quero ir agora! — Viviane chorava e olhava Keiko, que ficou assustada, observando tudo de forma entristecida. Sem nada entender, na varanda, deu um adeusinho para a coleguinha.

Richard foi até o portão, mas era tarde, pois Keila estava tão nervosa que saiu rapidamente. Ele deixou-a seguir na frente, voltou para dentro de casa correndo para procurar algo para calçar e a moça sumiu, pois ela estava confusa.

Richard não podia seguir Keila, pois Keiko estava chorando naquele momento, ela tinha ficado assustada com tudo o que havia acontecido e o jeito brusco com que Keila foi embora. Voltando-se para a varanda, ele pegou Keiko no colo e disse:

— Calma, filha! Tudo ficará bem! O papai vai consertar tudo. Eu vou trazer ela de volta para nós! — Richard levou a criança para dentro de casa, vestiu um conjuntinho quentinho nela, pois o dia estava fresco e calçou um tênis, depois foi para o Incabolivi.

Richard levou Keiko e, deixando a menina com o avô, disse:

— Pai, fique com Keiko, eu tenho que ir atrás de Keila e Viviane e explicar tudo.

— Tudo o quê, Richard? O que aconteceu? — Senhor Einar sabia de tudo que envolvia a presença de Keila na casa dele, porém nunca imaginou que a moça descobriria tudo por uma foto, que nem ele sabia que estava na caixa que deixou no closet.

— Pai, a vida prega peças e as linhas escritas nós não entendemos!

— Do que você está falando, rapaz? — Senhor Einar não entendia nada.

— Pai, quando fui à casa de Keila no aniversário dela, descobri que por obra de uma grande roda da vida, Keila é irmã paterna de Diandra. E se, não estou equivocado, Keiko é filha do ex-marido de Keila e assim irmã de Viviane. — O rapaz soltou tudo o que pensava e que tinha descoberto na casa de Odalis.

— Richard, que história absurda é essa?! — Senhor Einar sentia a ligação entre as meninas, porém nunca imaginou ser de sangue.

— Pai, eu não tenho tempo para explicar mais coisas. Tenho que ir atrás da mulher que amo e dizer para ela tudo o que aconteceu no passado e como aconteceu, como Keiko se tornou minha filha.

— Vai, filho, vai rápido! — Senhor Einar entendeu a complexidade da situação e incentivou Richard a seguir Keila para resolver tudo.

Capítulo 37
Procurando um advogado

O rapaz, com as chaves da caminhonete nas mãos, entrou no carro, deu a partida e saiu em uma velocidade um pouco maior do que a permitida para a cidade. Chegou à casa de Odalis, pois deduziu que ali encontraria Keila. E estava certo, pois o carro da moça estava no grande jardim em frente de casa.

Richard, próximo ao grande portão, apertou o interfone e a funcionária novata, que identificou sua voz, pensando ser ele um conhecido da família, abriu o portão, dando a oportunidade de o rapaz adentrar o quintal da mansão.

Ao ser recebido pela funcionária da casa, disse que queria falar com Keila. Odalis, que estava de posse da foto que continha Diandra e Keiko e também do porta-retrato dela com as duas irmãs, veio descendo as escadas da grande casa. Keila ficou somente no último degrau com lágrimas que escorriam por seu rosto. Olhou para Richard, e levou a mão ao peito, pois sentia o coração dilacerado, imaginando que havia sido enganada e sem entender nada.

Odalis, ao chegar perto de Richard, disse em um tom muito forte e nada cordial:

— Rapaz, você não tem nada o que fazer aqui! Vá embora! Aguarde minha carta para que compareça ao tribunal, meu marido está ciente de tudo, liguei para ele, assim que Keila me contou. Iremos descobrir tudo que envolve você e esta foto.

— Keila, nós precisamos conversar. — Richard gritava sem ao menos prestar atenção ao que Odalis falava, pois estava desesperado.

Alguns funcionários homens que foram solicitados a comparecer na antessala, pela funcionária que acompanhou tudo o que estava acontecendo e entendeu que as patroas precisavam de ajuda, seguraram Richard e o encaminharam para fora da casa.

Um homem que ajudou colocar Richard para fora da sala comentou:

— Rapaz, eu acho bom você arrumar um bom advogado, pois a senhorita Keila é uma excelente advogada!

Neste momento, quando Richard descobriu que Keila era advogada, deixou passar, pois estava envolvido em tantas situações, que ficou tonto e sentou na calçada da grande casa, atordoado, amassado pelo jeito que foi retirado da casa. Com as mãos no rosto, ele grita novamente:

— Keila, nós precisamos conversar! — Ele gritava para o nada e ninguém, pois somente ele estava ali e a sensação de impotência o invadiu.

Um dos seguranças, que antes tinha retirado Richard de dentro de casa, voltando até a entrada por ordem de Odalis, disse para Richard:

— Vá embora, rapaz, ou a senhora Odalis chamará a polícia.

Richard entendeu que nada poderia fazer, pois certamente os seguranças não o deixariam entrar na casa e muito menos conversar com Keila, pois eles o colocaram para fora mediante o risco de ser preso e isso pioraria a situação.

Na caminhonete, indo para Incaiti, Richard lembrou-se da namorada de Saulo, ligou para o rapaz e disse:

— Preciso de um advogado. Por favor, veja com sua namorada um que possa competir com o escritório dela, um que seja bom!

— Amigo, aconteceu algo? Porque um advogado?!

— Te conto tudo em casa. Arrume para mim com sua namorada o telefone de alguém que queira lutar nos tribunais contra a família de Keila.

— Richard, que confusão é essa?

— Isto contarei para você e para todos hoje à noite, lá em casa. Irei reunir todos, pois não posso esconder mais nada de ninguém. A verdade completa deve ser revelada e todos devem se preparar para os acontecimentos que virão, as mentiras acabaram e a verdade veio à tona.

— Tudo bem! Vou ligar para ela. — Saulo despediu-se.

Várias mensagens foram enviadas aos amigos por Richard, marcando o encontro no horário do jantar para que tudo fosse esclarecido.

Quando o rapaz chegou ao restaurante, senhor Einar estava afobado e queria saber de tudo, mas os clientes estavam chegando para o horário do almoço e Richard precisava acertar algumas notas fiscais. Então foi diretamente para o escritório, sem explicar nada para o pai, que notou, além da sua camisa amassada, um aspecto de nervosismo.

Depois do pico de clientes, que era frequente, senhor Einar pediu para que Erlan assumisse o caixa e foi ao escritório.

— Richard, temos que conversar!

— Pai, nós teremos que contratar um advogado bom, pois Keila é advogada e a família dela é rica. E provavelmente irão querer tirar Keiko de nós. — O rapaz falou para o pai, sem rodeios.

— Tirar Keiko de nós?!

— Sim, pai, se ela realmente for a filha do ex-marido de Keila e, pelo que constatei e tenho que te contar, Diandra era uma drogada, que fez muita coisa errada e mentiu para nós, pois ela não foi rejeitada e maltratada pela família. As irmãs a amavam, ela quem traiu a confiança da família juntamente com o marido de Keila, que foi infiel e por isso nasceu Keiko. Quem é o rapaz que morreu no carro, eu ainda não sei, mas certamente descobriremos cedo ou tarde.

— Que tragédia! Estamos à mercê delas! Agora teremos que esperar o que elas irão fazer para podermos agir, pois podemos chegar até perder Keiko! Senhor Einar comenta de forma sensata e muito pensativo.

— Sim, mas quero revelar tudo aos nossos amigos, pois todos de forma direta ou indireta foram envolvidos. Eles têm direito de saber de tudo e eu os convidei para irem em casa hoje à noite.

— Fez bem, filho! Todos merecem saber a verdade, pois estaremos livres dessa mentirada e Keiko poderá ser feliz, mesmo que isso signifique que não seja conosco. Meu coração corta só de pensar que podemos perdê-la!

— Pai, não diga isso! Não iremos perder a Keiko. Vou contratar um bom advogado e todos contarão como foi tudo, e enviei mensagens para Keila para que me dê a chance de explicar. Porém receio que ela não atenda a meu pedido, pois quando fui à casa da irmã dela, fui escorraçado pelos seguranças.

A noite chegou, e com os amigos reunidos, Richard contou tudo, repassando todos os detalhes desde o momento que se encontrou com Diandra. Enquanto isso, na cidade, no escritório, uma outra reunião muito importante estava acontecendo: Keila, Odalis, Hakan e o noivo de Keila traçavam o caso, pois Odalis queria Keiko e não deixaria, de nenhuma forma, que a sobrinha fosse criada por estranhos.

Keila estava na mesa de reunião e escutava todos os planos para montar o caso e ela conhecia todos os procedimentos, porém seus pensamentos estavam no que Richard disse: "Eu te amo e vou te dar algo para pensar agora. Amanhã conversaremos, pois tem algumas coisas que preciso te contar". A moça divagava, nada escutava sobre o que estava sendo decidido e sua pele queimava, seu coração batia em um compasso diferente, que parecia estar se dividindo.

Na casa de Richard, uma decisão foi unânime: todos iriam apoiar o rapaz e iriam dizer a verdade para que Keiko conseguisse ser uma criança feliz e sem nenhuma mancha no passado, mesmo que isso significasse que um juiz decidisse que ela deveria viver com outra família.

Senhor Einar estava arrasado, pois nunca imaginou que um ato de caridade e amor iria trazer uma situação tão difícil para a família e para os amigos. Richard viu a feição do pai e se preocupou por ele, mas o rapaz não podia esconder nada dele e nem de ninguém.

No outro dia, mesmo indo até o escritório de Keila, e enviando mensagens para a moça, Richard não conseguia nenhuma resposta por parte dela.

Richard descobriu que o casamento de Keila tinha sido adiado, pois a namorada de Saulo, que o recebeu na recepção do escritório, comentou para o rapaz, e também contou que todos os patrões estavam envolvidos em resolver o caso sobre Keiko. A moça sabia de todo o mistério sobre Keiko, pois depois da reunião na casa de Richard, Saulo telefonou para a namorada e contou pedindo ajuda, afinal Richard era um amigo que Saulo considerava como irmão, e sabia que Keiko era tudo para o amigo e também para senhor Einar.

A namorada de Saulo convenceu Richard a voltar para Incaiti, pois se ele fizesse algum tipo de tumulto na recepção do escritório, provavelmente os patrões chamariam a polícia. Richard, sem poder fazer nada, voltou para casa.

Capítulo 38
A ordem de tutelar

Alguns dias se passaram e Richard recebeu uma carta para uma audiência de tutela, pois Odalis não queria esperar a execução de nenhuma sentença para ter Keiko junto dela, de Keila e de Viviane, que agora eram hóspedes permanentes na grande casa.

Richard foi até o advogado indicado pela namorada de Saulo e contou tudo.

Samim era um bom advogado, mas ao ouvir Richard, entendeu que o caso era algo muito complicado, pois a família de Keila, além de ser rica, era influente no ramo da advocacia e tinha ganhado casos importantes nos tribunais, principalmente porque eram orientados por Keila, que era uma excelente advogada e praticamente carregava o escritório nas costas. Mas ele também sabia que havia tempo que a moça não exercia a profissão, desde que sofreu o acidente, então pensava que teria chances. Ele entendia que tudo cooperava para a família da moça, pois muitas foram as mentiras e o caso dependia da crença em uma ação de bondade, um ato raro dentro dos dias atuais.

Samim assumiu o caso e entrou com uma petição tentando anular o pedido tutelar, mas a medida processual foi negada e Keiko tinha que ir para a casa de Odalis, pois o juiz deu a sentença permitindo que a tutela fosse concedida para Keila, como irmã da mãe de Keiko, e enquanto o processo seguisse tramitando até o julgamento final, Keiko teria que morar na casa de Odalis.

ALEXANDRA INOCÊNCIO COSTA

Somente uma medida protetiva de afastamento foi pedida pelo escritório do marido de Odalis e foi concedida para que Keila ficasse tranquila, pois Hakan sabia que Richard não iria parar de procurar pela cunhada. Naquela situação, o velho advogado sabia que uma prisão imediata seria concedida se ele entrasse com a documentação, porém Odalis pediu cautela para que Keiko não saísse de toda aquela situação prejudicada e para evitar maiores traumas.

Hakan tinha muitas possibilidades de prejudicar Richard judicialmente, pois tudo que foi cometido no passado pareceu uma situação que se encaixava com vários casos advocatícios: perjúrio, falsificação de documentação e outras situações, até mesmo sequestro poderia ser citado. Tudo estava a favor do processo que o escritório estava montando, e com a ajuda do atual noivo de Keila, as informações na documentação estavam sendo feitas de forma minuciosa, pois o rapaz queria muito que Richard fosse prejudicado, já que entendeu que Keila tinha sentimentos por ele. Contudo Keila pediu que tudo fosse feito somente para que Keiko viesse para a família e orientou expressamente que os envolvidos sofressem o menor impacto possível da mão da justiça.

Tudo aconteceu de forma muito rápida, pois a data de busca e apreensão de Keiko foi executada com a justificativa por parte de Odalis que era a principal interessada. Ela alegava que Richard estava obstando a convivência de Keiko com a irmã, Viviane, e o juiz do caso, ao analisar, ponderou que havia realmente a necessidade de as duas irmãs conviverem e estabeleceu o ato de convivência.

O deferir da medida cautelar de busca e apreensão da menor, feito pelo juiz, determinou que um membro do Conselho Tutelar da cidade fosse o responsável em providenciar a entrega de Keiko na casa de Odalis.

O juiz também autorizou que os agentes incumbidos da diligência que foi buscar Keiko se utilizassem, em caso de necessidade, de força policial no auxílio da efetivação da medida, pois mesmo com todos os documentos protocolados de Samim, não foi possível impedir que a ação seguisse e o noivo de Keila jogou algumas indiretas de informações na documentação que davam a entender que Richard era um homem descontrolado e impulsivo. O momento que o rapaz esteve na mansão, querendo falar com Keila, foi relatado no processo com maiores detalhes, mesmo sem necessidade.

Samim avisou Richard que tinha que preparar Keiko e conversar com a filha. Foi o que o rapaz fez e a menina escutou o pai. O avô também estava próximo e nada comentou, somente uma lágrima correu em seu rosto. A menina era muito esperta, e mesmo sem entender porque teria que ir para outra casa, mesmo sendo a casa de Viviane, já que Richard contou somente que naquele momento era necessário que ela ficasse longe dele e do vovô por alguns dias, mas que rapidamente ele iria acertar tudo para que ela voltasse para casa, abraçou o pai, depois o avô e disse:

— Chora não, vovô! Eu vou brincar com a Viviane, mas eu volto, tá?!

Naquele momento, um carro do Conselho Tutelar, que parou próximo à casa de Richard, chamou a atenção, pois a vila era pequena e todos buscavam entender os acontecimentos que surgiam.

Uma aglomeração aconteceu em frente ao restaurante e no portão da casa do senhor Einar. Samim chegou um pouquinho depois do carro do Conselho e, ao ver Keiko, que chorou ao sair do colo de Richard para o da conselheira tutelar, ficou também emocionado. Vizinhos e amigos estavam ali, muitos adeus foram dados e algumas lágrimas foram derramadas. Senhor Einar não saiu de casa, pois não se sentiu bem, mas não falou com Richard, somente disse:

— Não irei até o portão para me despedir de keiko, pois já existem algumas pessoas aglomerando na rua demostrando curiosidade e será difícil para Keiko.

— Tudo bem, pai!

Ao entregar a filha para o colo da conselheira, uma senhorita muito novinha e de boa aparência conversou com Keiko de forma amável e conseguiu que a menininha, de forma passiva, fosse para os braços dela, que era uma total estranha, sem fazer nenhuma reclamação. Richard despediu-se de Keiko com um beijo e com lágrimas, pois era a primeira vez que ficaria sem ela.

Samim tentou acalmar o rapaz e abraços vieram de Erlan e Saulo. As mulheres, dona Magaly, Maria, e Arline, estavam com lágrimas nos olhos, mas nada podiam dizer, pois ninguém poderia ir contra uma decisão judicial.

Na casa de Keila, as coisas foram organizadas para receber Keiko e Viviane foi avisada que a coleguinha viria passar um tempo com ela como se fossem férias. Odalis e Keila decidiram não contar nada para Viviane, mas a menina era esperta e desconfiava que algo muito estranho estivesse acontecendo.

Keiko chegou à cidade e, quando viu Viviane, correu e abraçou a amiga, mas ainda chorando e virando-se para Keila, disse:

— Quero meu pai e meu avô! Eu queria que eles também tivessem vindo!

— Eu sei, querida! — Keila comenta ao abraçar a menina juntamente com a filha.

— Vem, Keiko, vou te mostrar o que mamãe e a tia Odalis prepararam. Um quarto só para você, e eu ajudei a comprar tudo, tem muitas bonecas.

— Não quero outras bonecas! Quero as minhas, que meu pai comprou para mim. — A menina, com as mãozinhas nos olhos a enxugar as lágrimas, fez com que Odalis, que estava presenciando tudo, sentisse um pouco de aperto no coração. Keila não aguentou e acabou chorando, então saiu depressa de perto das meninas, indo para dentro, em direção ao seu quarto.

Odalis orientou uma das funcionárias, que parecia uma espécie de babá de Viviane, que levasse Keiko e a sobrinha para dentro e em direção ao quarto novo. Foi buscar por Keila, que saiu de perto de todos, demostrando total falta de estrutura.

No quarto de Keila, a moça, sentada perto de uma pequena cômoda com espelho, olhava para si mesma e lágrimas escorriam de seus olhos. Odalis bateu devagar na porta e Keila permitiu que a irmã entrasse.

— Keila, eu não estou entendendo porque você chora ao invés de estar feliz.

— Odalis, choro porque sei que Keiko está sofrendo, Richard também certamente está sofrendo e me culpando por tudo, pois ele a ama.

— Você chora realmente por ela ou está pensando nele?

— Choro por ela e por ele! — A moça fala, sentindo-se devastada, e demonstra que tem muitas dúvidas sobre o que estava acontecendo.

— Keila, a menina merece estar em contato com a irmã e nós vamos proporcionar isso, é o certo a se fazer. Perdemos há muito tempo a oportunidade de ter contato com Diandra, que seguiu um caminho muito diferente do nosso, mas agora temos a oportunidade de estar com Keiko e fazer o melhor por ela e para ela.

— Eu sei disso, minha mente sabe disso, mas meu coração está entristecido e não posso evitar. Estou devastada por dentro, porque Richard e o senhor Einar realmente são família e sei que este momento deve estar sendo muito duro para eles. São pessoas boas, pelo que vi nos momentos em que estive com eles. E eu sei que eles amam muito a Keiko.

— Keila, pelo que você sabe, o juiz foi muito justo no caso, pois a decisão de Keiko ficar conosco, sua família de sangue, é a correta. E apesar das argumentações do advogado de Richard, percebo que nada irá adiantar, pois nós somos a verdadeira família de Keiko.

— Eu sei disso! — Keila exclama de forma triste, colocando as duas mãos no rosto e chora de forma silenciosa, porém sofrida.

Capítulo 39
Irmãs: Keiko e Viviane

Quatro meses se passaram e a guarda de Keiko tramitava no tribunal. Richard, algumas vezes, obteve a chance de visitar Keiko, com permissão de Odalis, mesmo sem autorização judicial, pois ele insistia com ligações e mensagens constantes. O rapaz esteve na casa de Keila visitando Keiko, mas em todas as visitas, a criança chorava ao despedir-se, desejando ir embora e ele ficava ainda mais arrasado.

Keila não estava presente no encontro, pois tinha voltado a trabalhar e assumido alguns casos importantes. E também, com a medida preventiva, Odalis sabia que Richard não podia estar perto de Keila. A irmã, muito cuidadosa, marcava com Richard sempre quando o marido, Hakan, e sua irmã não estavam em casa.

Keila sempre estava em casa à noite e ficava um tempo com as meninas. Em todos os outros momentos do dia, as crianças brincavam, pois as duas tinham educação domiciliar. Depois das lições, proporcionadas com total garantia de qualidade por Odalis, as crianças ficavam sempre juntas.

Após um exame de DNA, foi certificado o parentesco genético entre Keiko e Viviane. As duas garotinhas eram realmente irmãs. Elas brincavam no jardim, na piscina e no quarto com as bonecas e também com a Princesa Linda, que Richard deu de presente para Viviane. Tudo era supervisionado pela babá e, às vezes, pela própria Odalis, que passou a permanecer um pouco mais em casa, por causa de Keiko. Ela sentia-se totalmente culpada pelo que aconteceu com Diandra e queria compensar todo o tempo perdido.

Em Incaiti, os dias pareciam parados e senhor Einar nem no restaurante queria ir, pois estava cansado e abatido. Richard ficou muito preocupado com o pai, que o acompanhava em algumas visitas a Keiko, mas ao retornar para a vila, nenhum comentário fazia. Somente seguia para o quarto e se mantinha em silêncio sobre tudo o que estava acontecendo. Uma tristeza profunda se abateu na casa de Richard e tudo se modificou. Aquele ambiente não era mais repleto de sorrisos de criança, brinquedos espalhados pela casa, comidas estrategicamente pensadas para a saúde de Keiko, e mesmo as roupinhas da garotinha não estavam mais penduradas no varal como antigamente.

O quarto da menina era limpo pela mãe de Saulo, visitado por Richard e até mesmo por senhor Einar, que em alguns momentos, desejam sentir a presença de Keiko quando o coração apertava muito pela saudade.

Richard, em um determinado dia, resolveu mandar um áudio pedindo para que Keila consentisse em as meninas irem até Incaiti, se fosse possível, nem que fosse por apenas alguns minutos. Isso alegraria muito o pai dele e seria muito bom, pois ele estava muito preocupado com a saúde do senhor Einar, que não estava comendo bem e demostrava estar muito triste, de forma que ele não sabia o que fazer.

Richard não sabia se Keila tinha escutado o áudio, pois o celular não dava sinal de mensagem visualizada, porém ele sabia que tinha sido entregue. Porém nem mesmo sabia se era Keila quem estava com o aparelho, pensou que talvez a irmã, Odalis, tivesse tomado seu celular, para que a moça ficasse o mais longe possível dele.

Em um dia de domingo, Richard, depois do almoço, em sua casa, teve uma sensação tão boa de que o dia seria diferente. Então o rapaz resolveu organizar a estante de livros que tinha, repleta de livros que foram dados até por algumas garotas da vila, que pensavam em romantismo: *Delicatesse*, *Vigas Retorcidas* e outros mais. Pensou em colocar a leitura em dia, mas o que sentiu foi tão forte, que ele saiu para a varanda e viu um carro parando na frente de casa. Ao ver Keiko correndo para abraçá-lo, o rapaz não acreditou e correu para abraçar a filha com um dos braçons, enquanto abraçava Viviane com o outro. O rapaz, abaixado, pegou as duas no colo, levantou-as, as rodopiou e as encheu de beijos. As meninas sorriam e gritavam:

— Vovô, vovô, vem nos salvar! — Senhor Einar saiu na varanda, e vendo as meninas com Richard, correu e abraçou a todos.

ALEXANDRA INOCÊNCIO COSTA

Keila, que viu toda aquela cena, engoliu em seco e uma sensação de tristeza chegou ao coração da moça. Uma dor de cabeça veio em um estalo que a moça não sentia há muito tempo também. A emoção que sentiu foi tão intensa, que ficou tonta, e com a mão na cabeça, pareceu que ia desfalecer.

Richard, que observou Keila desde que desceu do carro com as meninas, e entregando-as ao pai, mesmo entendendo que senhor Einar não aguentaria as duas pequenas ao mesmo tempo, correu até Keila, que parecia que ia desmaiar. Segurou-a, amparando-a com o corpo.

— Tudo bem? — Ele perguntou preocupado.

— Sim! Só uma forte tontura.

— Obrigada por trazer as meninas, isto alegrará muito ele! — Richard mostra o pai indo com as meninas para dentro de casa. Sorrisos enchiam todo o jardim e depois a casa ficou iluminada, pois bonecas e ursos estavam novamente pela sala. Senhor Einar, sentado com as meninas no tapete da sala, estava a brincar.

— Desculpe-me por demorar em trazer Keiko, escutei seu áudio tem dias atrás, porém não tive como vir, eu tive que convencer Odalis primeiro, acertar algumas coisas e retirar a medida protetiva mediante a minha renúncia. Precisava me aproximar de você. — Ao escutar o que havia dito, Keila refez a frase rapidamente, pois estava tão próxima do rapaz, que o coração estava disparado. Então falou:

— Quero dizer que eu precisava trazer Keiko para próximo de você e seu pai, pois vocês têm feito muita falta para ela.

Os dois continuavam muito próximos, pois Richard continuou amparando-a em uma espécie de abraço. A moça sentiu o perfume dele e o olhando tão de perto, a vontade de abraçá-lo e beijá-lo era intensa. Queria muito aquele contato, teve que repreender-se e uma sensação de dor ainda mais forte veio. Suas pernas não deram conta do corpo e antes que caísse no chão, Richard pegou-a no colo e, levando-a para a varanda, colocou Keila na poltrona e disse:

— Você está bem?! — Ele perguntou de forma muito preocupada.

— Sim, estou!

— Eu vou buscar água para você. Fique aqui, sentadinha.

— Sim! Tudo bem!

— Volto rápido! — Richard entrou em casa e foi até a cozinha procurar por uma jarra de água na geladeira para colocá-la em um copo para Keil.

246

Parecia que seu coração sairia pela boca, ele não acreditava que ela estava ali e ele teria a oportunidade de lhe explicar tudo.

O rapaz rapidamente estava de volta com um copo na mão com um pouco de água e pergunta:

— Meu... — Richard estava para expressar "Meu amor", mas parou ao olhar para Keila.

Abaixando-se próximo a ela, disse:

— Posso te levar para a cidade e vamos ao médico.

— Não tem necessidade! Tenho essas vertigens às vezes — a moça disse —, porém tinha muito tempo que nada assim acontecia.

Richard, ainda abaixado, bem próximo a ela, comenta:

— Certeza absoluta que você não quer ir ao médico?

— Certeza absoluta! — A moça sorriu, levantou-se, demostrando que estava melhor e ficou muito próxima a Richard, que também se levantou.

— Uma pergunta: trazer Keiko aqui em casa não é errado dentro do processo? Pergunto porque você é advogada e entende sobre essas coisas.

— Preservo-me o direito de não responder nada de processo, pois sou a advogada da parte contrária e façamos de conta que não estou aqui. — Ela sorri de forma sapeca.

— Eu não posso fazer isso, pois não consigo fingir que não sinto a sua presença e desejo...

— Filho, vocês não vão entrar? As meninas estão perguntando por vocês e os chamando. Venham comer um pedaço de torta Três Leches, antes que devoremos tudo. — Senhor Einar entra em casa sorrindo depois de passar o recado do chamado das meninas para Keila e Richard.

O rapaz coça a cabeça e arqueia as sobrancelhas. Saindo de perto de Keila, expressa:

— Vamos então, comer torta.

Keila segue Richard e na mesa juntamente com as meninas, não havia somente torta, mas outras guloseimas que dona Maria tinha feito e deixado para Richard e o pai. A velha senhora, em quase todas as tarde de domingo, ia visitar com o filho, Saulo, a família da namorada. Senhor Einar e Richard ficavam em casa sozinhos, porém muito abastecidos com coisas deliciosas para saborearem quando desejassem.

— Nossa! Se eu ficasse aqui, com certeza iria passar do meu peso, pois tem tantas coisas que parecem ser deliciosas. Dá vontade de comer todas.

— Come, mamãe, está tudo gostoso! — Viviane falou saboreando um bom pedaço de torta.

— Filha, eu sou obrigada a saborear estas gostosuras? Então tá! — A moça sorriu, fez sinal de que iria se sentar e Richard educadamente puxou a cadeira para ela. A moça olhou-o e sorriu, o que fez o coração do rapaz ficar satisfeito.

Saboreando um pedaço de torta, a moça sentiu-se totalmente saciada e disse:

— Agora estou tão cheia, que precisarei caminhar. Que tal darmos um passeio na orla?

— Sim, sim! — As meninas agitaram-se e pulando como pequeninos coelhos, falavam e sorriam de alegria.

Senhor Einar também sorriu e expressou:

— Excelente ideia! Vamos todos em família! — Depois do que disse, ele percebeu a frase que acabara de expressar e, virando-se para a moça, comentou:

— Desculpa pelo que disse!

— Senhor Einar, não precisa pedir desculpas por nada! Tudo bem! — Keila, levantando-se, foi até ele e o abraçou.

As meninas, que estavam na varanda e ansiosas para o passeio, gritavam:

— Vamos, vamos!

— Estamos indo. — Richard respondeu para as meninas. Viu o que acontecia entre o pai e Keila, adiantou-se e foi ao encontro das garotinhas.

Na orla, as meninas de mão dadas com o senhor Einar seguiam à frente de Keila e Richard. Uma moça que veio passando de bicicleta pela ciclovia, parou e chamou por Richard.

— Richard, Richard! — O rapaz, ao olhá-la, reconheceu-a como sendo uma das clientes do restaurante. Afastou-se um pouco de Keila e foi até a moça, cumprimentando-a com um aperto de mão. Keila, de longe, ficou a olhá-lo conversando com a moça, que sorria com tudo que Richard dizia.

Um pouco longe, Keila não escutava o que estava sendo dito, mas percebeu que a moça, ao conversar, passava a mão pelo braço de Richard e buscava intimidade. Isso irritou Keila e, ao olhar senhor Einar e as meninas, que saboreavam uma água de coco, todos sentados em uma das mesas das barracas próximas à prainha, resolveu ver quem era aquela moça e ao invés de ir em direção ao senhor Einar e a meninas, foi até Richard, e parando do lado do rapaz, disse:

— Vamos, as meninas e seu pai estão nos esperando! Vamos tomar água de coco?

— Sim, eu vou. — Richard disse.

— Nos vemos depois, Richard. — A moça da bicicleta disse.

Keila, que nem foi apresentada para ela, vendo que a moça estava tentando seguir com algo que a deixou muito incomodada, sem perceber, pegou a mão de Richard e disse:

— Vamos agora!

O rapaz, sentindo o contato da mão de Keila, disse:

— Vamos! Até outro dia, Maria Emília!

Depois que a moça seguiu para onde estava indo, Keila, que ainda estava de mãos dadas com Richard, olhando-o, expressou:

— Maria Emília?! — Um torcer de lábios veio da moça.

— Sim, Maria Emília, ela é a vizinha de Saulo é uma amiga próxima que deseja trabalhar comigo na administração do restaurante, pois é recém-formada.

— Só amiga?! Trabalhar com você?! Sei! — Nisso Richard sentiu que Keila deixou sua mão e ainda de frente para ele, ficou olhando-o bem profundamente nos olhos, demonstrando total ciúme.

O rapaz estranhou Keila, pois sentia que não tinha dado margem para tal atitude, porém mulheres são difíceis de entender e Maria Emília era uma moça jovem e muito atraente. Richard gostou muito, pois sentiu que Keila estava brava por causa da outra, então comentou de forma extrovertida:

— Fiz algo errado? Parece que está brava comigo!

— Eu, brava com você?! Porque estaria, se nem me apresentou para Maria Emília?

Keila entoou o nome da outra moça de uma forma diferente, que fez Richard sorrir e dizer:

— Posso perguntar uma coisa?

— Pode sim!

— Você está com ciúmes de mim?! — Richard arqueou as sobrancelhas e, puxando Keila bem para perto, escutou a moça dizer:

— Eu? Eu não! Por que ficaria? — A voz dela tremeu ao dizer, pois o que acabava de acontecer era uma situação de ciúmes revelado.

— Não sei! Ciúmes é algo que sentimos por alguém que estamos apaixonados.

— Eu não acredito nessas bobagens, ciúmes é coisa infantil.

— Eu sim acredito! Pois tenho muito ciúmes, e não concordo que é coisa infantil somente, pois adultos têm atitudes muito fortes. — Richard pensou rapidamente na atitude do ex-marido de Keila e continuou: — Eu sinto ciúmes de você, porque sei que se casará com outro homem.

Os dois estavam parados, um de frente para outro, enquanto pessoas, que passam por eles, somente os observavam.

— Não me casarei mais! — Keila responde rapidamente.

— Não se casará?! — O rapaz demostra ansiedade na voz.

— Não irei mais me casar, pois terminei o relacionamento um tempinho depois que adiei o casamento. Ele não gostou de eu querer Keiko e Viviane comigo. Uma coisa muito importante também foi perceber que ele não ama minha filha e somente buscava status no escritório.

— Você está livre? — Richard sorriu e os dentes brancos do rapaz eram uma visão linda. Keila foi envolvida por seu sorriso e o correspondeu, depois disse devagar:

— Sim! — Ela mordeu o lábio inferior.

Os dois juntinhos continuavam em um diálogo enquanto eram observados por todos que passavam pelo calçadão — alguns curiosos e outros até mesmo conhecidos de Richard — e também estavam sob os olhares de três pessoas muito importantes: Viviane, Keiko e o senhor Einar.

Richard queria tanto beijar Keila, que seu coração estava batendo mais acelerado, mas ele não se atreveu, porque sabia que as coisas eram complicadas. Mas, de repente, ela disse:

— Depois do que eu te disse você não vai me beijar?

— Você é uma mulher muito estranha, sabia disso?! — Richard puxou Keila para mais perto e beijou-a intensamente, sendo correspondido pela moça.

AMOR OU SANGUE

Aplausos vieram das três pessoas importantes que estavam sentadas saboreando água de coco e que desejavam que tudo ficasse bem entre Richard e Keila. Os aplausos chamaram a atenção do casal, que se beijava bem ali no meio do calçadão. Separando-se, os dois sorriram. Keila e Richard, de mãos dadas, seguiram até a mesa onde as meninas estavam com o senhor Einar.

Depois de saborear uma água de coco gelada e sentir Richard um pouco mais com carinho segurando sua mão, Keila entendia que tinha que encerrar o passeio, pois disse para Richard que tinha convencido a irmã que Keiko precisava ir a Incaiti. Mas Odalis não sabia que seria Keila quem a levaria, pois imaginou que seria algum funcionário da casa, e, provavelmente no decorrer da tarde a irmã tinha ficado consciente de que Keiko e Viviane tinham ido para a vila, acompanhadas por Keila. Odalis não estaria nada satisfeita com isso.

Keila deixou o aparelho telefônico no carro para que nada atrapalhasse o passeio, fez isso de forma intencional antes de parar o carro próximo à casa de Richard.

— Vamos retornar para casa! Precisamos ir, meninas!

— Mas já?! — A expressão veio de todos.

Senhor Einar, vendo que realmente a situação era complicada e era certo que Keiko retornasse para a cidade com Keila, comentou:

— Meninas, vocês serão sempre bem-vindas e vamos combinar de fazer outro passeio em breve, tá bom?!

— Sim, vovô! — As meninas respondem juntas.

Richard levanta-se, soltando a mão de Keila e vai pagar os cocos, e ao retornar para a mesa, encontra Keila sozinha, que informa:

— Eles foram em nossa frente, pois seu pai convenceu as meninas que se eles corressem até em casa, ainda daria tempo de brincarem um pouco mais. Richard, eu não sou uma pessoa má, que destrói o que toca, sua família é linda! Sei que ama Keiko, mas eu não posso deixar ela com você, porque Viviane precisa dela. — Keila chorava e foi amparada por Richard em um abraço fraterno e de muito amor.

Outro beijo veio como sinal de carinho e aceitação, pois ele entendia que a situação era complicada. Mas também não podia abrir mão de Keiko e, mesmo beijando Keila, teve que expressar:

— Eu sei de tudo e entendo, mas também não posso deixar de lutar por ela. — Uma lágrima saiu dos olhos do rapaz, que foi amparado por um beijo dado por Keila.

— Preciso ir embora! Adeus! — A moça diz depois do beijo, sai apressadamente da mesa e segue para a casa do rapaz.

Richard fica sem ação, pois amava Keila, mas também tinha que enfrentá-la na justiça por Keiko, que também amava. E o rapaz sentiu-se totalmente impotente, pois entendia que Odalis nunca deixaria que ele ficasse com Keiko e também com Keila e Viviane, depois de tudo o que aconteceu e como ele e os pais se comportaram dentro de tudo que Diandra contou. O arrependimento veio tão forte à garganta do rapaz, que ele sentiu náuseas, pois tinha que ter investigado melhor tudo o que Diandra contou.

Quando Richard percebeu que Keila tinha ido para casa sozinha, seguiu-a, mas ao chegar em casa, as meninas já estavam dentro do carro e somente adeusinhos foram dados pelo vidro. Keiko estava com os olhos cheios de lágrimas, Richard percebeu, mas também observou os olhos de Keila, que demostravam que ela tinha chorado muito mais.

Ao entrar em casa, o rapaz encontrou o pai guardando as coisas da neta no baú de brinquedos, foi até ele, deu-lhe um forte abraço e comentou:

— Deixa isso, pai, eu guardarei. Vai descansar, porque amanhã teremos muito trabalho. Quando eu terminar de preparar o jantar, eu te chamarei. Ok?

— Não quero jantar, vou me deitar. — Senhor Einar respondeu totalmente triste e foi para o quarto sem nada mais dizer. Não olhou para trás, deixando Richard sentado no sofá com uma boneca de Keiko em uma das mãos.

Capítulo 40
Senhor Einar no hospital

Alguns meses se passaram e a audiência final tinha sido marcada. Depois daquele dia de visita, Richard não teve a oportunidade de voltar à casa de Odalis, pois senhor Einar foi hospitalizado e não estava bem. Ele não estava se alimentado direito desde que todas as questões em relação à Keiko tinham vindo à tona. A vida do velho pai do rapaz resumia-se em seu trabalho e em sua cama. A tristeza causada pela falta foi crescendo a tal ponto que uma séria pneumonia se abateu sobre senhor Einar, fazendo-o parar no hospital.

Richard agora contava muito mais com a ajuda dos amigos e dos funcionários para tocarem os negócios, pois a saúde do pai estava frágil. O rapaz estava consumido pelos acontecimentos e todos os amigos sabiam que tinham que apoiá-lo, pois a família de Richard, sem a força de dona Pachacuti, era somente a metade.

Um final de semana antes do julgamento que definiria a vida de Keiko e também de Richard, Hakan não deixou as coisas tranquilas. Por incentivo do ex-noivo de Keila, o marido de Odalis acrescentou mais informações ao processo e pediu a prisão de Richard.

Hakan estrategicamente argumentava no processo que Richard era responsável por tudo o que cometeu. Mesmo que a intenção fosse boa e Richard fosse uma boa pessoa, não era correto. Não podia ficar com uma criança que não pertencia a ele.

Na festinha de aniversário de quatro anos de Keiko, algumas coleguinhas de Viviane foram convidadas, pois também eram amiguinhas de Keiko.

Os funcionários do escritório de advocacia foram convidados e a namorada de Saulo o incentivou ir, pois ele poderia tirar fotos para Richard, que foi proibido por Hakan de comparecer, pois Keiko ficaria muito triste quando o rapaz fosse se despedir dela — foi o que o marido de Odalis argumentou no e-mail que enviou para Richard.

Richard decidiu não comparecer, enviou mensagem para Keila, porém não obteve resposta. Ele estranhava que a moça não tivesse respondido nem as mensagens sobre a notícia de que o senhor Einar estava hospitalizado. Nenhum comentário veio por parte de Keila, porém enviou para Keiko, por meio de Saulo, uma caixa que continha um belo vestido branco com renda e uma boneca. Saulo também entregou outra caixa enviada por Richard nas mãos de Viviane, que continha um mimo para a garotinha, era uma boneca idêntica à de Keiko, somente os vestidinhos eram diferentes.

Na festinha de aniversário, as meninas abriram os embrulhos juntas e, ao pegarem as bonecas, dois enormes sorrisos encheram a mansão, pois as bonecas eram lindas, eram sonho da atualidade para as meninas, estava na mídia e era popular.

Keila e Odalis ficaram encantadas com o cuidado de Richard ao enviar duas bonecas, acharam que havia sido muita gentileza da parte dele. Quando as caixas foram entregues para as meninas, Hakan ficou a observar Saulo e perguntou para a esposa por que aquele rapaz, namorado da recepcionista, era o entregador dos presentes que Richard enviara.

Odalis informou para o marido que Saulo era funcionário de Richard. Hakan ficou enfurecido com a esposa, pois desconhecia aquela informação e a repreendeu. Pensava que sendo ela uma mulher de negócios e estudada, deveria saber que a parte que processa não deve ficar mantendo contato com a parte que está sendo processada. Por isso ele tinha tomado o celular da cunhada, quando descobriu que ela recebia mensagens de Richard e que também tinha, juntamente com Odalis, conspirado e organizado para retirar o processo de restrição.

Hakan era um homem muito correto e um advogado sem nem nenhuma mancha em seus anos de trabalho. Levava a justiça muito ao pé da letra. Entendia que a sobrinha deveria ficar com a família e faria de tudo para que isso fosse possível, não deixando que nada atrapalhasse o processo. Então aguardou um momento em que Saulo estava com a namorada em uma mesa, sem outros convidados por perto, e, de forma educada, mesmo apresentando a polidez de uma pessoa que realmente desejava briga, mas estava se contendo, disse:

— Rapazinho, você entregou sua encomenda, agora peço que se retire da festa da minha sobrinha, sem fazer escândalos. Leve contigo sua namorada, que segunda-feira bem cedo deverá passar nos recursos humanos do escritório.

Com isso o marido de Odalis expulsou Saulo e também informou que iria despedir a namorada do rapaz. Saulo ficou impressionado com o total equilíbrio do cunhado de Keila e chefe da namorada, que, de forma educada, fez aquilo e evitou escândalos. Apesar de ter ficado muito chateado, principalmente porque sabia que a namorada não tinha nenhuma culpa, pegou a mão da moça, que nada comentou, e levantou-se para sair da festa.

Keila, vendo que Saulo se organizou para ir embora, pois foi se despedir de Keiko, inocentemente perguntou:

— Você acabou de chegar! Vai embora? Queria te perguntar por que Richard enviou o presente e não foi ele mesmo quem veio trazer...

— Você não sabe? Acabei de ser convidado pelo dono da casa para me retirar juntamente com o recadinho de que amanhã minha namorada será despedida. Richard, depois do e-mail e das mensagens ignoradas por você, está devastado, principalmente porque o vô Einar não melhora de saúde. E cada dia mais naquele hospital, acompanhando o pai, tem derrotado ele! — O rapaz chamava senhor Einar de "vô", porque, à medida que Keiko foi crescendo, todos passaram a tratar senhor Einar como avô.

Keila ficou estarrecida com o tanto de informações que Saulo despejou sobre ela: a atitude de Hakan feita de forma tão educada, a situação sobre o senhor Einar estar hospitalizado, o fato de Richard estar derrotado por não receber notícias dela. Keila queria muito explicar que não estava com a posse do aparelho celular, que tinha sido recolhido por Hakan, que ela praticamente não estava nem indo até o escritório e que também não poderia ajudar a recepcionista em nenhuma decisão tomada pelo cunhado. Mas Saulo não deu chances e foi embora, logo depois de distribuir os abraços de adeus para as meninas. Saiu de mãos dadas com a namorada, que aparentou chorar com a notícia de que tinha acabado de perder o emprego.

Keila ficou atordoada, sentiu muita dor de cabeça e informou para a irmã que iria se recolher em seu quarto, pois procuraria a medicação passada pelo médico que a acompanhava. Ele tentava fazer com que ela conseguisse parar de ter aquelas dores. Ao chegar ao quarto, a moça sentou-se na cama, segurando o frasco de medicamento, e sentiu-se tão perturbada e impotente que lançou-o na parede e começou a chorar copiosa e intensamente, de forma que chegava a soluçar.

Em meio ao choro e àquele sentimento, Keila teve a sensação que não conseguia respirar e uma crise forte de ansiedade se abateu sobre ela, que levou a mão à cabeça e, batendo em si mesma, expressou:

— Lembre-se, Keila, lembre-se de tudo, você precisa se lembrar!

Odalis, que chegou ao quarto da irmã naquele momento de total descontrole, escutou o que a irmã disse e vendo o estado em que Keila se encontrava, ficou amedrontada, teve medo de perder mais uma irmã.

Odalis correu até Keila sentando-se ao seu lado, a abraçou e disse:

— Keila, minha irmã, o que eu posso fazer por você?

— Faça tudo isso acabar! Só quero paz! — Keila gritou e em meio à angústia causada pela ansiedade, levantou e começou a andar pelo quarto e gritou:

— Eu o amo, Odalis! Eu o amo! Não quero que Richard sofra. — Depois daquele momento de surto, Keila caiu no chão desmaiando.

Odalis gritou por socorro e começou a fazer os primeiros socorros na irmã, até que uma funcionária veio rapidamente e a ajudou a colocar Keila na cama. Odalis, como médica, informou que a irmã tinha tido uma síncope nervosa e pediu à funcionária para que fosse chamar Hakan sem que os convidados desconfiassem do que estava acontecendo.

Quando o marido de Odalis chegou ao quarto da cunhada, Keila já havia recobrado a consciência. Odalis tinha iniciado as massagens cardíacas, fazendo com que Keila retornasse rapidamente. A empregada, que também estava no quarto, foi orientada a descer e falar com a babá das meninas, para que, de forma alguma, subissem até o quarto de Keila.

Keila continuava chorando, porém, com o desmaio, algo aconteceu, e ela olhava para a irmã, que vendo a expressão em seu rosto, perguntou:

— Keila, o que aconteceu?

— Não sei dizer direito, porém me lembro de Diandra. Aliás, me lembro de tudo!

Odalis, olhando para o marido e depois para a irmã, perguntou:

— Tudo o quê?

— Tudo, Odalis! Tudo!

AMOR OU SANGUE

A irmã de Keila sabia que os mistérios da mente humana pregavam peças e, para investigar, perguntou:

— Você se lembra de Diandra?

— Sei que ela era uma viciada, me traiu com meu marido, ficou grávida e fugiu da sua clínica com um enfermeiro, um namorado que ela arrumou lá.

— Como pode ser isso, Odalis?! — Hakan, que não entendia nada de medicina, perguntou para a esposa.

— Hakan, ela iria se lembrar, uma hora ou outra, pois o dano da queda não era algo irreversível, era somente questão de tempo.

Com a cabeça a mil, Keila, interrompendo o diálogo da irmã com Hakan, comentou:

— Também me lembro do momento que o pai de Viviane me empurrou.

— Hakan, nós precisamos levar minha irmã para o hospital! Peça aos seguranças para trazerem o carro para frente da casa, vamos levar Keila agora para a clínica. Chamarei meu amigo, que está cuidando do caso dela.

Keila escutou o que a irmã falou, porém nada disse, porque estava pensando em tudo que se lembrava do passado, tudo que viveu com o marido mulherengo, agressor e trapaceiro. No passado, ele tinha até mesmo tentado enganar o pai da moça em situações no escritório, porque também era um dos advogados do grande império da família de Keila.

Odalis não se atreveu a perguntar se a moça se lembrava de Richard, pois pensou que ficar forçando a irmã a lembrar-se das coisas seria algo perigoso, como o médico que cuidava do caso de Keila tinha advertido.

Com o apoio de Hakan, que era um cunhado atencioso, Keila desceu as escadas da grande mansão e foi para o carro, que foi colocado estrategicamente na parte de trás da mansão, para que não despertasse suspeitas.

Odalis sabia que suspeitas iriam surgir, pois a ausência dela e de Keila na festa iria ser notada com certeza. Porém falou ao marido que retornasse aos convidados e que, de forma educada, dentro do possível, acabasse com a festa. Deveria fazer isso o mais rápido possível e não deixar as crianças descobrirem nada. Depois deveria encontrar com ela e Keila na clínica.

Hakan era esperto e recatado. Retornando para a festa, orientou que o bolo fosse servido, assim as pessoas entenderiam que a festa estava no final. As meninas estavam cansadas e não notaram a ausência da tia e de Keila.

Na clínica, o médico que atendeu Keila falou que o que aconteceu era muito natural. O cérebro quer retornar ao estágio original e procura meios de se curar. Havia muitos mistérios em torno de situações parecidas, que não podiam ser explicadas. A medicina possuía apenas pequenas descobertas sobre o cérebro. Apesar de haver situações das quais Keila se lembrava, isso não queria dizer que ela se lembraria de tudo.

Odalis rapidamente pensou que talvez Keila não se lembrasse do passado com Richard, pois não havia comentado nada. A irmã de Keila estava interessada em saber, porém nada perguntou.

Hakan, que chegou à clínica algum tempo depois, chamou a esposa para fora do quarto da cunhada e advertiu que o julgamento seria segunda-feira à tarde e Keila era uma das testemunhas principais, pois esteve em contato com Richard e sua família, e ele não podia perder o testemunho dela. Odalis ficou olhando o marido e não falou nada, pois ela sabia que as intenções de Hakan eram as melhores, mas achou que aquela advertência naquele exato momento foi descabida e muito sem noção.

Na segunda-feira, no hospital onde o senhor Einar estava, o idoso fez um sério pedido ao médico, que o escutou atentamente:

— Doutor, preciso ir para casa, ajudar meu filho em situações que ele precisa do meu apoio. Eu me responsabilizarei pelo meu tratamento, sei que aqui não irei rejuvenescer e as doenças estão batendo à porta, sei que mascarar algo inevitável não irá adiantar, pois ainda não existe o medicamento pró-idade. Sei que a pneumonia está curada, escutei as enfermeiras dizerem, e agora estou sendo mantido aqui por estar um pouco fraco, mas preciso ir. O senhor tem que me dar alta, assinarei qualquer documentação necessária. Tenho um compromisso muito importante, no qual não posso faltar, desejo muito ajudar meu filho.

O médico olhou para aquele senhor, que dizia coisas que cientificamente não tinham respaldo, porém uma coisa era certa: ele estava totalmente consciente de que o corpo estava sobrecarregado e exausto. Porém, estando no hospital, senhor Einar sentia-se aprisionado e impotente diante da situação do filho, e isso o entristecia a cada dia. Como a pneumonia tinha sido controlada e agora era questão de observação para que tudo ficasse bem, o médico deu alta para o senhor Einar.

Capítulo 41
O tribunal e a prisão

Richard, em Incaiti, passou a manhã toda dando várias orientações para Arline e Erlan, juntamente com Saulo, e também para Maria Emília, que veio fazer parte do grupo de funcionários do Incabolivi. O rapaz sentia que tudo estava contra ele e não sabia que decisão o juiz iria tomar. Sua prisão ainda não tinha sido decretada por alguma questão que ele não entendia, pois seria o correto a se fazer. No entanto, Hakan não tinha pedido isso à justiça. Mas uma coisa ele tinha muito certa em seu coração: depois daquela tarde, oficialmente Keiko seria de Keila e da família de Odalis.

Richard, arrumando-se para ir para o tribunal, colocou um terno preto, uma gravata vinho e penteou os cabelos. Ao olhar-se no espelho, viu olheiras e também sentiu o estômago embrulhar. De repente uma sensação de vômito veio à garganta, porém ele não vomitou, já que não tinha nada no estômago, não tinha nem tomado café naquele dia.

Ao sair na sala de casa, viu Saulo, que estava também vestido com um terno, e o rapaz logo falou para o amigo:

— Richard, o pessoal pediu para que eu te informasse uma coisa. O restaurante foi fechado agora à tarde. Todos desejam acompanhar você, sabemos que esse não era o seu desejo, pois respeita os clientes, mas eles não iriam conseguir trabalhar sabendo de tudo o que estaria acontecendo no tribunal. Dona Magaly, mamãe e eu vamos testemunhar e acompanharemos você. Elas já estão no meu carro lá fora e encontraremos o restante de nossos amigos lá na cidade, Roly também irá com o esposo para assistir à audiência.

Richard foi até Saulo e o abraçou, pois sabia que a intenção dos amigos era de apoiá-lo e, ele, sem o senhor Einar, pois não sabia que o pai tinha recebido a autorização para ir ao tribunal, sentia-se totalmente só.

— Obrigado, amigo! — Richard expressou.

Chegando ao tribunal, quando todos os amigos de Richard estavam esperando por ele, muitos abraços vieram, pois eles entendiam que o que aconteceria ali era algo muito sério, era um processo considerado importante para todo o futuro do rapaz. O julgamento não era exatamente para impor a guarda de Keiko, mas sim para condenar Richard pelo que havia feito. Isso só foi possível pela habilidade de Hakan, que fez com que o Tribunal Superior hierarquicamente na estrutura jurisdicional, analisasse o caso e, com recursos processuais fornecidos do escritório renomado de Hakan, revertesse todo o caso jogando toda a culpa de todas as situações envolvendo Keiko em Richard.

Richard tinha mais de uma acusação de condenação dentro do mesmo processo, mesmo sendo distintos. E toda a decisão sobre seu futuro seria analisada por um juiz que iria somar as penas impostas, mediante a análise dos testemunhos e a verdade dentro do caso.

Os amigos e também Richard não entendiam sobre a questão jurídica, pois tudo parecia muito confuso. Porém o advogado de Richard estava munido de bons testemunhos e tinha uma carta na manga, sobre a qual, até aquele momento, não tinha contado para Richard, pois não sabia se o rapaz aprovaria.

Richard posicionou-se por ordens do pessoal do tribunal ao lado de Samim e o julgamento estava para começar. Erlan e Arline chegaram ao tribunal, levando o senhor Einar em uma cadeira de rodas. O rapaz, que até aquele momento, mantinha uma compostura de fortaleza, deixou-se desmoronar, indo até o pai. Abraçou-o fortemente e lágrimas vieram aos seus rostos.

Richard, ao olhar para os presentes no local, viu Elisa, que estava bonita e aparentava estar grávida, pois usava roupas características de uma gestante. Observando melhor, de forma discreta, o rapaz constatou que ela realmente estava grávida. E também trazia na mão esquerda uma bela aliança. Deduziu que estivesse ali porque provavelmente Hakan tinha chamado por ela. Depois que a juíza adentrou o tribunal, todos ficaram em silêncio e o momento do julgamento começou, a primeira testemunha que Samim chamou foi Elisa.

AMOR OU SANGUE

Samim iniciou com a testemunha que Hakan sabia que tinha sido arrolada no processo, porém não entendeu a lógica de pensamento do advogado de defesa. O advogado de Richard partiu do pressuposto que Richard era um bom pai e que cuidou de Keiko como se fosse do mesmo sangue.

A moça testemunhou tudo o que vivenciou como médica e também como ex-namorada de Richard, sobre como ele era como pai de Keiko. Falou sobre questões de saúde e também sobre situações cotidianas da vida.

Richard ficou impressionado, pois Elisa estava ao seu lado. No momento em que dona Magaly, que era uma peça dentro do processo, deu o testemunho, Hakan não fez objeções às perguntas do advogado de defesa. Deixou correr sem fazer nenhuma pergunta, pois Odalis tinha pedido ao marido que somente conseguisse Keiko e não prejudicasse pessoas que foram, a seu ver, enroladas em uma grande mentira que a própria irmã traçou. E se Hakan fizesse muita exposição da situação, o nome de Diandra e, por consequência, o nome da família, iriam parar na lama. Mesmo que Odalis soubesse que aquela grande mentira que envolvia a sobrinha tinha sido iniciada com Diandra, pediu ao esposo para ser cauteloso e que não prejudicasse nenhuma daquelas pessoas que também amavam Keiko.

Samim sabia que não poderia fazer perguntas que pudessem expor Magaly como parteira, então as perguntas foram breves e tudo foi controlado. Tudo ocorreu de acordo com o que ele havia combinado com a parteira, não haveria mentiras, porém devia-se expor somente o necessário. O testemunho de Magaly foi tranquilo, pois Hakan não interviu.

Richard estava muito confuso com as estratégias de Samim, contudo ele acreditava no advogado, que, no decorrer de todos os dias que esteve fornecendo informações para que o processo de defesa fosse montado, tinha se tornado um amigo. Ele conheceu Keiko e viu que a menina exalava bons cuidados e tinha a presença de amor de pai e avô, então Richard entendia que o advogado estava tentando fazer o melhor para Keiko e também para ele.

Quando Keila foi chamada para depor, Richard sentiu o coração bater fortemente. O rapaz ainda não tinha visto a moça, pois Keila estava do lado de fora da sala de julgamento, adentrando o local apenas quando foi chamada. Ela foi orientada por Hakan, que era um grande advogado estrategista.

A moça passou pelo corredor seguindo em direção à cadeira das testemunhas e tudo se passou sob a visão de todos. Ela estava muito magra e abatida dentro de um terninho alfaiataria. A moça sentou-se no banco de

261

testemunha, porém, antes, ao passar perto de Richard, o rapaz levantou-se e os olhares se cruzaram.

Keila respondia a todas as perguntas, tanto de Hakan, quanto as que Samim fazia. Tudo estava sob o controle de Hakan, e Keila sabia até onde poderia ir com as respostas para que não complicasse o processo, pois também era uma boa advogada.

Em um determinado momento, diante de todos os fatos que foram respondidos, nada com grande profundidade, pois Hakan e o ex-noivo da moça, que montou o processo, omitiram o relacionamento de Keila e Richard, o juiz, que era pai, avô, muito inteligente e possuía anos de profissão, fez uma pergunta para Keila, que escutava tudo.

— A testemunha deseja acrescentar alguma coisa além do que foi dito aqui? — Esse tipo de liberdade não era algo comum a ser concedido a uma testemunha. O juiz parecia querer mais da moça, pois entendeu que Keila estava se reprimindo nas respostas. O magistrado, sendo muito experiente, tinha observado os olhares de Keila para Richard desde que a moça adentrou a sala de audiência. E a cada lágrima que Keila limpava rapidamente, ao responder às perguntas do cunhado, o velho juiz observava o sofrer vindo também por parte de Richard. Assim entendeu que algo como aquele caso nunca tinha passado por aquele tribunal.

Keila, nesse momento, olhou para o pai de Richard e para todos os amigos que ela também tinha feito em Incaiti. Depois olhou Richard e viu como ele estava sofrendo. Lágrimas correram pelos rostos de muitos dos presentes, pois naquele momento se instaurou um grande silêncio.

Richard balançava a cabeça e um tumulto de comentários começou. O juiz, batendo o malhete, pediu ordem na sessão e fez cessar todo o murmúrio, com a expectativa do que seria comentado por Keila.

Novamente, depois do silêncio restabelecido no local, o juiz perguntou para Keila:

— Senhorita, quer acrescentar alguma coisa além do que foi dito aqui?

Hakan rapidamente levantou-se como posicionamento para que Keila pensasse no que iria dizer, porém o advogado não podia fazer objeção a uma pergunta que o próprio juiz estava fazendo, então ficou somente a olhar para a cunhada.

Richard limpou as lágrimas e balançava a cabeça apertando os lábios, olhando para Keila como se quisesse correr e abraçá-la.

A moça limpou as lágrimas, olhou para o cunhado e, saindo de qualquer protocolo que havia sido combinado, disse:

— Sim, eu quero, meritíssimo juiz!

— Fale, senhorita Keila. — O juiz demostrou muito interesse pelo que Keila tinha para dizer.

— Vossa Excelência, eu sofri um acidente há um tempo e perdi a memória, como o senhor deve estar ciente, porém tenho que declarar que, desde sábado, me recordei de tudo. — A moça virou para Richard, que estava olhando-a fixamente com os olhos vermelhos, pois por mais que algumas lágrimas escapassem, o rapaz mantinha a compostura masculina, escondendo suas emoções. Ele escutou Keila, que se posicionou de pé, ao dizer quase gritando:

— Richard, eu te amo! Lembro-me de tudo sobre nós! Do que passei com você, sobre seu amor por mim. Eu te amo!

Keila, depois olhando para o senhor Einar, que chorava lágrimas de avô, disse:

— Vovô Einar, me desculpe por todo sofrer que tenho causado a vocês.

A sala do tribunal ficou totalmente em desordem, ninguém, nem mesmo o constante bater do malhete, fez com que a ordem fosse restabelecida. Todos falavam, alguns sorriam, outros choravam, pois os amigos de Richard achavam que, com o que Keila disse, tudo aquilo acabaria. Porém o juiz entendeu que existia a perda da capacidade processual por parte do escritório de Hakan e ele queria analisar o caso mais a fundo. Um processo como aquele, ele não tinha enfrentado em anos de carreira e pensou em analisar tudo minuciosamente, pois percebeu que muita coisa tinha sido omitida e, partindo do pressuposto de que tudo começou com mentiras, ele era responsável por fazer toda a verdade vir à tona.

Com uma ordem, o julgamento de guarda foi adiado e foi feita naquele momento uma aceitação da tutela de urgência dada para Keila, porém mediante o que tinha escutado sobre Richard, o juiz, mesmo com o tumulto causado pela moça, não poderia deixar de decretar a prisão de Richard e assim o fez.

O rapaz recebeu naquele momento a ordem de prisão preventiva e o juiz expressou que ela duraria até que se fizesse necessário, para que o processo fosse mais bem analisado. Cada situação deveria ser analisada dentro da legalidade e a atualidade dos fundamentos também, para que houvesse a decisão da condenação definitiva dentro da audiência de instrução e julgamento.

Certa confusão se estabeleceu na sala, pois muitos estavam aterrorizados com o que estava acontecendo. Richard recebia as algemas e estava sendo encaminhado pelos meirinhos para uma antessala, onde aguardaria para ser levado para a prisão.

Keila chorava e viu que o senhor Einar não estava bem, pois o velho pai não aguentou a situação e pareceu desmaiar. A moça gritou pela irmã e Odalis veio em socorro ao velho senhor, que ela nem conhecia, mas entendeu que era o avô de Keiko.

Odalis, como experiente cardiologista, identificou que o senhor Einar estava tendo um ataque cardíaco e precisava ser levado imediatamente para o hospital. A mulher orientou Erlan para levar o senhor Einar até a clínica, que ela mesma cuidaria dele pessoalmente. Arline acompanhou o marido e também foram seguidos por Keila, que mesmo querendo ficar e tentar conversar com Richard, pensou que senhor Einar precisava mais dela naquele momento.

Saulo avisou que todos deveriam retornar para Incaiti, que ele iria conversar com Samim, que foi chamado juntamente com Hakan até o gabinete do juiz para maiores esclarecimentos e uma boa chamada de atenção por causa daquele processo desastroso montado por eles. O rapaz queria saber mais sobre o que aconteceria com Richard e também dar apoio ao amigo que estava passando por uma dura realidade.

Os advogados escutaram todas as instruções do juiz e nada falaram, pois até mesmo Hakan percebeu que errou por ter deixado se envolver com as tramoias do ex-noivo de Keila, por adicionar situações no processo que levaram à prisão daquele rapaz. E mediante os depoimentos de Elisa, Saulo e dona Maria, uma dúvida pairou na mente do experiente advogado e cunhado de Keila.

Na clínica de Odalis, senhor Einar foi atendido rapidamente e a médica pôde conter a situação e ajudar o pai de Richard, que foi socorrido às pressas e medicado a tempo.

Keila, que estava na sala da recepção da clínica, olhava os amigos de Richard de longe, que somente a observavam, como se ela fosse a pior pessoa do mundo. Essa era a sensação que a moça tinha, porém, ao chegar perto de Arline, a moça escutou:

— Muito obrigada por ajudar o vovô! — Arline disse e a abraçou.

Keila chorava no abraço e expressou:

— Eu não desejei nada disso! Vocês tem que acreditar em mim! — A moça falou e olhou para Erlan, que estava sentado com o rosto entre as mãos, pois sentia um profundo carinho pelo padrinho de casamento e realmente o considerava como da família.

Erlan levantou-se, foi até Keila e disse de forma nervosa:

— Você e sua família estão acabando com a vida de Richard e agora o vovô está prestes a morrer por causa disso!

— Calma, meu rapaz! Ninguém vai morrer aqui! — Uma voz veio logo depois do que Erlan havia dito. Era Odalis.

— Irmã, como ele está? — Keila perguntou ansiosamente.

— Ele está estável. Todos podem ficar tranquilos. Senhor Einar agora precisa de descanso e quanto menos informações forem passadas para ele, melhor. — A médica informou para Arline e Erlan.

— Mas ele perguntará sobre Richard! — Arline exclama.

— Você irá somente dizer que iremos resolver toda essa confusão maluca e que ele deve se tranquilizar. Liberarei vocês para vê-lo somente mais tarde, pois agora senhor Einar está dormindo por causa dos medicamentos. Keila, vá para casa, as meninas devem estar procurando por nós. Irei ficar aqui na clínica um pouco mais, logo retornarei para casa.

Keila percebeu que a irmã estava totalmente no controle de toda a situação e nada comentou, pois queria realmente ir para casa. Precisava conversar com Hakan, que provavelmente estava com muita raiva dela, pois conhecedora de todos os trâmites jurídicos, ela sabia que tinha feito a maior das confusões com a declaração que fez.

A moça despediu-se de Arline dizendo:

— Desejo muito que o vovô melhore! Acredite, nunca quis fazer mal a ninguém! — Depois a moça foi saindo, sem levar em consideração o que Erlan falou.

Na prisão, Samim acompanhou Richard, que foi colocado em uma cela. O advogado conversou com o rapaz, prometendo que iria rapidamente pleitear a revogação da prisão preventiva, porém seria complicado, mas Samim reafirmou firmemente para o amigo que estaria ao lado dele e buscaria uma estratégia para ajudar Richard:

— Irei montar a argumentação e agora, com a declaração da senhorita Keila, poderei atuar com um pouco mais de audácia no processo, para que assim o meritíssimo perceba que não existe o porquê da sua prisão.

Richard escutava tudo que Samim dizia, porém o rapaz estava totalmente tonto com tudo. A declaração de Keila o fez sair da realidade e os pensamentos estavam somente nas palavras proferidas pela moça. O rapaz não tinha o menor conhecimento de que seu pai havia passado mal.

Samim percebeu que não daria para conversar com Richard, pois ele estava totalmente absorto. Para atrair sua atenção, o advogado disse algo que trouxe Richard ao planeta Terra imediatamente. Informou o que tinha acontecido com o senhor Einar.

— Richard, quando você saiu da sala de audiência, sendo escoltado, seu pai passou mal e foi hospitalizado, pois sofreu um pré-infarto.

— O quê?! Samim, como está meu pai? — Richard ficou muito assustado.

— No momento, está tudo sob controle. A doutora Odalis o levou para a clínica dela e Erlan me passou via mensagem todas as informações.

— A doutora Odalis?! — O rapaz balançava a cabeça sem nada entender.

— Sim! Quando o seu pai sentiu as fortes dores no peito, ela rapidamente o atendeu. Richard, eu estou totalmente do seu lado, porém não posso deixar de te dizer, eles são pessoas boas e o seu caso é algo muito diferente. Infelizmente você foi envolvido em uma mentira por Diandra, que seguiu disseminando muitas outras e sua vida está agora desse jeito. Vou tentar fazer o meu melhor para te tirar daqui!

— Samim, eu preciso sair daqui. Preciso estar com meu pai!

— Vou providenciar tudo e te informo.

— Eu agradeço! Por favor, se você também puder me atualizar sobre o estado de saúde do meu pai, eu ficarei muito grato!

— Com certeza, amigo!

O advogado abraçou o rapaz, pois a amizade entre eles era algo real. Samim sabia que Richard era uma pessoa boa e tudo o que fez foi por amor e por uma ingenuidade peculiar que ainda existe em muitas pessoas. Sem contar tudo o que escutou dos amigos de Richard, que falavam sobre Pachacuti. O advogado sabia que a família de Richard era uma família rara e aquela situação que o destino colocou perante ela, era algo realmente difícil de acontecer.

AMOR OU SANGUE

Na mansão de Odalis, as coisas estavam sendo tratadas no escritório de Hakan, de forma cautelosa, pois as meninas estavam na mansão e Odalis pediu ao marido para que nada chegasse até elas, já que Viviane, sendo muito esperta, já conseguia entender as coisas.

Hakan, envolto em alguns papéis, recebeu o abraço de Viviane e depois de Keiko, que corria pelo local com a Princesa Linda nas mãos. Keila chegou, adentrou o escritório e também recebeu abraços das meninas.

A moça solicitou que a babá das meninas as levasse para o jardim, pois imaginou que Hakan estivesse furioso com ela e iria gritar, e as crianças iriam notar que algo estava acontecendo.

Keila sentou-se na frente de Hakan em silêncio, assim que as meninas saíram do escritório, que era um local que todos da casa utilizavam, tanto Keila, quanto Odalis e também Hakan, quando não queriam sair de casa para estarem mais próximos da família.

O cunhado olhou para Keila e torceu o bigode, porém respirou e depois disse:

— Por que você não me falou?

A moça viu que Hakan estava querendo uma resposta verdadeira, pois mentiras não faziam parte daquele contexto e o momento de omitir tinha chegado ao fim.

— Eu não esperava pela pergunta!

— Você não esperava pela pergunta? — Neste momento Hakan saiu de trás da mesa em que estava, levantou-se e começou a andar pelo escritório.

No exato momento da ação do marido, Odalis chegou, adentrou o escritório e foi direto até Keila. Segurando a moça pelo braço, perguntou:

— Minha irmã, porque você não me contou?

Keila ficou sem ação, mas lembrou-se que tinha mencionado o que sentia em relação a Richard, e ela disse:

— Eu te falei!

— Eu escutei, porém, para mim, era um colapso ou algo que era passageiro, uma paixonite. Admitir isso frente a um tribunal é algo maior que todos nós!

— Odalis, eu realmente amo Richard e não sei o que estou fazendo! — Neste momento era Keila quem andava por todo o escritório como se procurasse algo que perdeu no chão, olhando para baixo.

267

ALEXANDRA INOCÊNCIO COSTA

Odalis, olhando para o marido, entendendo qual era o sentimento expressado pela irmã, pois ela tinha um casamento sólido de 32 anos, de boa convivência, de lutas e vitórias, somente porque o amor era algo real e vinha de ambas as partes. Hakan olhava para a esposa e, passando a mão pelo bigode, voltou a sentar-se na poltrona atrás da mesa.

— Agora tenho que lidar com toda essa bagunça. Pelo que escutei das testemunhas do rapaz, ele é uma pessoa boa, apesar do que fez, que foi uma coisa muito errada. Aquele rapaz merece respeito e consideração, pois minha sobrinha é uma criança feliz e muito amada.

— Meu amor... — Odalis começa a falar.

— Quando você me chama assim, Odalis, eu me preocupo! Diga, minha querida, o que você quer?

— Será que não podemos desistir do processo? Keila, o que você acha?

Antes de Keila comentar algo, Hakan fala como advogado:

— Keila, sabe que agora não poderemos solicitar a extinção do processo, certo? Pois as coisas estão em andamento.

— Hakan, e se protocolássemos uma renúncia?

— É possível que dê certo, mas somente para a questão de adoção, pois como tudo que aquele rapaz fez foi explicitado em juízo, será praticamente impossível ajudá-lo. Ele terá que sofrer com a penalidade aplicada pela justiça, pois muitas situações incidem no caso, que é complexo.

— E agora, Hakan?

— Agora é esperar o posicionamento do advogado de defesa e atuaremos de acordo com o que for prescrito.

Keila deixou-se cair na poltrona, na qual antes estava sentada, e com as mãos no rosto, começou a chorar e expressou:

— Eu não quero prejudicar ninguém, principalmente Richard, que amo! Tudo é minha culpa!

Odalis, abaixando-se e aproximando-se da irmã, colocou a mão no joelho de Keila para que a moça a olhasse, e disse:

— Não, Keila! Tudo é minha culpa, pois estava tentando compensar minha incompetência como irmã, pois nunca consegui cuidar de você de forma correta, e quando achamos Diandra, pensei que compensaria tudo e fui condescendente com muitas situações. Sempre dei tudo o que ela desejava e nunca adverti sobre atos incorretos e nunca expressei meus sentimentos deixando passar a oportunidade e assim Diandra se perdeu no mundo das drogas.

As duas irmãs, agora de pé, abraçavam-se e lágrimas corriam por seus rostos. Hakan ficou sem ação, pois respeitava muito a esposa, mas sabia que o que ela acabara de falar realmente tinha um fundo de verdade.

Odalis responsabilizou-se pela criação de Keila, porque o pai de ambas, quando estava vivo, era um homem importante dentro da sociedade e nunca teve tempo para a família. Então Odalis, sendo a primogênita, assumiu a família e colocou Keila em um colégio interno quando era pequena, até que a irmã adquirisse a maior idade. E quando Diandra apareceu, Odalis quis compensar o tempo perdido, exatamente o que estava tentando fazer com Viviane, e naquele atual cenário tentava fazer também com Keiko.

No exato momento do abraço, as meninas chegaram correndo no escritório, chamado todos para um lanche. As mulheres abraçadas rapidamente enxugaram as lágrimas e escutaram Hakan:

— Não posso lanchar com vocês. Deixe comigo, eu vou resolver tudo! — O advogado disse, olhando para a esposa e Keila.

Odalis foi até o marido de forma carinhosa e deu-lhe um beijinho de leve. As meninas sorriram sapecamente e saíram saltitando em direção à sala, onde o lanche foi colocado em uma bela mesa, tudo preparado com amor e capricho pelas funcionárias da mansão.

Na mesa de lanche, Viviane viu que a mãe e a tia estavam com os olhos vermelhos, então perguntou:

— Mãe, a senhora e minha tia estavam chorando?

Keiko, que apesar de possuir apenas 4 anos, era muito observadora, também disse:

— Não chore, tia, ele vai voltar para nós!

Keila olhou rapidamente para Odalis e um arquear de sobrancelhas veio da irmã mais velha, que perguntou:

— Ele quem? Você está falando de quem, Keiko?

— Do meu papai! Uma vovó me falou.

A menina pegou um pedaço de pão e saiu correndo para ir até o escritório buscar a boneca que tinha esquecido.

O coração de Keila se encheu de uma sensação que veio a fez derramar lágrimas. Naquele momento, Viviane, que ainda estava na mesa, foi até Keila e, segurando-a no rosto, como um afago de amor, secou a lágrima que rolava pelo rosto da mãe e disse:

— Mamãe, tudo ficará bem! A vovó falou para Keiko no sonho!

— Menina, do que você está falando? — Odalis perguntou muito assustada, porém Viviane não respondeu, pois Keiko retornou do escritório e puxou a prima-irmã pela mão para que elas fossem brincar no quarto.

Keila olhava para a irmã sem acreditar no que as meninas disseram e falou devagar:

— Vovó?! Que vovó?

— Não sei! Eu não acredito nestas coisas que você está pensando, Keila.

— Também não! — Keila sentiu um arrepio por todo o corpo e passou a mão pelo braço.

Odalis viu a atitude da irmã e expressou:

— Temos que conversar com elas.

— Não, melhor não! Isso dará margem para elas imaginarem coisas infundadas e as coisas já estão confusas. Vamos deixar isso pra lá, elas estão imaginando coisas. Viviane é esperta, mas ainda deixa a imaginação livre. — Keila comenta.

— Tá certo! Imaginação é algo próprio das crianças dentro do faz de conta. Vamos deixar isso pra lá.

Capítulo 42
Richard sai da prisão

Alguns dias se passaram e Samim correu atrás de recursos documentários, respaldando as argumentações para ajudar o amigo, e conseguiu protocolar o pedido de revogação da prisão preventiva. O juiz, ao analisar o caso, percebeu que, de acordo com o que foi exposto sobre o senhor Einar e também recordando a resposta de Keila, resolveu dar a substitutiva da prisão processual.

Na portaria da prisão, ao receber os documentos de volta, Richard, olhando para Samim, expressou:

— Eu sou muito grato pelo que você tem feito por mim e por minha família.

— Não há de quê, amigo! — Samim cumprimentou Richard com um tapinha de leve nas costas.

— Preciso ver meu pai!

— Como comentei com você na visita passada, ele está em Incaiti e está bem! Vou levar você para casa.

— Samim, desejo muito ver Keiko, será que se eu fosse até a mansão, eles me deixariam entrar?

— Richard, eu não posso deixar você ir até lá. Façamos o seguinte, ligue para ela. — O advogado passou o telefone para Richard, pois o aparelho do rapaz tinha sido levado pelo marido de Arline para Incaiti no dia do julgamento.

— Eu tenho aqui o telefone do Hakan.

Samim fez a ligação e passou o aparelho para as mãos de Richard.

— Bom dia! Preciso falar com minha filha! — Richard foi direto ao assunto.

— Imaginei que me ligaria, pois sei da sua liberação. — Hakan disse sem cumprimentar o rapaz. — Aguarde, vou passar o telefone para ela.

— Oi, papai! Estou com muita saudade! — Naquele momento em que Keiko conversava com o pai, todos da mansão estavam escutando, pois era exatamente o horário do desjejum e a família sempre estava reunida em volta da grande mesa farta.

— Também estou, meu amor! O papai vai ver o vovô e depois voltará para cidade para ver você, tudo bem?!

— Sim, papai! Também estou com saudades do vovô.

Os olhos de Keila encheram-se de lágrimas e a menina percebeu. Com um reflexo que Keila não esperava, a menina disse:

— Beijo, papai! Eu te amo! Papai, fala com a titia, para que ela pare de chorar.

A menina passou o telefone para a mão de Keila, que estava sentada ao lado, próximo à mesa. A moça não sabia o que fazer e Odalis, com um aceno de cabeça, consentindo que Keila falasse, deu apoio, dizendo:

— Fale com ele, Keila.

Richard escutou o que Odalis disse e logo depois um som de suspiro veio aos ouvidos do rapaz e ele devagar disse:

— Oi!

— Você saiu agora, estou certa?

— Sim, está! Acabei de sair. Richard responde.

— Você está bem? — Richard perguntou para Keila, pois estava também preocupado com ela, recordando-se do dia da audiência e como ele a tinha visto.

— Estou bem! Obrigada por perguntar. Seu pai também está bem, minha irmã cuidou dele. — A moça expressou-se daquela forma, pois estava tão emocionada, que não sabia o que dizer.

— Eu sei! Samim me informou sobre tudo. Agradeça a sua irmã por mim.

O silêncio fez-se por alguns segundos em ambos os lados da ligação, até que Richard disse:

AMOR OU SANGUE

— Vou para Incaiti agora e retornarei para a cidade amanhã, posso encontrar com você e as meninas em um lugar neutro. Que tal a sorveteria, amanhã, por volta das 15h?

— Estaremos lá! — Keila suspirou, Richard escutou e disse:

— Esperarei por vocês ansiosamente!

— Sei que elas ficarão felizes em te ver.

— Eu ficarei feliz em ver vocês três. — O rapaz expressou, demostrando o que realmente sentia.

— Combinado!

— Tenho que desligar. Samim está aqui aguardando para seguirmos para Incaiti. Até amanhã.

— Até amanhã. — A ligação foi encerrada e Keila, com o aparelho telefônico do cunhado próximo ao peito, ficou parada por um momento.

— Mãe, amanhã nós vamos à sorveteira encontrar o pai de Keiko?

— Vamos, tia?! Ver meu papai?

— Sim, meninas, amanhã nós vamos à sorveteria encontrar com Richard.

As meninas, que estavam próximas, abraçaram-se de alegria. Hakan, que recebeu o celular na mão da cunhada, disse:

— O processo ainda corre, porém estou com vontade realmente de tirar a tarde de amanhã para ir com minha família na sorveteria. O que você acha, Odalis?

— Excelente, Hakan. Toda a família vai para um momento de descontração.

Keila entendia muito bem o posicionamento do cunhado, pois ele era muito correto e não poderia deixar que ela se encontrasse sozinha com Richard, então se viu obrigado a ir àquele passeio.

Em Incaiti, Richard, juntamente com Samim, foi recebido com abraços e alegria. O rapaz foi até o quarto do pai, que estava repousando um pouco, pois estava muito fraco e Odalis tinha dado instrução expressa que o senhor Einar precisava de repouso.

O velho pai, quando viu Richard, chorou, pois estava emocionado ao reencontrar o filho, que não via há dias. E tudo o que senhor Einar viveu foi muito forte. O rapaz sabia que não era bom o pai se emocionar, porém não teve como evitar, e os dois ficaram abraçados por um bom tempo, até que o senhor Einar disse:

273

— Filho, aquela moça te ama e sua vida será boa com as meninas também!

— Pai, eu sei, amo Keila e as meninas e tudo vai ficar bem, eu creio!

Richard ajudou o pai a se levantar e juntos foram para a sala, onde os amigos estavam saboreando umas deliciosas saltenãs bolivianas, queque de racacha de milho e mocochinchi. Amigos conversavam sobre como estava tudo no restaurante e Richard contou sobre como era estar na prisão. Falou que teve muito tempo para pensar e tomou uma decisão muito séria, que em breve compartilharia com todos. Os amigos ficaram curiosos, mas o rapaz apenas garantiu que era algo muito bom.

Capítulo 43
Um encontro de família

No dia seguinte, pela manhã, Richard foi trabalhar. Compartilhou com o pai a decisão que tomou quando estava na prisão e senhor Einar concordou plenamente.

Muitos documentos estavam sobre a mesa de Richard, todos organizados, pois afinal de contas, Maria Emília era uma excelente auxiliar administrativa e conseguiu não deixar o restaurante perder a credibilidade. Pelo contrário, ela, juntamente com Saulo, criou uma espécie de rotina de entrega de guloseimas que somente Incabolivi fazia e estavam distribuindo para alguns restaurantes da redondeza.

A namorada de Saulo veio se juntar ao rapaz para ajudar com questões de marketing, pois a moça tinha cursos muito bons nas áreas de tecnologia. Apesar de ter passado tempo no escritório de advocacia, o que ela realmente gostava era mexer com coisas de tecnologia. Inclusive, foi até em um dos cursos que fez que conheceu Saulo a namorada rapaz, chamada Celma era uma moça inteligente e rapidamente conseguiu alugar uma pequena casa na vila e mudou-se com a família para ficar perto do rapaz e também do trabalho, tudo foi tranquilo para ela resolver, pois morava com os pais que eram aposentados e um irmão, que também se tornou funcionário do restaurante, sendo o entregador.

Richard sabia dos planos de Saulo, porém não estava ciente que o rapaz tinha colocado a ideia em prática e tudo estava indo muito bem. No horário do almoço, muitos dos clientes vieram cumprimentar Richard, pois a notícia da prisão do rapaz rodou pela vila. A verdade era que muitos dos clientes que presenciaram a vivência de Keiko ali no restaurante, sabiam que a menina era uma criança feliz e que tanto Richard quanto o senhor Einar a amavam muito. E dona Pachacuti, quando estava viva, também cuidou de Keiko como se fosse do mesmo sangue.

Na sorveteria, esperando por Keila e as meninas, Richard pediu para a atendente trazer uma água com gás e rapaz ficou ansioso esperando. Porém, quando, de longe, avistou Hakan, o rapaz ficou muito apreensivo. Mal teve tempo de demonstrar, pois dois abraços muito importantes ele recebeu, primeiramente de Keiko, que o abraçou e o beijou com todo carinho, depois de Viviane, que mesmo estando grandinha, foi recebida no abraço a três. Richard, como de costume, rodopiou-as e fez com que as meninas demostrassem muita alegria com sorrisos.

Keila, Odalis e Hakan somente observavam a manifestação de amor por parte das meninas e também por parte Richard. Depois que o rapaz desceu as meninas do colo, disse de forma alegre:

— Vamos tomar sorvete?

— Sim, papai! — As duas responderam juntas.

Richard e todos os outros três adultos observaram Viviane, que também chamou Richard de pai, e nada falaram.

— Posso te chamar assim também como Keiko? Ela me deixou dizer isso, você deixa? — A menina, muito esperta, expressou ao pegar na mão de Richard, levando-o para que pudesse sentar-se ao lado dela e de Keiko na sorveteria.

Richard olhou para Keila, que até aquele momento nada tinha dito, depois para Viviane, e disse:

— Sim, Viviane, será um prazer para mim! — Richard sorri maravilhosamente e olha para Keila, que sente o coração gelar com aquele ato do rapaz.

— Então tá! Vamos tomar sorvete.

Os outros adultos que observavam a harmonia entre Richard e as garotas, aproximaram-se da mesa e sentaram-se. Primeiramente foi Hakan quem cumprimentou o rapaz com um aperto de mão e depois Odalis. Keila ficou somente a olhar para Richard, que, virando-se para ela, disse:

— Você está bem?

— Sim! Eu estou. — Keila respondeu.

AMOR OU SANGUE

Odalis viu que a irmã não iria conversar com Richard de forma tranquila com todos próximos deles, então, virando-se para as meninas, disse:

— Meninas, que tal, antes do sorvete, vocês brincarem um pouco nos brinquedos?

— Vamos! — Keiko falou para Viviane, que observava a mãe, que parecia ter parado de respirar, pois imóvel, olhava para Richard fixamente.

— Tudo bem! Vamos! — Viviane saiu com Keiko e, de longe, gritou:

— Vem, tia Odalis e tio Hakan. — Assim a menina resolveu a situação que constrangia a todos.

Richard agora estava com Keila a sós, e ao mesmo tempo, rodeado de muitas outras pessoas estranhas. Porém seu mundo era de total atenção para ela e um leve piscar dos olhos da moça ele percebia.

Keila, para quebrar o silêncio, disse:

— E seu pai?

— Está bem! Com muita saudade das meninas.

— Eu também tenho saudades dele, das conversas sábias que ele tem.

O silêncio fez-se depois daquele pequeno diálogo e quando uma moça da sorveteria veio e entregou o cardápio de variedades de sabores, Richard pegou-o sem tirar os olhos de Keila. A funcionária do local, perguntou:

— Vocês vão pedir agora?

Richard, sem nenhum entrave, respondeu:

— No momento não, vou deixar minhas filhas voltarem para a mesa e faremos juntos os pedidos. Eu te chamarei, obrigado!

— "Minhas filhas"?! — Keila respirou fundo e expressou.

Richard pegou uma das mãos de Keila, que até aquele momento, estavam repousadas uma sobre a outra no colo da moça e disse:

— Minhas filhas! Keila, eu te amo e quero me casar com você. — Richard foi direto.

Keila não sabia o que dizer, pois o estava processando e ele sempre desejava bem-estar dela e ainda oferecia amor para Viviane uma menina que nunca teve o amor de um pai. A moça começou a chorar e foi abraçada por ele. Richard colocou os cabelos de Keila para trás da orelha da moça e a trouxe para bem mais perto. Então um beijo molhado por lágrimas aconteceu bem ali no meio daquele local público.

277

Odalis, que não era nada boba, mesmo de longe, observando as meninas brincarem, ficou de olho na irmã, viu o momento do beijo e chamou a atenção de Hakan para o que estava acontecendo. O marido de Odalis, vendo tudo, disse:

— Estou é com problemas com vocês! Agora é ver o que vamos fazer naquele processo que não deveria nem ter começado.

Hakan sempre foi advogado de família, cuidou de muitos divórcios, mas uma coisa ele sempre deixou clara para os clientes: que torcia pela conciliação dos casais. E deixava isso bem claro quando assumia algum caso, pois respeitava a questão, mesmo sendo um especialista na área.

Depois do beijo, veio a resposta:

— Sim, eu aceito!

Richard não se conteve, levantou-se de reflexo e rodopiou Keila no ar como fazia com as crianças. A moça ficou sem reação, mas curtiu com muita alegria a demonstração de euforia dele. Odalis e o esposo, que ainda observavam o casal, entreolharam-se e a mulher disse ao marido:

— É, você está com problemas mesmo! — Sorriu e deu um beijinho rápido no marido.

Todos da sorveteria presenciaram a manifestação de entusiasmo de Richard e também Viviane e Keiko, que correram para junto de Keila e Richard, pois queriam saber o que estava acontecendo.

— O que aconteceu?! O que aconteceu?! — Viviane falou, sentindo-se entusiasmada. — Ei, papai, o que aconteceu?

— Viviane, eu vou me casar com sua mãe.

— Verdade, mamãe?

Antes de Keila responder, ela viu que Hakan e Odalis estavam se aproximando da mesa para se juntarem a eles, e olhando para a irmã, para o cunhado e depois para a filha, abaixou-se até as meninas, que estavam esperando pela resposta à pergunta.

Keila disse de forma calma:

— Sim, filha, eu aceitei me casar com Richard.

Keiko, que somente olhava para Keila, não comentou nada. Olhava também para o pai e, apertando os olhinhos, com um olhar sapeca, a menina resolveu falar:

— Tia, eu posso te chamar de mamãe?

— Sim, minha querida! Sim, com certeza! — Keila abraçava Keiko com todo o carinho que ela sentia.

Depois do abraço em Keila, a garotinha, virando-se para Viviane, disse de forma alegre:

— Agora somos irmãs! — As duas abraçaram-se.

Odalis, naquele momento, não aguentou a emoção e lágrimas correram por seu rosto. Keila, olhando para Richard, que nada falou ao levantar-se de perto das meninas, disse:

— Teremos que resolver isso no futuro, porém uma coisa de cada vez!

— Com certeza! É meu desejo também que toda a verdade seja revelada.

Hakan foi até o rapaz e comentou:

— Meu jovem, eu tive uma impressão errada de você e irei tentar reverter toda a situação, eu te prometo.

— Muito obrigado! — Um aperto de mãos foi dado entre os dois, como se selando um acordo.

— Quero sorvete, papai! — Keiko falou.

— Ah! Eu também, sobrinha! — Hakan falou de forma alegre.

O marido de Odalis era um homem muito recatado e quase sempre introvertido. Ele, por ser o único filho de uma casa onde os pais eram também advogados, foi criado sem questões que envolvessem situações de festas, alegrias. Mas sempre pensou em ter uma família diferente, porém quando se casou com Odalis e descobriu que não poderia ser pai, o sonho de ter uma grande família alegre caiu por terra. Porém as meninas eram uma luz em meio a todo aquele mundo de adulto com responsabilidades e situações que estão fora do controle de qualquer um.

Odalis chamou a moça da sorveteria e todos fizeram pedidos e começaram a saborear as delícias doces.

Os sorrisos das meninas vieram quando Richard perguntou:

— Vocês não trouxeram a Princesa Linda?

— Não, papai, ela está em casa estudando! — Keiko respondeu de forma sapeca.

— Vocês é que deveriam estar em casa estudando — Odalis comenta.

— Uma folga de vez em quando é necessária. — Hakan fala.

— Olha quem está falando, o Sr. trabalho. — A esposa fala sorrindo.

Vários sorrisos vêm à tona. Keila olha para Richard e, por baixo da mesa, procura a mão do rapaz, que percebendo sua intenção, recebe sua mão com muito carinho. As mãos são dadas em sinal de alegria e afago.

As meninas saborearam somente um pouquinho os sorvetes e depois saíram para brincar novamente, porém desta vez foram acompanhadas por Odalis e Keila, que entendiam que as duas adultas deveriam deixar Richard e Hakan conversarem um pouco.

Richard não se intimidou e foi logo ao assunto:

— Hakan, eu sei que comecei tudo errado com sua cunhada, porém amo Keila e as meninas e quero dar para elas um lar. E conto com sua aprovação.

Hakan sorri, passa a mão pelo bigode, e comenta:

— Você é um homem de fibra e não faz rodeios com o que deseja.

— Não tenho tempo para perder e sei que, com toda esta situação do processo, você me conhece muito bem, então desejo sua permissão para casar-me com sua cunhada.

Hakan olhou para Richard e depois, virando-se, visualizou as meninas e as mulheres de longe, nos espaços dos brinquedos da sorveteria. Voltando a olhar para Richard, diz:

— Não aprovo situações que envolvam mentiras, minha cunhada, sobrinha e também minha esposa, pois ela sofreu muito na vida. Mas se você está disposto a se redimir e a partir de agora atuar com verdades, eu estarei do seu lado. — Após falar, Hakan estende uma das mãos para Richard.

O rapaz apertou a mão do agora declarado cunhado e expressou:

— Muito obrigado! Seu apoio realmente será importante para mim, Keila e as meninas.

— Irei ligar para Samim e ver o que poderemos fazer sobre o seu caso e vamos resolver!

— Obrigado mesmo!

— Não agradeça totalmente ainda, pois verei o que posso fazer, não estou te afirmando que vai dar para fazer algo, pois o seu caso é raro e somente a justiça poderá resolvê-lo. Pois pela primeira vez não tenho a menor ideia do que acontecerá perante o juiz.

— Tudo bem! Estou disposto a pagar pelo que cometi, porém nunca admitirei que o que eu fiz por minha filha foi um erro, pois faria tudo de novo e quero contar toda a história para vocês como família, pois vocês devem sabem tudo o que aconteceu vindo de mim, porque apesar do processo e muito da história ter sido revelada, quero contar sobre minha mãe dona Pacha e nossos sentimentos me relação à Keiko.

— Tá certo! Eu entendo sua colocação. Keila, Odalis e eu precisamos te escutar.

Keila, Odalis e as meninas retornaram para a mesa e Odalis disse que precisava retornar para a clínica, pois tinha alguns assuntos para resolver com os outros colegas que trabalhavam para ela. Todos se despediram, porém a despedida mais difícil foi entre Keiko e Richard. A menina pareceu querer chorar, porém o pai disse:

— Filha, eu vou te buscar e também Viviane e Keila, assim que as coisas se acertarem, eu prometo!

— Você promete, papai?

— Sim, eu prometo!

Um abraço meigo e muito carinhoso foi realizado entre pai e filha.

Viviane também abraçou Richard, e, Odalis, vendo que Keila nada dizia, falou para o marido:

— Vamos, Hakan, levar as meninas para o carro e Keila vem daqui a pouco. Esperaremos por ela no estacionamento.

— Tá bom! — O marido obediente diz.

— Até a próxima vez, cunhado! — Richard cumprimenta Hakan, que somente acena com um balançar de cabeça e vai embora.

Keila, de pé, olhando para Richard, ficou aguardando o abraço e o beijo, porém o rapaz, com cautela e próximo ao seu ouvido, disse:

— Não quero somente te abraçar ou beijar, te desejo toda. O que devo fazer? — Ele falou isso com a cabeça encostada no rosto de Keila, que sentia o corpo dele muito próximo ao seu. Mas ela entendia que estava em um local público e muitos estavam a observar todos da família desde que chegaram naquele local.

A moça afastou-se devagar e disse:

— Posso fazer o jantar para você na minha antiga casa. Me espere hoje à noite, precisamos conversar melhor. — Keila deu somente um beijinho no rosto de Richard e saiu rapidamente da sorveteria.

O coração do rapaz disparou, pois sabia que era um encontro que ele ansiava, mais que tudo.

Richard retornou para Incaiti. Chegando ao portão, parou a caminhonete, correu para dentro de casa e abraçou forte senhor Einar. O rapaz contou tudo para o pai, somente omitiu que precisaria sair à noite para encontrar-se com Keila, pois provavelmente o pai não aprovaria.

Capítulo 44
Resolvendo o caso

A noite chegou e o senhor Einar tinha ido deitar-se mais cedo, não esperou por Richard, que disse que tinha algumas situações no restaurante para resolver. Senhor Einar, desde o pré-infarto, após a questão da pneumonia muito séria que teve, não esteve à frente do restaurante, deixando tudo praticamente aos cuidados de Erlan e Arline, pois ele confiava muito nos afilhados, que também eram monitorados por Richard e a boa equipe que o filho tinha montado: Saulo, Maria Emília e Celma.

Richard retornou para casa, foi até o quarto do pai e viu senhor Einar adormecido. Tudo aparentava estar certo. O rapaz foi ao quarto, tomou um banho e se preparou para encontrar com Keila, porém, da janela do quarto, percebeu que uma chuvinha fina começou a cair. Lembrou-se da estrada e ficou preocupado, pois havia um tempinho que ele não dirigia com chuva, mas valeria a pena se arriscar, pois Keila o esperava.

Richard vestiu uma camisa branca, calça preta, um blazer vermelho de punho redondo com manga longa e sapatos sociais pretos. Pegou as chaves da caminhonete e saiu mesmo com a chuva, que não deu trégua.

A estrada estava ainda mais esburacada e estava difícil dirigir. Em uma curva a caminhonete derrapou, porém o rapaz habilidoso conseguiu sair daquela situação. No entanto, o pneu do veículo furou ao passar em uma pedra pontiaguda e Richard teve que parar o carro, no meio da estrada. Olhou o celular e viu que não tinha sinal para enviar mensagem para Keila e, em desespero, retirou o blazer e desceu da caminhonete para realizar a troca do pneu.

Ao colocar o pé no barro, o rapaz lembrou-se do dia em que encontrou Diandra e imaginou como aquela moça estava tão perturbada pelo uso das drogas que quase se matou e também quase matou Keiko. Richard pensou também na mãe, que sofreu acidente com Roly, bem ali naquela estrada. Todas as lembranças vieram à mente do rapaz, quando um veículo parou bem ao lado da caminhonete. Era um dos conhecidos do restaurante, que estava voltando para a vila.

Haziel ajudou Richard a realizar a troca do pneu e comentou:

— Rapaz, para você ir para a cidade nesta chuva, deve ser algo muito importante. Boa sorte!

— É alguém muito importante! — Richard sorri ao responder para Haziel, que entrava no carro dele para ir embora!

— Então, amigo, vale a pena! Vale a pena! — Haziel disse ao acelerar seu carro e partir.

Richard agora estava com lama nos sapatos e a calça toda suja, porém a caminhonete estava pronta para seguir.

Na cidade a chuva também caía e Keila tinha informado para a irmã que iria sair. Odalis achou um disparate que Keila saísse naquela chuva, porém percebeu que era algo importante para a irmã, então não falou nada, pois deduziu que Keila iria se encontrar com Richard.

A moça chegou à antiga casa, retirou os lençóis que cobriam os móveis para que fossem preservados da poeira e organizou um pouco a sala. Depois foi para a cozinha, colocou o vinho que tinha comprado na geladeira e iniciou o jantar. Havia pensado em algo simples, fez somente um talharim ao molho quatro queijos, preparou os pratos, colocando-os na mesa posta de forma organizadíssima, e esperou o rapaz chegar. Porém Richard estava demorando e, ao olhar no celular, ela começou a ficar aflita, pois a chuva não dava trégua.

O horário que ela tinha combinado com ele pela mensagem enviada posteriormente, ao encontro na sorveteria, tinha passado por demais. Porém a moça não perdeu as esperanças, colocou um casaquinho leve em cima do vestido, foi para a porta de casa e ficou na varanda a olhar para a rua.

Richard parou a caminhonete e saiu depressa do veículo. Foi até Keila, que, ao ver o estado em que o rapaz se encontrava, também foi em sua direção. Encontrou-se com ele no meio do caminho, entre a porta da casa e o portão, bem no jardim.

Os dois abraçavam-se e beijavam-se, sem se importarem com a chuva que caía e os molhava. Aquele momento era único.

— Vamos entrar e nos aquecer. — Keila interrompeu os beijos e puxou Richard pela mão.

Ao entrar, Richard viu a mesa linda preparada por Keila, as velas, o vinho no gelo e disse:

— Não deu para trazer flores!

— Não tem importância! O importante é que você está aqui. — Keila, colocando os braços ao redor do pescoço de Richard, beija-o de forma apaixonada.

O rapaz entende o recado de carinho e, pegando Keila no colo, leva-a para próximo do banheiro no quarto de casal, que era dela e do ex-marido. Com beijos e mais carícias vindas por parte dela, a camisa branca e o resto da roupa do rapaz, que estava com respingos de lama, vão para o chão, juntamente com o casaquinho de Keila e o vestido.

Com uma das mãos na cintura de Keila e a outra livre, o rapaz procura pela maçaneta que abria a água da ducha e uma água quente veio caindo sobre os dois corpos, que se aqueciam pela temperatura da água e também pelas carícias que se intensificavam. Em um momento, entre a cama e o boxe do banheiro, todas as peças de vestuário estavam espalhadas pelo chão.

Na cama, ainda com respingos de gotas de água, Richard procurava pela boca de Keila e também por seu corpo, beijando-a em cada local em que ele encontrava pequenas gotículas. Keila nada dizia, somente satisfazia-se com a sensação de ser desejada e amada. Sentia toda a virilidade de Richard em um rompante de prazer. O momento de luxúria durou até que ambos estivessem satisfeitos, pois o desejo era intenso vindo por parte tanto de Richard quanto de Keila.

Richard, em um determinado momento, depois de se satisfazer, sorriu para Keila e, em meio aos lençóis, disse de forma travessa:

— Agora, com mais esta vez, realmente você terá que se casar comigo!

A moça sorri e é acompanhada por Richard, que também sorri, pois ambos estavam alegres. A chuva continuava caindo lá fora e o jantar esfriava, porém nada daquilo tinha importância. O que importava era somente os dois juntos se amando.

O dia amanheceu e o rapaz, ao abrir os olhos, viu Keila deitada ao seu lado e sentiu que aquilo era o que ele desejava para sempre. Mas sabia que tinha situações na justiça que precisava resolver e não seria fácil. Keila mexeu-se um pouquinho, e Richard, que ainda olhava para ela, cumprimentou-a com um beijo de leve.

— Bom dia, meu amor!

— Bom dia, meu amor! — A moça Keila fala envergonhada.

— Preciso ir, pois o restaurante tem ficado muito sem a minha presença e como meu pai tem estado debilitado, eu iriei assumir toda a responsabilidade.

— Sim! Vamos embora! Passarei em casa para me trocar, ver as meninas e irei ao escritório, ver qual será o posicionamento de Hakan no seu caso e depois te mando mensagem.

— Tudo bem!

Retornando para Incaiti, com a estrada toda enlameada, o rapaz utilizou a atenção concentrada para não deixar que algo acontecesse, pois ele tinha motivos para viver e para quem viver, era o que ele pensava. Não iria deixar que nada acontecesse com ele por falta de atenção.

Samim encontrou-se com Hakan no escritório, Keila chegou no exato momento da reunião e conseguiu participar. Deu sua opinião sobre como o processo poderia seguir, pois a moça agora estava totalmente focada em ajudar Richard e iria utilizar todos os seus conhecimentos advocatícios para ajudar o amado.

Samim não entendeu bem o que estava se passando, até que, no decorrer da reunião, ele recebe uma mensagem de Richard, que dizia: "Vou me casar com ela". O advogado de defesa balança a cabeça, olha para Keila e depois para Hakan, que entendendo o bipe do aparelho do colega de profissão, expressa:

— Não diga nada, amigo! Eu também estou em complicação por causa de toda esta grande confusão.

Keila perguntou educadamente:

— A mensagem que você acabou de receber é de Richard?

— Sim! Meu cliente quer me deixar doido! Aliás, vocês...

— Eu não, pois estou tentando entender tudo isso desde que vi Keiko pela primeira vez no aniversario da minha sobrinha! — Hakan expressa.

— Bem, a documentação está pronta e, com vocês do meu lado, vejo que poderemos, juntos, reverter um pouco o caso. Agora vamos ver como a justiça receberá tudo isso, pois esta é a primeira vez que entro em um caso em que não faço ideia do que poderá ocorrer. — Diz Samim.

— Eu também! Estou aqui me sentindo um completo impotente, pois meus anos de profissão nunca me prepararam para um caso assim. — Hakan exclama, passando a mão pelo bigode.

— Simples de resolver! — Keila expressa.

— Dentro de falsificação de documentos, Richard não poderá ser enquadrado, pois os documentos da minha irmã estavam com ele. No caso de falsidade ideológica em questão de omissão da verdade em documentos particulares, isso não ocorreu, porque ele usou os próprios documentos. Em relação ao sequestro, isto nem vem ao caso, pois Keiko não foi privada de nada.

— Foi sim, Keila! Da presença da família de sangue. — Hakan fala, corrigindo a cunhada.

— Mas isso é questão de visão pessoal. Será que a justiça verá este caso assim? — O medo transpareceu na voz da moça.

— O direito de Keiko foi tolhido mediante a liberdade dela de ter contato com a própria família. — Samim diz.

Keila, após conjecturar todas as questões anteriores, olha para Hakan e Samim e diz, assustada:

— Verdade! Richard poderá ser visto dessa forma por causa do enclausuramento ilegal.

— Temos então a prisão de um ano a três anos e multa. — Hakan disse, olhando para a cunhada.

— Não! Não! — Keila andava pela sala de reunião sem pensar em mais nada.

Keila pediu para Samim não contar para Richard, pediu que ela mesma pudesse contar, pois iria marcar com ele de ir a Incaiti visitar o senhor Einar. Assim iria expor todo o caso para Richard. O advogado de Richard concordou.

Keila foi para casa e viu que as meninas tinham almoçado e pediu à babá para arrumar uma sacola de roupa para elas, pois precisava sair com as garotinhas e iria demorar algum tempo para voltar. A moça foi ao quarto, correndo, e arrumou também uma bolsa com algumas peças de roupa.

Richard estava no restaurante e recebeu o telefonema de Keila. O rapaz, ao ver a tela do celular, e ver que era Keila, preocupou-se e atendeu com a pergunta:

— Meu amor, aconteceu algo?

— Sim, aconteceu. Eu estou indo com as meninas para Incaiti visitar seu pai e conversar algo importante com você.

— Tudo bem, eu esperarei por vocês! — Richard desligou a ligação e ficou muito preocupado.

Saulo, que estava ao lado do amigo, viu que Richard, depois de desligar o aparelho, aparentou estar diferente e ansioso.

— Aconteceu algo, Richard?

— Não sei! Acho que sim! Keila está vindo para Incaiti com as meninas.

— Ela não disse o que ocorreu?

— Não, somente falou que precisava conversar comigo.

— Fique calmo, amigo. Quando ela chegar, você saberá o real motivo dela estar vindo para a vila!

— Verdade! Vou para casa avisar o papai e pedir para sua mãe fazer algumas coisas gostosas para as meninas.

— Tudo bem! Eu cuidarei daqui, pode deixar, e qualquer coisa, se precisar, estou à disposição!

— Obrigado, Saulo! — Richard deu um tapinha de leve nas costas de Saulo e saiu em direção a sua casa.

Em casa, depois de falar para o pai que as meninas estavam chegando, Richard foi para a varanda esperar por elas.

Capítulo 45
O ciúme de Keila

Senhor Einar ficou todo animado e nem desconfiou que o filho estivesse preocupado, pois imaginou que era somente por causa das visitas que chegariam em breve.

Quando o carro de Keila chegou ao portão, o rapaz, juntamente com o pai, que agora também estava esperando as visitas, foi ao encontro de todas. As meninas, depois de darem um forte abraço em Richard, correram até o senhor Einar e fizeram uma festa de abraços.

A alegria era incrível de se ver por parte do senhor Einar e as duas meninas. Keila também cumprimentou o senhor Einar com um abraço, porém o rosto da moça estava sério e, ao receber um beijo de leve de Richard, antes de seguir para dentro de casa atrás do senhor Einar e as meninas, a moça disse:

— Melhor deixarmos seu pai com as meninas um pouco. Vamos dar um passeio na orla, precisamos conversar. Você concorda?

— Sim. — Richard respondeu de forma simples e direta.

Chegando à orla, Keila começou a falar, pois durante todo o percurso da casa de Richard até lá, ficou em silêncio e o rapaz ficou somente a observá-la, sem nada perguntar. A moça pensava em como iria dizer para Richard que ele estava correndo o risco de ser condenado.

Keila começou devagar e contou tudo o que foi analisado por ela, Hakan e Samim. Demostrou muita preocupação na voz. Ao explicar que a questão do sequestro não era algo como se vê em filmes, e sim uma situação muito mais profunda se a justiça assim quisesse reconhecer a ação do deter uma pessoa de forma ilegal o ato de bondade de Richard iria prejudica-lo muito.

O rapaz não acreditou no que escutou, pois não sentia que tinha detido Keiko de forma ilegal. Ele e a família tentaram somente fazer o melhor para a criança, mas Keila explicou que as leis devem ser observadas e o ato dele no passado configurava desrespeito.

Richard ficou arrasado. Ele sabia que teria que pagar por sua escolha de alguma maneira, porém quando Keila falou que o tempo de prisão variava de um a três anos, a notícia caiu sobre ele como uma bomba, e os dois, sentados em um dos banquinhos da orla, abraçaram-se, e a moça disse:

— Estarei com você todo o tempo.

— Tem meu pai, Keila, e também as meninas! Será que são fortes para suportar essa notícia?

— Iremos juntos ajudar a todos. Seremos fortes juntos, meu amor! — Keila expressou e beijou Richard.

Retornando para sua casa Richard, brincou com as meninas, porém a alegria dele estava abalada e o pai, muito esperto, percebeu. As meninas realizaram um delicioso lanche e depois Richard convidou-as para irem com ele até o restaurante, pois ele tinha que fechar algumas situações. E como já tinha ficado acertado que todas passariam a noite em Incaiti, Keila também foi ao restaurante. Aquela era a primeira vez que ela iria até lá.

Ao chegar ao restaurante, a moça viu que tudo era de muito requinte e de muito bom gosto, realmente ficou impressionada. No escritório, ao deparar-se com Maria Emília, a moça ficou a olhar para a secretária administrativa. Porém quando Richard apresentou Keila para a funcionária e também oficialmente para Saulo, ele disse:

— Maria Emília, está é minha futura esposa, e Saulo, você já conhece Keila, não é mesmo?!

— Sim, conheço, amigo, mas como futura esposa, ainda não! — Saulo estendeu a mão para cumprimentar Keila como sinal de aceitação. — Richard, então essa era a decisão importante que você estava tomando? Irá se casar?

— Sim, em breve.

— Parabéns, patrão! Casamento é algo maravilhoso, eu bem sei!

— Você é casada? — Keila pergunta para Maria Emília, que aparentava ser muito jovem.

— Sim! Tenho dois anos de casada e estou grávida do meu primeiro filho.

— Grávida?! — Keila exclamou.

— Sim! Um mês, e, daqui uns dias, eu creio que vai dar para ver!

Toda a questão de ciúmes que pairava sobre Maria Emília se dissipou, pois Keila, mesmo sendo uma mulher maravilhosamente linda, era insegura e Richard sabia. Por isso fez questão de deixar as mulheres conversando no escritório e chamou Saulo para irem ao estoque ver com Erlan algumas situações. Além disso, Richard queria compartilhar com os amigos a notícia que Keila tinha dado.

Quando Richard contou todas as observações feitas por Keila como advogada, Saulo e Erlan ficaram entristecidos, porém demonstraram solidariedade e apoio ao amigo.

Depois da notícia dada por Keila, os dias de Richard foram de contagem das horas. Ele estava ansioso e mesmo assim tinha que manter as aparências, pois o senhor Einar não podia sentir falta de firmeza de sua parte, mesmo estando ciente de tudo, pois Richard compartilhou com o pai tudo o que foi falado por Keila.

Capítulo 46
A sentença

O dia da audiência havia chegado e os nervos de Richard estavam em frangalhos. Estava mais magro e com aspecto de alguém que não tinha dormido direito nas noites anteriores àquele momento tão importante.

A audiência foi rápida e Keiko estava a partir daquela data oficialmente na forma legal entregue à família de Keila. Contudo os advogados não deixaram passar a situação de Richard, mesmo com Samim realizando todos os protocolos perfeitamente. O juiz fez Richard arcar com toda a responsabilidade do privar a criança do convívio com a verdadeira família.

No tribunal havia duas pessoas chorando. Havia Keila, que chorava de forma totalmente visível, e o senhor Einar, que revelava sua tristeza de forma silenciosa, a partir de lágrimas.

Richard recebeu a sentença de três anos de prisão, pois tanto os advogados como o juiz entendiam que o caso era algo nunca ocorrido. Todos eram profissionais de excelência e a lei tinha prevalência em um caso como aquele. Como se tratava de um caso judicial inédito, os padrões da audiência foram totalmente diferentes sendo resolvido rapidamente e estabelecidos em um formato novo feito mediante decisão do juiz que procurou bases legais e resolveu tudo com os advogados: Hakan e Samim.

Antes de Richard ser retirado do tribunal, o rapaz estava com os olhos cheios de lágrimas, mas não permitiu que elas rolassem, pois olhava Keila e o pai, em silêncio. Senhor Einar somente ficou de pé nos momentos finais da audiência e nada expressava, somente lágrimas, que desciam dizendo muito mais do que qualquer palavra.

AMOR OU SANGUE

Os amigos de Richard, todos do lado de fora do tribunal, pois a audiência foi fechada, não acreditavam na notícia. Apesar de que, naquele momento, todos estavam cientes do que poderia acontecer. Afinal, Richard, em uma das noites que antecederam a audiência, reuniu-se com cada um de forma individual e os orientou. O coração do rapaz sabia que a lei iria ser cumprida, de forma que ele precisava preparar a todos para a sua ausência, que era algo iminente.

Richard foi muito minucioso, orientou todos sobre o pai, que precisaria de cuidados, pois com a certeza de que ele iria sofrer uma penalidade, senhor Einar ficaria destruído. Seus amigos prontamente se disponibilizaram para cuidar do pai do rapaz.

Orientações de todos os tipos e espécies foram feitas pelo rapaz, como os cuidados com o restaurante: contas, compras e reparos. Mais observações foram também realizadas em relação ao lar, alimentação e remédios do pai. O rapaz procurou as brechas de situações que poderiam ocorrer sem a presença dele e deixou tudo esquematizado.

Quando Richard saiu, sendo conduzido por um dos rapazes que asseguravam a ordem no local da audiência, Keila correu até ele e o beijou, sendo impedida imediatamente pelo segurança. O rapaz correspondeu ao beijo e depois olhou para senhor Einar, que estava sentado em silêncio no cantinho do tribunal, sozinho, de cabeça baixa. Neste momento o coração do rapaz sentiu tanta dor que parecia que iria explodir. Então somente abaixou a cabeça e seguiu com o segurança em direção à porta.

O momento intensificou-se quando ele viu os amigos do lado de fora daquela sala, que estavam a demostrar toda tristeza que sentiam. Os homens, que disfarçavam melhor as lágrimas, deram somente um aceno de cabeça em direção ao rapaz, porém as mulheres deixavam as lágrimas rolarem livres.

Richard pensou em Keiko, que, mesmo sendo uma criança, iria sofrer mais um forte baque. A menina sofreu tantas coisas desde que nasceu. O destino parecia tão cruel que o rapaz sentiu raiva de si mesmo, por ter sido tão inocente, por ter sido um homem que não utilizou a sabedoria nas situações nas quais a vida o tinha colocado, mas agora era tarde para arrependimentos e o pensar "e se".

Depois que Richard foi levado, senhor Einar, acompanhado por Erlan e Arline, retornou para Incaiti. O dia estava ensolarado, porém uma sensação de frio veio aos corações, como se o tempo fosse nublado e cinza, pois eles entendiam que não seria nada fácil para Richard. Três anos de encarceramento era uma sentença pequena, porém de grande impacto nos relacionamentos e na vida do rapaz. Todo seu convívio com as pessoas que amava foi cortado com um simples bater de martelo.

Richard, anteriormente à sentença, tinha decidido não recorrer em nenhuma forma, pois desejava cumprir a pena imposta pela lei. O rapaz, a princípio, pensou que talvez pudesse receber alguma punição em termos financeiros, mas ao visitar o jazigo onde dona Pacha foi enterrada, sentiu que era necessário viver a situação da forma que o destino tinha escrito, pois sua mãe acreditava que tudo estava escrito. Ajoelhado e com um belo buquê de rosas coloridas ao lado do jazigo, Richard tomou a séria decisão de deixar expurgar toda aquela página da vida dele, mesmo sem ter nenhum arrependimento pelos atos realizados, que o levaram até aquela consequência.

Na casa de Odalis, as meninas brincavam tranquilamente, sem ter ideia do que acontecia no mundo dos adultos. A tia das meninas, sentando-se em uma poltrona e olhando aquela cena de Keiko com Viviane, conversando com as bonecas e arrumando o que elas diziam ser um grande momento de almoço, a mulher deixou lágrimas rolarem, pois entendia que, com a sentença, a vida de Keiko havia mudado para sempre.

Keila chegou em casa um pouco depois da irmã e não foi aonde Odalis estava, porque sabia que a primeira coisa que Keiko perguntaria seria sobre o pai. Então a moça foi ao quarto e se jogou na cama, chorou copiosamente. Mas depois de alguns minutos, da porta do quarto da moça vieram duas batidinhas, que ela sabia serem de Odalis.

— Posso entrar?

— Sim! — Keila, chorando, responde a irmã.

Odalis, ao ver a situação da irmã, totalmente destruída, diz:

— Eu sei que você deve estar se perguntando, o porquê de as coisas serem deste jeito, mas é isso mesmo que deveria acontecer. Pois Keiko agora está com a irmã e a família de sangue, apesar de saber que Richard e sua família fizeram o melhor por ela.

A expressão "família de sangue" doeu tanto em Keila que a moça levou a mão até a boca, e, sentada na cama, chorou com um grande gemido, abafado, pois as meninas estavam no quarto ao lado e ela não queria que a escutassem.

— Irei cuidar de tudo, pode deixar comigo. A primeira coisa é esperar o tempo passar, depois as outras coisas virão. — Keila não acreditava em como a irmã era prática, a moça sabia o que Odalis sentia com toda aquela situação. Ela parecia exalar um ar de vencedora. Keila ficou tão angustiada que foi até a porta do quarto e disse para a irmã:

— Por favor, me dê licença! Preciso ficar sozinha!

Odalis viu que a irmã estava totalmente derrotada e entendeu. Seguiu para fora do quarto, porém antes de sair, ao passar por Keila, deu-lhe um abraço, demonstrando compaixão, que não foi expressa em palavras. Depois saiu do quarto, pois Odalis não era uma pessoa ruim, somente queria a família reunida.

Hakan, que tinha ficado no tribunal para terminar de fechar todos os trâmites da situação de Keiko e também da apreensão de Richard, veio chegando assim que a esposa estava descendo as escadas. Ele percebeu a tristeza no rosto de Odalis e, indo em direção à esposa, beijou-a e expressou:

— Fizemos o certo! Keiko irá entender quando estiver um pouco maior.

— Será?! — Odalis expressou, olhando para o marido.

Capítulo 47
Keila sai da casa de Odalis

Um mês passou-se como se fosse uma vida para Keila, que ansiava visitar Richard, pois ela tinha muito para contar a ele sobre Keiko. Também queria matar a saudade, mas ela tinha que deixar o prazo para visitação estabelecido pela lei passar.

Na sala de espera para entrar e visitar Richard, a moça deixou que o senhor Einar entrasse primeiro e conversasse com o filho, pois sabia que, da mesma forma que o tempo foi cruel para com ela, também tinha sido para com o senhor Einar, que aparentava cansaço. O peso da velhice acentuado pela tristeza recaía sobre o velho senhor. Mesmo recebendo a visita de Keila e as meninas nos finais de semana, o brilho dos olhos do velho pai estava apagado e ela sabia que era por causa daquela situação. Bem lá no fundo, Keila sentia uma parcela de culpa por Richard estar vivendo naquele lugar cercado, com sua liberdade retida.

A conversa de pai e filho iniciou-se com um tocar de mãos no vidro que separava prisioneiro do visitante e lágrimas que rolavam. Depois de um momento de silêncio, senhor Einar disse:

— Sua mãe estaria muito triste com esta situação, filho!

— Pai, eu sei que o senhor também está triste, mas nós fizemos algo errado, mesmo que a intenção tenha sido honesta e por amor.

— Filho, perdão! — Senhor Einar chorou.

— Perdão eu quem peço, pai!

— Eu não deveria ter deixado tudo isso acontecer com você, meu filho, e sei que sua mãe nunca pensou que isso iria acontecer.

— Pai, o futuro não é algo que escrevemos. Desejamos que tudo vá bem, mas as consequências de nossas escolhas algum dia chegam. Eu, neste mês, tive muito tempo para pensar e sei que nestes anos que ficarei aqui, irei pensar muito mais. Hoje, pela manhã, uma decisão em meu coração eu acertei e vou compartilhá-la com o senhor, não esconderei nada, pois o respeito e o amo. Pai, o senhor saberá e espero seu apoio de sempre. Richard contou para o pai o que decidiu fazer.

Senhor Einar olhava o filho sem nada entender, mas não expressou nenhuma palavra, somente um olhar de apoio.

— Pai, aqui eu irei aproveitar para traçar estratégias para o restaurante, estudar um pouco mais e esperar que o tempo passe sem atrapalhar ninguém.

— O tempo não passa rapidamente, filho! Suas decisões o trouxeram até aqui e tudo que fizer refletirá em sua vida quando você sair. — Senhor Einar, com olhar de tristeza, fala para Richard.

Um rapaz que observava o tempo para visitação, avisa que o tempo do senhor Einar havia acabado. O pai novamente leva a mão até o vidro, e, em sinal de carinho, recebe a palma da mão de Richard. Depois vai embora.

Richard sabia que a próxima visita seria provavelmente Keila, mas o rapaz estava tão emocionado com a visita do pai, que não queria mais conversar com ninguém. Havia sido o mais forte que podia com o pai, para que ele não percebesse como se sentia acabado, derrotado, como um guerreiro que perde a luta e volta para casa machucado e sem esperança.

Keila entrou e sentou-se em frente a Richard. Ela somente o olhava e as lágrimas caiam, pois seu coração estava destroçando-se no peito ao ver o amado naquela situação. A moça nem pegou o telefone que dava para escutar a voz do rapaz.

Richard olhava Keila, linda, com o cabelo ainda maior, lábios com um leve batom, de camisa branca com uma gravata feminina e o terninho, roupa que provavelmente era comum entre as advogadas. Ela exalava ser de outro mundo, o ar de uma pessoa importante, uma mulher tão incrivelmente maravilhosa, que qualquer homem seria um louco se não a desejasse. Keila aparentava ter acabado de sair de uma audiência.

O silêncio foi era ensurdecedor, e cada lágrima que rolava no rosto da moça, fazia-o engolir em seco. Então, em um ato de reflexo lento e dolorido, pegou o interfone. Richard não permitiu que nenhuma lágrima caísse e esperou que Keila repetisse seu ato. Com calma, a moça pegou o interfone e ele expressou tudo em poucas palavras, tudo o que havia pensado durante aquele primeiro mês de prisão.

A moça, ao colocar o fone no ouvido, escutou:

— Você! Você é alguém importante, não venha aqui novamente! Siga com sua vida! — O telefone do lado de Richard foi colocado no gancho de forma brusca e assustadora e as costas do rapaz foram vistas por Keila, que balançava a cabeça sem nada entender, pois ele havia ido embora do espaço de visitas.

Keila colocou o telefone de comunicação no gancho e ficou a olhar para a cadeira onde antes estava Richard, quando uma voz chegou até ela:

— Senhorita, seu horário acabou!

Keila não entendeu, pois estava em uma espécie de transe, imóvel pela atitude do amor de sua vida.

Dentro da cela, o rapaz parado, em pé, olhou para cima e, vendo o teto daquelas paredes que o impediam de sair e viver uma vida ao lado da mulher que amava, deu um grito que ecoou por toda a prisão. O que não fez estardalhaço, pois outros gritos de outras celas também eram escutados, pois no dia de visitas, havia muitas emoções presentes naquele local, onde sonhos, esperanças e vidas estavam em pausa. Estar preso era algo indigno e muito vergonhoso, independentemente do motivo, e ninguém deseja isso.

Quando Keila saiu e foi até a sala de espera, o senhor Einar, que estava acompanhado por Erlan, tinha ido para Incaiti. A moça sentou-se em uma cadeira e teve a sensação de que a vida estava sendo retirada dela, pois repassava na mente: "Não venha aqui novamente", e as lágrimas caíam de forma silenciosa queimando a pele.

Keila demorou um tempo para absorver aquela situação e nada fazia com que ela entendesse o que acabara de acontecer, pois eles se amavam e, há alguns dias, Richard tinha até mesmo expressado que ela era sua futura esposa, mas parece que aquilo havia mudado em apenas um mês.

Mais tarde, naquele mesmo dia, no escritório, e ainda pensando no que aconteceu na visita a Richard, a moça pede para a nova secretária pegar um processo que ela precisava, então a escutou dizer:

— Senhorita, a Premiação dos grandes empreendedores será neste final de semana e a sua mesa está confirmada.

AMOR OU SANGUE

— Premiação dos grandes empreendedores?!

— Sim! A que a cidade irá realizar, e, como a senhorita foi convidada e será a mestre de cerimônia, organizei tudo.

— Mestre de cerimônia?! Quem confirmou isso? Não me recordo de ter dado a autorização.

— Foi o senhor Hakan quem me deu a liberação para a confirmação, pois o escritório receberá uma honraria em forma de troféu pelos serviços prestados à sociedade.

Keila levantou-se e foi ao escritório do cunhado, deixando a secretária sem entender nada.

— Hakan, o que é esta situação sobre "Premiação dos grandes empreendedores"?

O cunhado, que percebeu que Keila entrou no escritório sem ao menos bater e demostrava estar aflita, disse calmamente:

— Será um evento no qual preciso que o escritório seja representado e você será a pessoa que irá conduzir o momento, pois irei ao palco receber a honraria e todos os empreendedores da cidade votaram em você para cerimonialista.

— Isso foi quando, que não estou ciente?

— Você estava ocupada com situações que não convêm comentar. Agora devemos esquecer e continuar com nossas vidas, pois foi passado.

— Hakan, do que você está falando?

O cunhado levanta-se da poltrona na qual estava sentado atrás da grande mesa e vai até Keila, que ainda estava no meio do escritório, como se armada para uma briga, e diz:

— Somos um escritório de prestígio na cidade e meu nome está na sociedade como de um homem íntegro. Situações ocorridas de casos no escritório não podem respingar em nossa imagem de prestígio, criada com muito esforço. Você vai encerrar o capítulo que pode estragar a nossa imagem e retornar para o topo. Você é alguém importante!

A expressão "Você é alguém importante!" veio para a moça como um soco na boca do estômago, pois eram exatamente as mesmas palavras que Richard expressou ao deixá-la sem nada entender. Rapidamente a moça deduziu que Hakan tinha algo a ver com a decisão de Richard em abandoná-la e pedir para que ela seguisse com a vida.

ALEXANDRA INOCÊNCIO COSTA

— Hakan! — A moça gritou e todo o escritório escutou.

Rapidamente Hakan foi até a porta da sala e a encostou, pois sabia que Keila não iria deixar a situação passar. Ela era muito esperta, pois entendeu que ela acabara de descobrir que ele tinha incentivado Richard a abandoná-la.

— Você tem que esquecer! — O cunhado falou, indo até a moça, que ele considerava muito. Apesar de ser irmã de sua mulher, não era somente isso, Keila era também uma amiga, que, com esperteza e sabedoria, havia feito com que o escritório recebesse a fama que estava para ser premiada no evento.

— Eu não acredito! — Keila balançava a cabeça e lágrimas corriam pelo seu rosto. Definitivamente teve a certeza de que o cunhado e amigo estava por trás de toda a tristeza que havia passado naquela manhã.

Keila sorri de forma estranha, Hakan olha a cunhada e, sem entender, pergunta:

— Você está sorrindo porque concorda comigo?

Keila nada respondeu, virou-se, foi para o escritório, pegou a bolsa e o celular e saiu em direção ao elevador. Hakan, que ficou paralisado com a atitude da moça, ao retornar a si, foi até Keila, que estava esperando o elevador e segurando o braço da moça, disse:

— Aonde você está indo?

— Eu?! Eu vou embora daqui. Adeus! — Keila olhava para Hakan, e a palavra "adeus", que foi escutada pelo cunhado, disse muito mais do que tudo o que ela queria dizer naquele momento de raiva, indignação e tristeza.

Quando a porta do elevador fechou, o cunhado percebeu que a atitude dele em ir visitar Richard, pensando que estava fazendo o melhor para todos, havia caído como uma bomba. Então concluiu que, naquele momento do "adeus", havia acabado de perder Keila.

No estacionamento do escritório, depois de ficar a olhar para o nada, a moça escuta o celular, e, ao olhar o display, vê que era Odalis. Provavelmente Hakan ligou para a irmã dela e contou o que aconteceu. A moça não atendeu.

Em casa, Keila junta algumas roupas, coloca-as em uma mala, vai ao quarto das meninas e pega algumas roupas. Descendo as escadas, dá de frente com a irmã, que, conhecendo Keila, saiu da clínica logo depois da ligação do esposo e foi para casa. Pois entendia que Keila não iria deixar Richard. Odalis era desconhecedora da atitude do esposo até aquele momento e não sabia o que dizer para a irmã.

300

— Não me impeça de ir embora.

— Embora para onde, Keila?

— Odalis, eu vou para o lugar ao qual meu coração pertence e levarei as meninas.

Odalis sabia que Keila se referia a Incaiti e o coração da irmã mais velha ficou apreensivo, pois pensou em Diandra, em tudo o que a irmã caçula viveu e as pressões que levaram a moça a tomar atitudes que levaram ao afastamento da família e a tristeza da morte. Toda aquela situação de vida poderia ter sido evitada somente com a atitude de compreensão. Odalis foi até Keila e a abraçou:

— Perdão, minha irmã! — A frase foi tão forte que Keila deixou as malas que estava segurando caírem e retribuiu o abraço caloroso e arrependido de Odalis, pois nunca tinha visto a irmã pedir perdão para ninguém, e sabia que aquela atitude representava uma quebra de paradigmas.

Keila, depois do abraço, e enxugando as lágrimas do rosto de Odalis, disse de forma carinhosa:

— Eu sei que você me ama, como eu também te amo, e sei que a atitude de Hakan é de um irmão, pois está tentando cuidar de mim. Mas eu não posso deixar Richard, ele é tudo para mim. Meu mundo não vale nada sem ele, então prefiro deixar este mundo de status e seguir para uma vida simples. E espero que vocês me perdoem algum dia por abandoná-los.

— Vá, descanse, tire umas férias e pense na sua atitude de sair de casa. Pode deixar tudo comigo, vou resolver esta situação do evento e do Hakan. — Odalis fala com firmeza na voz, acreditando que Keila realizava um ato impulsivo, repentino, e que depois se arrependeria. Mas o que Keila fala deixa Odalis com o coração em pedaços.

— Estou indo não somente para pensar, vou definitivamente. Não voltarei mais para sua casa. Irmã, viva com seu esposo e aproveite a vida, pois o amor não pode esperar e eu não vou mais deixar meu coração sofrer. Odalis, desde que retiramos Keiko do convívio daqueles que a amam, eu não me sinto bem comigo mesma e hoje decidi ser fiel aos meus sentimentos. Vou devolvê-la para o lugar ao qual ela realmente pertence, Incaiti.

Keila saiu da casa da irmã sem mais nada dizer. Odalis percebeu que o que a irmã havia dito, bem lá no fundo do coração, era verdade. A criança, ao descobrir que o pai não iria mais poder visitá-la, e ao não o encontrar nos finais de semana em que foi ver o avô, estava ficando cada vez mais triste.

Era a hora de tudo ser revelado, pois com a prisão de Richard, os adultos decidiram falar para Keiko que o rapaz tinha ido fazer uma viagem e que demoraria para retornar. A menina sempre reclamava, porque o pai não ligava para ela e, às vezes, adormecia chorando.

Na secretaria da escola particular e importante, a qual agora Viviane e Keiko frequentavam, Keila pede para pegar as meninas e explica para a coordenadora pedagógica que iria fazer uma viagem e que precisava levá-las. Disse que mandaria notícias, pois deixou subentendido que iria transferir as meninas para outra escola.

A mulher, ao entregar Keiko e Viviane, que ficaram alegres por estarem indo embora da escola um pouco mais cedo, ficou somente observando a atitude daquela mãe, mas nada comentou, pois Keila tinha total direito de pegar as crianças.

Indo em direção a Incaiti, Viviane, muito esperta, pergunta para a mãe:

— Mamãe, nós estamos indo para a casa do vovô?

— Sim, filha, estamos!

— Oba!!! Será que meu papai está lá?! — Keiko fala com alegria na voz.

Keila sabia que não podia mais esconder de Keiko tudo sobre Richard, então parou o carro e contou para a menina a situação do pai. A garotinha entendeu pouca coisa, pois era ainda uma criança, mas Viviane, um pouco mais velha, entendeu que Richard estava em uma daquelas situações complicadas para os adultos, então virou para a irmãzinha e disse:

— Nós três vamos para a casa do vovô e faremos companhia para ele até o papai voltar.

Naquele momento, ao escutar Viviane chamar Richard de pai, Keila ficou muito alegre e uma lágrima escorreu pelo seu rosto.

— Não chora, mamãe! O papai vai ficar bem lá onde ele está e vai voltar rapidinho para nós, não é mesmo, Keiko? Igual a vovó falou!

Keila conteve o choro e disse com um sorriso disfarçado:

— Vai sim, filha! Ele ficará bem! Voltará rapidinho para nós, igual a vovó falou no sonho da Keiko. — Keila disse, pois naquele momento sentiu uma força no coração, que não entendia. Lembrou-se do sonho de Keiko e sentiu que alguém estava cuidando daquela situação e que tudo iria ficar bem.

Capítulo 48
Morando com o vovô

Chegando a Incaiti quase à noitinha, e, ao parar o carro em frente à casa do senhor Einar, a moça abre a porta do veículo e as meninas saem gritando:

— Vovô, vovô, nós viemos para morar com o senhor!

Erlan e Arline, que estavam tomando um café na casa do padrinho, despedindo-se do dia cansativo de trabalho no restaurante, saíram na varanda e presenciaram abraços abafados e calorosos em Einar, que se abaixou para ir ao encontro do amor expressado pelas meninas eufóricas.

Einar abraçava e beijava as meninas sem nada dizer. Keila, que chegou logo depois das filhas, e, ainda vestindo a mesma roupa que usou para ir à prisão, trouxe ao velho senhor uma certeza. As três estavam ali para não irem mais embora. Então senhor Einar pensou em Pacha, pois a esposa estava cuidando de tudo, e novamente a vida o abençoava com alegria. Levantou-se do abraço das meninas, que agora iam abraçar Erlan e Arline, foi até Keila e a abraçou.

— As meninas sabem de tudo! E eu vim...

O senhor estava ciente da decisão de Richard em deixar Keila, mas nunca pensou que a moça não iria aceitar a decisão do rapaz e deixaria tudo para trás: a irmã, o escritório e o prestígio de família rica, para ficar com ele.

Senhor Einar abraçou a moça e disse:

— Obrigada, minha filha, seja bem-vinda ao seu novo lar! Obrigada por não abandonar meu filho!

Com o abraço e aquelas palavras, Keila entendeu a aceitação por parte do sogro, avô das meninas, amigo dos finais de semana sem Richard. Tudo aquilo vinha como um sinal de que estava tudo bem, ele aceitava-as.

A mãe de Saulo, vindo da cozinha, escutou o senhor Einar dizer:

— Arrume o quarto das minhas netas e da minha nora, pois elas estão casa.

A velha faxineira e o casalzinho de afilhados entenderam que Keila iria morar na casa daquele momento em diante.

Todos foram para dentro e o cafezinho do fim do dia agora estava recheado de sorrisos e alegria, pois as meninas preenchiam todos os espaços com sorrisos, abraços e beijos em todos.

No quarto preparado para Keila, a moça, depois de tomar um banho e pentear os cabelos, sentada na cama, parou e ficou pensando em tudo o que a decisão dela afetaria, mas ela estava disposta por Richard. Ao pensar na atitude de Hakan, tentou entender o lado do cunhado. Uma advogada de uma empresa importante envolvida com um presidiário, mesmo que o motivo que levou Richard para prisão não fosse algo de grande escândalo, o olhar da sociedade não era benevolente e ainda existiam muitos preconceituosos por todos os lados. E ela conhecia o meio em que esteve até aquele momento.

Um pequeno toque na porta retirou a moça daquele pensamento degradante e muito real. Senhor Einar pediu para entrar e disse:

— O jantar está quase pronto. Você está bem?

Keila entendeu que a pergunta não se referia ao quarto, ou ao momento de tranquilidade por estar ali na casa dele, mas à relação com Richard e à sua atitude em escolher o rapaz.

— Sim, estou bem! Eu o amo! Decidi escolher ele.

— Meu filho também te ama, apesar dessa decisão que ele teve. Irei conversar com ele e vocês irão se acertar.

Keila abraçou o senhor Einar como uma filha que espera que o pai resolva todas as situações que a entristeciam.

Capítulo 49
Reafirmando o amor

Chegou mais um dia de visita a Richard e senhor Einar pediu para Keila que não fosse, pois queria conversar com o filho de homem para homem. Na frente do filho, com um olhar de pai, senhor Einar disse firmemente:

— Rapaz, você tem que assumir sua vida!

Richard ficou pensativo com aquela observação do pai, pois o rosto do senhor Einar estava como nas vezes em que algo muito importante acontecia, fazendo com que ele, o pai e dona Pacha fizessem uma reunião e juntos tomassem grandes decisões.

— Pai, do que o senhor está falando?

— Das suas filhas e esposa, que agora moram comigo.

— O quê!?

— As meninas foram matriculadas ontem na escolinha de Incaiti e Keila está me ajudando na parte financeira do restaurante.

— Pai, do que o senhor está falando?

— Cabeça dura, entenda uma coisa, aquela moça te ama muito, mais do que qualquer coisa, e ela largou tudo para ficar ao seu lado e está te esperando lá em casa.

— Mas do que o senhor está falando?! Keila está morando lá em casa?!

— As meninas também! — Senhor Einar disse soltando um sorriso.

— Ela deixou a vida de luxo para ir para Incaiti? — O rapaz balançava a cabeça.

— Ela deixou, porque realmente te ama. E eu te pergunto agora, você vai ficar aqui três anos?

— Mas pai...

— O Samim está lá fora e vai entrar para conversar com você sobre recorrer em relação a sua prisão. Mesmo que eu tenha que vender o restaurante para pagar pela sua liberdade, isso será feito.

Senhor Einar não deu nem a oportunidade de Richard falar. O pai do rapaz levantou-se e somente disse:

— Na próxima visita, ela virá. E você, trate de ser o homem que eu criei, seja corajoso e declare-se para ela.

Samim conversou com o rapaz e informou que tinha uma brecha para ele poder sair em liberdade condicional e pagar com serviços comunitários. Bastava somente o rapaz dar a autorização para que o processo corresse, pois até mesmo Hakan queria ajudar a montar o processo.

Richard respirou fundo e decidiu permitir que o advogado trabalhasse, e antes de o rapaz se despedir de Richard, disse:

— Foi ela quem encontrou um jeito de um juiz avaliar seu caso e permitir que você fosse liberado de cumprir toda a pena, e o cunhado a apoiou completamente.

Richard sabia que Keila era uma excelente advogada de prestígio, e o coração do rapaz entendeu que, mesmo ele tendo a negado, ela não o tinha abandonado, e sentiu-se envergonhado.

As coisas no escritório de Hakan não estavam indo tão bem, pois com a saída de Keila, alguns processos passaram para as mãos de outros funcionários. E nenhum era deles tão habilidoso quanto a cunhada. Em uma conversa com Odalis, o cunhado resolveu ligar para Keila e, sentindo o peso do que havia feito de maneira preconceituosa, pediu perdão.

A moça perdoou o cunhado, contudo reiterou sua decisão. Não voltaria mais para aquela sociedade, onde tudo que era valoroso era o que ela não admitia ser o mais importante. E na conversa por telefone, a moça pediu para que Hakan fosse até Incaiti e levasse Odalis, pois as meninas e ela sentiam saudades. Eles puderam conversar sobre o caso de Richard e Hakan, habilidosamente, com seus anos de experiência, deu a brecha para que Keila pudesse ajudar o amado.

Era dia de visita a Richard e Keila esperava ansiosa para ser chamada na recepção da prisão. Ao sentar-se na cadeira em frente a Richard, a moça não chorou, não falou nada, somente pegou o telefone comunicativo entre as cabines e escutou o rapaz dizer:

— Me perdoe! Eu tive uma atitude que pensei ser o melhor para você.

— Você, a partir de agora, não tomará nenhuma atitude que se refira a nós sem me comunicar. — Keila estava com um olhar terno e as palavras saíram assertivas e de forma amorosa.

Richard sentiu que aquela mulher era tudo o que ele precisava e se sentiu o homem mais feliz do mundo. Um sorriso largo veio aos seus lábios e, ainda olhando para ela, disse:

— Eu quero tanto te beijar, te abraçar, fazer amor com você, que poderia romper este vidro somente com esses desejos, se eu não os estivesse controlando aqui no meu peito. Keila, eu te amo!

Naquele momento, o rosto da moça mudou e aquela atitude de advogada e mulher durona se transformou na de uma moça dócil e amorosa, que ela realmente era. Então expressou:

— Richard, eu te amo com todas as minhas forças! — Uma lágrima escorreu pelo rosto da moça.

O rapaz, vendo a lágrima, levantou-se da cadeira, foi até o vidro e mandou um beijo em direção à moça. O segurança advertiu-o, pois era necessário que ele ficasse sentado. Keila viu Richard ser repreendido e disse:

— Eu sou a esposa dele e também advogada. E o ato dele não fere nenhum dos estatutos legais. Calma, meu rapaz!

Richard viu a firmeza de Keila, que se mantinha sentada e com os olhos vermelhos. Nenhuma reação mais veio dela, somente a palavra de autoridade que expressava. O agente da prisão afastou-se e nada comentou.

Richard, agora sentado, e ainda com o telefone na mão, disse:

— Samim me falou que vocês estão trabalhando juntos.

— Estava ajudando seu pai no restaurante, mas Samim me ofereceu uma sociedade no escritório dele e eu aceitei. Tenho a herança do meu pai e vou ampliar o escritório dele, me tornando sócia. E lá, nenhum preconceito prevalecerá, pois essa é a sociedade que procuro e sei que muitos estão a procurar também.

— Fico muito feliz, pois saber que você está fazendo o que gosta é algo que me conforta.

— Espere mais um pouco, vou tirar você daqui, meu amor!

O coração de Richard sabia que se alguém era capaz de fazer aquilo acontecer, essa pessoa era Keila.

— Obrigado pelo seu amor! Eu te amo!

— Eu quem agradeço pelo seu amor! Te amo! O casal ficou o resto do tempo de visita olhando-se sem nada dizer depois daquelas palavras.

Capítulo 50
Eu aceito

Os dias foram passando e o processo estava montado. Ao entrar com o pedido de liberação de Richard, sendo o protocolo da petição para o juiz, Keila, ao retornar para o carro no estacionamento, pensou que agora era somente esperar as fases do processo, que se fechava na quinta fase com a sentença. A moça entendia que o caso era diferente e a análise de um juiz em relação às brechas aconteceria, mas a esperança da moça era que em dois meses Richard pudesse estar em liberdade.

Dois meses passaram-se e a sentença foi proferida por um juiz, que procurou fazer cumprir a lei e percebeu que a retenção de Richard era um gasto patrimonial governamental desnecessário, pois o rapaz era um cidadão íntegro e que somente havia tomado decisões equivocadas, mesmo com boas intenções.

O processo encerrou-se e depois que o juiz proferiu a sentença, dando a liberação de Richard, todos estavam o esperando em Incaiti. Samim é quem foi buscar Richard, pois Keila tinha uma audiência marcada para aquele horário e, como estava iniciando naquele escritório, foi muito profissional. Então deixou o amigo e sócio ir buscar Richard.

Richard, ao chegar em casa, deparou-se com uma festa, que o esperava. Era de tarde e todos estavam reunidos, esperando o rapaz. As meninas o receberam com abraços amorosos e a palavra "papai" fez Richard chorar. Todos estavam emocionados, pois o amor era visível, e agora a família estava reunida novamente.

O rapaz estava ciente de que Keila chegaria um pouco mais tarde em casa e ele estava tão impaciente que, depois de abraçar todos e cumprimentar os amigos, Richard foi ao quarto, tomou um banho e pegou a chave da caminhonete. Senhor Einar sabia bem o que o rapaz ia fazer. Ele iria atrás de Keila. Então o velho pai disse:

— Estaremos esperando vocês para o jantar. — E entregou ao filho uma caixinha vermelha. O rapaz sorriu e saiu levando aquele item valioso, que ele sabia o que era.

No caminho para a cidade, o coração do rapaz pulsava em alta velocidade, mas ele decidiu fazer uma coisa. Parou a caminhonete bem no local onde, há muitos anos, deparou-se com Diandra, pois era ali que sua vida havia mudado para sempre.

O carro de Keila vinha na direção contrária e a noitinha estava chegando. Vendo um veículo parado na estrada, com os faróis ligados, reduziu a velocidade e, somente ao passar por aquele carro, viu que era Richard quem estava encostado nele.

Ele estava deslumbrante. Vestia uma calça branca, camisa social de manga longa slim na cor rosa-claro e sapatos pretos. Tinha feito a barba e os cabelos estavam penteados como se estivessem molhados. Ela freou o carro e o desligou. Abriu a porta e correu em direção a Richard, que a abraçou e a rodopiou no ar, com toda a força. Depois envolveu a moça, segurando em sua cintura.

Beijos, beijos e mais beijos vieram depois que o rapaz deixou a moça colocar os pés no chão. Então duas expressões saíram ao vento como se fossem somente uma:

— Eu te amo! — Os dois disseram juntos.

Naquele momento, Richard afastou-se um pouco de Keila, abaixou-se lentamente e, com um dos joelhos no chão e segurando a caixinha vermelha que foi entregue por senhor Einar, estendeu-a para a moça. Nela havia um belo anel, que era de dona Pachacuti. Richard sabia que o pai havia guardado aquele anel, pois ele era valioso para a família. Então, ao abrir a caixinha, disse:

— Keila, você aceita se casar comigo?

A moça não acreditou naquele homem maravilhoso que ela havia encontrado. Ele, ali, ajoelhado, demostrando todo seu amor, parecia algo de filme. Ela estendeu a mão e disse lentamente:

— Eu aceito!

Richard colocou o anel no dedo da moça e a peça ficou um pouquinho larga, mas nada que atrapalhasse o momento. Rapidamente ele se levantou, segurou a moça e a rodopiou, despertando sorrisos e beijos quentes de muito amor.

Keila, depois de sentir toda aquela emoção, olhando para o amado, em seus braços, ali, naquele local, na estrada, disse:

— Aqui?! Por quê?

— Foi bem aqui que encontrei sua irmã. Foi aqui que Keiko entrou em minha vida e todo o meu mundo mudou. Aqui estabeleço meu compromisso de amar você enquanto viver.

— Viveremos felizes, meu amor! Nossa família será feliz! — Keila fala e um beijo sela a união estabelecida naquela estrada.

FIM